David Ambrose

Ex

Aus dem Englischen von
Gerlinde Schermer-Rauwolf und
Robert A. Weiß

Schneekluth

Die Deutsche Bibliothek – CIP-Einheitsaufnahme
Ambrose, David: Ex. Roman / David Ambrose.
Aus dem Engl. von Gerlinde Schermer-Rauwolf und Robert A. Weiß
München: Schneekluth, 1998
ISBN 3-7951-1555-8

Die englische Originalausgabe
erschien unter dem Titel
SUPERSTITION
bei Macmillan, London

ISBN 3-7951-1555-8

Ein Verlagsimprint der Weltbild Verlag GmbH Augsburg
Gesetzt aus der 10/12 Stempel Garamond
Satz: FIBO Lichtsatz München
Druck und Bindung: Bercker, Kevelaer
Printed in Germany 1998

Für Lulu, Mick und Daisy,
in deren Haus mir die Idee zu diesem Buch kam,
das zufällig achtzehn Monate später dort fertig wurde.
Was immer Zufall bedeuten mag.

Danksagung

Dieses Buch basiert auf einem Experiment, das Anfang der siebziger Jahre in Toronto tatsächlich stattgefunden hat und das in der parapsychologischen Literatur ausführlich behandelt wurde. Der beste Bericht wurde von zwei Teilnehmerinnen, Iris M. Owen und Margaret Sparrow, verfaßt. Deren Buch, *Conjuring Up Philip – An Adventure in Psychokinesis*, ein wahrer Klassiker dieses Fachgebiets, ist inzwischen leider vergriffen.

Dank schulde ich Brenda J. Dunne und Michael Ibison vom Princeton-Engineering-Anomalies-Research-Program (PEAR), die sich die Zeit genommen haben, mir einige ihrer außergewöhnlichen Studien über bewußtseinsgesteuerte physikalische Phänomene zu erläutern. *Margins of Reality* von Robert G. Jahn, dem Leiter des PEAR, und Brenda J. Dunne war eine unverzichtbare Lektüre.

John Beloffs *Parapsychology – A Concise History* gibt einen bewundernswert klaren und ausgewogenen Überblick über das Gebiet und verweist auf herausfordernde, scharf argumentierende Aufsätze und Beiträge, unter anderem von Helmut Schmidt und Brian Millar.

Anregungen fand ich auch in den Werken von Kit Pedlar, Stan Gooch, Michael Harrison, Alan Gauld und A. D. Cornell.

Joanne McMahon von der Eileen-J.-Garrett-Bibliothek der Parapsychology Foundation Inc. in New York möchte ich für ihre Hilfe bei den Recherchen zu diesem Buch danken. Und ein spezielles Dankeschön gilt Michaeleen C. Maher in New York, die sich mit der Erforschung paranormaler Phänomene beschäftigt und sich viele Stunden mit mir über ihre Arbeit unterhalten hat, deren hoher wissenschaftlicher Standard mich sehr beeindruckte.

»Es ist Aberglaube, den Aberglauben zu leugnen.«
Francis Bacon
1561- 1626

»Aberglaube: Ein mehrdeutiges Wort; kann wohl nur subjektiv verwendet werden.«
Encyclopaedia Britannica

Prolog

Er schaute auf die andere Straßenseite hinüber zu einem Haus, das sich kaum, außer in einigen Details, von den Nachbarhäusern unterschied. Die Haustür war tiefdunkelgrün, beinahe schwarz, und die Hausnummer – 139 – hob sich in schlichten Messingziffern davon ab. Neben und über der Tür befanden sich symmetrisch angeordnete Fenster, die in der kalten Dämmerung des Novemberabends ein warmes Licht verbreiteten. Durch die Fenster sah er ins Innere des Hauses, das von klaren Linien und strenger Raumaufteilung bestimmt zu sein schien. Von dort, wo er stand, fiel sein Blick auf Gemälde, Möbelstücke und Kunstwerke, die in einer ansprechenden Mischung aus alt und modern kombiniert waren.

Unter normalen Umständen wäre es ein einladender Anblick gewesen. Doch alles, was er jetzt spürte, war eine unheilvolle, beängstigende Vorahnung dessen, was ihn dort drinnen erwarten würde.

Sam hatte mit Ralph Cazaubon nur ein einziges Mal telefoniert – vor weniger als einer Stunde. Er wußte über ihn nicht mehr als das, was Joanna ihm erzählt hatte, doch hatte sie ihm verschwiegen, daß sie verheiratet waren. »Meine Frau«, hatte Cazaubon gesagt, als er von ihr gesprochen hatte. Daß Joanna mit ihm verheiratet sein sollte, ergab keinen Sinn. Und diese Tatsache erfüllte ihn mit einem Gefühl von Schmerz, das sehr viel beunruhigender war als nur Eifersucht, das er jedoch noch nicht klar benennen konnte.

Er bemerkte einige Passanten, die neugierig zu ihm herübersahen, und da wurde ihm klar, daß er sein Zeitgefühl verloren hatte. Wie lange stand er schon hier? Ein paar Minuten höchstens. Er wartete, als vor ihm ein Taxi ein paar Fahrgäste einsteigen ließ und wieder weiterfuhr, dann überquerte er die Straße.

Während er sich dem Haus näherte, schien es zu wachsen und sein ganzes Blickfeld einzunehmen. Einen flüchtigen Moment lang glaubte er, es neige sich ihm zu, es wolle ihn umschließen, ihn verschlingen. Es überkam ihn ein Anflug irrationaler Panik, doch er zwang sich, entschlossenen Schrittes weiterzugehen.

Als Wissenschaftler fühlte Sam sich verpflichtet, an alle Dinge rational heranzugehen. Verstand und Logik waren in seinen Augen die einzigen Werkzeuge, die dem Menschen zur Verfügung standen, wann immer er die Geheimnisse seines Daseins zu ergründen versuchte. Ob man damit allerdings sehr weit kam, bezweifelte er nun mehr und mehr. Zwischen dem, was sich in den letzten Monaten ereignet hatte, und seiner Fähigkeit, so er sie einmal gehabt haben mochte, diesen Dingen einen Sinn zu geben, tat sich ein immer größerer Abgrund auf. Und in der finsteren Welt dieses Abgrunds hatte sich der Aberglaube eingenistet, der nun seinen Verstand durchdrang wie der graue Nebel Manhattans, der rings um ihn in jede Spalte und jede Ritze der dämmerigen Stadt kroch. Der Aberglaube, das wußte er jetzt aus eigener schmerzlicher Erfahrung, war das einzige, wogegen die Ratio keinen Schutz bot.

Er überwand seinen inneren Widerstand, stieg die Steinstufen hinauf und drückte auf den Klingelknopf. Drinnen war ein fernes Läuten zu vernehmen. Dann wartete er und zwang sich, alle Vorurteile über diesen Mann abzulegen, dessen Schritte er bereits zu hören glaubte.

Gleich darauf öffnete ein hochgewachsener Mann mit dunklem, gepflegtem Haar die Tür. Ruhig und zugleich forschend sah er Sam aus seinen dunklen Augen an. Er trug eine bequeme, maßgeschneiderte Jacke aus teurem Tweed, eine graue Hose und eine Strickkrawatte. Seine eleganten, glänzenden Schuhe aus burgunderrotem Leder schienen handgearbeitet zu sein. Sam schätzte den Mann auf Ende Dreißig.

»Mr. Cazaubon? Ich bin Sam Towne ...«

Sie gaben sich nicht die Hand. Cazaubon erweckte den Eindruck, als würde er unter normalen Umständen freundlich lächeln, doch in diesem Augenblick musterte er diesen Sam Towne ebenso argwöhnisch wie Sam ihn. In der Art und Weise, wie er beiseite trat und seinen Gast mit einer wortlosen Geste hereinbat, offenbarte sich ein sicheres Auftreten, das auf noble Herkunft und Selbstbewußtsein schließen ließ – und wahrscheinlich auch auf alten Geldadel, dachte Sam.

»Wie ich Ihnen schon am Telefon gesagt habe, ist meine Frau noch nicht zurück«, bemerkte er, während er Sam den Weg ins Wohnzimmer wies.

Daß sie nicht da war, beunruhigte Sam. Er wollte wissen, wo in Gottes Namen sie denn gesteckt hatte seit jenen Ereignissen am Vormittag – von denen der Mann ihm gegenüber so gut wie sicher gar nichts wußte. Aber er hielt den Mund. Er mußte vorsichtig vorgehen, auf der Hut sein. Einerseits wollte er unbedingt die Gewißheit haben, daß Joanna wohlauf war, andererseits durfte er Cazaubon nicht gegen sich aufbringen. Er mußte mit ihm reden, herausfinden, wer er war und noch eine Menge anderes, er mußte ihm mehr Fragen stellen, als es ihm, einem Fremden, zustand.

Sam war klar, daß er am Telefon ziemlich seltsam geklungen haben mußte. Allerdings schien Cazaubon durch Sams äußere Erscheinung etwas beruhigt zu sein, zumindest für den Augenblick. Sam Towne wirkte nicht sonderlich bedrohlich. Er war von durchschnittlicher Größe und Statur, etwa genauso alt wie Cazaubon und sah aus wie das, was er war – ein unterbezahlter Akademiker ohne große materielle Ansprüche und Besitztümer. Als er sein Abbild in dem großen venezianischen Spiegel über dem steinernen Kamin erblickte, fiel ihm auf, wie schäbig er in dieser Umgebung wirkte mit seinem offenen Regenmantel über der abgetragenen Kordsamtjacke, dem Jeanshemd und der Jeans.

»Verzeihen Sie«, sagte Cazaubon, als hätte er gegen die Etikette verstoßen, »darf ich Ihnen den Mantel abnehmen?«

Sam zog ihn aus und gab ihn ihm. »Ich werde Ihre Zeit nicht länger als nötig in Anspruch nehmen«, erwiderte er wie zur Beruhigung.

Cazaubon nickte und ging in die Eingangshalle, wo er den Mantel an einem antiken, eisernen Kleiderständer aufhängte. »Darf ich Ihnen etwas zu trinken anbieten?« fragte er dann, wobei seine guten Manieren sein noch immer vorhandenes Mißtrauen nicht völlig verbergen konnten.

»Nein, vielen Dank.«

»Dann setzen Sie sich doch und sagen Sie mir, worum es geht.«

Cazaubon deutete auf ein hellbeiges italienisches Sofa, nahm in einem Sessel gegenüber davon Platz und wartete.

Als Sam sich setzte, verschränkte er die Finger, um seine nervösen Hände ruhig zu halten.

»Das wird Ihnen alles sehr seltsam vorkommen. Aus dem zu schließen, was Sie mir am Telefon gesagt haben, hat Ihnen Ihre Frau also nie von mir oder meiner Arbeit erzählt ...«

»Nach bestem Wissen und Gewissen nein, Mr. Towne – Entschuldigung, Dr. Towne sagten Sie, nicht wahr?«

»Ja, ich bin Psychologe an der Manhattan University«, erwiderte Sam. »Ich leite ein Forschungsprojekt, das sich mit anomalen Phänomenen verschiedenster Art befaßt.« Ein neuerliches Zucken seiner Finger überspielte er mit einer freimütigen Geste, während er die übliche Litanei herunterbetete, mit der er seine Arbeit immer vorstellte. »Im wesentlichen untersuchen wir die Beziehungen zwischen menschlichem Bewußtsein und meßbaren physikalischen Fakten und Systemen. Dazu gehören Bereiche wie Telepathie, Präkognition, Psychokinese, Hellsehen ...«

Cazaubons Augen verengten sich. »Soll das heißen, Sie betreiben so etwas wie esoterische Forschungen?«

»Grob gesagt ja, aber ich mag den Begriff ›esoterisch‹

nicht, weil er ziemlich vage ist und die beobachteten Phänomene in ein negatives Licht stellt. Unter uns sind Psychologen, Techniker, Statistiker und Physiker. Wir sind ein achtköpfiges Team, obwohl wir auch mit anderen Fakultäten sowie mit Gruppen und Personen außerhalb der Universität zusammenarbeiten.«

»Was hat das alles mit meiner Frau zu tun? Soweit ich weiß, hat sie in solchen Dingen keinerlei Erfahrung und interessiert sich auch nicht dafür.«

Jetzt mußte Sam aufpassen. Er wußte noch immer nicht, mit wem oder was er es zu tun hatte. Zwar wirkte sein Gegenüber recht normal, ein gebildeter, nachdenklicher Mann. Aber Sam durfte nichts mehr als gegeben voraussetzen.

»Jemand mit dem Namen Ihrer Frau, oder besser gesagt mit ihrem Mädchennamen Joanna Cross, hat bei einem Projekt mitgearbeitet, das ich eine Zeitlang geleitet habe.«

Cazaubon starrte ihn ungläubig, beinahe schon feindselig an. »Das ist ausgeschlossen. Davon würde ich wissen. Da muß ein Irrtum vorliegen.«

»Vielleicht. Wenn es ein Irrtum ist, bin ich hier, um ihn aufzuklären.«

Voller Unruhe, die er jedoch zu verbergen suchte, sprang Cazaubon auf und ging zum Kamin, wo er auf den leeren Rost hinabstarrte. Dann wandte er sich wieder seinem Gast zu.

»Sie meinen, da draußen läuft irgendeine Frau herum, die sich als meine Frau ausgibt? Habe ich das richtig verstanden?«

»Ich möchte Sie nicht beunruhigen. Bestimmt gibt es eine plausible Erklärung ...«

»Entschuldigen Sie, aber ich finde das in der Tat höchst beunruhigend.« Cazaubons Ton wurde schärfer. »Und es sieht mir ganz danach aus, als sollten wir die Polizei einschalten.«

»Nein, das ist kein Fall für die Polizei«, erwiderte Sam, nicht energisch, eher gequält, als wäre eine solche Vorgehensweise reine Zeitverschwendung. »Tatsächlich ist die Polizei bereits eingeschaltet. In gewisser Hinsicht jedenfalls.«

»In welcher?« schleuderte Cazaubon zurück. Seine Stimme verhärtete sich vor Beunruhigung.

»Heute sind zwei Menschen gestorben.«

Als Sam das Entsetzen in Cazaubons Augen sah, fügte er rasch hinzu: »Ihre Frau – oder diese andere, die sich als Ihre Frau ausgibt – hatte nicht direkt damit zu tun. Sie war nicht einmal anwesend, als es passierte.«

»Warum sind Sie dann hier?«

Towne zögerte. Wie sollte er anfangen, ohne daß man ihn für geistesgestört hielt? Seine Sorge um Joanna wie auch sein tiefes Mißtrauen diesem Mann gegenüber ließen sich nicht in ein paar knappen, verständlichen Sätzen ausdrücken. »Es tut mir leid«, meinte er schließlich. »Ohne die Anwesenheit Ihrer Frau ist das sehr schwer zu erklären.«

Cazaubon runzelte die Stirn. »Hören Sie, Dr. Towne, meine Frau ist ein intelligenter, selbständiger Mensch. Aber ich glaube nicht, daß ich es zulassen kann, daß Sie sie mit irgendeiner verrückten Geschichte über eine wildfremde Person, die unter ihrem Namen herumläuft, in Aufregung versetzen – schon gar nicht zum jetzigen Zeitpunkt.«

Er hielt inne und schien zu überlegen, ob er seine letzte Bemerkung näher ausführen sollte. Sein Tonfall ließ darauf schließen, daß sie gerade in einer besonders labilen Verfassung war. Vielleicht war sie krank, vielleicht gab es ein Problem in ihrem Leben, oder vielleicht war sie einfach schwanger. Wie auch immer, Cazaubon ließ keinen Zweifel daran, daß er sie vor jeder Belästigung und jedem unnötigen Kummer schützen würde.

»Mir ist klar, wie das alles für Sie klingen muß«, setzte Sam matt hinzu.

»Ach ja? Ich weiß nicht einmal, wer Sie sind, ganz abgesehen davon, was Sie mir eigentlich sagen wollen.«

»Sie können ja bei der Universität anrufen.«

Einen Moment lang herrschte Schweigen. Sam glaubte, daß Cazaubon tatsächlich dort anrufen würde, wenn nicht jetzt, dann später. Er hoffte es zumindest.

»Hören Sie«, Sam schlug den versöhnlichen Ton eines vernünftigen Menschen an, »möglicherweise können wir diese Angelegenheit klären, ohne Ihre Frau in Mitleidenschaft zu ziehen. Haben Sie vielleicht zufällig ein Foto von ihr, das Sie mir zeigen könnten?«

»Selbstverständlich. Obwohl ich nicht verstehe, was das beweisen soll – Sie werden nur feststellen, daß die betreffende Frau eindeutig nicht meine Gattin ist.«

»Das wäre zumindest ein erster Schritt.«

Cazaubon ging durch den Raum zu einem reich verzierten chinesischen Wandschränkchen, doch als er die Schublade herauszog, hielt er inne. Sie hatten gerade beide ein Geräusch in der Diele gehört.

Als die Frau eintrat, stand Sam unwillkürlich auf, weniger aus Höflichkeit, sondern weil er vor Nervosität und Anspannung nicht mehr stillsitzen konnte. Cazaubon war ihr bereits entgegengegangen und hatte sie liebevoll auf die Wange geküßt. Offenbar war er froh und erleichtert, sie zu sehen.

»Schatz«, sagte er, »das ist Dr. Sam Towne von der Manhattan University. Er erzählt mir gerade eine höchst sonderbare Geschichte ...«

Doch da unterbrach er sich, weil Sam hörbar nach Luft schnappte. Sowohl Cazaubon wie auch die Frau, die gerade hereingekommen war, starrten auf den Mann, der mit offenem Mund dastand und die Frau aus blaßblauen Augen entgeistert ansah. Er war kreidebleich und schien einer Ohnmacht nahe.

Damit hatte Sam Towne absolut nicht gerechnet.

Etwas Unmögliches war geschehen.

Ein Jahr zuvor

1 Eleanor (Ellie) Ray war noch nicht ganz sechzig, obwohl die meisten Menschen sie mindestens zehn Jahre älter geschätzt hätten. Sie gab sich Mühe, diesen Eindruck zu erwecken, denn eine großmütterliche Ausstrahlung war in Ellies Beruf bares Geld wert.

Wenn man die unscheinbare, kaum einen Meter fünfzig große und untersetzte Frau heute sah, war es schwer, jene Ellie in ihr wiederzuerkennen, die sie einst gewesen war – die glamouröse, mit hohen Pumps und Netzstrümpfen bekleidete, federngeschmückte und paillettenglitzernde Hälfte von »Wanda und Ray«, einer Unterhaltungs- und Zaubershow, mit der sie sich zwanzig endlose, schwere Tourneejahre lang gerade eben so über Wasser gehalten hatte. Sie war »Wanda« und »Ray« war Ehemann Murray Ray. Als sie sich kennenlernten, war sie Tänzerin, allerdings zu klein geraten für das Ensemble und nicht gut genug für einen Soloauftritt. Mit einem anderen Mädchen, das über eins achtzig groß war, arbeitete sie ein paar Nummern aus, mit denen sie durch die Provinz tingelten, doch ihre ohnehin raren Engagements wurden immer seltener, so daß Ellie schon fast ihren Beruf an den Nagel hängen wollte, bevor sie Murray begegnete.

Er war nur ein, zwei Jahre älter als sie und schon ein anerkannter Profi, wenn auch kein Star. Ein solcher würde er wohl auch nie werden. Er war ein lustig aussehender kleiner Typ, nicht viel größer als sie, aber irgendwie süß. Sie traten in jener Saison ein paarmal im gleichen Programm auf, und er fing an, ihr hinter der Bühne einige Zaubertricks zu zeigen, um sie damit ins Bett zu kriegen. Sie wußte genau, worauf er aus war, und hatte sich bereits entschieden ihm entgegenzukommen. Damals dachte man sich nicht viel dabei, und Sex war ein guter Zeitvertreib nach der Show oder zwischen den Engagements.

Doch die Zauberei war etwas Neues und – wie sie zu ihrer eigenen Überraschung feststellte – höchst Faszinierendes für sie. Ellie fing an, einige der Tricks zu üben, die er ihr gezeigt hatte. Sie habe Talent, meinte Murray. Alles, was sie brauche, sei Fleiß – und den wollte sie gerne aufbringen. Es war eine letzte Chance für Ellie, nicht als Serviererin zu enden. Nach dem Ende ihrer Tänzerinnenkarriere wäre ihr sonst wohl nichts anderes übriggeblieben.

Sie heirateten, drei Monate nachdem sie sich kennengelernt hatten, doch erst ein Jahr später traten sie auch zusammen auf. Es dauerte seine Zeit, eine Nummer auszuarbeiten, und Murray hatte recht mit seiner Bemerkung über den Fleiß. Gerade die kleinen Kunststückchen, die beiläufigen Tricks, waren wirklich schwer zu lernen. Die großen Zauberstücke hingegen waren überraschend einfach und hauptsächlich technische Spielereien. Doch das war nicht ihr Stil – vor allem weil sie nicht genug Geld hatten, die erforderlichen Apparate zu kaufen und zu transportieren. Also blieb nur der steinige Weg: mit genauer Zeitabstimmung, Ablenkungsblabla, gezielter Irreführung und körperlicher Geschicklichkeit. Als Ellie neben Murray auf die Bühne trat, waren ihre kleinen Hände mit den kurzen Fingern so kräftig, daß nur wenige Männer hätten mithalten können. Sie beherrschte Kartentricks, konnte Chiffonschals verschwinden lassen und gezinkte Dollarnoten austauschen – immer mit einem Lächeln auf den Lippen, selbst wenn der Schmerz ihr in die Ellbogen und manchmal bis hinauf in die Schultern schoß. Das wird sich schon noch geben, tröstete sie sich. Übung macht den Meister. Wenn ich es erst richtig gut kann, wird es nicht mehr so weh tun.

Ellie lehnte sich zurück und betrachtete ihre Hände, die jetzt runzlig und mit Leberflecken übersät waren. Sie drehte die Handflächen nach oben und krümmte die Finger wie

Krallen. Die Kraft war noch da. Ihrem eisernen Griff widerstand weder ein Schraubglas noch eine Flasche. Bei der Erinnerung an den Gewichtheber, der damals in Atlantic City frech geworden war, bis sie ihn an den Eiern gepackt hatte, mußte sie lächeln. Er war niemals wieder der alte gewesen.

Als das Gemurmel lauter wurde, erwachte sie aus ihrem Tagtraum und sah auf. Durch die rechteckige Glasscheibe – von der anderen Seite aus nur ein Spiegelornament auf einer der beiden Wände links und rechts der Bühne – konnte sie erkennen, daß der Saal schon fast voll war. Sie blickte auf ihre Armbanduhr, eine auffallend billige mit Plastikarmband, die sie immer bei der Arbeit trug. Die Cartier-Uhr, die ihr Murray zu ihrem letzten Geburtstag geschenkt hatte, verwahrte sie sorgsam in einer Schublade zu Hause. Es blieb ihr noch Zeit genug damit anzugeben, wenn sie in ein paar Monaten hier aufhören und die reichen Früchte der letzten Jahre genießen würden.

Über den Verkauf der Immobilie wurden bereits diskrete Verhandlungen geführt, und es sah ganz so aus, als könnten sie ihren Lebensabend in allem Komfort genießen. Ellie war noch nie in Europa gewesen und träumte davon, Paris, Rom und London zu sehen. Und im Winter lockte alljährlich eine Kreuzfahrt in der Karibik. Dazu natürlich, als Krönung des Ganzen, ein Stadthaus in Manhattan, mit dem Ellie sich einen Lebenstraum erfüllen würde. Das Mädchen aus New Jersey würde ihre Tage als Matrone an der Upper East Side beschließen und in einem Haus wohnen, wie es ihre Mutter in ihrer Kindheit tagtäglich nach einer langen U-Bahn-Fahrt hatte schrubben und putzen müssen. Ein Triumph, mit dem Ellie der Vergangenheit ein paar Geister austreiben würde – die einzigen Geister, an die sie glaubte.

Bei diesem Gedanken spielte ein leises Lächeln um ihre Lippen, das jedoch gleich wieder erstarb. Ihr drängte sich der Gedanke auf, wie schön es gewesen wäre, das alles schon vor dreißig Jahren gehabt zu haben.

Doch besser, viel besser jetzt als nie.

In einer der hinteren Sitzreihen fand Joanna Cross einen vorteilhaften Seitenplatz. Von hier aus konnte sie alles gut überblicken, ohne Aufmerksamkeit zu erregen. Schlimm genug, daß sie jünger war als die meisten Menschen, die sich hierher und an ähnliche Orte locken ließen. Selbst die Angestellten waren vorwiegend in mittleren Jahren und älter, abgesehen von ein paar Bühnenhelfern, die aber mit dem Publikum kaum in Berührung kamen.

Zwar gab es auch ein Trancemedium, das nicht älter als dreißig sein konnte, aber dieser Mann war die große Ausnahme. Und er war sehr begabt. Bei seinen Séancen schwebte eine leuchtende Zinntrompete durch die Dunkelheit, aus der Geisterstimmen ertönten. Ab und zu versprühte sein Körper ektoplasmische Wolken, die dann die Gestalt der lieben verblichenen Angehörigen der Zuschauer annahmen, während funkelnde Lichtpunkte die Köpfe der Anwesenden umtanzten. Daß es sich hierbei nur um einen gigantischen Zaubertrick handelte, war Joanna klar. Sie wunderte sich nur, warum die anderen Leute nicht sehen konnten, was sie nicht sehen wollten, und so bereitwillig an das glaubten, was sie glauben wollten. Oder glauben mußten.

Eben das ärgerte Joanna. Einerseits war es nur eine dumme, aber harmlose Show. Andererseits jedoch war es eine gnadenlose Ausbeutung von Menschen, die einen tragischen Verlust erlitten hatten und Hilfe brauchten. Statt dessen wurden sie für dumm verkauft und von zynischen Halsabschneidern auf eine Odyssee geschickt, die sie am Ende meist ohne einen Penny dastehen ließ. Deshalb wollte Joanna Ellie und Murray Ray dahin bringen, wohin sie gehörten: hinter Gitter. Zumindest aber wollte sie die beiden enttarnen und ruinieren, als Warnung für Leute ihres Schlages.

Und von diesen gab es nicht wenige. Seit Joanna im Auftrag ihrer Zeitschrift mit den Recherchen für diesen Artikel begonnen hatte, staunte sie immer wieder über das Ausmaß der Esoterik-Industrie. Angefangen bei kleinen Hellsehern und Handlesern bis hin zu glänzend organisierten Camps wie diesem, handelte es sich um eine Branche, in der jährlich Millionen, wenn nicht gar Milliarden von Dollars umgesetzt wurden – meist in bar. Auch der Rest blieb größtenteils steuerfrei, dank einer wohlmeinenden, aber fehlgeleiteten Gesetzgebung, die es jedem x-beliebigen Betrüger erlaubte, als Gründer einer Kirche Gemeinnützigkeit geltend zu machen. Das war sicherlich auch der Grund, warum der Saal, in dem Joanna gerade saß, auf dem Plan des Starburst-Camp als »Kathedrale« eingetragen war.

Ihr Blick schweifte zuerst zum einem, dann zum anderen der Glas- und Spiegelgebilde an den Wänden links und rechts der Bühne. In ihrer geschmacklosen Häßlichkeit stellten sie offensichtlich das Starburst-Motiv dar, einen zerplatzenden Stern. Und hinter einer dieser Wände, das wußte Joanna, saß Ellie Ray. Von dort aus konnte sie hinausschauen und den Verlauf der Sitzung lenken.

Joanna sah auf die Uhr. Es würde bald losgehen. Und mit etwas Glück war es, zumindest wenn es nach ihr ging, die letzte Séance, die hier abgehalten wurde.

Die schwimmenden Fische und dahintreibenden Seeanemonen verschwanden von Ellies Computerbildschirm, als sie eine Taste anschlug. Sie rief die Datei auf, die sie im Laufe des Tages zusammengestellt hatte, kaum daß die Liste der Teilnehmer auf ihrem Tisch lag. Viele waren zum ersten oder zweiten Mal hier, sie hatten von Freunden von diesem Camp gehört. Wenn man richtig mit ihnen umging, würden die meisten etliche Male wiederkommen, und einige versprachen einen guten Profit. Letztere galt es herauszufiltern, um mit ihnen in den nächsten ein, zwei Tagen Einzelsitzungen mit einem Schlüsselmedium abzuhalten.

Ellie überflog die Informationen auf dem Bildschirm. Alles war erfaßt, jedes notwendige Detail, präzise und geordnet – und alles war zur Sicherheit in Kopie in den Karteikästen aufbewahrt. Natürlich mußte sie den etwa hundertfünfzig Gesichtern dort draußen jeweils den richtigen Namen zuordnen und meist hatte sie nur zehn oder höchstens fünfzehn Minuten mit den jeweiligen Personen gesprochen. Aber dabei half ihr ein Gedächtnistrick, den sie vor einigen Jahren für eine Nummer gelernt hatte.

Da hörte sie ein Geräusch und sie drehte sich um. Murray kam herein, mit einem großen weißen Taschentuch putzte er sich gerade die Nase. Der Arme war ziemlich erkältet, und Ellie hatte sich vergangene Woche schon Sorgen um ihn gemacht, doch er hatte die Zähne zusammengebissen und keine einzige Séance ausfallen lassen. Jetzt schien er wieder zu Kräften zu kommen, war aber immer noch ungesund rot im Gesicht. Ellie mußte ihn unbedingt auf Diät setzen. Für einen Mann seines Alters wog er viel zu viel. Sämtliche seiner Anzüge waren bis auf den letzten Millimeter ausgelassen, und trotzdem paßte er in die Hälfte nicht mehr hinein.

»Fertig für den Rock'n'Roll«, meinte er und stopfte das Taschentuch zurück in die Tasche. Dann nahm er das schmale Batteriepäckchen, das neben dem Computer lag, und setzte sich mit dem Rücken zu Ellie. Das war ihre übliche Routine. Nachdem er den Ohrstöpsel sicher befestigt hatte, hielt er still, während sie den fadendünnen Draht hinten in seinen Hemdkragen hinein- und durch den kleinen Öffnungsschlitz direkt unter dem Schulterblatt wieder hinausführte. Das Drahtende zog sie dann unter seinem Arm nach vorne und steckte es in das Batteriepäckchen, das Ray in einer Spezialtasche im Jackettsaum verstaute. Sie tippte gegen das Mikrofon vor sich, und er nickte. Die Verbindung klappte.

Ellie wartete noch einen Moment und vergewisserte sich mit einem letzten Blick durch die rechteckige Glasscheibe, daß alles bereit war, dann gab sie Mark, dem Bühnenmanager, das Stichwort, mit der Show anzufangen.

Marks bühnenerfahrene Stimme dröhnte eindrucksvoll über die großen Lautsprecher in den Saal. »Sehr geehrte Damen und Herren, die Séance wird gleich beginnen.

Doch zuerst wird Sie Mrs. Ellie Ray mit ein paar einführenden Worten begrüßen.«

Der Vorhang hob sich und zeigte eine Bühne, die leer war – bis auf einen wuchtigen Stuhl mit hoher Lehne, der genau in der Mitte plaziert war, ein Thron aus rotem Samt und Mahagoni. Ein pastellfarbener Regenbogen bewegte sich unablässig und alles andere als dezent über den pompösen Vorhang im Hintergrund. Ellie betrat die Bühne von der Seite, lächelnd und mit erhobenen Händen, um sich für den Begrüßungsapplaus zu bedanken und ihn zugleich verebben zu lassen.

»Nun denn, meine Lieben«, setzte sie an, »wir sind alle Freunde hier, also entspannen Sie sich und tauchen Sie in die Gelassenheit ein, die Ihnen dabei helfen wird, mit Ihren Lieben auf der anderen Seite in Kontakt zu treten. Die Schwingungen hier sind sehr gut. Wirklich ausgezeichnet. Ich fühle, wie die Geister hierher gezogen werden, zu uns, die wir heute hier versammelt sind. Und vergessen Sie nicht, die Geister wollen Kontakt aufnehmen. Sie warten nur darauf, daß Sie bereitwillig Ihre Herzen öffnen, wie Sie es gerade im Augenblick tun. Mein Mann Murray. Sie alle kennen Murray ...«

Murray watschelte hinaus, strahlte all die Gesichter an, nahm die Hand, die seine Frau ihm entgegenstreckte, und verneigte sich ein bißchen, allerdings wirklich nur andeutungsweise: Er und Ellie wollten unter allen Umständen den Eindruck vermeiden, sie kämen aus dem Showgeschäft.

»Murray wird Sie auf Ihrer heutigen Reise in die Geisterwelt begleiten«, fuhr Ellie fort. »Doch zuerst will ich jenen, die zum ersten Mal hier bei uns sind, erklären, was geschehen wird ...«

Während sie sprach, setzte sich Murray auf den Thron, und Ellie zog einen schwarzen Seidenschal heraus, mit dem sie ihm umständlich die Augen verband.

»Wenn Sie mit jemandem von der anderen Seite in Kontakt treten wollen, heben Sie einfach die Hand. Dann wird eine unserer beiden ehrenamtlichen Assistentinnen – das sind Merle und Minnie, da stehen sie, rechts und links von Ihnen, sie winken Ihnen gerade zu – mit einem Mikrofon zu Ihnen kommen. Mit einem Mikrofon deshalb, damit die anderen hier im Saal mithören können. Wenn aber jemand eine Frage hat, die er nicht laut stellen will, kein Problem, die Geister werden Sie auch so verstehen. Sie wissen, was in Ihren Herzen vorgeht, und werden über das Medium, über Murray, antworten. Wenn Merle oder Minnie Sie also auffordern, müssen Sie nur Ihre Gedanken ganz stark auf die Geisterwelt richten, und Ihre Lieben werden durch das Medium antworten. Oder Sie können Merle oder Minnie einen persönlichen Gegenstand, eine Uhr oder einen Schlüsselring, ein Schmuckstück oder sonst irgend etwas geben, entweder von Ihnen selbst oder aus dem Besitz Ihres lieben Verstorbenen. Die Schwingungen werden über das Medium in die Geisterwelt geleitet, zu demjenigen, mit dem Sie in Kontakt treten wollen.«

Nachdem sie sich noch einmal davon überzeugt hatte, daß die Augenbinde nicht verrutschen konnte, trat Ellie ein paar Schritte zurück.

»Ich lasse Sie jetzt allein, doch zuvor muß ich Sie noch bitten, eine Weile ganz still zu sein, während sich das Medium auf die Geisterwelt einstimmt. Danach werden Sie dann aufgefordert, die Hand zu heben, falls Sie eine Frage stellen möchten. Doch jetzt bitte Ruhe, verehrte Damen und Herren ... seien Sie bitte ganz still ...«

Das Licht verdunkelte sich, während Ellie durch den Seitenausgang von der Bühne schlüpfte und Murray seine Trance-Position einnahm: Den Kopf gebeugt, atmete er tief und gleichmäßig, seine Brust hob und senkte sich schwer. Dann ging langsam ein weißer Spot direkt über ihm an und traf ihn wie ein Strahl himmlischen Lichts. Etwa nach einer Minute hob Murray zögernd den Kopf, als würde er jemandem seitlich über sich zuhören. Schließlich nickte er, als bestätige er damit das Zugegensein eines unsichtbaren Wesens.

Nun drang wieder Marks Stimme aus den Lautsprechern über den erwartungsvoll gereckten Köpfen. »Meine Damen und Herren, das Medium ist bereit«, gab er leise bekannt. »Bitte heben Sie die Hand, wenn Sie eine Frage stellen möchten.«

Von ihrem Platz am Computer aus, den Saal gut im Blick, beobachtete Ellie, wie Merle unsicher schien, wem sie in diesem Meer aus erhobenen Händen zuerst das Mikrofon reichen sollte. In einer schauspielerischen Glanzleistung schien sie schließlich eine Zufallsentscheidung zu fällen – doch sie machte keinen Fehler, als sie das Mikrofon, wie vorher mit Ellie abgesprochen, einer pummeligen Frau gut über sechzig übergab, deren Gatte vor kurzem verschieden war und ihr ein millionenschweres Vermögen, fest angelegt in mündelsicheren Wertpapieren, hinterlassen hatte ...

Eine sehr gekonnte Vorstellung, wie Joanna widerwillig einräumen mußte. Murray hatte mehrere Fragen, laut gestellte wie auch unausgesprochene, beantwortet und jedesmal erstauntes Gemurmel von seinem Publikum geerntet. Nun lieferte er eine Demonstration in Psychometrie. Mit seinen Wurstfingern befühlte er eine Brosche, die ihm eine Frau aus den vorderen Reihen heraufgereicht hatte. Er nannte Namen und Orte, wobei er die Informationen, die Ellie ihm ins Ohr flüsterte, geschickt ausschmückte. Eindrucksvoll, aber nur wenn man nicht wußte, wie so etwas gemacht wurde. Und Joanna wußte Bescheid.

Niemand, der einfach nur so am Tor des Starburst-Camps auftauchte, wurde gleich hier hereingelassen – da half es auch nichts, wenn man der habgierigen Ellie ein Bündel Geldscheine unter die Nase hielt. War das Bündel allerdings dick genug, wurde man vielleicht zum Tee in die Privatwohnung der Rays eingeladen und bekam sogar eine kleine Führung über das Gelände. Während dieser Stunden erzählte man unweigerlich genug über sich, um den Rays einen ersten Anhaltspunkt zu geben. Der Rest war Routine.

Zuerst wurde im landesweiten Esoterik-Netzwerk nach dem neuen Interessenten gefahndet. Eine überraschend große Zahl von Leichtgläubigen ging von Wahrsager zu Wahrsager, von Medium zu Medium, und nahm oft weite Reisen auf sich, um Rat zu erhalten. Hätte diesen Leuten jemand erzählt, daß die Dinge, die sie über sich zu hören bekamen, per Fax oder E-Mail von dem letzten Scharlatan, dem sie aufgesessen waren, weitergegeben worden waren, sie hätten es nicht geglaubt. Weil sie es nicht glauben wollten. Sie hingen lieber weiter dem Spiritismus an.

Hatte die Fahndung im Netzwerk keinen Erfolg, beauftragte Ellie einfach eine Detektei, die sie ständig unter Vertrag hatte, und ließ den Betreffenden möglichst gründlich ausspionieren. Eines stand jedenfalls fest: Wenn Ellie, Murray oder irgendeiner ihrer Kollegen mit dem leichtgläubigen Opfer eine Séance veranstalteten, war alles detailgenau geplant und bis aufs I-Tüpfelchen vorbereitet. In der Geisterwelt gab es keine Überraschungen.

Doch schon sehr bald würde es eine geben. Verstohlen fuhr sich Joanna mit der Hand unter die dunkle Perücke und preßte den Ohrstöpsel fester an seinen Platz. Das Aufnahmegerät in ihrer Tasche hielt jedes Wort fest, das Ellie ihrem Mann soufflierte. Manche Bemerkungen waren ziemlich dreist. Ellie machte keinen Hehl aus ihrer Verachtung für diese Trottel, die ihr und Murray jeden Schwindel abkauften.

Das gab guten Lesestoff.

Ellie kniff die Augen zusammen, um durch die Glasscheibe die Frau ziemlich weit hinten zu erkennen, die Merle gerade etwas in die Hand gedrückt hatte. Es handelte sich um diese junge Rachel Clark, sie verbrachte das Wochenende in Clouds Wing. Die Informationen auf dem Bildschirm waren äußerst dürftig – Ellie erfuhr lediglich, daß sie in den letzten Monaten sieben Medien aufgesucht hatte, alle in der Nähe von Philadelphia, wo sie lebte. Und jedesmal hatte sie das gleiche gewollt: eine Verbindung zu ihrem Vater, den sie während seiner langen Krankheit bis zu seinem Tod im letzten Jahr gepflegt hatte. Offensichtlich gab es etwas zu klären, doch was genau, blieb unklar.

»Ihr dreckiger Alter hat's ihr wahrscheinlich besorgt, seit sie zehn war«, brummte sie ins Mikrofon. »Es geht um dieses dunkelhaarige Mädchen, das dir gestern aufgefallen ist – prima Titten unter der gräßlichen Strickjacke. Das hast du garantiert nicht übersehen! Ihre Mutter ist gestorben, als sie fünfzehn war. Nie verheiratet gewesen, aber einmal verlobt, mit einem Johnny – aber keine Ahnung, was aus dem geworden ist. Ihr Alter hat Küchengeräte verkauft – klingt, als hätt's was eingebracht, zumindest nach den Schulen zu urteilen, auf denen sie war.«

Während Ellie die übrigen Details vorlas, spähte sie durch die Scheibe und versuchte zu erkennen, was Rachel Clark Merle gegeben hatte. Murray war noch dabei, auf die letzte Frage zu antworten, als Merle die Seitentreppe zur Bühne hochging. Genaues Timing hieß für Merle, daß sie genau vor Ellies Durchguck stehenbleiben mußte, um ihr zu zeigen, was sie in Händen hielt, und ihr mit verabredeten Zeichen zu signalisieren, ob es sich um Gold oder vergoldete Stücke, um echten oder um Modeschmuck handelte – was immer Murray, der ja jetzt nichts sah, von Nutzen sein konnte.

»Goldene Männeruhr, wahrscheinlich vom Vater«, sagte Ellie, während Murray sein Geschwafel zur letzten Frage beendete und gleichzeitig die Informationen aufnahm, die Ellie über seine Stimme hinwegschickte. »Er hieß James Anthony Clark, die Mutter war eine Susan Anne mit ›e‹ hinten, geborene Ziegler. Die Kleine ist Halbjüdin, na, das sollte für den Anfang reichen ...«

Joanna mußte sich beherrschen, um ein schadenfrohes Grinsen zu unterdrücken. Sie hatten ihr die falsche Identität, die sie bei diesen langweiligen Abstechern nach Philadelphia in den letzten Monaten aufgebaut hatte, komplett abgekauft. Der Beweis kam jetzt aus Murrays Mund, er kaute jede einzelne schale Lüge wieder und tappte blind in Joannas Falle.

Und sie hatte alles auf Band!

Mit seinen gerade mal zwanzig Jahren war Jeremy Holland in Camp Starburst Mädchen für alles. Er hatte den Job gekriegt, weil seine Mutter mit einem Medium aus dem Camp verwandt war, und nun stieg er ebenfalls in den Beruf ein. Heute allerdings hatte er Telefondienst und war plötzlich mit einer Situation konfrontiert, die ihn überforderte. Überrascht blickte Ellie auf, als er mit gesenktem Kopf zu ihr kam.

»Die Polizei ist am Apparat«, erklärte er.

Ellies Herz setzte einen Schlag lang aus. Ihr war klar, daß einiges von dem, was sie machten, nicht ganz astrein war, doch sie tröstete sich immer wieder mit dem Gedanken, daß das vor Gericht praktisch nicht zu beweisen war. Dennoch hatte sie ein ungutes Gefühl, wenn sie es mit den Gesetzeshütern zu tun bekam.

»Was wollen sie denn?«

»Das sagen sie nicht. Sie verlangen eine gewisse Mrs. Anderson, die als Zuschauerin hier ist. Eileen Anderson.«

»Die sitzt da drin.« Ellie nickte in Richtung Publikum. »Sie ist jetzt nicht zu sprechen. Sag ihnen, sie sollen eine Nummer hinterlassen oder es später noch mal probieren.«

»Das habe ich schon getan. Aber sie bestehen darauf.« Jeremys Stimme zitterte leicht. Wie jeder der Angestellten hier im Camp fürchtete er Ellies Zorn, vor allem wenn er der Auslöser war. »Sie wollen unbedingt jemanden von der Leitung sprechen – jetzt sofort.«

»Scheiße!« zischte Ellie und dachte nach. »Meinst du, du könntest hier mal fünf Minuten übernehmen?«

»Ich werd's versuchen«, strahlte er und freute sich über seine Chance und das Vertrauen, das Ellie in ihn setzte.

»Murray fängt gerade mit dem Typ da drüben an – in Reihe ›J‹, neben Minnie. Die Infos sind schon auf dem Schirm. Du mußt sie einfach nur ablesen – aber nicht zu schnell.«

»Kein Problem.«

Mit ein paar knappen Worten erklärte Ellie Murray den Wechsel und machte dann schnell den Platz am Mikro für Jeremy frei. Den Anruf ließ sie sich in ihr Büro durchstellen.

»Ellie Ray am Apparat. Was kann ich für Sie tun?«

»Sergeant Dan Miller, State Police New Hampshire. Wie ich dem jungen Mann schon gesagt habe, muß ich Mrs. Anderson persönlich sprechen.«

»Tut mir leid, Mrs. Anderson ist gerade in einer ... in einem Gottesdienst. Aber ich bin eine sehr gute Freundin von ihr. Wenn ich also Ihnen oder ihr irgendwie behilflich sein kann, stehe ich Ihnen gern zur Verfügung.«

Sie merkte, wie er zögerte und dann eine Entscheidung traf.

»Mmmh«, setzte er an, suchte offenbar nach den richtigen Worten. »Ich habe eine schlimme Nachricht. Ich rufe aus dem Leichenschauhaus an. Mrs. Andersons Gatte ist vor zwei Stunden bei einem Verkehrsunfall ums Leben gekommen ...«

Im ersten Moment fragte sich Joanna, ob es sich wohl um einen schlechten Scherz handelte. Oder hatte sie sich verhört? Alles in ihr sträubte sich gegen den Gedanken, daß das, was sich hier abspielte, wirklich geschah. Schreckensstarr wie nach einem Unfallschock saß sie da und konnte es nicht fassen.

Es begann damit, daß Ellie wieder das Mikrofon von dem jungen Mann übernahm, der sich die letzten fünf Minuten lang abgemüht hatte, die Show in Gang zu halten. »Hör mal«, wandte sie sich in eindringlichem Ton an Murray, »ich hatte gerade die Polizei am Apparat. Da gibt es 'ne einmalige Gelegenheit. Es geht um diese Anderson ... ich hab ihre Daten hier ... Vorname: Eileen, kommt aus Springfield ... hat ein Problem mit 'ner Zwillingsschwester, die gestorben ist, als sie noch Kinder waren ... Jetzt paß mal auf, Murray, ihr Mann ist gerade auf der Autobahn ums Leben gekommen ... Was wir jetzt also tun, ist folgendes ...«

Joanna fuhr sich mit der Hand unter die Perücke, als funktioniere ihr Empfänger vielleicht nicht richtig. Sie konnte einfach nicht glauben, was sie da hörte. So etwas Schreckliches konnten sie nicht wirklich vorhaben. Nicht einmal diese Betrüger konnten so etwas von skrupellos sein.

Doch Ellies Stimme brummte weiter in ihr Ohr.

»Damit werden wir sogar Joyce Pardoe wieder an der Angel haben. Sobald das in der Zeitung steht, wird sie ihr Angebot erhöhen, ganz sicher. Wir könnten sogar eine Versteigerung zwischen ihr und den Thomases arrangieren ...«

Joanna nahm nur beiläufig wahr, daß ihr der Mund offenstand, während sie mit anhörte, wie diese Frau kaltblütig einen tragischen Todesfall auszuschlachten plante, um den Verkaufswert ihrer Immobilie zu erhöhen. Doch noch immer wollte sie es nicht wahrhaben. Murray würde bestimmt nicht mitmachen. Sie betrachtete den ungerührt Dasitzenden, wie er eine weitschweifige Antwort auf die Frage eines Mannes aus einer der vorderen Sitzreihen zu Ende brachte. Von den habgierigen, gefühllosen Einflüsterungen seiner Frau war ihm nichts anzumerken. Bestimmt würde er ihren Vorschlag einfach ignorieren und ganz normal weitermachen. Er konnte doch nicht ... Nein, unmöglich.

»Ihr Mann hieß Jeffrey Dean ... Jeffrey Dean Anderson ... Vertreter – mehr weiß ich nicht, auch nicht, was er verkauft hat ... Zwei Kinder im Teenageralter, Shirley und Richard ...«

Als Murray das Zeichen für die nächste Frage gab, kam Merle mit einer Art Brosche oder Anstecknadel auf die Bühne, die sie Murray in die ausgestreckte Hand legte.

Doch da erstarrte er. Einige Sekunden lang rührte er sich nicht, dann holte er tief seufzend Atem und sackte auf seinem Stuhl in sich zusammen, als wäre er bewußtlos.

Erschrocken sprangen die Menschen auf; sie fürchteten, ihm sei etwas zugestoßen. Auch Merle eilte zu ihm, merkte jedoch schnell, daß alles in bester Ordnung war, als Murray sich wieder aufrichtete und dann aufstand. Er hob theatralisch die Arme, und das Publikum sah erstaunt mit an, wie er in scheinbar höchster Konzentration die Finger an die Schläfen preßte. Sein Atem ging immer noch schwer. Dann fing er mit nach wie vor verbundenen Augen zu sprechen an.

»Jeffrey ... Jeffrey Dean Anderson spricht zu mir«, intonierte er, »gerade eben ... er hat eine Nachricht für dich, Eileen ... er sagt, du bist hier, Eileen ... es ist eine Nachricht für dich und die Kinder ... er will Shirley und Richard und dir sagen, daß er euch liebt ... ihr sollt nicht traurig sein ... er ist einfach ... von hinnen gegangen ...«

Mehrere Menschen liefen auf die schmächtige Frau zu, die mitten im Gang entsetzt zusammengebrochen war.

Draußen rannte Joanna an den hohen, schlanken Weißbirken vorbei, bis sie nicht mehr konnte und sich vor Ekel und Abscheu erbrechen mußte.

Danach ging sie entschlossen zu dem Holzgebäude mit dem lächerlichen Namen Clouds Wing – einem der beiden einfachen, überteuerten Hotels auf dem Gelände. In ihrem Zimmer raffte sie schnell die wenigen Habseligkeiten zusammen, die sie bei sich hatte, und überprüfte noch einmal, ob sie auch wirklich alles auf Band festgehalten hatte.

Dann schnappte sie sich ihre Autoschlüssel und lief hinüber zum Parkplatz.

2 Sam Towne beobachtete die umgedrehte Puddingform aus Plastik, die auf dem glatten Fußboden des Labors wie ein Krebs herumkroch.

Die technische Bezeichnung für den Apparat lautete Tychoskop, abgeleitet von »tyche«, dem griechischen Wort für Zufall, und »skopein«, was untersuchen bedeutet. Den Prototyp hatte Ende der siebziger Jahre ein Franzose namens Pierre Janin entwickelt. Der Apparat war mit zwei parallel angeordneten Rädern und einem starren Drehfuß ausgestattet, so daß er auf einer geraden Linie vorwärts oder rückwärts fahren und sich im Uhrzeigersinn oder andersherum drehen konnte.

All diese Bewegungen wurden von einem Zufallsgenerator im Zimmer nebenan ferngesteuert. Im Grunde war ein Zufallsgenerator nichts anderes als eine elektronische Maschine, die sozusagen eine Münze warf und feststellte, ob »Kopf« oder »Zahl« oben lag. Ihre Schaltungen wurden von nicht vorhersagbaren physikalischen Prozessen wie radioaktivem Zerfall oder thermischer Elektronenbewegung gesteuert. Ein Computer, der darauf programmiert war, diese Prozesse in bestimmten Intervallen zu registrieren, erzeugte entsprechend willkürliche Zahlenreihen oder Bewegungen.

Somit konnte man immer nur raten, welche Bewegung das Tychoskop als nächstes machen würde. Statistisch gesehen gab es eine Wahrscheinlichkeit von 50 zu 50 für jede der Bewegungen, zu der das Gerät imstande war – ebenso wie eine Münze, die man wirft, mit einer Wahrscheinlichkeit von 50 zu 50 auf Kopf beziehungsweise Zahl fällt. Bei zehn, hundert oder tausend Versuchen wird sie demnach annähernd genausooft auf Kopf wie auf Zahl liegenbleiben. Das ist das Gesetz der Wahrscheinlichkeit.

Was jedoch Sam und sein Assistent Pete Daniels beobachteten, stand in einem permanenten und gravierenden Widerspruch zu diesem Gesetz. Der kleine Puddingform-Roboter kauerte sich buchstäblich in eine Ecke des Raums. Jedesmal, wenn der Zufallsgenerator ihm einen neuen Impuls gab, der ihn aus der Ecke lotste, holten ihn die nächsten Befehle unerbittlich zurück.

Sam und Pete wechselten einen Blick miteinander und keiner konnte seine Aufregung vor dem anderen verbergen. Beide wußten, daß dies ein historischer Augenblick war: die unter Laborbedingungen stattfindende, wiederholbare Demonstration eines vollkommen unerklärlichen Phänomens.

»Okay, stellen wir den Käfig um«, sagte Sam.

Die fünfzehn Küken im Alter von sieben Tagen begannen ängstlich zu piepsen, als sie mitsamt ihrem Käfig hochgehoben und knapp zwei Meter von ihrem ursprünglichen Platz wieder abgestellt wurden. Nach einigen Augenblicken hatten sie allerdings die Orientierung wiedergefunden und riefen erneut nach dem ziellos umherwandernden Objekt. Sie waren darauf konditioniert, es als ihre »Mutter« zu betrachten, und diese befand sich nun weiter von ihnen entfernt, als ihnen lieb war.

Pete kam mit einem Computerausdruck aus dem Zimmer nebenan zurück. Wortlos gab er ihn Sam. Die Zahlen sprachen für sich.

»Das ist fast dreimal so lang«, stellte Sam fest, nachdem er die Zahlen im Kopf überschlagen hatte. »Dieses verdammte Ding hat sich dreimal so lange in der Nähe des Käfigs herumgetrieben, wenn die Küken drin waren, als wenn er leer war.«

»Absolut unglaublich.«

»Aber wahr.«

Beide wandten sich um, als das Zwitschern der kleinen

Vögel lebhafter wurde. Das Tychoskop vollführte eine Drehung von beinahe dreihundertsechzig Grad. Sam erwiderte Petes Blick und jeder wußte, was der andere gerade dachte, auch wenn jeder es sogleich als Hirngespinst abtat. Was ihnen unwillkürlich für einen kurzen Moment durch den Kopf geschossen war, war der absurde Gedanke, daß das Tychoskop aus eigenem Antrieb nach seiner Brut suchte. Aber schließlich handelte es sich um eine geistlose Maschine, deren logische Fähigkeiten nicht einmal an das einfachste Computerprogramm heranreichten. Jedes Programm war letztlich ein geordneter Prozeß, doch der ganze Sinn des Prozesses, der die Bewegungen des kleinen Roboters steuerte, bestand darin, daß er keinerlei Ordnung folgte.

Als einzig mögliche Kraft, die das Tychoskop in den letzten zwanzig Minuten zu Bewegungen dieser Art veranlaßt haben konnte, kam nur die Willenskraft der kleinen, eingesperrten Küken in Frage, die die Maschine in ihrer Nähe haben wollten. Wie die meisten Vogeljungen, sahen auch sie das erste bewegte Objekt, mit dem sie nach dem Schlüpfen in Kontakt gekommen waren, als ihre Mutter an. Nach ihrer Geburt hatten sie sechs Tage lang jeweils eine Stunde täglich in Gegenwart des Roboters verbracht, der seinem zufallsgenerierten Kurs folgte. Heute waren die jungen Vögel zum ersten Mal eingesperrt und deshalb nicht in der Lage, der Maschine wie sonst hinterherzulaufen.

Also ließen sie sie statt dessen zu sich kommen.

Eine Stunde später brachte Pete einen weiteren Käfig mit Küken und tauschte ihn gegen den ersten aus. Der einzige Unterschied bestand darin, daß diese Küken das Tychoskop nie zuvor gesehen und somit keinen Bezug dazu hatten. Um dies zu beweisen, ließ Sam einen zwanzigminütigen Kontrolldurchgang machen, bei dem der Roboter, wie es der Computerausdruck bestätigte, seinen normalen zufallsbestimmten Wegen folgte, während die Küken in ihrem Käfig keine Notiz von ihm nahmen.

»Okay, Pete, laß jetzt bitte die Jalousien runter«, sagte Sam, nachdem er sich vom Versuchsergebnis überzeugt hatte. Im Labor wurde es stockdunkel, und die Küken piepsten lauter und aufgeregter.

»Verstehst du, was ich meine?« fragte Sam. »Sie mögen es nicht, wenn es am hellichten Tag dunkel wird. Da geraten sie in Panik.«

Der Lärm, den die Küken machten, gab ihm zweifellos recht. Die Tiere beruhigten sich erst ein wenig, als Petes Feuerzeug aufflammte und er eine Kerze anzündete. Diese steckte er in eine Halterung auf dem Tychoskop, das seit dem Ende des vorigen Durchgangs reglos am anderen Ende des Raums stehengeblieben war.

Als die Kerze – die einzige Lichtquelle im Raum – befestigt war, drückte Sam auf seine Fernbedienung, und das Tychoskop setzte sich in Bewegung.

Die Küken schrien nach dem Licht ...

»Ich esse nie wieder eines von diesen Dingern«, murmelte Pete, als sie nach mehreren Durchgängen die Daten auswerteten. »Diese kleinen Tierchen sind ja die reinsten Magier.«

Sam lächelte. »Dann mußt du wohl Vegetarier werden«, meinte er, »weil alles, was mehr Bewußtsein als eine Karotte hat, die gleiche Show abziehen könnte wie die, die du gerade gesehen hast. Und es gibt da auch gewisse Theorien über Karotten ...«

»Willst du etwa eine Versuchsreihe mit einem Korb Gemüse starten?«

»Nee – sonst halten uns noch alle für bekloppt.«

»Tun sie doch sowieso schon.«

»Na ja«, erwiderte Sam achselzuckend, »vielleicht sind wir es auch.«

Pete warf seinem Chef einen verstohlenen Blick zu. Manchmal verstand er Sam nicht. Eigentlich sollte er überglücklich sein angesichts der Resultate, die sie erzielten.

Aber er schien plötzlich allen Mut verloren zu haben, als wären diese Versuche nur reine Zeitverschwendung.

»Was ist los?« fragte er. »Hast du einen Fehler in der Versuchsanordnung entdeckt oder so was?«

»Da ist kein Fehler«, bemerkte Sam trocken.

»Warum ziehst du dann so ein langes Gesicht?«

Der Anflug von Verärgerung auf Sams Gesicht sagte dem jüngeren Mann, daß er besser nicht weiterbohren sollte. Andererseits arbeitete Pete aber nicht hier, um sich vorschreiben zu lassen, was er zu tun und zu denken hatte. Er respektierte Sam, er mochte ihn und bewunderte seine Arbeit; gerade deshalb wollte er von ihm ins Vertrauen gezogen werden.

»Schau mich nicht so an«, protestierte er mit einem leicht quengelnden Unterton, den er selbst nicht ausstehen konnte. »Wenn dir irgendwas Kopfzerbrechen bereitet, wüßte ich es eben gern.«

Sam seufzte entschuldigend. »Es hat nichts mit dem Experiment zu tun.«

»Womit dann?«

»Das eigentliche Problem ist doch, herauszufinden, wohin das alles führen soll. Wenn es überhaupt irgendwohin führt.«

3 Bisher war Joanna erst einmal im Fernsehen aufgetreten, bei einer Nachmittags-Talkshow, nachdem sie eine Artikelserie über riskante Diäten und die dafür verantwortlichen Ärzte geschrieben hatte. Es hatte ihr erstaunlich wenig ausgemacht. Worauf es ankam, war, sich nicht zu verstellen. Zurückhaltung brachte mehr als übertriebene Gestik, weil dem Kameraauge nichts entging. Fasse dich kurz und drücke dich verständlich aus.

Die heutige Talkshow würde zur gleichen Sendezeit laufen, sie wurde am Vormittag aufgezeichnet und sollte nachmittags ausgestrahlt werden. Joannas Artikel über die schäbigen Tricks in Camp Starburst hatten erwartungsgemäß eine Menge Staub aufgewirbelt. Und so saß sie jetzt neben einem männlichen »Medium«, einer Astrologin und dem Autor eines Buches über die Geister von Prominenten, die angeblich noch immer keine Ruhe gefunden hatten. Der fünfte Studiogast war ein Psychologe namens Sam Towne, der an der Manhattan University paranormale Phänomene »wissenschaftlich« untersuchte.

Eigentlich ging Joanna das Thema ziemlich auf die Nerven. Und sie hatte auch für diese Sendung nicht viel übrig. Aber leider war ihr Herausgeber der Meinung, daß alles, was den Bekanntheitsgrad der Zeitschrift – und nebenbei auch den ihren – steigerte, die Verkaufszahlen in die Höhe trieb.

»Wollen Sie damit sagen«, fragte eine Frau aus dem Publikum, »daß das alles eine große Lüge ist, die ganze Religion und so, daß nach dem Tod nichts mehr ist?«

»Ich will damit sagen, daß niemand weiß, was passiert,

wenn wir sterben«, erwiderte Joanna. »Und daß jeder, der das Gegenteil behauptet, ein Lügner ist – und wahrscheinlich auch ein Betrüger.«

»Aber was ist dann mit dem religiösen Glauben?« griff der Gastgeber der Sendung das Stichwort auf, während er mit dem Mikrofon zwischen den Publikumsreihen hin und her ging. »Gehört Religion Ihrer Meinung nach in die gleiche Kategorie, ist das ebenso Betrug wie das, worüber Sie geschrieben haben?«

»Nein, natürlich nicht. Religion ist etwas ganz anderes.«

»Darf ich fragen, ob Sie gläubig sind und einer Religionsgemeinschaft angehören?«

»Ich bin in einer protestantischen Familie aufgewachsen. Zwar war ich nie eine große Kirchgängerin, aber wenn Sie mich jetzt fragen, ob ich an Gott glaube ... ich würde mich schwertun, nein zu sagen.«

»Darf ich etwas dazu sagen?« meldete sich Sam Towne, der Psychologe, zu Wort. Der Gastgeber nickte.

»Miss Cross hat über Leute geschrieben, die behauptet haben, etwas über das Leben nach dem Tod zu wissen«, begann Towne, »die detaillierte spezifische Kenntnisse vortäuschten über Menschen, die, wie sie zu sagen pflegen, ›von uns gegangen sind‹. Nun, wir sollten religiöse Überzeugungen nicht in einen Topf werfen mit dieser Art von Wissen – oder überhaupt mit irgendeiner Form von Wissen im landläufigen Sinn. Ich *weiß*, daß ich in einem Fernsehstudio sitze, ebenso wie Sie. Darüber können wir nicht verschiedener Meinung sein. Aber ich kann *glauben*, wie es dazu gekommen ist, daß ich hier sitze, daß das Fernsehstudio hier steht, wie die Welt, in der wir uns befinden, entstanden ist – und Sie können etwas anderes glauben. Unsere jeweiligen Glaubensüberzeugungen können mit den Fakten, die wir kennen, übereinstimmen und doch einander widersprechen. Der faule Zauber aber, über den Miss Cross geschrieben hat, hat nichts mit religiöser Überzeugung oder Wissen zu tun. Diese Leute haben das Vertrauen vieler Menschen mißbraucht, um schnelles Geld zu machen.«

Wie nicht anders zu erwarten, flüchteten sich die übrigen drei Gäste in eine »Ja-aber«-Haltung: Die Camp-Starburst-Affäre sei natürlich ein Skandal, aber doch nur ein vereinzelter Ausrutscher. Man solle nicht die ganze Esoterik-Branche über einen Kamm scheren.

Während Joanna den anderen Talkgästen zuhörte, fühlte sie sich mehr und mehr in der schlechten Meinung, die sie sich in der vergangenen Stunde von ihnen gemacht hatte, bestätigt. Allerdings mußte sie zugeben, daß Sam Towne sie zu interessieren begann. Als sie erfahren hatte, daß sich auch ein Geisterjäger unter den Studiogästen befinden würde, hatte sie sich einen mürrischen Exzentriker vorgestellt, der seine Wochenenden in Spukschlössern verbrachte, um dort die Geister mit der Videokamera zu filmen. Dieser Mann jedoch war höchstens Mitte bis Ende Dreißig, hatte Sinn für Humor und einen aufgeschlossenen Charakter. Zudem war er zweifellos intelligent, er wechselte geschickt von einem Thema zum anderen, ohne sich zu verzetteln, und wie ihr ein Blick auf den Monitor verriet, war er sehr telegen.

Als die Show ihrem Ende zuging, forderte der Moderator Joanna zu einem Schlußwort auf. Sie beschränkte sich auf den Hinweis, daß die Welt des Übersinnlichen eine Sache sei, daß man jedoch unbedingt der Multimillionen-Dollar-Industrie, die davon lebte, zutiefst mißtrauen sollte. Mit ein paar Worten zum Thema des nächsten Tages (mal wieder Inzest) verabschiedete sich der Talkmaster, und eine Produktionsassistentin erschien und entfernte die Mikrofone der Gäste.

Die Einladung zum Kaffee in der Gäste-Lounge lehnte Joanna ab. Zwar hätte sie sich ganz gern noch länger mit Sam Towne unterhalten, aber die anderen drei deprimierten sie, sie kamen ganz offensichtlich aus derselben parasitären, heuchlerischen Ecke wie Ellie und Murray Ray.

Während der Fahrstuhl sie in rasanter Geschwindigkeit zur Eingangshalle an der Sixth Avenue hinunterbrachte, näherte sich ihre Stimmung dem Nullpunkt. Denn die Fragen aus dem Publikum hatten vor allem deutlich gemacht, wie sehr die Menschen an ihrem Glauben festhalten wollten. Für Joanna lag etwas zutiefst Trauriges in diesem Bedürfnis nach etwas, das über den normalen Alltag hinausreichte. Natürlich verstand sie es, sie war ja auch selbst nicht frei davon. Doch das hieß letztlich, daß es immer Leute wie die Rays geben würde. Auch wenn sie ein paar Ameisen zertreten hatte, herrschte im Ameisenhaufen nach wie vor Hochbetrieb.

In den vierzig Minuten, die die zusammengekauerte Gestalt nun schon auf dem niedrigen Mäuerchen neben dem gestutzten Immergrün wartete, war sie von kaum jemandem beachtet worden. Wie eine Katze, die einer Maus vor ihrem Loch auflauert, wandte Ellie Ray nicht eine Sekunde den Blick von der Drehtür. Die Esoterik-Mafia hatte ihr diesen einen, letzten Gefallen getan, auch wenn sich ihre Kollegen nach außen hin gezwungen sahen, sie zu verleugnen und in den allgemeinen Chor der Verdammnis mit einzustimmen. Ellie Ray hatte noch immer Freunde, und so war ihr zu Ohren gekommen, daß Joanna Cross hier in diesem Gebäude war, wo sie zusammen mit einigen Vertretern von Ellies Zunft in einer Fernsehshow auftrat.

Zwar hatte sie Joanna Cross nur in der wenig schmeichelhaften Verkleidung gesehen, die sie damals in Camp Starburst getragen hatte, doch Ellie erkannte die elegant gekleidete, dunkelhaarige junge Frau in dem grauen Raglanmantel sofort wieder, als diese mit forschem Schritt auf den leicht erhöhten Vorplatz des Studiogebäudes hinaustrat.

Joanna hingegen bemerkte nicht, wie sich eine Gestalt langsam in ihr Gesichtsfeld schob. Doch als sie die unterste der vier breiten Stufen zum Gehsteig erreichte, war ihr der Weg plötzlich versperrt. Der Anblick von Ellie Ray, die mit haßerfüllter Miene zu ihr heraufstarrte, ging ihr durch Mark und Bein. Joanna wußte, daß diese Frau versucht hatte, ins Redaktionsgebäude einzudringen, und sie hatte sich mit der Tatsache abgefunden, daß eine unangenehme Begegnung früher oder später unvermeidlich war. So war ein Zusammentreffen hier und jetzt, in aller Öffentlichkeit, wahrscheinlich nicht die schlechteste Gelegenheit, es endlich hinter sich zu bringen.

»Ich habe Sie gesucht«, preßte Ellie zischend zwischen ihren zusammengebissenen Zähnen hervor.

»Ich weiß«, gab Joanna zurück. »Aber ich habe Ihnen nichts zu sagen. Gehen Sie mir bitte aus dem Weg.«

»Miststück!«

Joanna wollte der zwergenhaften Gestalt ausweichen und weitergehen, doch plötzlich wurde ihr Arm wie von einer stählernen Kralle gepackt.

»Murray ist tot.«

Ellie spie die Worte aus, noch bevor Joanna überhaupt versuchen konnte, sich loszureißen. Eine Sekunde lang erstarrte sie. Der Tod eines Menschen, den man, egal wie flüchtig oder unter welchen Umständen, gekannt hat, läßt einen niemals ganz kalt. Und die Nachricht von diesem Tod traf sie ganz besonders, denn sie konnte Ellie ansehen, was als nächstes kam.

»Sie haben ihn auf dem Gewissen. Und dafür werden Sie bezahlen.«

»Es tut mir leid, daß ihr Mann gestorben ist«, erwiderte Joanna gemessen. »Aber ich habe nicht das geringste damit zu tun ...«

»Wir haben alles verloren, und das ist Ihre Schuld«, fuhr Ellie fort, als hätte Joanna überhaupt nicht den Mund aufgemacht; sie nahm ihren Einwand einfach nicht zur Kenntnis. »Nur noch sechs Monate und wir wären aus dem Geschäft ausgestiegen, mit einem kleinen Vermögen auf der Bank. Nun ist Camp Starburst praktisch unverkäuflich, man kriegt nichts als den reinen Grundstückswert dafür – das sind Peanuts. Sie haben uns das Geschäft versaut, junge Frau, und das werden Sie büßen.«

»Lassen Sie mich los!« Joanna versuchte die kleine Frau

abzuschütteln, aber sie packte noch fester zu, so daß Joanna vor Schmerz aufstöhnte.

»Erst wenn ich fertig bin. Ich bin sehr viel stärker als Sie – vergessen Sie das nicht.«

»Wenn Sie mich nicht auf der Stelle loslassen, rufe ich die Polizei und lasse Sie festnehmen.«

Der Blick der alten Frau bohrte sich in sie hinein, ihre Augen glänzten fiebrig. Die dunklen Ringe verrieten, daß Ellie seit Tagen nicht mehr richtig geschlafen hatte.

»Vor drei Tagen fing es bei ihm an, mit Brustschmerzen. Ich habe die Sanitäter gerufen, aber er starb, noch bevor sie das Krankenhaus erreichten. Seine letzten Worte waren: ›Zahl es ihr heim, Ellie. Zahl es diesem Miststück heim.‹ Und das habe ich ihm versprochen.«

Auf einmal wollte Joanna sich gar nicht mehr losreißen, ja nicht einmal mehr widersprechen. Nicht, daß sie Angst gehabt hätte. Nein, eine scheußliche, morbide Faszination hatte von ihr Besitz ergriffen. Und das machte sie merkwürdig passiv, wie bei einem Unfall, wenn man das Unvermeidliche kommen sieht und die Zeit stehenzubleiben scheint. Instinktiv wußte sie, daß sie die Szene bis zum Ende durchstehen mußte. Wenn die Flut von Beleidigungen erst verebbt war, hatte sie es endgültig hinter sich. Sie wußte, daß sie die Frau dann nie mehr wiedersehen würde.

Ein bitteres Lächeln umspielte Ellies Mundwinkel, fast als könne sie Gedanken lesen.

»Keine Sorge, Sie werden mich nicht wiedersehen. Ich mußte Ihnen nur einmal gegenüberstehen. Sie werden noch oft daran denken. Und bevor Sie sterben, werden Sie sich wünschen, niemals geboren worden zu sein.«

Nach einer kurzen Pause, in der sie es sichtlich genoß, ihr Opfer zappeln zu lassen, fuhr Ellie fort: »Sie glauben, daß ich eine Betrügerin bin? Eine Schwindlerin? Nun, Sie werden ja sehen.«

Gleich darauf verzerrte sich ihr Gesicht zur irren Grimasse einer Fanatikerin, die eine überirdische Macht beschwört.

»Es ist vollbracht«, flüsterte sie. »Von nun an wird Ihr Leben ein Alptraum sein.«

Joanna erschauderte. Natürlich war es nur eine dumme, leere Drohung aus dem Mund einer verbitterten alten Frau. Doch in diesem emotionsgeladenen Augenblick schien ein Kokon des Schweigens die beiden Frauen einzuhüllen und sie in einer beängstigenden Zweisamkeit vom Rest der Welt zu isolieren. Die Menschen um sie herum hätten Millionen von Meilen entfernt auf einem anderen Planeten sein können.

Ganz plötzlich war es dann vorbei. Der stahlharte Griff um Joannas Arm löste sich, und die Frau, die ihr eben noch bedrohlich nah gewesen war, trippelte davon – eine kleine, unauffällige Gestalt zwischen Einkaufsbummlern und Büromenschen, die auf dem Weg zum Mittagessen waren.

Ein noch stärkerer Schauder als vorhin ließ Joanna erzittern, so als wollte sie die Erinnerung an die widerliche Berührung der alten Frau von sich abschütteln. Sie holte tief Luft und spürte, wie ihr Herz raste. Mit Verspätung packte sie jetzt blanke Wut.

Und Angst. Abscheuliche Angst.

Deshalb wandte sie sich nach Norden und marschierte in Richtung Park. Etwas Bewegung würde ihr guttun, sprach sie sich zu. Doch zwei Straßenblöcke weiter fühlte sie sich keinen Deut besser. Allerdings ärgerte sie sich jetzt weniger über die gräßliche alte Frau, die ihr aufgelauert hatte, als vielmehr über sich selbst, weil sie sich so leicht aus der Fassung bringen ließ.

»Miss Cross?«

Sie machte einen Satz. Die Stimme ertönte direkt hinter ihr, als sie gerade eine Straße überqueren wollte. Sie drehte sich um und erkannte Sam Towne.

Als er ihren Gesichtsausdruck sah, schwand sein Lächeln sofort.

»Entschuldigung«, murmelte er. »Ich wollte Sie nicht erschrecken.«

»Nein, Sie haben ...«, stammelte sie. »Ist schon in Ordnung, ich ... ich ...«

»Stimmt etwas nicht?« Er schien besorgt.

Eigentlich wollte sie ihm kein Wort davon erzählen. Es war doch zu albern, und sie würde sich damit nur zum Narren machen. Natürlich sei alles in Ordnung, wollte sie sagen, alles ganz wunderbar. Dann würden sie sich höflich ein paar Takte lang unterhalten, bevor sich ihre Wege wieder trennten.

Statt dessen hörte sie sich sagen: »Mir ist gerade etwas wirklich Entsetzliches passiert ...«

4 Sie setzten sich an den Tisch, und mit noch immer besorgter Miene sah er sie an.

»Fühlen Sie sich jetzt besser?«

»Danke, es geht schon wieder.«

»Was möchten Sie trinken? Wasser, Wein, Kaffee?«

»Erst mal einen Schluck Wasser.«

Sam winkte dem Kellner. Er hatte vorgeschlagen, in irgendein Lokal zu gehen, vielleicht zum Mittagessen, wenn sie Zeit habe. Am liebsten gehe er zu Mario, dort würde es ihr sicher auch gefallen – sofern ihr die Geschichte nicht allzu sehr auf den Magen geschlagen sei.

»Ganz im Ernst, machen Sie sich keine Sorgen wegen dieser Spukgeschichte«, redete er ihr zu. »Diese Leute verstehen ihr Geschäft. Die wissen genau, mit welcher Masche sie jemanden abergläubisch machen können.«

»Aber ich bin eigentlich gar nicht abergläubisch.«

»Jeder ist abergläubisch, auch diejenigen, die es abstreiten. Wir sind rationale Wesen, deshalb haben wir gar keine Wahl.«

Eine ihrer Augenbrauen zuckte leicht, wie immer, wenn etwas ihre Skepsis weckte.

»Moment mal – wollen Sie sagen, daß Aberglaube etwas Rationales ist?«

»Absolut.«

Sie warf ihm einen schiefen Blick zu, die Augen ein klein wenig zusammengekniffen. »Könnten Sie mir das bitte näher erklären?«

Sam beugte sich vor. »Gegensätze bedingen einander – schwarz/weiß, gut/böse, Ordnung/Unordnung und so weiter, einschließlich Rationalität und Irrationalität. Das eine kann nicht ohne das andere existieren. Und irgendwo in der Mitte gibt es eine Grauzone, die sich nicht genau zuordnen läßt – ein Niemandsland, in dem alles möglich ist.«

»Das klingt wie der Vorspann zu *Unheimliche Geschichten.*«

Er lachte. »Sie müssen es ja wissen – nach dem, was Sie erzählt haben, haben Sie gerade eine erlebt.«

Das stimmte, wie sie sich eingestehen mußte. Eine Zeitlang hatte sie wirklich Angst gehabt. Doch das war jetzt vorbei, die Erinnerung schwand mit jedem Augenblick mehr. Sie bestellte einen Salat und die Fettuccine nach Art des Hauses, die Sam ihr wärmstens empfohlen hatte. Und sie genehmigte sich sogar ein Glas Chianti, obwohl sie zum Mittagessen sonst nie Alkohol trank. Heute, dachte sie, hatte sie eine gute Entschuldigung.

»Was mir tatsächlich zugesetzt hat«, sagte sie nach dem ersten Schluck Wein, »war, daß sie mir erzählte, daß ihr Mann gestorben ist. Ich glaube, ohne diese Geschichte hätte ich mir nicht soviel Angst machen lassen.«

»Am Tod dieses Mannes trifft Sie doch wirklich keine Schuld«, stellte Sam entschieden fest. »Offensichtlich ist er bereits herzkrank gewesen. Der Infarkt hätte durch alles Mögliche ausgelöst werden können.«

»Ich weiß«, erwiderte sie. »Aber das sagt meine rationale Seite. Und wie Sie gerade richtig bemerkt haben, habe ich auch eine irrationale.«

»Deren Existenz einzugestehen bedeutet nicht, daß man ihr das Feld überlassen muß«, meinte er.

Bei diesen Worten schenkte er ihr ein so verständnisvolles und mitfühlendes Lächeln, daß sie völlig überrascht war.

»Ich will mir Mühe geben«, war die einzige Antwort, die ihr einfiel. Eine Weile herrschte Schweigen, während das Essen serviert wurde. Joanna war voll des Lobes für die hervorragenden Fettuccine, die er zu Recht für sie ausgewählt habe. Dann bat sie ihn, von seiner Arbeit zu erzählen. Er zuckte die Achseln, als wüßte er nicht, wo er anfangen sollte.

»Was würden Sie denn gerne wissen?«

Einen Moment lang überlegte sie und sagte schließlich: »Es gibt da eine Frage, die ich Ihnen als Wissenschaftler gern stellen würde. Sie klingt etwas grob, ist aber nicht so gemeint.«

»Schießen Sie los.«

»Warum glauben so viele Wissenschaftler, mit denen ich gesprochen habe, daß jede Art von Forschung über paranormale Phänomene nur Zeitvergeudung ist?«

»Nun«, erwiderte er, nicht im mindesten verärgert über die Frage, »darauf gibt es zwei Antworten. Die erste lautet: Wissenschaftler, die ihre Nase in Dinge stecken, die außerhalb ihres sehr begrenzten Spezialgebiets liegen, sind genauso dumm und voller Vorurteile wie alle anderen Leute – nur noch schlimmer, weil sie sich für gescheiter halten.«

Sam schob eine Gabel Pasta in den Mund und betupfte sich die Lippen mit einer Leinenserviette.

»Und die andere Antwort?« wollte Joanna wissen.

In sein Lächeln mischte sich ein resignierter Zug. »Die andere Antwort ist, sie haben möglicherweise recht.«

»Vermutlich teilen Sie diese Meinung aber nicht?«

Wieder zuckte er leicht mit den Achseln, als wäre er um eine Antwort verlegen. »Ich weiß nur, daß ich einige recht seltsame Dinge gesehen habe. Ich weiß nicht, worauf sie hinauslaufen oder in welches Begriffssystem man sie einordnen könnte, aber ich kann sie ebensowenig ignorieren, wie ich sie erklären kann.«

»Nennen Sie mir ein Beispiel.«

»Ich meine nicht Gespenster, Feen und Botschaften aus dem Jenseits. Ich rede von Anomalien. Von Dingen, die wir einfach nicht in unsere Denkschubladen einordnen können.«

»Zum Beispiel?«

Er schilderte ihr das Experiment, in dem die Küken dazu gebracht wurden, eine Maschine als ihre Mutter anzuerkennen. Anfangs lachte Joanna, doch als sie die eigentliche Bedeutung begriff, wurde sie wieder ernst.

»Wir haben Katzen in Kisten mit einer Wärmequelle eingesperrt, die von einem ähnlichen Zufallsgenerator gesteuert wurde. Die Katzen wollten es natürlich schön warm haben – und wir stellten fest, daß die Wärmequelle bedeutend länger eingeschaltet war, wenn sich eine Katze in der Kiste befand, als wenn kein Tier darin war.«

»Das ist ja verblüffend, wenn das stimmt.«

»Es stimmt ganz sicher.«

»Können Menschen das auch?«

»Kommen Sie doch gelegentlich mal in mein Labor und machen Sie ein paar von unseren Tests. Ich verspreche Ihnen, daß wir Sie nicht in eine Kiste einsperren werden oder so.«

»Ich rede mal mit meinem Herausgeber. Vielleicht sollten wir eine Story darüber schreiben – ›Der Sieg des Geistes über die Materie‹ oder so etwas.«

Plötzlich erschauderte sie.

»Was haben Sie?« fragte er besorgt.

»Ich weiß nicht«, antwortete sie, über sich selbst erstaunt. »Als ich ›Sieg des Geistes über die Materie‹ gesagt habe, hatte ich mit einem Mal wieder das Bild dieser schrecklichen alten Frau vor Augen und wie sie mich angestarrt hat ...«

Einen Augenblick lang schien es ihr, als wolle er ihre Hand nehmen, die auf der Tischplatte lag, doch dann besann er sich wohl anders. »Denken Sie daran, was ich Ihnen gesagt habe.« Seine Augen fixierten sie. »Diese Leute sind geschickt. Sie impfen einem Angst ein und hoffen, daß die Angst einen krank macht. Lassen Sie sich von denen nicht in Panik versetzen.«

»Nein«, entgegnete sie. »Es geht mir schon wieder gut, wirklich. Danke.«

Beim Kaffee erzählte sie ihm, sie wolle noch an diesem Nachmittag mit ihrem Herausgeber sprechen und ihm vorschlagen, etwas über »wissenschaftliche« Parapsychologie zu schreiben. »Wenn er anbeißt, rufe ich Sie an«, meinte sie.

Auf einer zerknüllten Quittung, die er aus seiner Tasche zog, notierte ihr Sam die Telefonnummer seines Labors.

»Rufen Sie mich in jedem Fall an«, sagte er, als er ihr den Zettel gab.

5 Taylor Freestone nahm sich selbst mindestens ebenso wichtig wie seinen Job als Herausgeber der *Around Town*. Joanna beobachtete, wie der elegant gekleidete Mann die Beine übereinanderkreuzte, die Fingerspitzen aneinanderlegte und sich gedankenvoll in seinen wildlederbezogenen Chefsessel zurücklehnte.

»Klingt es nicht ein bißchen komisch«, fragte er, während er sie unter leicht zusammengezogenen Augenbrauen musterte, »wenn wir zuerst diese Geschichte auffliegen lassen und dann behaupten, daß vielleicht doch etwas dran ist?«

»Das sind zwei ganz verschiedene Dinge«, gab sie zurück und wußte genau, daß er ihr zu guter Letzt zustimmen würde – aber erst, nachdem sie seiner Autorität Genüge getan und jenes kleine Ritual um Antrag und Bewilligung durchgespielt hatten. »Sam Townes Arbeit ist streng wissenschaftlich, und manche Ergebnisse sind wirklich erstaunlich. Mit der Camp-Starburst-Geschichte haben wir ein paar Betrüger entlarvt, aber wir haben nie gesagt, daß es keine übersinnlichen Phänomene gibt.«

Er dachte ein paar Sekunden nach und machte dabei Kaubewegungen, als probiere er einen minderwertigen Wein. Joanna hatte ihm nichts von ihrer Begegnung mit Ellie Ray erzählt, allerdings hatte sie erwähnt, daß Murray gestorben war. Doch diese Nachricht hatte Taylor wenig beeindruckt. Er interessierte sich nur am Rande für die Menschen hinter den Geschichten, die er in seiner Zeitschrift veröffentlichen ließ. Sein Leben spielte sich ausschließlich im Kreis der Upper-East-Side-Cocktail-Schickeria ab, auch wenn sich die Zeitschrift, die er so erfolgreich herausgab, mit Themen aus aller Welt beschäftigte. Joanna wußte, daß Taylor ein außerordentliches Gespür dafür besaß, mit welchen Fragen sich sein Leserkreis in den eleganten Fitnessclubs beschäftigte, oder was man neulich im Fernsehen gesehen hatte und worüber man nun mehr wissen wollte. Für dieses seltene Talent bewunderte ihn Joanna. Trotzdem ärgerte sie die hellseherische Attitüde dieses Mannes, und es fiel ihr schwer, stillzusitzen und zu schweigen, bis er seine Überlegungen zu Ende gebracht hatte.

»Recherchieren Sie ein bißchen«, meinte er schließlich. »Machen Sie mir bis nächste Woche ein Exposé. Dann sehen wir weiter.«

Der Apparat hing an der Wand eines kleinen Raumes im Labortrakt. Er ähnelte einem riesigen Flipperautomaten – was er gewissermaßen auch war, wie Sam erklärte.

»Da drin sind neuntausend Styroporbälle.« Er zeigte auf einen Behälter ganz oben. »Die fallen einer nach dem anderen in die Mitte dieser ersten Stiftreihe. Und nun sehen Sie ...«

Er schaltete an. Bälle fielen und hüpften durch etwa zwanzig Reihen Plastikstifte hindurch, bis sie schließlich unten in verschiedenen Sammelkörben landeten.

»Die Stifte sind versetzt angeordnet – wie die Sitze im Kino, wo man immer zwischen den zwei Köpfen seiner Vordermänner durchschauen kann. Sie sehen, daß jeder Ball in jeder Reihe einen Stift berührt, dann weiterhüpft und in der nächsten Reihe wieder auf einen Stift trifft. Je tiefer er kommt, desto weiter bewegt er sich zum Rand. Trotzdem kann man davon ausgehen, daß die meisten mehr oder weniger in der Mitte landen und es nur wenige bis ganz nach außen schaffen. Unten in den Sammelkörben ergibt die Ballverteilung also eine Gaußsche Kurve ...«

»Ähm ...?«

»Eine Glocke – die Kurve steigt beidseitig an, in der Mitte haben wir eine deutliche Häufung. Das übliche Muster, wir nennen es Normalverteilung. In dem Experiment wollen wir nun die Bälle dazu bringen, gehäuft links beziehungsweise rechts zu landen, der Scheitelpunkt soll sich also auf die eine oder andere Seite verschieben.«

»Und das allein durch Willenskraft?«

»Ja, sicher. Man sitzt hier«, Sam Towne deutete auf ein Sofa, das etwa zweieinhalb Meter von dem Apparat entfernt stand, »beobachtet, wie die Bälle hinunterhüpfen, und lenkt sie kraft seiner Gedanken in die eine oder andere Richtung.«

»Und das funktioniert?«

Ihr ungläubiger Tonfall ließ ihn schmunzeln.

»Nach mehreren Durchläufen liegt die Wahrscheinlichkeit, daß die Abweichungen nach links oder rechts sich nicht dem Zufall verdanken, inzwischen bei einigen Millionen zu eins. Angesichts dieser Quote müssen wir sagen, ja, es funktioniert.«

»Aber wie?«

»Das wissen wir nicht – noch nicht. Doch kommen Sie, ich zeige Ihnen noch mehr.«

Sie setzten den Rundgang durch das Labor fort. Es war in mehreren Tiefparterre-Räumen untergebracht, die durch den Umzug der Ingenieurwissenschaftlichen Fakultät frei geworden waren. Als nächstes bekam Joanna eine Art Uhr zu sehen, bei der die Ziffern durch Lämpchen ersetzt waren, die unregelmäßig aufleuchteten. Ziel des Experiments war es, sie durch gedankliche Steuerung im Uhrzeigersinn oder entgegen dem Uhrzeigersinn aufleuchten zu lassen.

Computer spuckten mittels Zufallsgenerator Zahlen aus, und Versuchspersonen sollten diese durch Willenskraft in aufsteigende oder absteigende Zahlenreihen verwandeln. Eine ebenfalls von einem Zufallsgenerator gesteuerte Wasserfontäne sollte je nach dem Willen der Versuchsperson höher oder niedriger sprudeln, ein Pendel allein durch gedankliche Impulse zum Schwingen gebracht werden. Es gab noch andere einfallsreiche Versuchseinrichtungen zum selben Themenkomplex, unter anderem einen Fernsehbildschirm mit zwei sich überlappenden Bildern. Der Zuschauer sollte sich so stark auf eines davon konzentrieren, bis das andere völlig vom Bildschirm verschwand.

»Natürlich erzielen wir diese Ergebnisse nicht in der ersten Sitzung«, räumte Sam ein. »Unsere Testpersonen müssen Wochen oder auch Monate daran arbeiten. Entscheidend ist die gehäuft auftretende kleine, aber kontinuierliche Abweichung von der Norm – und diese wird größer, je länger man daran arbeitet.«

Dann stellte er ihr die vier Vollzeit-Mitarbeiter seines Teams vor, die an diesem Vormittag anwesend waren: der jüngste war sein Assistent Pete Daniels, die älteste die Labor-Managerin Peggy O'Donovan, eine Experimental-Psychologin. Sie trug ihr dichtes graues Haar zu einem Knoten zusammengesteckt und einen farbenfrohen Kaftan über dem fülligen Körper. Joanna war sofort von ihr eingenommen, von ihrem Lächeln und der Aura der Ruhe, die sie verbreitete – sie mußte in jedweder Krise eine unschätzbare Gabe sein. Die anderen beiden waren Bryan Meade, als Elektroingenieur zuständig für die Konstruktion und die Wartung der Versuchsgeräte, und Jeff Dorrell, als theoretischer Physiker mit der Computerprogrammierung für die Erhebung und Verarbeitung der Versuchsdaten betraut.

Die Psychologin Tania Phillips und der Physiker Brad Bucklehurst gehörten ebenfalls zu Sams Team, waren aber irgendwo unterwegs, um mit einer Gruppe von Freiwilligen telepathische Studien durchzuführen.

»Eine Versuchsperson, der ›Sender‹, wird zu einem bestimmten Zeitpunkt an einen willkürlich ausgewählten Ort gebracht«, erläuterte Sam. »Ein anderer Freiwilliger, der ›Empfänger‹, wird woanders hingebracht, ohne zu wissen, wo der ›Sender‹ sich aufhält. Nun soll der ›Empfänger‹ sagen, was der ›Sender‹ sieht.«

»Und Sie wollen mir erzählen, daß er das kann, stimmt's?«

Sam grinste. »Manchmal mit erstaunlicher Präzision. Und glauben Sie mir, wir haben das schon mehr als tausendmal gemacht. Das Unheimlichste daran ist, daß der ›Empfänger‹ manchmal schon weiß, was der ›Sender‹ sieht, bevor dieser überhaupt an seinem Platz ist – ja, manchmal sogar schon Tage vorher. Und es stimmt trotzdem.«

Was Joanna da zu hören bekam, erschien ihr so unglaublich, daß sie sich zu ärgern begann. »Aber wie ...?«

Noch bevor sie die Frage zu Ende formulieren konnte, hob er abwehrend die Hände.

»Ich weiß es nicht. Alles, was ich Ihnen sagen kann, ist, daß es funktioniert. Aber was nun genau da abläuft ...?«

Seine Geste ließ alles offen.

»Wir nennen es ›Psi‹.«

6 In den nächsten Tagen verbrachte Joanna viel Zeit im Labor, war aber darauf bedacht, niemandem im Weg zu stehen oder auf die Nerven zu gehen. Die Mitglieder des Teams erwiesen sich als freundlich und stets hilfsbereit. Sam machte keinen Hehl daraus, daß es mit der Finanzierung ihrer Arbeit nicht zum besten stand. Angesichts der schäbigen Räume, in denen sie untergebracht waren, hatte Joanna sich das bereits gedacht. Ein bißchen wohlwollende Publicity, erwähnte Sam einmal beiläufig, könnte ihnen bei der Suche nach neuen Geldgebern sehr hilfreich sein.

Joanna legte den Kopf zur Seite und sah ihn belustigt an. »Woher wollen Sie denn wissen, daß mein Artikel wohlwollend ausfällt?« fragte sie ihn.

Einen Moment lang war er tatsächlich verdutzt. Ihm war nie in den Sinn gekommen, jemand könnte von seiner Arbeit nicht beeindruckt sein. »Entschuldigen Sie«, beeilte er sich zu erklären, »Sie haben vollkommen recht. Von dieser Annahme kann ich natürlich nicht ausgehen.«

Plötzlich bedauerte Joanna ihre freche Bemerkung. Wie sie hatte feststellen können, war Sam ein äußerst liebenswerter Mensch ohne jede Arglist, mit einer fast jungenhaften Begeisterung für seine Projekte. Jene leichte Naivität verlieh ihm, zusammen mit seiner unverkennbaren Intelligenz und seinem außerordentlichen Wissen, unbestreitbar eine große Anziehungskraft – und das wurde Joanna mit jeder Stunde, die sie in seiner Gesellschaft verbrachte, deutlicher bewußt.

»Schon gut«, beschwichtigte sie. »Ich habe Sie nur auf den Arm genommen. Tatsächlich finde ich alles, was Sie mir gezeigt haben, schlichtweg faszinierend. Die einzige Frage ist nur, ob mein Herausgeber einem solchen Artikel zustimmen wird.«

Sams Gesicht nahm einen sorgenvollen Ausdruck an. »Sie meinen, das ist nicht sicher?«

Joanna schüttelte den Kopf. »Ich muß einen Aufhänger für die Story finden – etwas, das die Leute fesselt, so daß sie den Artikel unbedingt lesen wollen.«

»Aber hinter all dem steckt doch etwas ganz Fantastisches. Maschinen, die von Denkprozessen gesteuert werden. Eine direkte Schnittstelle zwischen Geist und Computer. Die praktische Nutzung von menschlicher Telepathie ...«

»Ich weiß – aber das ist alles abstrakt und Zukunftsmusik. Ich muß meinem Chef mehr bieten können als interessante Theorien und vielversprechende Statistiken. Und daran hapert es.«

Sie gingen die Treppe hinauf und über den betonierten Universitätsvorplatz zur Straße. Von irgendwoher drangen ganz unvermittelt die Klavierklänge eines Chopin-Walzers. Joanna vermutete, daß es sich um eine Schallplatte oder eine Radiosendung handelte, bis das Spiel ins Stocken geriet und die Passage wiederholt wurde. Schließlich durchquerten sie einen engen Durchgang, und der Lärm der Großstadt schlug ihnen entgegen.

Als sie sich bei Mario an ihren mittlerweile fest reservierten Tisch zum Mittagessen setzten – auf Kosten der Zeitschrift, darauf hatte Joanna bestanden –, waren Sams Sorgenfalten verschwunden. Sie sah ihm an, daß er irgendeine neue Idee ausgebrütet hatte.

»Es gibt da eine Sache, die ich schon seit Jahren ausprobieren will«, meinte er, nachdem sie bestellt hatten. »Der Versuch ist schon mal durchgeführt worden, mehr als einmal, deshalb weiß ich, daß er funktioniert. Aber wenn das nicht eine gute Story ist, weiß ich auch nicht.«

»Erzählen Sie mir davon.«

»Es ist ein Gruppenexperiment, dem Sie als Teilnehmerin

angehören werden. Wir werden einen Geist erschaffen«, sagte er, während er ihre Miene beobachtete.

Sie erwiderte seinen Blick, unsicher, ob sie ihn ernst nehmen sollte.

»Nur damit ich weiß, worauf ich mich einlasse«, entgegnete sie mit einem leicht argwöhnischen Unterton, »sollen wir diesen Geist erschaffen, indem wir ... nun ... jemanden umbringen? Oder haben Sie eine andere Methode im Sinn?«

»Niemand wird umgebracht«, versicherte er ihr lachend. »Es wird der Geist von jemandem sein, der niemals existiert hat. Wir erfinden ihn – oder sie.«

Einige Augenblicke lang sah sie ihn nur sprachlos an, dann versuchte sie sich mit dem Gedanken vertraut zu machen.

»Na gut«, meinte sie schließlich, »erzählen Sie mir, wie man einen Geist erschafft.«

»Zunächst müssen wir definieren, was wir unter einem Geist verstehen. Woran denken Sie bei dem Wort ›Geist‹?«

»Na ja, an so etwas wie ein Gespenst aus dem Jenseits, das herumspukt, stöhnt und ächzt und in der Nacht erscheint.«

»Das zurückkehrt, um einen Mord zu rächen, eine Warnung auszusprechen oder sich einfach nur an seinen alten Lieblingsplätzen herumzutreiben?«

»So ungefähr.«

Er machte eine abschätzige Handbewegung. »An diese Art Geister glaube ich nicht.«

»Das hätte ich von Ihnen auch nicht erwartet. Aber an welche Geister glauben Sie dann?«

»Haben Sie schon mal etwas von *tulpas* gehört ...?«

»Nein.«

»Es ist ein tibetisches Wort und bedeutet ›gedachte Gestalt‹. Wenn man sich etwas richtig vorstellt, wird es Wirklichkeit.«

Wieder einmal zuckten ihre Augenbrauen skeptisch. »Also, das muß ich erst sehen, bevor ich es glaube.«

»Genau das ist Sinn der Sache – Sie werden es sehen.«

»Fahren Sie fort.«

»Denken Sie an irgendeine x-beliebige Spukgeschichte, von der Sie gehört haben. Die laufen immer nach demselben Strickmuster ab. Es beginnt mit unerklärlichen Geräuschen oder Schritten, Türen öffnen und schließen sich, man spürt, daß es an bestimmten Stellen kalt ist, oder riecht sogar etwas Seltsames – kurz, es gibt allgemeine Wahrnehmungen irgendeiner Präsenz. Man erlebt vielleicht Poltergeist-Phänomene, und früher oder später fangen die Leute an, Dinge zu sehen – eine verschwommene Gestalt, eine Art wabernde Wolke oder auch jemanden, der so real aussieht wie man selbst und durchs Zimmer geht oder zum Fenster hereinschaut. Der übliche Spukgeschichten-Kram.«

»Nichts davon«, unterbrach ihn Joanna ein wenig argwöhnisch, »habe ich je persönlich erlebt.«

»Ich auch nicht«, erwiderte Sam achselzuckend. »Aber daß diese Dinge tatsächlich vorkommen, ist erstaunlich oft belegt. Was einen dabei am meisten wütend macht, ist die Art der Erklärung, mit der man üblicherweise abgespeist wird. Genauer betrachtet, sind Geister etwas ziemlich Abgedroschenes. Wenn man in der Geschichte eines beliebigen Hauses lange genug nachforscht, findet man bestimmt irgend jemanden, dem hier mal etwas Unangenehmes zugestoßen ist. Auch bei einem neuen Haus kann man ziemlich sicher so etwas feststellen, wenn auf dem Grundstück früher ein anderes Haus gestanden hat. Man findet also immer eine Erklärung für einen Spuk, wenn man nur lange genug danach sucht – genauso, wie man in einem Feuer oder in vorbeiziehenden Wolken Gesichter erkennen kann, wenn man lange genug hinsieht.«

»Was wollen Sie nun damit sagen?«

»Ich frage Sie: Warum sind Geister so unoriginell, warum wiederholen sich ihre Geschichten immer? Sie tun unentwegt dieselben Dinge, sind immer gleich gekleidet, unabhängig davon, wie oft und von wie vielen Menschen sie gesehen werden. Sie sind eher mit einem Foto oder einer Erinnerung vergleichbar als mit einem tatsächlichen Ereignis. Eine Erinnerung ist ja etwas, das im Gehirn gespeichert ist. Und da kommen meiner Meinung nach auch die Geister her: aus dem Gehirn der Leute, die sie sehen.«

»Halluzinationen?«

»Eine Art.«

»Wie viele Arten gibt es denn?«

»Nun, es gibt die Art, die nur von einer Person gesehen wird, und diejenige, die durch telepathische Übertragung von mehreren Leuten zugleich gesehen wird.«

»Vorausgesetzt, daß Telepathie tatsächlich existiert.«

Er quittierte ihren Einwand mit einem gequälten Blick. »Es gibt medizinische Forschungsergebnisse, die das nahelegen.«

»Welche?«

»Bei einem bestimmten klinischen Standardverfahren werden die physikalischen Hirnreaktionen auf bestimmte Reize gemessen, zum Beispiel auf eine Lichtquelle, mit der man ins Auge leuchtet, oder auf eine Stimmgabel, die man ans Ohr hält. Es ist nachweisbar, daß ein Gedanke, der sich auf eine andere Person richtet, dieselbe physikalische Hirnreaktion auslösen kann.«

In Joannas Gesicht spiegelten sich Zweifel. »Ich muß wohl einfach darauf vertrauen, daß Sie mich nicht zum Narren halten. Obwohl ich es ja immer noch nachprüfen kann.«

Er lachte. »Nur zu, prüfen Sie es nach. Telepathie ist verbreiteter, als man gemeinhin annimmt. Aber ich will mich nicht mit Ihnen darüber streiten, denn man glaubt nur das, was man glauben will. Das tut jeder Mensch. Ich behaupte lediglich, daß Telepathie der wahrscheinlichste Grund dafür ist, warum Geister manchmal von mehreren Leuten zugleich gesehen, gehört oder gespürt werden. Und das Experiment, das mir vorschwebt, wird den Beweis dafür erbringen.«

»Sie sagen, dieses Experiment ist schon einmal durchgeführt worden?«

»Mehr als einmal. Und es ist an der Zeit, daß jemand mal wieder einen Geist erschafft und sich ein bißchen genauer ansieht, was dahintersteckt.«

Sie besprachen die Sache noch bis zum Ende ihrer Mittagspause, dann wußte Joanna, daß sie gefunden hatte, was sie brauchte. In weniger als zwanzig Minuten hatte sie ihre Notizen für Taylor Freestone fertiggetippt, und nachmittags brachte sie sie ihm ins Büro. Mit schlaffer Hand, als würde es ihn große Anstrengung kosten, griff der Herausgeber nach den wenigen Seiten, las sie durch und ließ sie schließlich auf den Tisch sinken.

»Bleiben Sie dran«, sagte er lustlos.

Triumphierend verließ Joanna das Büro. »Bleiben Sie dran« drückte die höchste Form von Begeisterung aus, zu der Taylor Freestone sich jemals hinreißen ließ.

7

Rückblickend gestand sie sich ein, daß ihre Begeisterung über Taylor Freestones Reaktion nicht nur beruflicher Natur war. Nun hatte sie die Möglichkeit, Sam ohne formelle Verabredungen wiederzusehen, was vieles vereinfachte. Sie war selbst erstaunt, wie sehr sie sich wünschte, ihn weiter zu sehen. Nun, zweifellos war er einer der interessantesten Männer, denen sie je begegnet war, überlegte sie, und je mehr Zeit sie mit ihm verbrachte, um so besser gefiel er ihr. Sehr schnell hatte sie gemerkt, daß er nicht schauspielerte, sie nicht nur mit ein paar einstudierten Darbietungen ein, zwei Abende lang unterhielt, bis dann die Routine einsetzte und langweilige Wiederholungen folgten. Was Sam so anziehend machte, war sein Interesse an allem und jedem. Wenn er erzählte, nahm er seine Zuhörer mit auf eine Entdeckungsreise. Nie referierte oder dozierte er. Selbst wenn er über Dinge sprach, mit denen er vertraut war, fand er stets neue Aspekte und Zusammenhänge, die ihm bisher entgangen waren. Er war eben einfach ein anregender Gesprächspartner. Und er brachte sie oft zum Lachen.

Doch irgendwo gibt es einen Schwachpunkt, dachte sie eines Tages auf dem Nachhauseweg. Es gibt immer einen, es kann gar nicht anders sein. Letztendlich kommt er zum Vorschein und dann so offensichtlich, daß du dich fragst, wie du das bisher übersehen konntest.

Doch da unterbrach sie sich, beschämt über das Mißtrauen, das dieser Gedankengang verriet. Sonst war das doch gar nicht ihre Art.

Mit ihren fast dreißig Jahren hatte Joanna ein Liebesleben hinter sich, das sie gern als »akzeptabel« bezeichnete – sie hatte mehr gute Erinnerungen als schlechte und bedauerte weniger, was sie getan, als was sie vielleicht versäumt hatte. Eine feste Beziehung hatte sie noch nicht ins Auge gefaßt. Einmal hatte sie einen Versuch gewagt – sie hatten drei Jahre zusammengelebt, bis er eine andere kennenlernte. Die Trennung war ohne Bitterkeit verlaufen. Denn sie hatte schon bald gemerkt, daß sie Richard eher mochte als liebte. Ja, insgeheim war sie froh gewesen über die wiedergewonnene Freiheit.

Das war nun achtzehn Monate her. Seitdem hatte nur eine kurze, aber romantische Affäre mit einem französischen UNO-Diplomaten ihr Single-Dasein unterbrochen, der allerdings fester verheiratet war, als er zugegeben hatte. Trotzdem hatte sie ihn im letzten halben Jahr sehr vermißt, auch wenn sie sich das nie so ganz eingestehen wollte. Ihr aufkeimendes Interesse an Sam deutete aber darauf hin, daß sie Jean-Pierre endlich vergessen hatte.

Aber noch immer wußte sie nicht mehr über Sam als nach ihrem ersten gemeinsamen Mittagessen. Sie hatte keine Ahnung, ob er verheiratet, verwitwet oder geschieden war. Allerdings erwähnte er weder in seinen Gesprächen eine Familie, noch fanden sich Hinweise auf Frau und Kinder in seinem unordentlichen Büro, wo überall Krimskrams, Schnappschüsse und Postkarten herumlagen. Einmal hatte sie das Thema indirekt angeschnitten, indem sie fragte, ob er Kinder habe. Doch er hatte nur mit einem schlichten Nein geantwortet. Ein andermal hatte er durchblicken lassen, daß er in Princeton gewesen war, doch sie wußte nicht, woher er stammte und wo er aufgewachsen war.

Da fiel ihr ein, daß sie ihn ja einfach offiziell interviewen könnte. Sie würde dann alles erfahren, was sie wissen wollte. Immerhin schrieb sie einen Artikel über seine Arbeit, da mußte sie auch etwas über den Projektleiter berichten. Doch sie verwarf diese Möglichkeit gleich wieder und ärgerte sich darüber, daß sie überhaupt auf den Gedanken gekommen war, mit so hinterhältigen Tricks zu arbeiten.

Aber mit so etwas hatte sie eben einfach nicht gerechnet.

Das Telefon klingelte kurz nach sieben und riß sie gewaltsam aus dem Schlaf. Benommen hörte Joanna ihre Mutter Entschuldigungen murmeln, weil sie so früh anrufe. Aber sie habe es in den letzten beiden Tagen dreimal versucht, und immer sei nur der Anrufbeantworter angesprungen. Da sie aber nichts Besonderes wollte, habe sie keine Nachricht hinterlassen. Sie habe nur ein bißchen mit ihrer Tochter plaudern wollen.

Joanna wußte gleich, daß etwas nicht stimmte. Oder zumindest, daß ihre Mutter beunruhigt war. »Was ist los?« fragte sie.

Am anderen Ende der Leitung gab es zuerst ein kurzes Zögern, und die Stimme ihrer Mutter klang ungewohnt verlegen, als sie sagte: »Liebling, ich weiß, daß es albern ist. Aber ich habe drei Nächte hintereinander etwas ganz Furchtbares geträumt. Ist alles in Ordnung bei dir?«

Joanna versicherte ihr, daß alles bestens war, und bat sie, den Traum zu schildern.

»Da gibt es nicht viel zu erzählen und es ergibt irgendwie auch keinen Sinn. Ich weiß nur, daß es Nacht ist und heftig regnet. Ich sitze allein hier im Haus und warte, daß dein Vater von der Arbeit kommt. Dann passiert etwas – ich weiß nicht, was – und plötzlich stehst du draußen und hämmerst gegen die Tür und willst herein, aber ich lasse dich nicht. Aus irgendeinem Grund habe ich schreckliche Angst und will nicht, daß du hereinkommst. Du schreist, und ich verstecke mich irgendwo, ich bin völlig verängstigt, und dann die ganze Zeit dieser prasselnde Regen ... es ist einfach entsetzlich.«

Die Stimme ihrer Mutter versagte, doch gleich hatte sie sich wieder gefangen und meinte: »Tut mir leid, ich habe dir ja gesagt, es ist lächerlich. Aber nach drei Nächten in Folge habe ich mir wirklich Sorgen gemacht.«

Wieder versicherte ihr Joanna, daß es keinen Grund zur Beunruhigung gäbe. Doch daß ihre Mutter so mitgenommen wirkte, gab ihr zu denken. Obwohl Joanna ein Einzelkind war, war Elizabeth Cross bisher nie eine überängstliche oder überfürsorgliche Mutter gewesen. Das hier sah ihr überhaupt nicht ähnlich.

»Für mich ergibt es auch keinen Sinn, Mama. Obwohl es normalerweise Gründe für unsere Träume gibt. Hast du Papa davon erzählt?«

»Jedesmal, wenn ich das träume, wecke ich ihn auf, weil ich so laut stöhne und schreie. Aber er weiß auch nicht, was er davon halten soll.«

Beide schwiegen einen Moment, und Joanna spürte, daß es ihrer Mutter jetzt, nachdem sie mit ihr darüber gesprochen hatte, schon wieder besser ging. »Weißt du was, Mama?« sagte sie und bemühte sich, die Stimmung ein wenig aufzuhellen. »Es klingt ganz so, als ob du mir etwas verheimlichen würdest. Etwas, was ich nicht sehen und über das ich mich nicht ärgern soll. Hast du etwas Schlimmes mit deinem Haar angestellt?«

Ihre Mutter brachte ein leises, wenn auch gezwungenes Lachen zustande. »Ich habe hin und her überlegt, aber ich weiß einfach nicht, was es bedeuten soll. Warum sollte ich meine eigene Tochter nicht ins Haus lassen wollen? Was könntest du nur getan haben?«

»Himmel, Mama, ich will es mir lieber nicht ausmalen. Doch was immer das sein mag, ich habe es nicht getan.«

Wieder herrschte Stille. Bis Elizabeth Cross sagte: »Vielleicht habe ich das Gefühl, daß du mir etwas verheimlichst, daß du mir etwas vormachst und ich nicht darauf hereinfallen will.«

»Ich verheimliche dir gar nichts.«

»Du arbeitest nicht wieder an so einem Artikel wie dem letzten, oder?«

Aus irgendeinem Grund war Joannas Mutter ausgesprochen mulmig zumute gewesen, als sie von Joannas Recherche über die Betrügereien in Camp Starburst erfuhr. Vor allem, weil sie erst im nachhinein gehört hatte, daß ihre Tochter allein unter einem Decknamen dort gewesen war. »Diese Leute sind bösartig und gefährlich«, hatte sie gesagt. »Ich bin entsetzt, daß deine Zeitschrift dich so etwas machen läßt. Nenn es meinetwegen Aberglauben, aber ich finde, man sollte um solche Dinge am besten einen weiten Bogen machen.«

»Ich schreibe einen Artikel über einen Psychologen an der Manhattan University«, erwiderte Joanna ein bißchen beklommen, weil das ja nur ein Teil der Wahrheit war. Aber die näheren Einzelheiten wollte sie erst einmal lieber für sich behalten.

Sie plauderten noch eine Weile miteinander, während Joanna aufstand und in der Küche Kaffeewasser aufsetzte. Langsam bekam ihre Unterhaltung wieder den üblichen halb scherzhaften, halb ernsthaften Ton. Elizabeths Ängste hatten sich verflüchtigt. »Irgendwas Neues in deinem Liebesleben?« wollte sie schließlich wissen. »Natürlich möchte ich nicht etwa neugierig sein.«

»Oh, Mama, niemand würde dich für neugierig halten.«

Das war bei ihnen schon zu einer festen Redewendung geworden, die es ihnen erlaubte, ein langwieriges Frage- und Antwortspiel abzukürzen.

»Aber weil wir nun schon gerade davon sprechen ...«

Joanna lachte. Ihre Mutter war wieder ganz die alte.

»Aber weil wir nun schon gerade davon sprechen, Mama, werde ich nichts weiter sagen, als daß die Antwort auf deine Frage zwischen einem klaren Nein und ›Ich weiß noch nicht‹ liegt. Aber ich halte dich auf dem laufenden.«

8 Zweimal wöchentlich versammelte Sam die Mitarbeiter seiner Abteilung, um den Stand der laufenden Projekte zu besprechen und neue ins Auge zu fassen. Da das ganze Team nicht in sein Büro paßte, setzte man sich zwanglos in den großen Empfangsbereich, wo sonst Besucher und Versuchspersonen warteten, bis sie in eines der angrenzenden Zimmer gerufen wurden. An diesem Morgen wurde das neue Gruppenexperiment, das Sam angeregt hatte, diskutiert. Joanna nahm – mit dem Einverständnis aller – die Besprechung auf Band auf und machte sich Notizen. Außerdem hatte man ihr gesagt, sie solle sich nicht scheuen, an der Diskussion teilzunehmen und Fragen zu stellen.

»Im Grunde ist es eine Rekonstruktion der viktorianischen Séance«, erklärte Sam gerade, »mit dem Unterschied, daß sie damals dachten, sie würden die Geister von Toten beschwören, während wir wissen, daß es sich um PK handelt – um Psychokinese«, fügte er an Joanna gewandt hinzu. »Die nachweisbare Einwirkung des Geistes auf die Materie.«

»Was ich nicht verstehe, ist, warum wir dazu einen Geist erzeugen müssen, das heißt, abgesehen davon, daß Joanna dadurch eine gute Story bekommt, was ich sehr begrüße«, meldete sich Tania Phillips zu Wort, eine der Mitarbeiterinnen, die Joanna noch nicht kennengelernt hatte. Sie hatte kurzes dunkles Haar, einen breiten Mund und ein streitlustig wirkendes Kinn, aber sanftmütige Augen. »Wir haben bei unserer bisherigen Arbeit mit Einzeltestpersonen und Zufallsgeneratoren doch schon meßbare PK-Effekte festgestellt. Warum sollen wir jetzt bei einer Gruppe andere Methoden anwenden?«

»Weil jedesmal, wenn das Experiment ausprobiert worden ist, weder starke Konzentration noch ernsthafte Meditation zu irgendeinem Resultat geführt haben. Die beste Voraussetzung dafür ist eine entspannte, gesellige Gruppe, die das Ganze als eine Art Gesellschaftsspiel betrachtet. Gemäß der Theorie dient der imaginäre Geist als Sammelpunkt für Psi-Kräfte, die wir vermutlich alle in uns haben, von denen wir aber nicht wissen, wie wir sie bewußt einsetzen können.«

»Aber warum muß es denn ein imaginärer Geist sein? Warum nicht ... meinetwegen Julius Cäsar oder Napoleon?« Die Frage stellte Bryan Meade, der Techniker des Teams.

»Wahrscheinlich können wir durchaus irgend etwas herbeirufen, was wir dann Julius Cäsar oder Napoleon nennen können«, antwortete Sam. »Allerdings würden wir bald herausfinden, daß er nicht mehr über das Römische Reich oder die französische Geschichte weiß als jeder von uns am Tisch.«

»Sam hat recht. Es wäre ein schlagkräftigerer Beweis, wenn wir einen Geist erfinden, der nie existiert hat.« Diese Bemerkung kam von Jeff Dorrell, dem theoretischen Physiker. »Erst neulich habe ich etwas über diese Toronto-Gruppe damals vor zwanzig Jahren gelesen. Ich finde auch, daß es Zeit ist, so etwas wieder auszuprobieren.«

»Sie haben einen Geist namens Philipp erschaffen.« Sam blickte in die Runde und sprach mit zusehends größerer Begeisterung. »Er lebte angeblich zur Zeit des englischen Bürgerkriegs und beging nach einer unglücklichen Liebschaft Selbstmord. Zwar wurde er niemals physisch sichtbar, trat aber nach einer Weile durch Tischerücken mit der Gruppe in Kontakt. Und es gab auch einige spektakuläre Poltergeistaktivitäten – das ist alles auf Tonband und Film festgehalten.«

Peggy O'Donovan hatte die Diskussion von einer Ecke

aus verfolgt. Mit angezogenen Knien, die sie unter ihrem üblichen weiten Kaftan verbarg, balancierte sie auf einem uralten Sitzsack. »Okay, ich habe nur eine Frage. Ich nehme an, ihr alle habt *Liebeszauber und Schwarze Magie: Abenteuer in Tibet* von Alexandra David-Néel gelesen?«

Das hatten alle, mit Ausnahme von Joanna, die noch nie davon gehört hatte. »Ich glaube ich weiß, worauf du hinauswillst«, meinte Sam. »Aber fahr nur fort, erzähl Joanna davon.«

Peggys mandelförmige Augen richteten sich auf Joanna. Ihr tiefer, ruhiger Blick hatte etwas beinahe Hypnotisches. »Alexandra David-Néel war eine Französin, die um die Jahrhundertwende Tibet bereist hat. An einer Stelle schildert sie, wie sie von heiligen Männern erfuhr, die diese gedachten Gestalten – die *tulpas* – erschaffen konnten.«

Joanna warf Sam einen kurzen Blick zu, weil sie sich an dieses Wort aus einer ihrer früheren Unterhaltungen erinnerte.

»Schließlich«, erzählte Peggy weiter, »gelang es ihr durch Studium und Übung, selbst ein *tulpa* zu erzeugen – einen Mönch, der sich in ihrem Haus einquartierte. Wenn sie verreiste, folgte er ihr immer. Auch andere Leute sahen den Mönch und hielten ihn für eine reale Person. Zuerst war er freundlich und lustig, eine angenehme Gesellschaft. Dann spürte sie, daß er sich in etwas verwandelte, was ihr zusehends Unbehagen bereitete, etwas Boshaftes. So beschloß David-Néel, das Geschöpf, das sie erschaffen hatte, wieder zu entmaterialisieren. Aber der Mönch wollte nicht mehr verschwinden. Wie sie schreibt, hat es sie sechs schwierige Monate gekostet, ihn wieder loszuwerden.«

Jeff machte keinen Hehl daraus, daß er die Geschichte amüsant fand, aber nicht ganz ernst zu nehmen. »Am liebsten mag ich die Stelle in dem Buch, wo sie von dem gehenden Hut erzählt.« Er blickte zu Joanna. »Anscheinend wurde irgendeinem Reisenden der Hut vom Kopf geweht, der dann in einem fernen Tal landete. Ein paar Dorfbewohner fanden ihn, rührten ihn aber nicht an. So ein Ding hatten sie noch nie gesehen, sie hielten es für irgendein Tier. Nachdem sie mehrere Tage darum herumgeschlichen waren, ohne sich näher heranzutrauen, bewirkten ihre Ängste, daß der Hut ein Eigenleben bekam – er bewegte sich plötzlich von selbst.« Jeff kicherte, als hätte er eine besonders treffende Pointe angebracht. »Ich weiß nicht, wie wörtlich wir Ms. David-Néel nehmen dürfen, ich habe schon den Eindruck, daß sie sich die eine oder andere künstlerische Freiheit herausgenommen hat.«

»Das Entscheidende ist«, faßte Sam zusammen, »daß sie nicht bestreitet, daß ihr kleiner Mönch am Ende wieder verschwunden ist. Außerdem hat er während seiner Existenz keinen Schaden angerichtet – abgesehen davon, daß sie sich durch seine Anwesenheit eine Zeitlang unwohl gefühlt hat. Bei der Toronto-Gruppe war es so, daß ihr Philipp bereits verschwand, wenn auch nur einer aus der Gruppe ihn nicht mehr dahaben wollte.«

»Übrigens, an welche Gruppengröße und welche Teilnehmer hast du denn gedacht, Sam? An Leute vom Team, Freiwillige oder wen?« wollte ein großer, blonder Mann wissen – Brad Bucklehurst, ebenfalls Physiker und außer Tania das einzige Mitglied, das Joanna bis zum heutigen Vormittag noch nicht kennengelernt hatte.

Sam meinte, nach allem, was er gehört habe, liege die optimale Größe einer solchen Gruppe bei sechs bis acht Personen. Da Spontaneität ein so entscheidender Faktor sei, wäre es vielleicht von Vorteil, hauptsächlich neue Testpersonen zu nehmen. Joanna würde natürlich dabei sein, ebenso wie er selbst. Vor allem wollte er vermeiden, daß jemand teilnahm, der oder die mediale oder parapsychologische Fähigkeiten besaß oder zu besitzen glaubte. Zweck des Experiments war es ja, die Macht des normalen menschlichen Geistes zu demonstrieren, nicht die eines besonders herausragenden.

Peggy sagte, sie werde anfangen, eine Liste möglicher Kandidaten zusammenzustellen, und sich mittels Rundschreiben, Zeitungsannoncen und Webseiten weiter umhören. Von den Mitarbeitern der Abteilung wollte lediglich Pete Daniels unbedingt dabei sein, und Sam gab sein Einverständnis. Die anderen bekundeten zwar Interesse, waren aber zu sehr mit ihren eigenen Arbeiten beschäftigt, um mehrere Stunden pro Woche einem neuen Projekt widmen zu können.

Nach dem Ende der Versammlung brach Joanna zu ihrem zwölf Häuserblocks entfernten Büro auf, was an diesem trockenen, kühlen Tag einen angenehmen Spaziergang versprach. Sam begleitete sie, da er auf dem Weg zu einer Besprechung mit dem Vertreter einer Wissenschaftsstiftung war, aus der er ein paar tausend Dollar zusätzlich pro Jahr herausholen wollte. Der Kampf um die Gelder war endlos in einem Forschungszweig wie diesem, der in der Gunst der Spender wesentlich weiter unten rangierte als etwa Krebsforschungsinstitute oder auch Entwicklungsabteilungen zur Verbesserung von Mausefallen. Schweigend gingen Sam und Joanna nebeneinander her, und nachdem er ihr mehrmals einen kurzen Seitenblick zugeworfen hatte, fragte er sie, was ihr denn durch den Kopf gehe.

»Ich habe gerade daran gedacht, was Peggy gesagt hat«, antwortete sie.

»Was ist damit?«

»Sind Sie ganz sicher, daß kein Risiko dabei ist?«

»Was meinen Sie mit Risiko?«

»Ich weiß nicht. Daß wir irgend etwas ins Rollen bringen, was wir nicht mehr aufhalten können.«

»Wir sind gerade ein größeres Risiko eingegangen, indem wir die Straße überquert haben – ohne daß es Ihnen überhaupt aufgefallen ist.«

»Also besteht ein gewisses Risiko.«

»Nein, ich glaube nicht. Aber Sie müssen nicht mitmachen, wenn Sie nicht wollen. Sie können auch darüber schreiben, ohne zur Gruppe zu gehören.«

»Nein«, antwortete sie wie aus der Pistole geschossen, »ich möchte dabeisein.«

Wortlos gingen sie weiter bis zum Ende des Häuserblocks. »Was ich Sie übrigens noch fragen wollte«, sagte er, als sie an einer roten Fußgängerampel warteten, »macht Ihnen diese Sache mit Murray Ray und der alten Frau immer noch zu schaffen?«

Joanna war erstaunt, daß er sich an Murrays Namen erinnerte. Seit sie sich kennengelernt hatten, waren einige Wochen vergangen, und nur damals hatten sie über diesen Mann gesprochen. Sie erkannte außerdem, daß Sam einen Zusammenhang hergestellt hatte, der ihr selbst verborgen geblieben war – nämlich zwischen jenem beängstigenden Zwischenfall und dem vagen, unguten Gefühl, das Peggys Worte bei ihr hinterlassen hatten.

Sie antwortete völlig aufrichtig. »Jedesmal, wenn ich daran denke, sage ich mir, daß ich an seinem Tod nicht schuld bin. Ich weiß das. Aber es stimmt, ich denke schon noch oft daran.«

»Und vermutlich denken Sie auch an diesen ›Fluch‹, den die alte Frau gegen Sie ausgestoßen hat?«

Joanna zögerte. Er hatte recht, aber sie wußte nicht, was ihr schwerer fiel: es ihm oder sich selbst einzugestehen.

»Manchmal«, bekannte sie. Und etwas heiterer fügte sie hinzu: »Dann sage ich mir, daß der Fluch doch allmählich Wirkung zeigen müßte, aber ich merke nichts davon.«

»Sehr gut«, lachte er.

An der nächsten Kreuzung kam ihnen ein Strom von Fußgängern entgegen, so daß sie kurzzeitig voneinander getrennt wurden. Daraufhin zog er sie an seine Seite, hakte sich bei ihr unter und legte seine Hand um ihr Handgelenk.

Joanna fand seine Berührung nicht unangenehm.

9 Schließlich kam sie zu dem Schluß, daß sie gegen ihre Pflichten als seriöse Journalistin verstoßen würde, wenn sie nicht ein richtiges, ausführliches Interview mit ihm führte. Denn das hieße, persönliche Überlegungen vor die beruflichen zu stellen. In dieser Logik lag eine verzwickte Wahrheit, die ihr sehr gefiel.

Als sie das Thema zur Sprache brachte, erklärte er sich sofort einverstanden und schlug zu ihrer Überraschung vor, daß sie sich dazu in seiner Wohnung treffen sollten, wo sie ungestört reden könnten. Vielleicht an einem der nächsten Nachmittage? Zum Tee? Großartig, stimmte sie zu und redete sich ein, daß sie selbstverständlich nur dann etwas wirklich Interessantes über den Mann schreiben konnte, wenn sie wußte, wie er lebte. Einen Fotografen konnte sie ja später immer noch vorbeischicken, wenn sie das Gefühl hatte, daß sich das lohnte.

Punkt vier Uhr am verabredeten Donnerstag ließ sie sich von einem Taxi an der angegebenen Adresse absetzen. Sam wohnte in einem aus großen Steinquadern gebauten Haus am Riverside Drive, im fünften Stock mit herrlicher Aussicht über den Fluß. Die Wohnung selbst war verwinkelt, schäbig und (am allerwichtigsten) sie unterlag der Mietpreisbindung. Er hatte sie von einem Freund aus Studientagen geerbt. Die lange akademische Vergangenheit war ihr anzusehen: Die Hälfte der Möbel und nicht wenige der Bücher, die wirklich jede Wand einnahmen, gehörten Vormietern, die all ihren Versprechungen zum Trotz nie wieder aufgetaucht waren, um ihren Kram abzuholen. Das machte aber nichts, denn alles hatte seinen persönlichen

Wert und nichts wurde weggeworfen, bevor es nicht unwiderruflich und endgültig aus dem Leim gegangen war.

Bei einem Earl-Grey-Tee und exquisiten Petits Fours aus einem belgischen Delikatessengeschäft an der West Side, das er ihr gern einmal zeigen wollte, begannen sie mit dem Interview. Joannas kleiner Kassettenrekorder lag auf dem Tisch zwischen ihnen und lief lautlos mit, am Ende des Gesprächs waren mehrere Kassetten bespielt. Joanna wußte nun, daß Sams Vater eine Arztpraxis auf Cape Cod hatte und seiner Frau seit fünf Jahren versprach, nächstes Jahr endgültig in den Ruhestand zu gehen, aber keinerlei Anstalten dazu machte. Es schien eine glückliche Kindheit gewesen zu sein: Sam war oft segeln und reiten und war zusammen mit seinen zwei älteren Brüdern, von denen einer inzwischen Geschichtsprofessor in Harvard und der andere Herzspezialist in Chicago war, gern über die Klippen gesprungen und auf Bäume geklettert. Sam selbst hatte in Princeton einen Magisterabschluß in Physik gemacht und einen Doktortitel in Psychologie erworben.

»Eine Familie, die es weit gebracht hat. Ich bin beeindruckt«, meinte sie.

»Der Einfluß unseres Vaters. Er hat uns nie zum Lernen ermahnt, er hat einfach unser Interesse geweckt. Wenn einer von uns eine Frage hatte, egal was es war, holte unser Vater entweder ein Buch aus seiner Bibliothek oder brachte am nächsten Tag eins mit und ließ es herumliegen. Er hat es wirklich verstanden, uns Kinder für alles mögliche zu begeistern.«

»Und Ihre Mutter ...?«

»Mama ist eine Dilettantin im klassischen Sinne – sie malt, spielt Oboe im Stadtorchester und schreibt Romane.«

»Habe ich etwas von ihr gelesen?«

»Das glaube ich nicht. Es ist nur ein Buch von ihr erschienen, und das ist über zwanzig Jahre her, aber das entmutigt sie nicht im geringsten. Außerdem leitet sie eine kleine Reisegruppe – letztes Jahr sind sie nach China gefahren.«

»Das klingt geradezu einschüchternd.«

Er lachte. »Eine ganz durchschnittliche amerikanische Familie.«

»Anders als meine.«

Joannas Eltern waren wirklich nicht ungebildet, doch gegenüber dieser Familie von begnadeten Exzentrikern, die Sam ihr geschildert hatte, wirkten sie ziemlich blaß. Ihr Vater hatte bei der Marine fliegen gelernt, war dann bei der zivilen Luftfahrt Pilot gewesen und schließlich leitender Angestellter bei einer Fluggesellschaft geworden. Mama war immer einfach nur Mama gewesen: kein biederes Hausmütterchen, aber auch keine weltreisende und schriftstellernde Bohème-Künstlerin. Und als Einzelkind in einer nicht-intellektuellen Familie hatte Joanna ihre geistigen Anregungen nahezu ausschließlich über das Fernsehen erhalten. Allerdings hatte sie sich sehr angestrengt, die Universität besucht und ein Journalismusstudium abgeschlossen. Das Schöne an ihrem Beruf, fand sie, war, daß man ständig etwas dazulernte. So konnte sie die verlorene Zeit wettmachen und wurde sogar noch dafür bezahlt.

»Übrigens«, sagte sie schließlich und hoffte, daß es nicht übertrieben beiläufig klang, »sind Sie oder waren Sie einmal verheiratet?«

»Nein«, antwortete er ebenso beiläufig, als erübrige sich jede weitere Erklärung.

»Darf ich fragen, ob es Ihrer Ansicht nach einen bestimmten Grund dafür gibt?« hakte sie nach und lächelte dabei, so als ob er sich in diesem Punkt allzu schamhaft zurückhielte.

Doch er zuckte nur nichtssagend die Achseln: »Schicksal wahrscheinlich.«

»Und, würden Sie das als gutes oder als schlechtes Schicksal verbuchen?«

»Hmm, vielleicht hätte ich lieber ›Zufall‹ sagen sollen. Das klingt nicht so bedeutungsschwanger. Ein paarmal sah es ganz danach aus, aber es ist dann doch nie etwas daraus geworden.« Wieder ein Schulterzucken. »In meiner Familie hat man schon immer spät geheiratet.«

Joanna dachte kurz darüber nach und beschloß, es dabei zu belassen. Schließlich handelte es sich nicht gerade um einen Punkt von großem öffentlichen Interesse.

»Erzählen Sie mir doch, wie Sie auf das Forschungsgebiet gestoßen sind, in dem Sie heute arbeiten«, forderte sie ihn auf und schlug einen anderen Ton an, während sie in dem tiefen, abgeschabten Ledersessel ihre Sitzhaltung ein wenig veränderte.

Sam Towne dachte kurz nach. »Ich weiß nicht, ob ich das klar beantworten kann. Es hat sich ganz allmählich so entwickelt, Schritt für Schritt und doch irgendwie zwangsläufig.«

»Aber das scheinen doch sehr interessante Schritte gewesen zu sein. Sie haben als Physiker angefangen, dann Psychologie studiert und arbeiten jetzt am Institut für Parapsychologie. Gab es irgendwelche Ereignisse, die Sie dazu motiviert haben?«

Mit einem Kopfschütteln schien er sich dafür entschuldigen zu wollen, daß er keine plausible Antwort fand. »Ich habe mich immer mit dem beschäftigt, was mich gerade am meisten interessiert hat. So bin ich eben dazu gekommen.«

»Aber Sie haben mir einmal erzählt, daß sie noch nie eine übersinnliche Erfahrung gemacht haben. Sie haben noch nie einen Geist gesehen, noch nie im Traum in die Zukunft geblickt oder irgend etwas Ähnliches. Ist es also nur intellektuelle Neugier?«

Wieder dachte er einen Augenblick nach, bevor er antwortete. »Nun, da ist einmal etwas passiert, schon vor langer Zeit. Das könnte etwas damit zu tun haben.«

Mit geistesabwesender Miene starrte er in die Ferne, in eine andere Zeit, an einen anderen Ort.

»Ich erinnere mich nur daran, daß ich eine Straße am Cape entlangspazierte. Es war ein herrlicher Tag Anfang Juni, aber sonst war nichts Besonderes. Ich war allein und plötzlich, ohne Vorwarnung, kam mir aus heiterem Himmel ein Gedanke, der mir den Atem verschlug. Es war, als würde etwas in meinem Kopf explodieren. Dabei habe ich, glaube ich, nicht einmal meinen Schritt verlangsamt. Niemand hätte mir angesehen, daß sich etwas verändert hat. Doch ich hatte plötzlich das überwältigende Gefühl, daß etwas ganz Außerordentliches geschah.«

Nach einer kurzen Pause wollte er weitersprechen, doch dann hielt er wieder inne und kaute gedankenvoll an seiner Unterlippe. Anscheinend suchte er nach den richtigen Worten.

»Dieses ›außergewöhnliche Ereignis‹ war ganz einfach die Tatsache, daß ich da war, daß ich existierte, lebte, mir meiner selbst bewußt wurde. Daß ich Teil dieses Körpers war, den ich betrachten konnte, wenn ich an mir hinuntersah bis zu meinen Füßen, die sich auf dieser Straße vorwärtsbewegten. Irgendwie war ich gleichzeitig innerhalb und außerhalb dieses Körpers. Und so, wie ich es noch nie empfunden hatte, war ich auch Teil der Landschaft um mich herum, einer Landschaft, die mir plötzlich ganz fremd und neu vorkam, obwohl sich nichts daran verändert hatte. Dieses Gefühl war gleichermaßen erregend und erschreckend. Es kann nur wenige Minuten gedauert haben, aber in diesen Minuten war die Zeit ohne Bedeutung. Und irgendwie ist sie seit damals auch ohne Bedeutung geblieben.«

Als hoffte er, ihre Frage damit zumindest teilweise beantwortet zu haben, lächelte er sie zaghaft an.

»Nichts als ein stinknormaler Augenblick des Einsseins mit dem Universum, würde ich sagen. Das Komische ist nur, daß wir das komisch finden, wo es doch in Zivilisationen, die wir primitiv nennen, etwas Selbstverständliches ist.«

Sie dachte ein paar Sekunden über ihre nächste Frage nach. »Wann war das?«

»Oh, das ist sehr lange her.«

»Wie lange?«

»Länger, als ich zurückdenken kann.«

»Wie alt waren Sie damals?«

»Sieben.«

10

Als sie ihr Gespräch beendeten, dämmerte es bereits. Er bot ihr ein Glas Wein an und holte eine Flasche aus seinem Kühlschrank. Als sie den bemerkenswert milden, trockenen Weißwein lobte, sagte er, es sei ein Condrieu aus dem nördlichen Rhone-Tal in Frankreich, das Geschenk eines Freundes, der für Restaurants an der Ostküste edle Weine importiere.

»Apropos«, meinte er und sah auf seine Uhr, »ich hätte Sie schon früher fragen sollen, aber dürfte ich Sie, wenn Sie zufällig Zeit haben, zum Abendessen einladen?«

»Das ist sehr nett von Ihnen«, antwortete sie. Dabei schob sie kurz entschlossen den Gedanken daran beiseite, daß ihre Mutter ihr immer eingeschärft hatte, eine Frau dürfe frühestens nach drei Tagen, beim ersten Rendezvous sogar erst nach fünf Tagen Zeit haben. »Ja, gerne.«

Dann überraschte er sie ein weiteres Mal. »Ein Freund hat mir gerade per E-Mail aus Kalifornien ein neues Rezept geschickt. Wenn es Ihnen nichts ausmacht, das Versuchskaninchen zu spielen, würde ich es gerne ausprobieren.«

»Das klingt gut«, war die einzige Antwort, die ihr einfiel. Als er ihr Wein nachschenkte, fragte sie sich, ob er das wohl immer so machte und ob das alles nicht eine vielfach erprobte und genau durchdachte Ouvertüre zu einem Verführungsversuch war. Aber diesen Gedanken tat sie gleich wieder ab, der arme Kerl war offenbar pleite und hatte im Gegensatz zu ihr kein Spesenkonto für teure Restaurantbesuche. »Kann ich Ihnen beim Kochen helfen?«

»Nur, wenn mir das Ganze über den Kopf wächst, aber

ich glaube, ich schaffe es allein. Nehmen Sie Ihr Glas mit, dann können wir uns drüben weiterunterhalten.«

Die Küche war eine altmodische Wohnküche, der man ansah, daß sie häufig benutzt wurde. Zwischen Regalen mit Kräutern und Gewürzen hingen Pfannen und Kasserollen aus glänzendem Stahl und Kupfer, und die Messersätze mit den abgenutzten Holzgriffen waren rasiermesserscharf geschliffen. Die Musik, die Sam im Wohnzimmer aufgelegt hatte, wurde von zwei großen Lautsprechern in brillanter Qualität übertragen. Während sich das Konzert von Poulenc in immer neue Höhen schwang, beobachtete ihn Joanna beim Kochen. Sie unterhielten sich über Gott und die Welt, während er ein Kabeljaufilet in Reiswein pochierte und dann mit Sojasauce, Sesamöl, Schalotten, Ingwer und Koriander würzte. Serviert mit Basmati-Reis und zusammen mit einer weiteren Flasche Condrieu war es ein köstliches Essen.

Sie speisten bei Kerzenlicht an einem langen Eichentisch im angrenzenden Eßzimmer, zwischen Bücherregalen und holzvertäfelten Wänden. Als Dessert hatte Sam ein leckeres Zitronensorbet zubereitet, garniert mit frisch geschnittenen Mangoscheiben. Den Kaffee, den er ihr anbot, lehnte Joanna ab. Sam ging um den Tisch herum und trat neben sie, um ihr den Rest aus der Flasche Wein einzuschenken, beugte sich zu ihr herab und küßte sie lange und zärtlich.

»Na gut«, meinte sie etwa eine Stunde später, als sie engumschlungen und noch immer überwältigt von ihrer blitzartigen Leidenschaft im Bett lagen, »jetzt mal ganz unter uns: Was ist der wirkliche Grund, warum du all diese Jahre solo geblieben bist?«

»He, so alt bin ich nun auch wieder nicht«, protestierte er mit sanftem Tadel in der Stimme.

»Das habe ich auch nicht behauptet. Aber ich habe das Gefühl, daß du Frauen magst, und wenn du bei keiner hängengeblieben ist, heißt das, daß du ziemlich viele gehabt haben mußt.«

»Gehörst du etwa zu der Sorte Frauen, die automatisch denken, daß bei einem Mann etwas nicht stimmt, wenn er mit dreißig noch nicht unter der Haube ist?«

»Ich gehöre zu überhaupt keiner ›Sorte‹ Frauen.«

»Nein, oder doch ...?« Er ließ seine Hand über ihren ebenmäßigen Rücken gleiten und zog sie zärtlich noch einmal an sich.

Später saßen sie im Schneidersitz auf der Fensterbank in Sams Wohnzimmer, aßen Fruchtjoghurt und Popcorn und tranken Champagner dazu. »Das ist der Beweis«, rief sie triumphierend, als er die Flasche brachte.

Fragend sah er sie an. »Der Beweis wofür?«

»Daß du das alles geplant hast – bis hin zur Flasche Champagner im Kühlschrank, um das Ganze zu feiern.«

»Die ist bei einer Party übriggeblieben«, verteidigte er sich und hob zur Beteuerung seiner Unschuld die Arme. »Ich hatte ganz vergessen, daß sie noch da ist.«

»Kannst du wirklich kochen? Oder kochst du immer dasselbe, um deine Freundinnen zu beeindrucken?«

»Du kannst ja morgen wiederkommen und es selber herausfinden.«

Sie beugte sich vor und küßte ihn. »Vielleicht tue ich das wirklich.«

Sie redeten eine Zeitlang weiter über sich selbst, über ihre Familien und ihr bisheriges Leben, dann kamen sie wieder auf das Experiment zu sprechen und das, was dafür noch arrangiert werden mußte, vor allem die Zusammensetzung der Gruppe. Sam unterbrach sich mitten in einem Satz und blickte hinaus auf den dunklen Hudson. Joanna gewöhnte sich bereits an diese geistesabwesenden Momente, in denen seine Gedanken plötzlich in eine ganz eigene, für andere unerreichbare Welt abzuschweifen schienen, bis sein Verstand verarbeitet hatte, was ihn gerade beschäftigte. Diese Eigenschaft machte ihn seltsamerweise sogar noch attraktiver, weil sie ihn so verloren erscheinen ließ. Es verbarg sich hinter ihr eine unerwartete Verletzlichkeit, eine gewisse Einsamkeit.

»Weißt du was«, sagte er nach einer Weile, »wenn ich Roger Fullerton als Teilnehmer für diese Gruppe gewinnen könnte, wäre das nicht nur ein genialer Coup, es wäre ein absoluter Hammer.«

»Wer ist Roger Fullerton?«

»Mein ehemaliger Physikprofessor in Princeton. Er ist wirklich ziemlich berühmt, man hat ihn schon zweimal für den Nobelpreis nominiert, wenn er ihn auch letzten Endes nicht gekriegt hat. Wenn wir den in der Gruppe hätten, würden auch die Leute auf uns aufmerksam werden, die sonst alle Forschung auf dem Gebiet des Paranormalen irgendwo zwischen Gruppenhysterie und ausgemachtem Bluff ansiedeln.«

»Meinst du, er würde mitmachen?«

»Ich weiß es nicht.« Sam lachte leise und wandte den Blick vom Fluß ab und zu Joanna zurück. »Er war immer einer von diesen Leuten, die solche Projekte irgendwo zwischen Gruppenhysterie und ausgemachtem Bluff ansiedeln.«

»Du hast doch gesagt, daß das Ganze nur funktioniert, wenn alle Teilnehmer offen und unkritisch an die Sache herangehen. Jetzt sagst du, wir sollten einen Skeptiker dabeihaben.«

»Das Besondere an der Skepsis ist, daß sie zwei Seiten hat. Wahre Skeptiker sind aufgeschlossen. Roger hat mit Einstein und Niels Bohr zusammengearbeitet. Er ist einer der letzten jener Generation, die herausgefunden hat, daß die Wirklichkeit immer unwirklicher wird, je genauer man sie unter die Lupe nimmt. Eigentlich sollte man annehmen, daß Telepathie und Psychokinese für solche Leute ein gefundenes Fressen sind.«

»Und warum ist es nicht so?«

Sam zuckte die Achseln und goß Joanna den Rest Champagner ins Glas.

»Frag ihn selbst. Hast du Samstag nachmittag Zeit?«

»Könnte sein.«

»Dann komm mit nach Princeton. Ich glaube, Roger wird dir gefallen. Und ich weiß, daß du ihm gefallen wirst.«

11

Als Sam den Wagen parkte, begann es zu regnen. Unter einem alten Regenschirm, den er im Kofferraum gefunden hatte, rannten sie die baumbestandenen Wege auf dem Campus entlang. Im zweiten Stock eines dieser Gebäude im neogeorgianischen Stil klopfte Sam an eine Tür, und eine beschwingte Stimme rief: »Kommt rein!«

Ein alter Kavalier, so ließ sich Roger Fullerton am treffendsten beschreiben, dachte Joanna. Er trug einen tadellos sitzenden dreiteiligen Anzug aus teurem Tweed, sein weißer Schnurrbart war an den Enden hochgezwirbelt. Und wie seine Augen funkelten, als sie ihm vorgestellt wurde! Kein Wunder, daß Sam glaubte, sie habe vielleicht größeren Einfluß auf den alten Herrn als er.

Während sie es sich in den Ledersesseln bequem machten, brachte jemand Tee. In diesem Zimmer hatte Fullerton also seit mehr als vierzig Jahren doziert und Diskussionsgruppen geleitet. Es herrschte eine Atmosphäre altehrwürdiger Noblesse. Gerahmte Fotografien von Personen, die ihr vage bekannt vorkamen, manchmal in Gesellschaft eines jungen und sehr gut aussehenden Fullerton, hingen willkürlich und schief an den getäfelten Wänden. Bücher und Aufzeichnungen lagen überall verstreut und verstärkten den Eindruck eines sorgsam gehüteten Chaos. Neben einem Buntglasfenster stand ein Computer.

»Also«, meinte Fullerton, während er den Blick von Joannas Beinen abwandte, die er mit so großer Offenheit und Unschuld bewundert hatte, daß man ihm unmöglich böse sein konnte. »Zweck dieses Besuchs ist es wohl, mich zu überreden, bei einem von Sams verrückten sogenannten ›Experimenten‹ mitzumachen, stimmt's?«

Er sprach mit einem ganz leichten britischen Akzent, der Joanna an Ray Milland oder Cary Grant in diesen alten Filmen erinnerte, die spätabends im Fernsehen laufen. Kurz sah sie zu Sam hinüber, doch der schlürfte nur seinen Tee und schien Rogers abschätzige Bemerkung überhört zu haben.

»Ich denke, das hat er mehr oder weniger aufgegeben«, erwiderte sie vorsichtig. »Auf dem Weg hierher hat er noch gesagt, er sei darauf vorbereitet, sich wieder mit einer vergeblichen Debatte begnügen zu müssen, aber immerhin halte ihn das in Form.«

Roger lächelte in sich hinein. »Ich werde versuchen, ihn nicht zu enttäuschen.«

Nachdem damals die Rede auf Fullerton gekommen war, hatte Sam ihr erzählt, wie sich seine Freundschaft zu dem älteren Wissenschaftler entwickelt hatte. Kennengelernt hatten sie sich, als Sam die Vorlesungen Fullertons besuchte und danach jedesmal noch Fragen stellte. Die daraus entstandene Freundschaft bestand auch weiter fort, als Sam von der Physik zur Psychologie wechselte, die in Fullertons Augen allerdings keine Wissenschaft war, da ihr klare Parameter fehlten. Aber sein Mißmut darüber war harmlos verglichen mit der Szene, die er Sam bereitete, als er sich für Parapsychologie zu interessieren begann.

Und kaum hatten die beiden Männer die Teetassen abgesetzt und die üblichen Höflichkeitsfloskeln hinter sich gebracht, setzten sie auch schon ihr Streitgespräch fort – wie eine Schachpartie, die bei jeder sich bietenden Gelegenheit weitergeführt wird. Keine Figur war seit dem letzten Treffen verschoben worden, und beide wußten genau, wo sie stehengeblieben waren.

»Du ignorierst einfach die Hälfte von allem, worüber man sich in den letzten hundert Jahren Gedanken gemacht hat«, sagte Sam gerade. »Ende des neunzehnten Jahrhunderts flammte das Interesse an übersinnlichen Phänomenen geradezu explosionsartig auf ...«

»Hysterische alte Jungfern und hypernervöse Junggesellen, die händchenhaltend in dunklen Räumen saßen und auf ein Zeichen von ihrer verstorbenen Mutter warteten«, unterbrach ihn Roger geringschätzig, »Lieber Himmel, das willst du doch nicht etwa Wissenschaft nennen?«

»Einige der größten Geister ihrer Zeit waren darunter, hier wie auch in Europa: Ärzte, Physiker, Philosophen – Menschen, deren Arbeit bis heute hoch geschätzt wird ...«

»Ja, aber nur wegen ihrer Leistungen auf wissenschaftlichem Gebiet – und nicht weil sie sich nebenbei mit kindischem Hokuspokus beschäftigt haben.«

»Ganz im Gegenteil, sie haben erkannt, daß etwas sehr Interessantes passierte. Und weil sie über sehr viel wissenschaftliche Neugier – und auch Redlichkeit – verfügten, haben sie sich näher damit beschäftigt. Du selbst hast mir doch beigebracht, daß die Quintessenz wissenschaftlichen Arbeitens die Bereitschaft ist, seine eigenen Thesen hinterfragen zu lassen.«

»Was sie sehr richtig auch getan haben – mit dem Ergebnis, daß nichts einer kritischen Überprüfung standhielt! Solange es kein einziges wiederholbares Experiment gibt, das ein Vorhandensein außersinnlicher Wahrnehmung belegt ...«

»Es gibt dutzendweise wiederholbare Experimente, die zweifelsfrei den Einfluß von Willenskraft – menschlicher und tierischer – auf zufallsgesteuerte Prozesse belegen. Darüber gibt es Statistiken.«

»Ein statistischer Beweis ist ein Widerspruch in sich.«

»Physikalische Gesetze basieren auf statistischer Deutung.«

»Manches kann man vielleicht nicht exakt berechnen, aber aus Durchschnittswerten lassen sich Gesetzmäßigkeiten ableiten, die wir uns überall zunutze machen können, bei der Entwicklung einer Digitaluhr ebenso wie in der Raumfahrt. Deine sogenannten Experimente hingegen zeigen nur Abweichungen in verschiedene Richtungen, daraus kann man keinen praktischen Nutzen ziehen. Du hast nichts weiter als eine ominöse Kraft, die du ›Psi‹ nennst und die du für jede noch so winzige Anomalie verantwortlich machst.«

»›Psi‹, mein lieber intoleranter Roger, ist genauso definierbar wie dein ›Beobachtereffekt‹ in der Physik. Du wirst doch jetzt nicht etwa behaupten wollen, daß der nicht existiert?«

»Man kann nicht einfach Dinge aus dem Mikrokosmos in den Makrokosmos übertragen.«

»Man kann aber auch nicht einfach eine Grenze dazwischenziehen. Es handelt sich nicht um zwei völlig verschiedene Welten, sondern um die beiden entgegengesetzten Pole eines Ganzen.«

»An meinem Pol gelten physikalische Gesetze, an deinem ist alles möglich. Diese angeblichen ›Psi‹-Kräfte«, er spuckte das Wort regelrecht aus, »sollen wirken, als seien Raum und Zeit bedeutungslos. Vergiß einfach die Schwerkraft, die Relativität und die Thermodynamik – ›Psi‹, das man weder messen noch voraussagen noch sonstwie erfassen kann, regiert das Universum. Du rennst einem religiösen Irrglauben nach, Wissenschaft ist das keine.«

»Wenn du so scharf auf die Gesetze der Naturwissenschaft und das Kausalitätsprinzip bist, dann komm doch und schau dir an, was ich mache, bevor du dir ein Urteil darüber bildest.«

»Ich weiß ja, daß ich deine Behauptungen nicht widerlegen kann, dazu brauche ich mir das nicht erst anzusehen. Und genau deshalb interessiert es mich als Physiker auch nicht. Wissenschaftliche Theorien können sich im Licht neuer Erkenntnisse als falsch erweisen. Aber die Ideen irgendwelcher Spinner können weder bewiesen noch widerlegt werden.«

»Was wäre, wenn du in einem Raum sitzen würdest, in dem sich ein Tisch von selbst zu bewegen anfängt und sogar zu schweben beginnt, mitten am hellichten Tag.«

»Ich würde einem gelungenen Zaubertrick applaudieren.«

»So etwas ist schon mehr als einmal gemacht worden. Ich werde das Experiment wiederholen – du hörst, daß ich ›wiederholen‹ sage – und es ist kein Zaubertrick.«

»Dann müßte ich mich wohl David Humes Ansicht über Wunder anschließen – daß es rationaler ist, Schurkereien und Narrheiten zu vermuten, als mit einem Schlag alles über Bord zu werfen, was uns die bisherige Erfahrung über die Beschaffenheit der Welt gelehrt hat.«

Joanna saß während des Schlagabtauschs der beiden Männer wie eine Zuschauerin auf der Tribüne dabei. Zu gern wollte sie den Wortwechsel mitschneiden und in ihrem Artikel verwenden, doch ohne das Einverständnis des Professors wagte sie nicht einfach das Tonbandgerät auf den Tisch zu stellen. Deshalb faßte sie verstohlen in ihre Tasche und drückte den Aufnahmeknopf. Sie hoffte, so wenigstens Bruchteile des Wortgefechts festzuhalten. Als Fullerton sich plötzlich zu ihr wandte, schaute sie ihn daher etwas schuldbewußt an.

»Was halten Sie denn von all dem, Miss Cross? Als Journalistin?«

»Als Journalistin, Herr Professor, darf ich keine eigene Meinung haben. Ich werde einfach versuchen, beide Ansichten darzulegen.«

Das klang ein bißchen schönfärberisch und entsprach auch nicht der Wahrheit. Doch sie wollte sich nicht in die Auseinandersetzung der beiden Männer hineinziehen lassen.

»Aber Sie müssen doch eine persönliche Meinung dazu haben«, ließ Fullerton nicht locker. »wie jeder andere Mensch auch.«

»Na ja, ich glaube, ich denke, es gibt mehr Dinge zwischen Himmel und Erde ...«

Sie ließ den Satz unvollendet im Raum stehen.

»Aber ich kann Ihnen keinen Grund dafür nennen. Höchstens, daß mein Vater – ein ganz bodenständiger Mann – behauptet, einmal eine fliegende Untertasse gesehen zu haben, als er Pilot bei der Navy war.«

»Moment mal«, fiel Sam ihr ins Wort. »Ich will ja nicht unhöflich sein, aber nur um das klarzustellen: UFOs, Biorhythmik oder Wünschelrutengängerei haben nichts, aber auch gar nichts mit Parapsychologie zu tun.«

Joannas Blick warnte ihn, wenn auch sehr freundlich, sie nicht zu unterschätzen. »Für Jung waren UFOs *tulpas*«, argumentierte sie. »Ich habe das nachgelesen, nachdem Sie neulich davon gesprochen haben – gedachte Gestalten, die entweder aus der Vergangenheit stammen und sich bis heute erhalten haben, oder aber durch das kollektive Unbewußte neu geschaffen werden.«

Sam hob abwehrend die Hand. »Ich nehme alles zurück. Sie haben recht.«

Roger strahlte zufrieden. »Schön zu wissen«, meinte er, »daß er sich wenigstens dazu bringen läßt, seine Fehler einzugestehen.«

»Schade, daß ich nicht dasselbe von dir sagen kann, Roger«, gab Sam zurück. »Aber wie ich sehe, weigerst du dich hartnäckig, mit uns an einem Experiment teilzunehmen, das deine festgefahrenen Vorurteile erschüttern würde.«

»Nicht teilnehmen?« fragte der alte Mann und hob in gespielter Verwunderung die Augenbrauen. »Wenn du denkst, daß ich mir die Gelegenheit entgehen lasse, mit dieser jungen Dame die nächsten Wochen an einem Tisch zu sitzen und Händchen zu halten, und dann auch noch mit ansehen zu dürfen, wie du dich zum Narren machst, dann hast du dich aber geschnitten.«

Als sie zum Wagen zurückgingen, hatte es aufgehört zu regnen. Und Sam grinste bei jedem Schritt übers ganze Gesicht.

12

Joannas Eltern kamen seit über zwanzig Jahren jedes dritte Wochenende aus Westchester County in die Stadt. Sie übernachteten immer in demselben kleinen Hotel hinter dem Plaza, wo ihnen als langjährigen Stammgästen ein Vorzugspreis eingeräumt wurde. Zu ihrem üblichen Programm gehörte es, ins Theater zu gehen, sich vielleicht einen Kinofilm oder eine Ausstellung anzusehen und sich mit ihrer Tochter zu treffen.

Elizabeth Cross war eine attraktive Frau mit einer sehr guten Figur und einer Vorliebe für schlichte, elegante Kleider. Man sah ihr ihr Alter – sie war jetzt sechsundfünfzig – nicht an, ebensowenig wie ihrem Ehemann Bob, der im Frühjahr sechzig wurde. Obwohl er nur mittelgroß und schon fast kahlköpfig war, besaß er noch immer die Fitness und die Beweglichkeit eines wesentlich jüngeren Mannes. Joanna zeigte sich immer gern mit ihren Eltern. Normalerweise gingen sie zusammen in eins ihrer Lieblingsrestaurants. An diesem Abend hielten sie es ebenso, nur daß sie diesmal zu viert waren: Joanna hatte auch Sam eingeladen.

Damit das erste Kennenlernen in einer möglichst entspannten Atmosphäre ablief, lud sie alle in ihr kleines Apartment am Beekman Place zum Apéritif ein. Wie Joanna erwartet hatte, glänzte Sam durch Charme und Witz und blieb dabei ganz er selbst. Sie merkte, daß ihr Vater ihn auf Anhieb sympathisch fand, obwohl ihre Mutter über seinen Beruf nicht ganz glücklich schien.

»Ist es so wie in diesem Film *Ghostbusters*, der ständig im Fernsehen läuft?« erkundigte sie sich.

Sam lächelte. Diese Frage hörte er nicht zum ersten Mal.

»Lange nicht so aufregend«, antwortete er, »obwohl ich mir das oft wünschen würde. Aber wir sind nur Wissenschaftler, die schwer erklärbare Phänomene untersuchen.«

»So etwas wie *Akte X*?« mutmaßte Joannas Vater.

»In gewisser Hinsicht schon, würde ich sagen. Nur daß wir nichts mit der Regierung zu tun haben.«

»Aber diese Geschichte mit der Erschaffung eines Geistes«, bohrte ihre Mutter weiter, »das klingt doch ziemlich grauenerregend.«

Während der Taxifahrt zum Restaurant, das in einer der Straßen zwischen Lexington Avenue und Third Avenue lag, erklärte Sam möglichst detailliert, was mit dem Experiment bezweckt werden sollte. Wie Joanna feststellte, trug dies zwar kaum zur Beruhigung ihrer Mutter bei, doch ihr Vater war begeistert.

»Lassen Sie mal sehen, ob ich das alles richtig verstanden habe«, sagte er, als sie an ihrem Tisch Platz genommen und bestellt hatten. »Telepathie ist Kommunikation auf rein geistiger Ebene, während Hellsichtigkeit bedeutet, daß man einen Ort oder einen Umstand sieht, den andere nicht wahrnehmen können.«

»Genau«, bestätigte Sam, »obwohl es offensichtlich Überschneidungen gibt. Wenn man Dinge sieht, die sich ganz woanders abspielen, sieht man sie oft durch die Augen einer anderen Person.«

»Präkognition«, fuhr Joannas Vater fort – er zählte die Begriffe an den Fingern ab –, »ist das Vorauswissen zukünftiger Ereignisse. Warum die Leute, die so etwas können, nicht ein Vermögen auf der Rennbahn machen, ist mir allerdings ein Rätsel.«

»Na ja, manchmal sehen sie tatsächlich den Sieger voraus«, wandte Sam ein. »Aber eben nicht zuverlässig genug für sichere Gewinnchancen.«

»Und dann gibt es noch die Psychokinese, die Macht des Geistes über die Materie. Das ist, wenn man allein mit der Kraft seiner Gedanken einen festen Gegenstand verrückt.«

»Oder vielleicht auch einen festen Gegenstand erschafft«, ergänzte Joanna. »Oder zumindest einen fest aussehenden.«

»Nun, ich finde, das klingt alles sehr merkwürdig, und ich möchte lieber nichts damit zu tun haben«, bemerkte Joannas Mutter. »Nennen Sie mich meinetwegen abergläubisch, aber meiner Meinung nach gibt es Dinge auf dieser Welt, von denen man einfach die Finger lassen sollte.«

»Elizabeth, wenn wir alle diese Einstellung hätten, würden wir heute noch in Höhlen hausen«, entgegnete Joannas Vater. »Die heutige Technologie ist das Zauberwerk von gestern. Menschen wurden auf dem Scheiterhaufen verbrannt, weil sie Ideen verfochten, denen wir letztendlich heute das Telefon und das Fernsehen verdanken. He, Sam, hat Joanna Ihnen schon erzählt, daß ich mal eine fliegende Untertasse gesehen habe?«

»Ach, Bob!« rügte ihn Elizabeth, als hätte er in einer feinen Gesellschaft einen Fauxpas begangen.

»Ja, davon hat sie mir tatsächlich erzählt, Mr. Cross.«

Elizabeth widmete sich ihrem Essen, während ihr Mann die Geschichte zum besten gab, die sie schon zu oft gehört hatte. In ihren Augen haftete Menschen, die behaupteten, UFOs, Geister oder sonst etwas Außerirdisches gesehen zu haben, ein unausgesprochener Makel an. Es war etwas, das sie von den anderen Menschen trennte, und sie wünschte sich sehnlichst, ihr Mann würde nicht so freimütig von seinem Erlebnis erzählen.

»Ich flog mit einer F-14 von der *Nimitz* über den westlichen Atlantik. In ungefähr siebentausend Metern Höhe, ich kam gerade aus einer Wolke heraus – da war es plötzlich, etwa drei Meilen östlich, ein silbernes, scheibenförmiges Ding, das reglos am Himmel stand. Ohne Fenster und ohne Lichter, soweit ich sehen konnte. Aber es war eindeutig ein fester Gegenstand. Als ich Meldung davon machte, hieß es, sie hätten nichts auf dem Radarschirm. Ich wollte mir das Ding genauer ansehen, und als ich näher heranflog, schoß es davon, als würde es an einem Faden gezogen oder so. Es hatte keine normale Beschleunigung wie jedes andere Flugzeug. Nein, es kam sofort von Null auf eine Wahnsinnsgeschwindigkeit und verschwand innerhalb von zwei oder drei Sekunden – als ob es nie dagewesen wäre. Aber bei Gott, ich weiß, was ich gesehen habe.«

Sie redeten eine Zeitlang über dieses Erlebnis, doch Joanna merkte, daß Sam aus Rücksicht auf ihre Mutter versuchte, die Unterhaltung dezent in eine andere Richtung zu lenken.

Als Elizabeth später aufstand und zur Toilette ging, ging Joanna mit ihr. Sie beobachtete, wie ihre Mutter vor dem Spiegel neues Make-up auftrug. Ihre Bewegungen hatten etwas Ruckartiges und Brüskes, als wollte sie wortlos zum Ausdruck bringen, daß sie unglücklich war.

»Alles in Ordnung, Mama?« fragte Joanna vorsichtig.

»Ja, natürlich, Schätzchen. Warum?«

»Ich habe mir nur gerade gedacht, daß du heute ein bißchen still bist.« Da keine Erwiderung kam, fuhr sie fort: »Hast du immer noch diesen Traum, von dem du mir am Telefon erzählt hast?«

»Welchen Traum? Ach, den – nein, den hatte ich seit unserem Gespräch nicht mehr.«

»Dann ist es ja gut.« Joanna überprüfte ihre Frisur im Spiegel, wandte den Kopf und strich eine Strähne glatt. »Die Vorstellung, die ganze Nacht im Regen ausgesperrt zu sein, hat mir auch nicht gerade gefallen.«

Wieder herrschte Schweigen, während ihre Mutter die Puderdose zuschnappen ließ und einen Lippenstift aus ihrer Tasche nahm. »Wenn du darauf wartest, meine Meinung über Sam zu hören«, sagte sie nach einer Weile, »ich finde ihn ganz nett.«

»Oh, nichts lag mir ferner als das«, sagte Joanna scheinbar gleichgültig. Dann fügte sie hinzu: »Aber ...?«

»Ich habe nicht ›aber‹ gesagt ...«

Joanna wartete ab, während ihre Mutter sich die Lippen schminkte und sie aufeinanderpreßte. »Aber weil du gerade davon sprichst, er scheint sich ja einen ziemlich seltsamen Beruf ausgesucht zu haben.«

»Er ist Psychologe. Was ist daran seltsam?«

»Du weißt sehr gut, was ich meine. Ein Psychologe ist ein Arzt. Aber das ist er nicht.«

»Ein Psychologe muß nicht unbedingt ein Arzt sein. Es ist jemand, der sich mit bestimmten Aspekten der menschlichen Psyche befaßt.«

»Eben – der *menschlichen* Psyche!«

»Mama, er ist kein Spinner. Im Gegenteil, er ist einer der vernünftigsten und intelligentesten Männer, die ich kenne.«

»Das bestreite ich ja nicht. Ich sage nur, daß mir bei dieser Geschichte, auf die du dich da einläßt, irgendwie ... ich weiß nicht ... unwohl ist.«

»Was meinst du mit ›dieser Geschichte‹?«

»Diese ganzen unheimlichen Sachen. Es wäre mir lieber, du würdest Reiseberichte schreiben wie früher. Oder mehr von diesen Artikeln über Umweltzerstörung.«

»Ich bin Journalistin«, beharrte Joanna eisern, »und muß mich mit allem beschäftigen, was die Zeitschrift haben will.«

»Na, je früher du besagtes Thema abgeschlossen hast und dich wieder anderen Themen zuwendest, desto lieber ist es mir. Mir läuft es immer noch jedesmal kalt über den Rücken, wenn ich an diese entsetzlichen Leute in diesem Camp Sowieso denke, über die du geschrieben hast. Auf so etwas sollte man sich besser nicht einlassen.«

»Das war ein Riesenschwindel, der an die Öffentlichkeit gebracht werden mußte.«

»Und wo ist der Unterschied zu dem, was Sam macht?«

»Das kann man gar nicht vergleichen. Hier geht es um ein wissenschaftliches Forschungsprojekt.«

»Dann täusche ich mich wohl, und wir können uns alle weiteren Worte sparen.«

Nachdem sich Elizabeth Cross ein letztes Mal im Spiegel betrachtet hatte, ging sie zur Tür. Joanna folgte ihr und holte sie im Flur ein.

»Mutter, du hast jetzt genau diese Art, die ich an dir überhaupt nicht leiden kann.«

Elizabeth sah sie mit erstaunter Unschuldsmiene an. »Was ist ... ?«

»Das weißt du genau, du sagst etwas Provokatives und im selben Moment gehst du zur Tür heraus, noch bevor man was darauf erwidern kann.«

Sie waren an der Treppe angekommen. Einen Fuß bereits auf der untersten Stufe, blieb Elizabeth Cross stehen und drehte sich zu ihrer Tochter um.

»Mir war nicht bewußt, daß ich etwas Provokatives gesagt habe.«

Joanna merkte, wie ihre Lippen zitterten, und zugleich fiel ihr die belustigte Reaktion ihrer Mutter auf. Dieses Zittern war eine Angewohnheit aus ihrer Kindheit, und es ärgerte Joanna maßlos, daß sie es nie hatte ablegen können. Denn dadurch verriet sie, daß sie sich ins Unrecht gesetzt hatte, indem sie zuviel oder etwas Falsches gesagt hatte, was sie aber unter keinen Umständen zugeben würde.

»Ich habe nur gemeint«, fuhr ihre Mutter in einem versöhnlichen Ton fort, »daß es eine ungewöhnliche Arbeit ist, die wohl nur ein ungewöhnlicher Mensch tun kann. Das heißt nicht, daß er nicht nett ist, das habe ich ja schon gesagt. Jetzt komm, sonst fragt sich der arme Kerl noch, was wir so lange über ihn tratschen.«

Joanna folgte ihrer Mutter die Treppe hinauf und durch die ledergepolsterte Tür ins Restaurant zurück. Dabei empfand sie ein eigenartiges Unbehagen. Irgend etwas in den Worten ihrer Mutter, besonders der unterschwellige, mißfällige Zweifel, hatte in ihr das Bild von Ellie Ray heraufbeschworen – jenes finstere, wutverzerrte Gesicht, dem sie sich an jenem Vormittag auf der Sixth Avenue plötzlich gegenübergesehen hatte.

Doch dieses Gefühl ging vorüber, nachdem sie sich wieder gesetzt hatten. Den weiteren Abend plauderten sie über sehenswerte Theaterstücke und die kulturellen Ereignisse der kommenden Saison.

Als sich die beiden Paare vor dem Restaurant gute Nacht wünschten und ihrer Wege gingen, spürte Joanna allerdings, daß ihre Mutter immer noch sehr reserviert war. Das ärgerte und beunruhigte sie. Sie kannte die Intuitionen ihrer Mutter und hatte sich bisher meistens auf sie verlassen – aus gutem Grund, wie sich später meistens herausstellte. Aber diesmal lagen die Dinge anders. Diesmal täuschte sich ihre Mutter, weiter nichts.

Sie hakte sich bei Sam unter und genoß es, in seiner Nähe zu sein. Er beugte sich über sie und küßte sie sanft auf den Mund, während sie durch das winterliche, nächtlich funkelnde Manhattan spazierten.

13 Das erste Treffen der Gruppe fand an einem Dienstag abend kurz nach sieben statt, in einem Kellerraum gleich unter Sams großem Labor. Bisher hatte man den Raum als Lager genutzt, hauptsächlich für Plunder. Sam war froh gewesen, den Krempel endlich loszuwerden. Zwei kleine Fenster ganz oben an einer Wand sorgten für frische Luft, doch durch den Metallrost davor drang kaum Tageslicht herein, so daß man auch tagsüber das Licht einschalten mußte. Die Neonröhren tauchten die frisch getünchten weißen Wände, deren Farbe noch nicht richtig trocken war, in ein steriles kaltes Licht.

In der Mitte des Raumes standen acht Stühle mit geraden Lehnen um einen rechteckigen Holztisch. Außerdem gab es an Mobiliar ein altes Ledersofa an der Wand, daneben einen Tisch mit einer Kaffeemaschine und Pappbechern darauf sowie einen kleinen Kühlschrank für kalte Getränke. In zwei Ecken des Raums standen Videokameras auf Stativen, und von der Decke hingen vier kleine Mikrofone herab.

Joanna saß links von einem Ehepaar Anfang Vierzig. Die beiden waren ihr als Drew und Barry Hearst vorgestellt worden. Barry war ein breitschultriger, untersetzter Mann mit einem dunklen, gestutzen Bart und einer Vorliebe für offene Hawaiihemden, selbst mitten im Winter. Wie Joanna erfahren hatte, war er Klempner und leitete in einem Vorort von Queens eine erfolgreiche Firma mit beinahe dreißig Angestellten. Seine Frau Drew, die neben ihm saß, war schlank und zierlich, doch ihre ruhige Art ließ auf Entschiedenheit und Stärke schließen.

Neben Drew saß Maggie McBride, eine mütterliche Frau

in den Sechzigern mit sanfter Stimme und einem Akzent, der noch immer ihre Herkunft aus dem schottischen Hochland verriet.

Zu Maggies Rechten hatte ein streng wirkender Mann von ungefähr Mitte Fünfzig Platz genommen, der einen teuren, gut geschnittenen Anzug trug und sich als Ward Riley vorstellte. Von ihm wußte Joanna bisher nur (man ging davon aus, daß sich die Teilnehmer während der zweimal wöchentlich stattfindenden Sitzungen ohnehin besser kennenlernen würden), daß er ein ehemaliger Anwalt war, der später als Investment-Banker gearbeitet und sehr viel Geld verdient hatte. Vor zehn Jahren hatte er sich aus dem Arbeitsleben zurückgezogen. Sams Beschreibung nach steckte Ward Riley voller hochinteressanter Widersprüche: ein erfolgreicher Geschäftsmann, der von der fernöstlichen Mystik und der Parapsychologie fasziniert war, ein überzeugter Junggeselle und sehr verschlossener Mensch, der anonyme Stipendien für junge Künstler und Musiker stiftete, die er nie kennenlernen würde; der außerdem als Sponsor für eine kleine Lyrik-Zeitschrift in Erscheinung trat und hin und wieder ansehnliche Beträge für Sams Forschungsvorhaben spendete.

Den Rest der Gruppe bildeten Sam, sein Assistent Pete Daniels, Roger Fullerton und Joanna. Während Sam zwangsläufig die Leitung ausübte, bemühte er sich, eine möglichst lockere und entspannte Atmosphäre zu schaffen.

»Wie Sie alle wissen«, sagte er während der allgemeinen Einführung, »möchte Joanna Cross in *Around Town* über unser Experiment berichten. Wir sind übereingekommen, daß sie weder Ihre Namen erwähnt noch irgendwelche Einzelheiten, mit deren Hilfe man Sie identifizieren könnte. Außer natürlich«, ergänzte er lächelnd, »auf Ihren ausdrücklichen Wunsch. Und natürlich werde auch ich etwas in einem einschlägigen Fachblatt veröffentlichen, wobei dasselbe gilt: Keine Namensnennung ohne vorherige Erlaubnis.«

Dann bat er, sie alle mögen reihum ein paar Worte über

sich sagen. Maggie McBride wurde überredet, den Anfang zu machen, und bald wurde deutlich, daß sich hinter ihrer Schüchternheit eine scharfe Intelligenz und eine starke Persönlichkeit verbargen.

Sie war im schottischen Elgin geboren und war mit ihren Eltern nach Kanada ausgewandert, als sie zwölf war. Dort hatte sie den Schotten Joseph McBride kennengelernt und geheiratet. Sie hatten für einen reichen Geschäftsmann gearbeitet, er als Chauffeur und sie als Köchin, und waren diesem schließlich nach New York gefolgt. Maggies Interesse an übersinnlichen Phänomenen war von der Gattin ihres Arbeitgebers geweckt worden, die eine begeisterte Spiritistin war. Ursprünglich hatte Maggie »einfach nur mitgemacht, weil es irgendwie zu meiner Arbeit dazugehörte, ohne wirklich daran zu glauben«. Sie und Joe hatten zwei Kinder, auf die sie sehr stolz war: Der Sohn arbeitete als Chemiker in der Industrie, war verheiratet und hatte ein Kind; die ledige Tochter war Investment-Beraterin an der Wall Street. Als Joe vor fünf Jahren einem Krebsleiden erlag, war Maggie als Haushälterin bei ihren nun schon betagten Arbeitgebern geblieben. Und als sie vor ein paar Jahren im Mitgliederrundbrief der Parapsychologischen Vereinigung gelesen hatte, daß Versuchspersonen gesucht wurden, hatte sie sich aus reiner Neugier gemeldet. An einigen der Experimente, die Sam auch Joanna vorgeführt hatte, hatte sie mit guten, aber nicht überragenden Ergebnissen teilgenommen. Aber sie verfügte über keinerlei übersinnliche Erfahrungen und vermutete, daß es sich bei den meisten, von denen man hörte, um Betrug handelte, doch sie wollte nicht vorschnell urteilen.

Barry Hearst stellte sowohl sich selbst als auch Drew vor, ließ sich von ihr aber widerspruchslos korrigieren, wenn er sich in einem Detail irrte, was allerdings nur selten vorkam. Sie waren in demselben Viertel von Queens aufgewachsen und kannten sich seit ihrer Kindheit. Beide stammten aus Arbeiterfamilien. Als Teenager hatte Drew sich vorgenommen, Nonne zu werden, während Barry immer wieder mit dem Gesetz in Konflikt kam. Wie es zur Heirat gekommen war, führten sie nicht näher aus (Joanna vermutete eine ungewollte Schwangerschaft), doch hatte diese Ehe beiden gutgetan. Barry hatte seinen rebellischen Geist in andere Bahnen gelenkt und war jetzt, mit einundvierzig, Besitzer eines florierenden Geschäfts für Sanitärbedarf. Als er behauptete, ungebildet zu sein, widersprach ihm Drew. Sie erzählte, daß er seine Nase in jeder freien Minute in Bücher stecke und in Geschichte und Philosophie sehr belesen sei. Außerdem besitze er eine große Sammlung klassischer Schallplatten, fügte sie mit kaum verhohlenem Stolz hinzu, und pfeife bei der Arbeit oft Mozartmelodien. Widerwillig räumte Barry ein, daß er wohl »sowas wie ein erfolgreicher Aufsteiger, zumindest in unserem Viertel« sei.

Vor zehn Jahren hatte eine Tragödie ihr Leben überschattet. Ihr einziges Kind, eine Tochter, war im Alter von elf Jahren bei einem Verkehrsunfall ums Leben gekommen. Darüber war Barry beinahe zerbrochen und er schrieb es einzig Drews Stärke zu, daß er schließlich darüber hinweggekommen war. Trotzdem war er im Gegensatz zu seiner streng katholischen Frau immer Agnostiker geblieben, was aber scheinbar zu keinen Reibereien führte. Sie seien hier, meinte Barry abschließend, weil er in einer Zeitschrift über Sams Arbeit gelesen habe und näher daran interessiert sei.

Roger Fullerton stellte sich bescheiden als Physiklehrer vor, der bereits wisse, daß das Universum irrationalen Gesetzen gehorche, aber doch gerne herausfinden wolle, wie diese Gesetze wirken. Er hoffe, dieses Experiment werde ihm dabei helfen.

Pete Daniels – vor Ehrfurcht nahezu erstarrt, weil er mit Roger Fullerton am selben Tisch saß – erzählte, daß er vierundzwanzig war, aus Kentucky stammte und Physik studiert hatte. Seine chronische Angst vor Langeweile habe ihn immer davon abgehalten, sich um einen Job in der Industrie oder sonst eine einträgliche Beschäftigung zu kümmern, weshalb er schließlich in Sams Abteilung gelandet sei. (Sam hatte Joanna bereits erzählt, Pete sei eine wahre Forschernatur und nicht mit Gold aufzuwiegen, obwohl er nur einen Hungerlohn bekam). Pete war ein liebenswerter Kindskopf, und Joanna spürte, daß ihn die ganze Gruppe sofort ins Herz schloß.

Ward Riley brachte es schließlich fertig, noch weniger über sich zu sagen, als Joanna aus Sams spärlichen Andeutungen erfahren hatte. »Ein Geschäftsmann im Ruhestand, der sich sein Leben lang für übersinnliche Phänomene aller Art interessiert hat« – mehr war von ihm nicht zu erfahren. Merkwürdigerweise schien auch niemand mehr wissen zu wollen. Er hatte eine schwer definierbare Ausstrahlung, überlegte Joanna, die seine Mitmenschen dazu brachte, ihn allein aufgrund seines Auftretens zu respektieren und sich mit dem zufriedenzugeben, was er von sich aus preisgab.

Als letzte kam sie an die Reihe. Da die anderen bereits wußten, wer sie war und was sie hier wollte, schlug sie vor, daß man ihr einfach Fragen stellte. Barry Hearst erkundigte sich, ob sie angesichts ihrer Enthüllungen über Camp Starburst überhaupt noch an Übernatürliches glauben könne. Wahrscheinlich nicht mehr und nicht weniger als alle anderen, die hier anwesend sind, gab sie zur Antwort. Natürlich hätten die Berichte, die sie über frühere Experimente dieser Art gelesen habe, ausgesprochen überzeugend geklungen, doch sie wisse nicht, was sie glaube, bevor sie nicht mit eigenen Augen gesehen habe, daß der Tisch, um den sie hier versammelt seien, sich von selbst bewege oder – noch besser – vom Boden abhob.

Roger lächelte und meinte, das würde auch so manchen seiner Vorbehalte zerstreuen. Danach löste sich die Sitzung in kleine, Kaffee trinkende Grüppchen auf, und Sam schlenderte umher, offensichtlich glücklich, daß es ihm gelungen war, eine so zwanglose Atmosphäre zu schaffen. Als er dann das Gefühl hatte, mehr könne bei einem ersten Treffen nicht herauskommen, schloß er unaufdringlich die Sitzung. Sie würden sich in drei Tagen wiedersehen.

»Dann werden wir damit beginnen, unseren Geist zu erschaffen«, sagte er. »Und um mit den Worten von Bette Davis zu sprechen: ›Schnallen Sie sich besser an – denn wenn wir Glück haben, wird es ein unruhiger Flug‹.«

14

»Was ist das?« Joanna spähte in einen Metallbehälter mit einer blaßblauen Flüssigkeit. Sie war warm, zähflüssig und geruchlos.

»Paraffinwachs. Paß auf.«

Sam krempelte den Ärmel hoch und tauchte seine Hand bis zum Handgelenk hinein. Als er sie herauszog, war sie mit einer gleichmäßigen Schicht überzogen, die wie ein enganliegender, fast transparenter Handschuh aussah. »Es trocknet sehr schnell und läßt sich leicht entfernen«, sagte er und zog einen Streifen davon von seinem Handrücken ab. »Und sieh dir das an, man kann darauf jedes Detail der Hautoberfläche, sogar winzige Härchen erkennen. Ein perfekter Abdruck.«

»Das ist ja ganz interessant. Aber ich nehme an, du hast etwas Bestimmtes damit vor.«

Sie befanden sich in einem Hinterzimmer des Labors, in dem ein kleines Fotolabor, ein Gasherd und ein paar Regale mit Chemikalien untergebracht waren. Während Sam das restliche Paraffinwachs von seiner Hand abnahm, erklärte er: »Irgendwann in den zwanziger Jahren lebte ein polnischer Bankier namens Franek Kluski, der im Alter von fünfundvierzig Jahren entdeckte, daß er ein außerordentlich begabtes Medium war. Augenzeugenberichten zufolge hielt er Séancen ab, in denen er aus dem Nichts geheimnisvolle Wesen erschuf – menschliche, halbmenschliche, tierische oder halbtierische. Das einzige Problem war, daß sie am Ende der Séancen wieder verschwanden, so daß er nie einen greifbaren Beweis für ihre Existenz liefern konnte, obwohl andere Leute sie gesehen und auch berührt hatten.

Deshalb kam einer der Wissenschaftler, die die Sache überprüfen wollten, auf die Idee, diese Geister zu fragen, ob sie so freundlich wären, ihre Hände in eine Schüssel mit Paraffinwachs zu tauchen. So würden nach ihrem Verschwinden die Wachsabdrücke erhalten bleiben. Die Geister erklärten sich gern dazu bereit, und von da an blieben am Ende jeder Séance die leeren Wachshüllen auf dem Boden zurück. Die Wissenschaftler mußten sie nun nur noch mit Gips ausgießen, um eine perfekte Nachbildung zu bekommen von ... na ja, von dem, was sich eben in diesem Raum aufgehalten hatte.«

Joanna starrte ihn an. »Das hast du dir doch aus den Fingern gesogen.«

Mit seiner inzwischen vom Wachs befreiten Hand machte er eine unbestimmte Geste. »Im *Institut Metapsychique* in Paris gibt es eine Reihe von Gipsformen, die ›Phantomhände‹ genannt werden und angeblich so zustande gekommen sind, wie ich es gerade beschrieben habe.«

»Ich möchte Rogers Gesicht sehen, wenn er das hört.«

Sam lachte. »Ich möchte lieber sehen, wie ihm so ein Phantom einen Wachsabdruck in den Schoß fallen läßt und ihn fragt, wie er das bitte schön erklären will.«

»Weißt du«, meinte Joanna nachdenklich, »du hattest wirklich recht, darauf zu beharren, daß Roger an der Gruppe teilnimmt. Wie du schon sagtest: Wenn er sich überzeugen läßt, werden es die Skeptiker schwer haben, diesen Forschungszweig zu ignorieren.«

»Glaub mir, sie werden es trotzdem weiterhin versuchen.«

»Wie auch immer, wenn er mir erlaubt, ihn namentlich zu erwähnen, möchte ich mit ihm ein persönliches Interview machen – eins, bevor wir anfangen, und eins danach, falls irgendwas dabei herausgekommen ist.«

»Nimm dich in acht – deinen Interviewpraktiken haben wir es zu verdanken, daß wir heute per du sind.«

»Was soll das denn heißen? Bist du etwa eifersüchtig auf einen alten Professor?«

»Auf *diesen* alten Professor schon. Er war viermal verheiratet, und ich traue ihm zu, daß er es noch ein paarmal probiert, bevor es ihm endgültig reicht.«

»Viermal?«

»Er ist Wissenschaftler – Wiederholbarkeit ist ein wesentliches Kriterium für jedes gute Experiment.«

»Ich glaube, du hast mich gerade von einer gefährlichen Schwärmerei geheilt.«

»Freut mich zu hören.« Er zog sie an sich und küßte sie.

»Meinst du, die anderen wissen davon?« fragte sie flüsternd.

»Welche anderen wissen wovon?«

»Die anderen in der Gruppe. Von uns beiden.«

Er zuckte die Achseln. »Ich denke, sie wissen es mit ziemlicher Sicherheit. Außerdem ist es doch kein Geheimnis, oder?«

»Nein.« Sie ließ ihre Hand durch sein kräftiges Haar gleiten und zog ihn zu sich heran, so daß ihre Lippen sich erneut berührten. »Ganz und gar nicht.«

Die Erfindung des Geistes erwies sich als ein langwieriger Prozeß mit unerwarteten Hindernissen. Unter Sams Anleitung gingen sie so logisch wie möglich an das Unternehmen heran. Zunächst galt es zu klären, ob es sich um einen männlichen oder einen weiblichen Geist handeln sollte. Roger meinte, die schnellste und gerechteste Lösung wäre es, eine Münze zu werfen. Nachdem alle zugestimmt hatten, schnippte Roger eine Vierteldollarmünze in die Luft. Der Geist war männlich.

Als zweites stellte sich die Frage, in welcher Zeit ihr Geist gelebt haben sollte. Jeder wartete darauf, daß einer der anderen einen Vorschlag machte, bis Sam sagte, alle sollten der Reihe nach ihre Meinung kundtun, angefangen bei Maggie zu seiner Linken. Etwas schüchtern erklärte sie, sie habe nicht viel Ahnung von Geschichte und wolle sich deshalb gern einer anderen Meinung anschließen, wenn jemand besser Bescheid wüßte, aber sie würde Schottland um die Mitte des achtzehnten Jahrhunderts vorschlagen, zur Zeit des Jakobitenaufstands. Einen kurzen Moment lang trat Schweigen ein, alle überlegten, ob sie gleich dazu Stellung nehmen oder erst die übrigen Vorschläge anhören sollten. Sam regte an, erst die Runde mit den Vorschlägen zu Ende zu bringen und dann einen weiteren Durchgang für die Kommentare zu machen.

Riley entschied sich für die okkultistische Periode im alten Ägypten, Drew für das Florenz der Renaissance. Barry plädierte für den amerikanischen Bürgerkrieg, Joanna für die französische Kaiserzeit unter Napoleon. Roger meinte, er sei mit jeder europäischen Epoche im siebzehnten oder achtzehnten Jahrhundert, also dem ›Zeitalter der Aufklärung‹, einverstanden. Pete Daniels sagte, er hätte sich auch für die Renaissance in Italien interessiert, aber da ihm jemand zuvorgekommen sei, wolle er es »mal mit dem klassischen Griechenland versuchen und abwarten, wer darauf einsteigt«. Sam erklärte, das seien schon mehr als genug gute Vorschläge und er sei mit allem einverstanden, was die Gruppe beschließe. Dann bat er Maggie, die Runde mit den Stellungnahmen zu beginnen.

»Ich habe den Eindruck«, begann sie zögerlich, als wolle sie sich dafür entschuldigen, etwas Selbstverständliches auszusprechen, »es wäre von Vorteil, wenn wir jemanden erschaffen, dessen Sprache wir alle beherrschen. Und ich muß gestehen, daß ich von Französisch, Italienisch, Altägyptisch oder Griechisch ehrlich gesagt kein Wort verstehe.«

»Das ist ein guter Einwand«, pflichtete Roger sofort bei. »Warum sollen wir das Ganze unnötig komplizieren? Wenn alle einverstanden sind, schlage ich vor, daß wir einen englischsprachigen Geist erschaffen.«

Alle stimmten zu, und danach wurde die Diskussion freier. Sam ermunterte diejenigen, die einen »ausländischen« Geist befürwortet hatten, einen neuen, muttersprachlichen vorzuschlagen. Drew sprach sich für das viktorianische

England aus. Roger meinte, der Geist könnte ebensogut ein englisch sprechender Reisender irgendwo auf der Welt sein. Riley optierte für die russische Revolution, bei der nachweislich mehrere englischsprachige Personen als Beobachter zugegen waren. Mit demselben Argument beharrte Joanna auf der französischen Kaiserzeit.

Beim nächsten Durchgang ging Maggies Unterstützung an Frankreich, den »alten Verbündeten Englands«, egal in welcher Epoche. Drew meinte, sie habe zu wenig über Geschichte gelesen, um sich irgendeine Epoche im Detail vorstellen zu können, aber vielleicht sollten sie sich für eine Zeit entscheiden, in der es auch etwas anderes als Kriege und Blutvergießen gegeben habe. Ihr gefalle Rogers Idee mit dem Zeitalter der Aufklärung, weil es eine Epoche sei, in der Kunst und Kultur aufblühten und sich überall neues Gedankengut entwickelte.

Darauf erwiderte Barry, Kriege und zivilisatorische Errungenschaften hätten sich in der Geschichte immer gegenseitig bedingt und die amerikanische Revolution sei ein herausragendes Beispiel dafür. Deshalb bleibe er dabei.

Nachdem bislang drei Revolutionen vorgeschlagen worden seien, sagte Joanna, sollte man sich vielleicht für eine davon entscheiden. Riley räumte ein, die Aufklärung wäre vielleicht interessanter als das russische Experiment, denn in der russischen Revolution habe man in der Vernunft die einzige Lösung für alle Probleme gesehen, was schließlich in die Katastrophe mündete. Während der französischen und der amerikanischen Revolution sei der Verstand noch nicht so überbewertet worden.

Roger stimmte dem zu. Zu dieser Zeit, bemerkte er, hätten die Menschen zwar an den technischen Fortschritt geglaubt, ihn aber nicht als selbstverständlich hingenommen, wie das heute der Fall sei. Schließlich habe das ausgehende zwanzigste Jahrhundert Fernsehen, Kühlschränke und Mondfahrten als Beweis dafür, daß Wissenschaft und Technik ihren Nutzen bringen. Vor zweihundert Jahren sei dieser Nutzen noch nicht so offensichtlich gewesen.

Damals war der Fortschritt eher geistiger als materieller Natur – es gab erste kleine Schritte, keine fertigen Lösungen.

Falls die amerikanische und die französische Revolution in die engere Auswahl kämen, überlegte Sam, würde wohl Maggies Argument mit der Sprache den Ausschlag geben.

»Auch in Paris wurde englisch gesprochen«, schlug sich Drew – vielleicht unbewußt – auf die Seite ihres Gatten. »Jefferson war damals in Paris. Und Benjamin Franklin. Und was ist mit Lafayette?«

Roger gestand ein, er kenne sich mit Militärgeschichte nicht aus, was Joanna allerdings bezweifelte. Sie hielt seine Bemerkung für eine Reaktion auf den verlegenen Ausdruck auf Maggies Gesicht, die anscheinend kaum etwas über Lafayette wußte. Roger, mutmaßte Joanna, wollte lediglich höflich sein. Und flüchtig kam ihr der Gedanke, daß vielleicht etwas dran war an Sams spaßiger Bemerkung, Roger hielte Ausschau nach seiner Frau Nummer fünf.

Barry gab einen kurzen Abriß von Lafayettes Leben: 1757 als Sohn einer steinreichen französischen Adelsfamilie geboren, hatte er zum Hofstaat Ludwigs XVI. gehört, war aber aus eigenem Antrieb 1777 nach Amerika gereist, um im amerikanischen Unabhängigkeitskrieg gegen die Briten zu kämpfen. Er wurde zum Generalmajor ernannt, schloß eine lebenslange Freundschaft mit George Washington und brachte es in der Schlacht von Brandywine in Pennsylvania zu militärischen Ehren. 1779 kehrte er nach Frankreich zurück und setzte durch, daß die Regierung die Kolonisten mit einer sechstausend Mann starken Expeditionsarmee unterstützte. Er hatte wesentlichen Anteil am entscheidenden Sieg der Amerikaner in der Schlacht bei Yorktown 1781. Als in beiden Ländern gefeierter Held kehrte er nach Frankreich zurück, wo er Anführer der liberalen Aristokraten wurde und für Religionsfreiheit und die Abschaffung des Sklavenhandels eintrat. 1789 zählte er zu den führenden Köpfen der Französischen Revolution, konnte sich mit seinen reformistischen Ideen aber nicht gegen den revolutionären Eifer Robespierres und seiner Anhänger behaupten. Nach einem vergeblichen Versuch, die Monarchie zu retten, floh er 1792 nach Österreich. Unter Napoleon kehrte er 1799 nach Frankreich zurück und lebte dort noch dreißig Jahre lang als Gutsherr und Kammerabgeordneter. In Amerika blieb er zeitlebens beliebt, und bei seinem Besuch 1824/25 wurde er begeistert empfangen und mit allen denkbaren Ehren und Würden ausgezeichnet.

»Das ist eine gute Geschichte«, meinte Sam, »aber für unsere Zwecke ungeeignet, weil er wirklich gelebt hat.«

»Wir könnten doch ohne weiteres einen Amerikaner erfinden, der mit ihm zurück nach Frankreich gegangen ist«, wandte Barry ein. »Irgendeinen Jungen aus Neuengland, der vom Heldentum träumt, sich von den Idealen der Revolution begeistern läßt und auf der Guillotine endet.«

Ringsum wurde zustimmendes Gemurmel laut, und Maggie McBride faßte den allgemeinen Konsens in Worte.

»Ich glaube, das ist wirklich eine glänzende Idee. Ein Amerikaner in Paris. Sehr schön.«

15 Die Augen seiner Mutter waren rot, weil sie die ganze Nacht geweint hatte. Am liebsten hätte er die Arme um sie geschlungen und ihr versichert, daß alles gut werden würde, daß sie sich eines Tages wiedersehen würden. Doch so etwas war in ihrer Familie nicht üblich. Er konnte ihr nicht sagen, daß er sie liebte und vor Sehnsucht Tränen vergießen würde, wie auch sie ihm nicht sagen konnte, welch bitteren Schmerz sie empfand angesichts des bevorstehenden Abschieds. Ihr einziger Sohn zog im Gefolge des berühmten Generals Lafayette nach Frankreich, und tief im Inneren wußte sie, daß sie ihn nie wiedersehen würde. Doch als er sie auf ihre roten Augen ansprach, gab sie ihm nur unwirsch zur Antwort, der Staub mache ihr zu schaffen. Sie reagierte empfindlich auf die blühenden Gräser und Blumen im Sommer ebenso wie auf das feine, weiße Mehl, das wie Nebel über der Kornmühle hing. »Iß jetzt«, wies sie ihn an. »Du hast einen langen Tagesritt vor dir, eine solche Reise kann man nicht mit leerem Magen antreten.«

Dann beschäftigte sie sich mit unnützen Arbeiten und starrte finster vor sich hin, während sie mit Töpfen, Pfannen und Geschirr schepperte und ihr Sohn ein letztes Mal in ihrer Küche frühstückte. Durch das Fenster sah sie, wie ihr Mann John mit Edward, dem jungen Stallburschen, die Pferde sattelte. Er kam gemessenen Schrittes auf das Haus zu, und sie wußte, daß der Augenblick gekommen war. So holte sie tief Atem und stählte sich für die Trennung.

Steif, weil körperlichen Kontakt nicht gewöhnt, umarmten sich Mutter und Sohn. Er umklammerte die Bibel, die sie ihm in die Hand gedrückt hatte, und versprach, sie in Ehren zu halten. Vom Hof aus blickte sie den Gestalten nach, die den Weg hinunter zu den Bäumen ritten. Einmal noch drehte er sich um und hob die Hand. Als sie zurückwinkte, war er schon zu weit entfernt, um ihr Zittern zu bemerken. Nachdem Vater und Sohn im dichten Grün verschwunden waren, drehte sie sich schnell um und ging in die Küche zurück.

Adam Wyatt fühlte eine schwere Last von sich abfallen, während er an der Seite seines wortkargen Vaters am Hudson River entlang in Richtung New York ritt. Zuerst hatte ihn das Schweigen bedrückt, doch nun machte es ihm nichts mehr aus, und seine Gedanken richteten sich auf das große Abenteuer, das vor ihm lag. Es war reiner Zufall gewesen, daß der berühmte Franzose auf ihn aufmerksam geworden war, eine unbedachte Tat hatte ihm bei seiner Feuerprobe im Krieg den Ruf der Tapferkeit eingetragen. Denn ein Pferd hatte sich losgerissen und hätte die Stellung von Lafayettes Truppen verraten, die sich unter dem Kommando George Washingtons bei Yorktown verschanzten, um zum endgültigen Schlag gegen die Briten anzusetzen. Da zählte es wenig, ob Adams beherzter Versuch, den Ausbruch des Tieres zu verhindern, den Ausgang der Schlacht tatsächlich beeinflußt hatte: General Lafayette höchstpersönlich hatte den Zwischenfall beobachtet und den jungen Mann zu sich kommen lassen, um ihn zu belobigen. Der junge Amerikaner hatte ihm gefallen, und so hatte er ihn seinem direkten Kommando unterstellt. Was Adam in der Gunst des gebildeten, gutherzigen Franzosen noch weiter steigen ließ, waren sein Wissensdurst und seine Intelligenz. Alles interessierte ihn, von politischer Theorie über Naturwissenschaften bis hin zur Philosophie. Lafayette hatte dem Jungen sogar Französischstunden geben lassen, als er Interesse dafür zeigte. Und nun, keine zwei Jahre später und gerade erst zwanzig Jahre alt, war er als Mitglied des persönlichen Stabes des Generals auf dem Weg nach Frankreich. Er würde Dinge sehen und kennenlernen, von denen er bisher nicht einmal zu träumen wagte. Und natürlich würde man ihn als eine Art Botschafter seines aufstrebenden jungen Vaterlandes betrachten, das sich zu Gleichheit und Freiheit bekannt hatte. Diese Ideale fanden auch in Europa eine immer größere Anhängerschaft.

Kurz vor New York schüttelte Adam die Hand, die ihm sein Vater mit ernster Miene entgegenstreckte, dann wandte sich John Wyatt um und ritt nach Hause zurück. Er hatte seinen Sohn nur begleitet, um dessen Pferd wieder mit heimzunehmen. Keinesfalls wollte er bei den Festlichkeiten verweilen, mit denen noch immer George Washingtons triumphaler Einzug in die Stadt gefeiert wurde. Adam schlenderte glücklich mehrere Stunden umher, tauchte ein in das fröhliche Lärmen und fand sich schließlich am verabredeten Quai ein, um sich auf dem großen Schoner einzuschiffen, der bei der ersten Flut Anker lichten und zu der fünfwöchigen Reise nach Bordeaux aufbrechen würde.

Bald hatte er die Übelkeit der ersten Tage überwunden (es war Adams erste Seefahrt), und die salzige Brise, die sie eilends vorantrieb, belebte ihn. Vom General – oder Marquis, wie er ihn künftig nennen sollte, denn der Krieg war vorbei und die militärischen Titel hatten nun keine Bedeutung mehr – bekam er während der Reise nicht viel zu sehen. Doch er erhielt weiterhin täglich Französischstunden und wurde zur Vorbereitung seiner Ankunft in Frankreich ins Protokoll eingewiesen. Ungeachtet seiner liberalen Ansichten war der Marquis de Lafayette doch ein Aristokrat, der am Hof und in den höchsten diplomatischen Kreisen verkehrte. Deshalb wurde auch von seinem Gefolge ein angemessenes Benehmen erwartet. Während dieser fünf Wochen auf See lernte Adam zu sprechen, sich zu bewegen und sogar zu denken wie ein Adliger, von seiner bäuerlichen Abstammung war ihm bald nichts mehr anzumerken. Das Essen an Bord war schlicht, aber er gewöhnte sich daran, daß ihm seine Mahlzeiten von ehrerbietigen Mitgliedern der Schiffsmannschaft serviert wurden, die ihm auch sein Glas mit Wein von so edlem und vollem Geschmack füllten, wie er ihn noch nie zuvor gekostet hatte. Jener Adam Wyatt, der schließlich im Hafen von Bordeaux französischen Boden betrat, war ein anderer als der, der in New York an Bord gegangen war.

Die nächsten Monate machten seine Verwandlung vollkommen. Lafayette war in Frankreich genauso der Held der Stunde wie in Amerika. Gleich welcher Gesellschaftsschicht sie angehörten, feierten die Franzosen die Niederlage ihres Erzfeindes England und waren über alle Maßen stolz auf Lafayette und seine Truppen, die die französische Regierung auf sein Drängen hin nach Amerika entsandt hatte. In allen Salons nicht nur Frankreichs, sondern ganz Europas ließ man Lafayette hochleben, er war an allen liberal gesinnten Höfen ein gerngesehener Gast und wohin er auch immer ging, Adam Wyatt war dabei. In Versailles stellte man ihn Ludwig XVI. und der wunderschönen jungen Königin Marie-Antoinette vor. In Paris begegnete er Thomas Jefferson, der dort für Amerika Wirtschaftsverhandlungen führte. Ausführlich unterhielt er sich mit dem alt gewordenen, doch noch immer brillanten Benjamin Franklin, der als amerikanischer Botschafter das alte Europa bereiste. Das waren erhebende Augenblicke für einen jungen Mann seiner Herkunft. Manchmal erschien es ihm, als wären jene Jahre der puritanischen Einfachheit nur ein Traum gewesen, aus dem er jetzt erwacht war. Dann wieder fürchtete er, sein neues Leben sei nur geträumt, und gleich würde seine Mutter ihn aufwecken, ihn wegen irgendeiner kleinen Nachlässigkeit schelten und zum Kühemelken in die kalte Morgenluft hinausschicken.

Aber er wachte nicht auf. Und nach ein paar Jahren dieses Lebens schwanden auch seine Befürchtungen, daß der Traum ein plötzliches Ende nehmen könnte. Pflichtbewußt, wenn auch unregelmäßig, schrieb er nach Hause; und er erhielt kurze, unbeholfene Briefe von seiner Mutter, denen normalerweise ein kurzes Postskriptum seines Vaters angefügt war. Die Neuigkeiten darin erschienen ihm zunehmend banal und uninteressant, sie riefen ihm eine Welt vor Augen, die nicht nur fern, sondern auch reizlos war, nicht im mindesten zu vergleichen mit dem Leben eines Privatsekretärs des Marquis de Lafayette – in diesen hohen Rang war der junge Adam Wyatt inzwischen erhoben worden. Und obwohl sein Mäzen im Jahr 1784 Amerika einen neuerlichen Besuch abstattete, begleitete Adam ihn diesmal nicht. Er sei, so schrieb er den Eltern, zu beschäftigt mit dringenden Angelegenheiten des Marquis, um auch nur daran denken zu können, Frankreich den Rücken zu kehren. Später wäre dies selbstverständlich einmal möglich, allerdings wisse er nicht mit Bestimmtheit, wann.

Daß er sich nicht nur in Paris, sondern auch in Angelique verliebt hatte, verschwieg er. Sie war die Tochter einer adligen Familie, mit der der Marquis befreundet war. Angeliques Eltern teilten seinen Reformeifer, auch sie waren davon überzeugt, daß die Zukunft allen Menschen und nicht nur einigen wenigen Privilegierten gehörte. Aber ebensowenig wie dem Marquis kam es ihnen in den Sinn, daß die Monarchie einer solchen Reform im Wege stehen könnte. Der König war doch König all seiner Untertanen, ein Symbol für die Einheit des Landes. Daß diese Einheit in ausreichendem Maße vorhanden war, um die notwendigen demokratischen Reformen zu verwirklichen, wurde in den erlauchten Kreisen, in denen Adam verkehrte, allgemein als gegeben angenommen. Man mochte vielleicht die junge Königin Marie-Antoinette für ihre Extravaganzen und gelegentlichen Narrheiten tadeln, aber das waren nur unbedeutende Nebensächlichkeiten. Dem König jedoch wurde der ihm zustehende Respekt gezollt, ihm galt die loyale Unterstützung selbst der liberalsten Adelskreise und der großen Mehrheit seines Volkes, auch wenn er ein schwacher Herrscher war und es ihm an Entschlußkraft mangelte.

Inzwischen war Angelique zu einer der beliebtesten Damen bei Hofe avanciert und zählte nun zu den regelmäßigen Gesellschafterinnen der Königin. Auch Adam wurde immer häufiger bei Hofe empfangen. Die Tatsache, daß er ein amerikanischer Held mit einem hellen Kopf und inzwischen nahezu perfekten französischen Sprachkenntnissen war, machte ihn beliebt und begehrt. Als er und Angelique im Sommer 1787 heirateten, zählte ihre Hochzeit zu den glanzvollsten Ereignissen der Saison. Die Mitgift seiner Frau erlaubte ihnen den Kauf eines eleganten Hauses in der Rue du Faubourg Saint-Honoré in Paris sowie eines Landsitzes an der Loire. Jetzt war Adam Wyatt ein vermögender Mann und einer von jenen, denen er einstmals gedient hatte. Amerika, dachte Adam, hatte den Weg in die Zukunft gewiesen, doch Europa und insbesondere Frankreich würden ihn am schnellsten und erfolgreichsten beschreiten.

Diesem Glauben hing er auch noch im Sommer 1788 an, obwohl sich die Anzeichen mehrten, daß das Land vor dem finanziellen Ruin stand. Der größte Posten der Schulden waren die Ausgaben für Frankreichs Beteiligung am amerikanischen Unabhängigkeitskrieg. Adam nahm mit Interesse zur Kenntnis, daß dennoch niemand anklagend mit dem Finger auf ihn zeigte oder seine Heimat verunglimpfte. Man debattierte lediglich darüber, wie man das Defizit beheben könne. Im Herbst kam man überein, im darauffolgenden Frühjahr die Generalstände einzuberufen. Diese waren eine Art nationales Parlament, das sich aus Angehörigen des Klerus, des Adels und gewählten Repräsentanten des Volkes zusammensetzte. Sie waren seit 1614 nicht mehr zusammengetreten, waren jedoch der Verfassung gemäß die einzige Versammlung, die beschließen konnte, welche neuen Steuern erhoben werden durften, um eine solche Krise zu meistern.

Niemand hatte vorausgesehen, daß dieses Ereignis die brodelnde Unzufriedenheit, die seit geraumer Zeit überall im Lande herrschte, zum Ausbruch bringen würde, am wenigsten die liberale, aufgeklärte Minderheit, zu der Lafayette und nun auch Adam Wyatt sich zählten. Doch nach einem arktischen Winter mit vielen Hungerrevolten war der tiefe Groll der überwiegend armen Mehrheit gegenüber den wenigen Privilegierten nicht mehr zu besänftigen. Als diese in den Reihen des Klerus und des Adels dann auch noch versuchten, den frisch gewählten Volksvertretern in der Generalversammlung ihren Willen aufzuzwingen, gab es kein Halten mehr.

Doch am Hof amüsierte man sich wie eh und je, keiner bemerkte, daß etwas Beunruhigendes vor sich ging, auch nicht Angelique. Aufgeklärte Adlige wie Lafayette begrüßten den Wandel, den sie vorangetrieben hatten und der jetzt unaufhaltsam geworden war. Niemand konnte sich auch nur vorstellen, daß es zu etwas anderem kommen würde als zu einer kontrollierten Umverteilung der Macht: Man befürwortete eine konstitutionelle anstatt einer absoluten Monarchie, eine gerechtere Verteilung des Reichtums und die Bekämpfung der bitteren Armut, unter der neunzig Prozent der Bevölkerung – Arbeiter und Bauern – schon viel zu lange leiden mußten. Keiner rechnete mit einer blutigen Revolution.

Vielleicht lag es daran, daß er Ausländer und trotz seines neuerworbenen Reichtums und seiner Privilegien noch immer ein Außenseiter war – Adam jedenfalls spürte, daß sich die Vorgänge hier grundlegend von der sogenannten Revolution in Amerika unterschieden. Dort war der Feind die alte Kolonialmacht in Europa gewesen, aber hier in Frankreich hatte man ihn direkt vor Augen: hinter den Fenstern der königlichen Paläste und vornehmen Häuser wie dem von Adam. Und so ließ sich Adam, wenn er durch die von Menschenmassen überfüllten Straßen ging, manchmal von zwei bewaffneten Dienern begleiten. Wenn er dagegen allein ausging, kleidete er sich in Lumpen, um nicht angegriffen oder ausgeraubt zu werden. Dann sah er, wie man Puppen verbrannte, die den König, die Königin und die Minister der Regierung darstellten, er sah, wie Läden und Lagerhäuser von den hungernden Massen geplündert wurden, nachdem man die Besitzer mißhandelt und umgebracht hatte, weil sie verteidigen wollten, was sie als ihr Eigentum betrachteten. Er beobachtete, wie der Mob die verhaßten Zollschranken rings um die Stadt niederriß und die erschreckten Soldaten in die Flucht schlug, die den Aufruhr hätten ersticken sollen. Auch als die Bastille, das verhaßte Symbol der feudalistischen Unterdrückung, gestürmt wurde, als man die Köpfe der Wachen und des Gefängnisdirektors aufspießte und unter dem Gejohle der Menge mit ihnen durch die Straßen paradierte, war Adam unter den Zuschauern. Da spürte er, daß sich noch viel Schrecklicheres ereignen würde, und ihn ergriff eine ihm bis dahin unbekannte Furcht.

Nach dem Fall der Bastille wurde Lafayette unter Zustimmung des Volkes zum Kommandanten der Nationalgarde ernannt. Diese neue Freiwilligenarmee war künftig die führende Kraft beim Voranschreiten der Revolution – jetzt hegte niemand mehr Zweifel, daß eine solche im Gange war. Doch noch immer forderte keiner der Männer, die sich als Führer der Revolution hervortaten – Robespierre, Danton, Mirabeau, Desmoulins –, die Abschaffung der Monarchie. Im Gegenteil, auch wenn sie beim Volk verhaßt war, hielten die Denker und die Reformer sie doch für einen wesentlichen Garanten der gesellschaftlichen Stabilität, und man glaubte ihre Sicherheit gewährleistet – durch Lafayette und die Nationalgarde, die doch ein Kind der Revolution war.

Am 5. Oktober 1789 weilte Adam mit Angelique am Hof von Versailles, wo die Ankunft des flandrischen Regiments anläßlich eines routinemäßigen Garnisonswechsels mit einem großen Bankett gefeiert wurde. Der Genuß erlesener Speisen und Weine führte zu gefühlsseligen Treuebekundungen gegenüber König und Königin, die sich der immer härteren Kritik der revolutionären Nationalversammlung ausgesetzt sahen. Als Adam beobachtete, wie die rotblauen Revolutionskokarden, die die Soldaten auf Anweisung trugen, von den Rockaufschlägen gerissen und zertrampelt wurden, ahnte er Böses. Er wußte nur zu gut, daß sich derartige Ausfälle herumsprechen würden und die Situation nur verschärfen konnten. Und er behielt recht. Schon bald drang der wütende Mob in den Palast ein, metzelte die Wachen nieder und stürmte die königlichen Gemächer. König, Königin und der ganze Hofstaat mußten um ihr Leben fürchten. Adam hielt sich mit Angelique in einem Schrank in einem der königlichen Schlafzimmer versteckt. Nur durch das Eingreifen von Lafayette mit seiner Nationalgarde wurden sie gerettet. Aber Lafayettes Autorität war im Schwinden begriffen. Der Mob drohte ihn zu hängen, falls er und seine Truppen die königliche Familie nicht dazu zwangen, nach Paris zurückzukehren und künftig im bescheideneren Palast in den Tuilerien zu leben, wo sie praktisch Gefangene wären.

Das sollte für Adams Leben in Frankreich der Wendepunkt sein. Er liebte seine Frau und war gefangen in dieser dem Untergang geweihten Welt, in der sie nur so kurze Zeit glücklich waren und die nun unter einer Woge von Blut begraben wurde. Die Ereignisse schritten mit gnadenloser Unerbittlichkeit voran. Adam wußte, daß er und Angelique früher oder später zur Flucht gezwungen sein würden, aber noch hielt sie ihre Loyalität im Land. Er stand zu Lafayette und sie zur Königin. Eine Revolutionsfraktion nach der anderen bemächtigte sich der Macht, jede schwamm auf einer neuen Welle von Blut. Die Guillotine arbeitete jetzt Tag und Nacht, über der ganzen Stadt lag der Gestank von Tod und Verderben. Ende 1792 wurde Lafayette in Österreich gefangengenommen und als ›gefährlicher Revolutionär‹ ins Gefängnis geworfen. Nur kurz darauf wurde in Paris der König geköpft. Und plötzlich war es zu spät, um wegzulaufen. Also versuchten Adam und Angelique sich zu verstecken und standen Tag für Tag Todesängste aus. Als sie mit ansehen mußten, wie die Königin, erst siebenunddreißig Jahre alt und doch schon eine alte, gebrochene Frau mit vorzeitig ergrautem Haar, zum Schafott geschleift wurde, hielt Adam seine Frau in den Armen und versuchte ihr herzzerreißendes Schluchzen zu ersticken. Um sie herum tanzte und jubelte die Menge in niederträchtiger Freude ... und einer, der das junge Paar ausmachte, das die revolutionäre Begeisterung in diesem epochemachenden Augenblick nicht teilte, machte die Bürgerwehr auf sie aufmerksam.

Sie versuchten wegzurennen, aber vergeblich. Die Menge hatte sie in ihrer Gewalt, und Adam fürchtete schon, man würde sie in Stücke reißen. In diesem Moment nackter Angst tat er etwas, was ihn bis ins Grab und darüber hinaus verfolgen sollte: Als er sah, wie Angelique überwältigt wurde und in ihrer Verzweiflung ihre Liebe zur toten Königin herausschrie und die Schufte verfluchte, die sie umgebracht hatten, behauptete Adam, diese Frau nicht zu kennen.

Diese Lüge sollte ihm nichts nützen. Schlimmer noch, Angelique hatte sein Leugnen gehört. Plötzlich verstummte sie und starrte ihn an, blind für ihre Umgebung und gleichgültig gegenüber dem, was mit ihr geschah.

Adam sah, wie man sie wegschaffte, einem nur allzu gewissen Schicksal entgegen. Und er rief ihr nach, flehte sie an, ihm zu vergeben, schwor ihr unsterbliche Liebe. Doch es war zu spät. Nichts ließ sich mehr ungeschehen machen.

In dieser Nacht starrte er durch das Eisengitter einer Gefängniszelle, ohne den Gestank der verängstigten Menschen um sich herum wahrzunehmen. Bereits morgen würden sie alle tot sein. Doch bis dahin blieb ihm noch genug Zeit, um sein Leben zu betrauern und zu bereuen, daß er sein Vaterland verlassen hatte. Zu leicht hatte er sich zu diesem neuen Leben verführen lassen. Zuerst hatte er zu viel, und zuletzt nicht genug geliebt.

Als der Morgen dämmerte, nahm er sein Schicksal mit einem bitteren Gleichmut hin, den die anderen fälschlicherweise für Tapferkeit hielten. Mit grimmigem Lachen erinnerte er sich daran, daß er schon einmal für tapfer gehalten worden war. Dies hatte ihn letztlich hierher und in diese Lage gebracht. Mit diesem Gedanken erklomm er die Stufen des Schafotts, auf dem am Vortag die Königin ihr Leben gelassen hatte und, wie er vermutete, auch bereits seine Frau. Die Hände auf dem Rücken zusammengebunden, kniete er sich nieder wie zum Gebet und schloß in Erwartung des Todes die Augen.

16 Alle Mitglieder der Gruppe nickten und murmelten beifällig, als sie ihre Kopien des Manuskripts lasen. Jeder hatte etwas zu ›Adams Geschichte‹ beigetragen, obwohl man jetzt nicht mehr sagen konnte, wer dieses Detail oder jenen Part vorgeschlagen hatte. Jede freie Minute hatten sie genutzt, sich in die Epoche einzulesen. Und die Französische Revolution war nicht nur hervorragend dokumentiert, sondern auch in vielen allgemein verständlichen Werken dargestellt. Großzügig illustrierte Überblickswerke ließen sich ergänzen durch dicke akademische Wälzer über Einzelaspekte und besondere Persönlichkeiten. Zwei Sitzungen lang diskutierten die Teilnehmer über das, was sie gelesen hatten, und reichten Bilder herum – Porträts, Zeichnungen, Skizzen und Karikaturen aus jener Zeit.

Drew, eine begeisterte Kohlezeichnerin, entwarf ein Porträt von Adam. Sie verlieh ihm markante Züge mit kräftigen Wangenknochen, eine wohlgeformte, etwas römische Nase und dunkle Augen mit einem ruhigen, forschenden Blick. Er hatte keinen Bart, aber kräftiges dunkles Haar, das er relativ kurz trug und das ihm forsch in die Stirn fiel. Um seine vollen Lippen spielte ein humorvoller Zug. Da jedem in der Gruppe das Bild gefiel, wurde es als beständige Erinnerung an den Menschen, den sie erschaffen wollten, an die Wand gehängt. Schließlich kam Joanna, der einzigen unter ihnen, die professionell schreiben konnte, die Aufgabe zu, die Geschichte »zusammenzutippen« und aus all den Einzelheiten, die sie besprochen hatten, einen zusammenhängenden Text zu machen.

»Barry hat es überprüft«, verkündete Sam, »und ich habe außerdem einen Kollegen von der Geschichtsfakultät nachforschen lassen. Niemand findet irgendeinen Hinweis auf einen Adam Wyatt oder eine ihm auch nur entfernt ähnelnde Person, die mit Lafayette nach Frankreich zurückgekehrt ist.«

»Was sollen wir jetzt also tun?« fragte Roger nach einem Augenblick des Schweigens. »Hier sitzen und warten, bis er an die Tür klopft?«

»Ich glaube nicht, daß Geister an Türen klopfen, Roger«, entgegnete Sam. »Ich würde eher annehmen, das widerspräche der Natur eines Geistes.«

Barry klopfte mit den Fingerknöcheln auf den Tisch und sagte mit verstellter Stimme: »Laßt mich raus, laßt mich raus!«

»Wissen Sie«, meinte Maggie lächelnd, »ich bin immer noch nicht so ganz glücklich über den Namen Wyatt. Dabei muß ich immer an Wyatt Earp denken. Das macht es ein bißchen schwer, ihn ernst zu nehmen.«

»Wenn es nach Sam geht, dürfen wir ihn auch nicht zu ernst nehmen, sonst taucht er überhaupt nicht auf«, bemerkte Ward Riley und lehnte sich mit verschränkten Armen zurück. »Wenn ich das Prinzip richtig verstanden habe, könnten wir genausogut Micky Maus nach Frankreich schicken und würden dieselben Ergebnisse bekommen.«

»Oder gar keine«, ergänzte Roger, während er seinen Schnurrbart zwirbelte. Dann hob er schnell die Hände, um jedem Protest zuvorzukommen. »Schon gut, ich weiß ... Alles braucht seine Zeit. Was sollen wir also in der Zwischenzeit tun?«

»Wir setzen uns zusammen und reden über Adam«, antwortete Sam, »und über alles andere, was unsere Fantasie beschäftigt. Entscheidend ist, daß wir uns aneinander gewöhnen. Und wenn das geschehen ist, wird vielleicht auch Adam zu uns stoßen.«

Joannas Vereinbarung mit ihrem Herausgeber Taylor Freestone sah vor, daß sie bis auf weiteres all ihre Zeit der »Geistergeschichte« widmete. Allerdings wußte sie, daß sie dieses Privileg höchstens drei Wochen genießen würde. Wenn sie bis dahin nicht mit den ersten Ergebnissen aufwarten konnte, würde sie zwischen den zweimal wöchentlich stattfindenden Gruppensitzungen für andere Aufträge zur Verfügung stehen müssen.

Sie fertigte für Taylor eine Kopie von Adam Wyatts fiktiver Lebensgeschichte an und gab ihm eine Zusammenfassung ihrer Notizen über Theorie und Praxis des Experiments. Nach zwei Wochen erweckten diese Memos aber eher den Eindruck einer Verzögerungstaktik als eines brandheißen Frontberichts. Sie merkte, daß Taylor Freestones Begeisterung einer zunehmenden Skepsis wich. »Es braucht eben seine Zeit«, war alles, was sie dazu sagen konnte.

»Ich habe den Verdacht, wir haben uns Adams Geschichte nicht farbig genug ausgemalt, um wirklich an ihn glauben zu können«, meinte Sam zu Beginn der nächsten Sitzung. »Solange wir keine genauere Vorstellung von seinem alltäglichen Leben haben, ist er für uns nicht realer als eine Figur in einem Roman.«

Barry entgegnete, seiner Meinung nach hätten sie schon ziemlich genaue Vorstellungen. Und es stimmte, sie hatten eine Menge Einzelheiten zusammengetragen. Sie wußten, wo er in Paris wohnte, hatten sein Haus beschrieben und sich lang und breit darüber ausgelassen, wie sein kleines Chateau und das Landgut aussahen. Sogar über die Frage, warum er und Angelique kinderlos waren in einer Zeit, in der es keine geregelte Empfängnisverhütung gab, hatten sie gerätselt. Ihre Antwort lautete, daß es eben einfach nicht geklappt hatte. Obwohl zahllose medizinische Gründe dafür in Frage kamen, hatten sie sich auf keinen bestimmten festgelegt. Sie sagten sich, daß weder Adam noch Angelique sich deshalb Sorgen gemacht hatten, sondern vielmehr davon ausgegangen waren, daß Angelique mit der

Zeit schon noch schwanger werden würde. Einstimmig beschlossen sie, daß die beiden einander sehr zugetan waren und ein erfülltes Liebesleben genossen.

»Wir haben darüber gesprochen, was sie essen, wohin sie ausgehen, mit wem sie sich treffen«, ergänzte Roger. »Was gibt es denn noch? Innere Monologe? Träume? Seine Persönlichkeitsentwicklung?«

»Ich glaube nicht, daß man so etwas wie Persönlichkeitsentwicklung damals schon gekannt hat«, merkte Ward Riley mit einem dünnen Lächeln an. »Die gibt es erst, seit die Psychoanalyse in Kalifornien angekommen ist.«

Mit Interesse stellte Joanna fest, daß Ward Riley von allen Gruppenmitgliedern die wenigsten Anzeichen von Ungeduld erkennen ließ. Er besaß eine innere Ruhe, die einem um so mehr auffiel, je länger man sich in seiner Gegenwart aufhielt. Wahrscheinlich war das eine Folge seines Interesses für östliche Philosophien, überlegte Joanna und fragte sich, ob er Meditation oder Yoga oder etwas in dieser Art betrieb. Bei Gelegenheit wollte sie ihn einmal darauf ansprechen.

»An seinen Freunden sollt ihr ihn erkennen.«

Alle schauten Pete an, der diese Worte gesprochen hatte.

»Ich glaube, es ist ein Zitat, aber ich weiß nicht, von wem.«

Joanna meinte, ihres Wissens müsse es »Taten« statt »Freunde« heißen, war sich aber auch nicht sicher. Doch alle verstanden, was Pete damit gemeint hatte.

»Die Frage ist«, warf Drew ein, »ob wir seine Freunde erfinden oder reale Personen ins Spiel bringen sollen. Wenn wir zu viele Gestalten erfinden, laufen wir Gefahr, Adam aus dem Blick zu verlieren.«

»Drew hat recht«, stimmte Barry zu, »wir dürfen uns nicht verzetteln. Wir müssen Adam zwischen realen Personen ansiedeln, die nicht so berühmt sind, daß sie uns wie Gestalten aus dem Märchenbuch vorkommen.«

»Es könnte da ein oder zwei historische Figuren geben, die nicht so bekannt sind, daß man nur noch Klischeevorstellungen von ihnen hat.« Bei diesen Worten beugte sich Riley ein wenig vor, schlug die Beine übereinander und verschränkte die Arme. »Sie wären vielleicht auch schillernd genug, um ... wie soll ich sagen? ... der Geschichte ein bißchen mehr Pepp zu geben und die Fantasie anzuregen.«

Erwartungsvoll sahen ihn alle an. »Fahren Sie fort«, ermunterte ihn Sam, als ahnte er schon, was kommen würde.

»Ich denke an Cagliostro und Saint-Germain«, sagte Riley.

Pete lachte. »Klingt wie 'ne Zaubershow in Vegas.«

»Da liegen Sie gar nicht mal so falsch«, erwiderte Riley. »Man könnte sie in gewisser Weise als Zauberer bezeichnen, allerdings sind sie nicht zusammen aufgetreten. Sie waren Abenteurer, Scharlatane und möglicherweise auch Genies. Beide behaupteten, magische Kräfte zu besitzen und Geheimgesellschaften anzugehören, die aus grauer Vorzeit stammten. Interessanterweise ist belegt, daß sie einige bemerkenswerte Heilungen vollbracht haben, ganz zu schweigen von so guten alten Standardwundern wie der Verwandlung von unedlen Metallen in Gold.«

»Alchemisten!« schnaubte Roger verächtlich.

»Ja, Alchemisten. Aber dahinter steckte mehr als Wahrsagerei und billige Tricks für leichtgläubige Leute.«

»Sie haben an Astrologie geglaubt.«

»Und an Zahlenmystik, wie auch Jung, der gesagt hat, die zehn Jahre, in denen er sich mit Alchemie beschäftigte, seien die wichtigsten in seinem ganzen Leben gewesen.«

»Diese Psychiater spinnen doch alle. Ich würde nicht mal meinen Hund zu so einem schicken.«

»In diesem Fall stimme ich Ward zu«, schaltete sich Barry ein. »Man kann das nicht alles in Bausch und Bogen verdammen. Entschuldigen Sie, Roger, ich weiß, Sie sind ein kluger Kopf und haben einiges auf dem Kasten, aber das ist schlichtweg engstirnig und arrogant. Es gibt einfach zu viele Beweise. Ob es Ihnen nun paßt oder nicht, es ist so.«

»Ich nehme alles zurück«, sagte Roger versöhnlich und hob die Hände. »Wenn Sie unbedingt wollen, sollen die beiden eben mitspielen.«

»Das Problem ist nur«, wandte sich Barry an Ward, »daß, soweit ich gelesen habe, Cagliostro kurz vor der Revolution aus Paris abgereist ist und Saint-Germain schon gestorben war.«

»Cagliostro stand auf dem Gipfel seines Ruhms, als Adam in Paris eintraf. Sie könnten sich durchaus in einem der feinen Salons getroffen haben. 1785 war er dann in einen Finanzskandal verwickelt, an dem auch eine Freundin von Marie-Antoinette und ein verschlagener Kardinal beteiligt waren. Deswegen warf man ihn in die Bastille – wie es der Zufall wollte, zusammen mit dem Marquis de Sade – und verbannte ihn später aus Frankreich. Er starb 1795 in Italien.«

Bei der Erwähnung des Marquis de Sade überlief Maggie ein Schauder der Abscheu. »Ich finde, das sollten wir aus unserer Geschichte raushalten.«

»Wie Sie wollen«, entgegnete Ward. »Tatsache ist allerdings, daß diese Leute damals dort waren. Und was immer man von ihnen halten mag, sie waren bemerkenswerte Leute. In den Pariser Kreisen, in denen Adam verkehrte, hätte er Cagliostro oder de Sade ohne weiteres kennenlernen können. Saint-Germain starb 1786, aber der Legende nach hatte er bereits viele Leben hinter sich und ist auch danach wiedergeboren worden. Augenzeugen behaupten, er sei 1789 in Paris gewesen, um den König vor der Revolution zu warnen. Danach soll er als Mönch im Himalaja gesehen worden sein und 1930 sogar ausgerechnet in Chicago.«

Bei dieser letzten Bemerkung wurde ringsum amüsiertes Gemurmel laut. »Scheiße, den Kerl würde ich gern mal zum Essen einladen«, sagte Pete. »Oh, entschuldigen Sie meine Ausdrucksweise, Maggie.«

»Ist schon gut«, erwiderte die ältere Frau. »Aber ich weiß nicht, ob ich mich mit all dem anfreunden kann. Unser

Adam war ein netter, ordentlicher junger Mann, und jetzt bringen wir ihn mit einigen ziemlich seltsamen Leuten zusammen. Ich weiß nicht warum, aber mir ist nicht wohl dabei.«

»Wir bringen ihn mit niemandem zusammen, wenn wir uns nicht darüber einig sind«, wandte Sam ein.

»Ich fürchte, für einen Rückzieher ist es zu spät«, meinte Drew ruhig und merkwürdig nachdenklich. »Wir haben über sie gesprochen, und nun existieren sie in unseren Gedanken genauso wie Adam.« Ihre Miene verriet, daß sie Maggies Unbehagen teilte.

»Darüber würde ich mir nicht den Kopf zerbrechen«, tröstete sie Sam. »Wenn wir uns überlegen, wie viele Schreckgespenster wir alle bereits in unseren Köpfen haben, ohne daß es uns bisher geschadet hat ...«

»Es geht mir nicht um uns«, unterbrach ihn Drew, nicht um ihm zu widersprechen, sondern um ihre Ansicht klarzustellen. »Ich mache mir Sorgen um Adam.«

Im Raum herrschte Schweigen. Schließlich sprach Drew aus, was alle dachten.

»Haben Sie das gehört? Ich rede schon von ihm, als würde er wirklich existieren.«

17 Hochmütig, wie es sich für ein bedeutendes Mitglied des Ostküsten-Establishments geziemte – denn als solches betrachtete sich Taylor Freestone –, rümpfte der Herausgeber die Nase. Joannas letztes Memo hatte ihm gar nicht imponiert. Schließlich und endlich stand darin nur, daß die Gruppe immer noch keine Fortschritte mit der Erschaffung des Geistes gemacht hatte, und die dreiwöchige Frist war inzwischen verstrichen. Also erwähnte er ein paar andere mögliche Stories, die Joanna vielleicht einmal aufgreifen sollte, etwa das Privatleben der UNO-Delegierten in New York, die unendliche Kennedy-Saga, um die es neues Skandalgeraune gab. Natürlich würde er sie wieder ganz für diese Geistergeschichte freistellen, wenn tatsächlich mal Leben in die Sache kam, wie er es mit unbeabsichtigter Ironie formulierte. Schließlich wußte er, daß daraus eine Titelgeschichte werden konnte, sofern es tatsächlich klappte.

Die Gruppe hatte vor allem mit Langeweile zu kämpfen, besonders Roger Fullerton, der Leerlauf einfach nicht gewöhnt war. Die Vorstellung, sich regelmäßig mit denselben Leuten zu einem mehr oder weniger unverbindlichen Plausch zu treffen, zerrte an seinen Nerven, auch wenn diese Leute noch so nett waren. Sam vertraute Joanna an, daß Roger aussteigen würde, wenn nicht bald etwas passierte.

»Wir müssen etwas Neues probieren«, sagte er eines Nachts in ihrer Wohnung.

»Ich dachte, das hätten wir gerade.«

Er lachte und wälzte sich zu ihr herüber. Sein Körper legte sich zärtlich und leidenschaftlich auf sie. Sie spürte sein Drängen und stöhnte wohlig auf. »Woran hattest du denn gedacht?« flüsterte sie.

»Das erklär' ich dir später«, murmelte er und biß sie voller Erregung ins Ohrläppchen. Ihr Atem ging immer schneller.

»Ein Ouija-Brett!« protestierte Barry, der diesen Vorschlag beinahe als Beleidigung aufzufassen schien.

»Himmel, Sam! Ich hab' gedacht, hier geht es um ein *wissenschaftliches* Experiment, und da kommst du mit einem Brettspiel an.«

»Das Ouija-Brett oder vergleichbare Spielbretter gibt es in China und Griechenland mindestens seit dem sechsten Jahrhundert vor Christus. Die Römer lernten es im dritten Jahrhundert nach Christus kennen, die Mongolen im dreizehnten. Europa entdeckte es um 1850. Die Indianer hatten eine eigene Version, die sie benutzten, um verlorengegangene Gegenstände und Personen zu suchen und sich mit ihren Toten zu unterhalten. Erst vor hundert Jahren wurde es zu einem ›Spiel‹, damals hat ein cleverer Amerikaner ein Patent darauf angemeldet und es kommerziell vermarktet.«

»Schön und gut. Aber ich halte es trotzdem für eine dumme Idee.«

»Wie denken die anderen darüber?« Sam sah in die Runde. »Vergeßt nicht, wir tun nichts, wenn nicht alle einverstanden sind oder zumindest bereit, sich einer Mehrheitsentscheidung zu beugen.«

Ward Riley bemerkte, daß sich Ouija-Bretter in viktorianischen Séancen großer Beliebtheit erfreuten. Offensichtlich verlagerte sich durch sie etwas vom kollektiven Bewußtsein nach außen. »Ich finde, wir sollten es probieren«, unterstützte er den Vorschlag.

Sie habe zwar gehört, daß es ein »gefährliches Spielzeug« sei, meinte Maggie, aber als sie es einmal als junges Mädchen probiert habe, habe es keine bösen Folgen gehabt – allerdings auch kein positives Ergebnis.

Drew hatte keine Einwände. Und Pete sagte, es könnte ihnen vielleicht helfen, die Blockade zu durchbrechen, die sie derzeit anscheinend lähmte.

Roger konnte sich zu keiner Meinung durchringen und wollte sich der Mehrheit anschließen.

Wie Maggie hatte auch Joanna in ihrer Schulzeit erfolglos damit herumexperimentiert, hatte aber nichts gegen einen neuerlichen Versuch. Und Barry meinte schließlich, was soll's, machen wir es einfach.

Das Ouija-Brett, das Sam aus seinem Büro anschleppte, stammte noch aus den Anfangszeiten seiner parapsychologischen Forschungen. Auf der großen handbemalten Tafel gab es alle Buchstaben des Alphabets, die Zahlen von 0 bis 9 und die Worte ›Ja‹ und ›Nein‹ standen einander gegenüber. Der herzförmige Zeiger auf einem kleinen Dreibein mit Filzfüßen war groß genug, daß alle acht Teilnehmer eine Fingerspitze darauf legen konnten – ganz leicht, wie Sam erklärte, sie sollten den Zeigerkopf kaum berühren.

Obwohl sie ohne großes Tamtam mit der Prozedur begannen, lag unbestreitbar eine dramatische Spannung in der Luft. Alle mußten sich etwa im gleichen Winkel mit ausgestrecktem Arm nach vorne beugen. Die Finger auf dem filzbezogenen Zeigerkopf erinnerten an Kabelenden, die an einer Batterie zusammenlaufen. Hier wurde nun sozusagen Gestalt, was bisher nur eine abstrakte intellektuelle Übung gewesen war. In nervöser Spannung warteten sie darauf, daß etwas passierte.

»Ist jemand hier?« fragte Sam in ganz normalem Ton.

Schweigen. Sie warteten. Nichts geschah.

Sam stellte dieselbe Frage noch einmal: »Ist jemand hier, der mit uns sprechen möchte?«

Wieder passierte nichts. Joanna merkte, daß sie unwillkürlich den Atem angehalten hatte. Mit einem schnellen Blick in die Runde stellte sie fest, daß die meisten anderen so wie sie atemlos dastanden. Ihr Finger ruhte so leicht auf dem Filzkopf des Zeigers, daß sie ihn kaum spürte, doch plötzlich wurde diese Wahrnehmung so stark wie bei einem Kribbeln oder einem Jucken, dem man sofort abhelfen muß, damit es einen nicht wahnsinnig macht. Aber sie durfte sich nicht rühren, der Finger mußte auf dem Zeiger bleiben, solange die anderen ihre Finger ebenfalls dort liegen ließen und gespannt darauf warteten, daß etwas geschah.

Und dann passierte es. Sie schnappte kurz nach Luft. Überraschtes, neugieriges Gemurmel und unterdrückte Aufregung bei den anderen. Das Ding hatte sich definitiv etwa drei Zentimeter weit bewegt. Und so sehr sich Joanna Sams rationale Erklärungen in Erinnerung rief, sie konnte nicht begreifen, was da passierte, und ihr Herz schlug schneller und schneller.

»Ist jemand hier?« fragte Sam wieder mit ruhiger Stimme. »Bitte zeige auf Ja oder Nein.«

Eine kurze Pause. Dann ein Ruck, und der Zeiger stand auf ›Ja‹.

»Jemand hat ihn geschoben«, knurrte Barry.

»Nein, das stimmt nicht«, entgegnete Sam entschieden. »Laßt eure Finger, wo sie sind. Würde, wer immer auch hier ist, bitte seinen Namen für uns buchstabieren?«

Ganz langsam, beinahe zögernd, bewegte sich der Zeiger zur Mitte des Bretts zurück, beschrieb einen Kreis, als müsse er sich erst zurechtfinden, und richtete sich dann auf den Buchstaben »A«. Fast unmittelbar darauf kreiste er wieder, und während sie sich alle nach vorne beugten und die Bewegung einstimmig mit vollführten wie ein gut eingespieltes Ballett, bewegte sich der Zeiger auf das »D« und wieder zurück zum »A«, dann quer über das Brett zum »M«, bevor er in der Mitte des Brettes zur Ruhe kam.

»Er will uns seinen Nachnamen nicht nennen«, hörte Joanna sich sagen. Wie zur Antwort begann der Zeiger sich erneut zu bewegen, wieder bewegten sich alle mit, als er »W-Y-A-T-T« buchstabierte.

»Ich sage euch, da schiebt einer!« Barrys Stimme war voller Mißtrauen.

»Wenn du das glaubst, dann stell ihn auf die Probe«, ermunterte ihn Sam. »Frag ihn etwas, worauf nur du die Antwort weißt, und versuch dann mit dem Zeiger die Antwort zu buchstabieren.«

Maggie hatte ihren Finger schon zurückgezogen, aber Sam sagte schnell: »Nein, Maggie. Laßt bitte alle eure Finger, wo sie sind. Du darfst dich nicht dagegen wehren, Barry, versuch einfach, ihm zu folgen. Okay, stell jetzt deine Frage.«

Einen Moment lang runzelte Barry die Stirn, dann fragte er: »Wie heißt mein Cousin Matthew mit zweitem Vornamen?«

Der Zeiger bewegte sich nicht einmal zum ersten Buchstaben. Ganz offensichtlich versuchte Barry ihn zu schieben, und ebenso offensichtlich steuerte keiner von den anderen dagegen. Trotzdem konnte Barry ihn nicht einmal in einer geraden Linie bewegen. »Na gut, ich habe mich geirrt«, gab er widerwillig zu.

»Laßt uns weitermachen«, schlug Sam vor. »Hat jemand eine Frage, die er Adam stellen möchte?«

Roger nickte. »Ich wüßte gern, ob Adam denkt, daß er wirklich existiert, oder ob er weiß, daß er nur eine Projektion unserer Gedanken ist.«

Der Zeiger rührte sich nicht. »Wie sieht es aus, Adam?« fragte Sam. »Existierst du oder nicht?«

Nun begann sich der Zeiger wieder zu bewegen. »I-C-H-B-I-N-A-D-A-M-W-Y-A-T-T.«

»Ich bin Adam Wyatt«, wiederholte Roger. »Nun, damit hat er sich geschickt um eine Antwort gedrückt.«

»Wenn wir den Zeiger nicht schieben, und das tun wir ja nicht, warum soll sich das Ding dann eigentlich nicht von selbst bewegen können?« fragte Joanna.

»Psychokinese? Laßt es uns versuchen«, erwiderte Sam.

Alle nahmen ihre Finger vom Zeiger.

»Gut, Adam«, meinte nun Sam. »Kannst du den Zeiger auch bewegen, wenn wir ihn nicht berühren?«

Es schien eine Ewigkeit zu vergehen, während sie reglos

auf das Brett starrten, obwohl in Wirklichkeit kaum eine Minute verstrich.

»Vielleicht ist es dafür noch etwas zu früh«, schlußfolgerte Sam. »Also wieder zurück zur alten Methode.«

Alle legten ihre Finger auf den Zeigerkopf.

»Hat noch jemand eine Frage?« wollte Sam wissen.

»Warum fragen wir ihn nicht, warum er dieses Ding nicht allein bewegen kann?« schlug Pete vor.

Mit unerwarteter Schnelligkeit huschte der Zeiger über das Brett und schrieb: »I-C-H-K-A-N-N-N-I-C-H-T.«

»Warum nicht?« fragte Barry noch einmal.

Diesmal bekam er keine Antwort. Das Ding blieb so leblos wie vorher, als es keiner berührt hatte.

»Wenn ich die Theorie, die dahintersteht, richtig verstanden habe«, sagte Ward Riley nach einer Weile, »zeigt uns das, daß wir nicht genug an Adam glauben, um ihm ein eigenständiges Leben zuzugestehen. Ist es nicht so, Sam?«

»Der Theorie nach ja.«

»Warum fragen wir ihn nicht, ob er uns irgendwie beweisen kann, daß er existiert?« schlug Drew vor.

Alle fuhren erschrocken zurück, als ein Geräusch aus dem Tisch herausdrang, wie es noch keiner von ihnen je gehört hatte. Es war eine Art durchdringendes Klopfen, mehr eine Detonation als ein einfaches Pochen, nicht so, als ob zwei harte Gegenstände aufeinanderschlügen, sondern als ob es aus dem Innern des Holztisches käme.

Joanna spürte, wie die Vibration ihren Arm entlanglief. Und sie sah, daß es den anderen ebenso erging.

»Ich denke, das ist er«, nickte Sam. Und in seiner Stimme lag ein leiser Triumph.

Joannas Herz raste.

18 Nach einiger Überlegung kam Joanna zu dem Schluß, ihrem Herausgeber lieber nichts von dem Ereignis zu sagen, das sie zunächst für den großen Durchbruch gehalten hatte. Ein einzelnes Klopfen und die Reaktion der Gruppe, festgehalten auf Tonband und Video, waren noch lange kein schlüssiger Beweis für irgend etwas Übersinnliches. Also machte sie sich pflichtgetreu an ihre Recherche über die UNO-Delegierten in New York, obwohl sie persönlich davon überzeugt war, daß es nicht lange dauern konnte, bis sie wieder uneingeschränkt an der Adam-Geschichte arbeiten würde.

Seit dem gemeinsamen Abend mit Sam hatte sie ihre Eltern nur einmal gesehen, allerdings allein. Denn bei ihrem letzten Besuch in der Stadt hatte Sam an einem Wochenendkongreß in Chicago teilgenommen, und danach waren Bob und Elizabeth Cross nach Europa geflogen. Sie wollten drei Monate in London, Paris und Rom verbringen. Seinem Arbeitgeber hatte Joannas Vater diesen Europatrip als eine kombinierte Dienst- und Urlaubsreise untergejubelt: ein kleiner Vorgeschmack auf den Ruhestand, wie er es ausdrückte. In den letzten Jahren waren sie immer öfter verreist. Da Joannas Vater bei einer Fluggesellschaft arbeitete, erhielten sie eine beinahe unbegrenzte Anzahl von Freiflugtickets sowie einen beträchtlichen Preisnachlaß in einigen der renommiertesten Hotels der Welt. Wie ihre Mutter meinte, sei dies das Schönste am Altwerden – man war weder zu arm noch zu beschäftigt zum Reisen, und trotzdem noch jung genug, um Spaß daran zu haben. Natürlich würde sie sich über Enkelkinder freuen, aber

Joanna sollte sich deshalb nicht unter Druck gesetzt fühlen.

Ein paar Tage nach Adams ersten Klopfzeichen – Joannas Aufregung darüber war noch nicht ganz abgeklungen – kam sie gegen sechs Uhr abends im Labor vorbei, um Sam abzuholen. Sie hatten vor, sich zuerst in einem kleinen Theater am Broadway ein Stück anzusehen und danach in einem neuen thailändischen Restaurant essen zu gehen. Kaum hatte sie das Labor betreten, erzählten ihr Sam und Pete aufgeregt, sie müßten ihr unbedingt etwas zeigen. Ein Freund von Pete aus der technischen Abteilung hatte das auf Band aufgezeichnete Tischklopfen analysiert. Wie sich herausgestellt hatte, unterschied es sich grundlegend von jeder anderen Art von Klopfgeräuschen. Joanna beugte sich über die Grafiken und Ausdrucke, die ihr wenig sagten, bis Pete ihr die wesentlichen Unterschiede erklärte.

»Bei einem gewöhnlichen Klopfen«, erläuterte er, »wenn ich also mit den Fingerknöcheln, einem Hammer oder sonst einem harten Gegenstand auf den Tisch schlage, beginnt das Geräusch mit der maximalen Schwingungsamplitude und wird dann schwächer. Dieses Klopfen dagegen baut sich allmählich auf und endet mit der maximalen Amplitude. Es ist genau umgekehrt wie normal.«

»Dasselbe wurde beim ›Philipp-Experiment‹ in Ontario festgestellt«, fügte Sam triumphierend hinzu. »Wir sind auf dem richtigen Weg.«

Das Theaterstück war immerhin so interessant, daß sie es bis zum Schluß aushielten, und das Restaurant war es wert, das lange Warten auf einen Tisch in Kauf zu nehmen. Da sie in der Nähe waren, beschlossen sie, bei Sam zu übernachten. Als sie im Taxi saßen, wurde Sam schweigsam und Joanna spürte, daß sich seine Stimmung veränderte. Er starrte in die Nacht hinaus, ohne zu merken, daß ihr Blick auf ihm ruhte. Es war einer seiner geistesabwesenden Augenblicke, die Joanna zu akzeptieren gelernt hatte. Kaum eine Minute später war er wieder ganz da, doch als er sich zu ihr umdrehte, schien es, als wäre er aus tiefem Schlaf erwacht und erstaunt, daß ein geliebter Mensch an seiner Seite wachte. Er nahm Joannas Hand.

»Und ...?« meinte sie leise.

Er zuckte die Achseln. »Nur die übliche Frage: Worauf läuft das alles hinaus? Und wenn es auf gar nichts hinausläuft, warum existiert es dann?«

»Ich dachte, Wissenschaftler fragen nicht nach dem Warum, sondern nur nach dem Wie.«

»Ich weiß. Aber wie Roger gern betont, sind an seinem Pol der Wissenschaft der Mikrochip und die Teflonpfanne erfunden worden. Wir dagegen sind von einer Erklärung des Übersinnlichen noch immer fast genausoweit entfernt wie William James im Jahr 1910. Er hat etwas geschrieben, was ich mir nie einprägen mußte, weil ich es schon nach dem ersten Lesen nicht mehr aus dem Kopf bekam.«

Einen Augenblick hielt er inne, und sein Blick schweifte wieder über das nächtliche Manhattan.

»›Ich bekenne‹«, zitierte er leise, »›daß ich mich zeitweilig zu der Annahme verleiten ließ, der Schöpfer habe diesen Bereich der Natur so gestaltet, daß er für immer wundersam bleibt und in uns gleichermaßen Neugier, Hoffnungen und Mutmaßungen weckt; wenngleich also Geister und Hellsichtigkeit, Klopfgeräusche und Botschaften aus dem Jenseits wohl immer wieder auftreten werden und nie ganz geleugnet werden können, so wird man sie dennoch niemals vollständig beweisen können‹.«

»Ein gutes Zitat. Das verwende ich in meinem Artikel.«

»Du kannst noch dazuschreiben«, sagte er nun wieder mit seiner gewohnten energischen Stimme, »daß er trotzdem nicht aufgegeben hat.«

Sie drückte seine Hand etwas fester. »Ich möchte dir etwas sagen«, meinte sie.

»Was denn?«

Sie küßte ihn. »Ich liebe dich.«

Er blickte ihr tief in die Augen.

»Komisch«, erwiderte er, »dasselbe habe ich auch gerade gedacht.«

»Telepathie?«

»Nein, das glaube ich nicht.« Er gab ihr wieder einen Kuß. »Reiner Zufall.«

Die Wanne mit dem warmen Paraffinwachs erregte zu Beginn der nächsten Sitzung großes Interesse. Sam wiederholte, was er Joanna von den Phantomhänden in Paris erzählt hatte.

»Das ist ja merkwürdig«, sinnierte Maggie nach seinem Vortrag. »Dreimal hintereinander Paris.«

»Wie meinst du das, Maggie?« fragte Sam.

»Diese Gipsabdrücke, von denen du gesprochen hast, befinden sich in Paris. Wir haben Adam in Paris angesiedelt. Und gerade eben hat Joanna mir erzählt, daß ihre Eltern in Paris Urlaub machen.«

Sam überlegte, hob die Augenbrauen und lachte schließlich. »Du hast recht. Ich frage mich, was das zu bedeuten hat.«

»Die Bedeutung der Synchronizität«, meinte Roger, während er seinen gewohnten Platz am Tisch einnahm, »liegt darin, daß nichts dahintersteckt.«

»Das stimmt nicht«, gab Ward Riley zu bedenken, »wenn man sie als das versteht, was Jung ›ein vereinigendes Prinzip hinter bedeutsamen Zufällen‹ nennt.«

»Dieses Argument hat einen logischen Fehler«, entgegnete Roger, froh, jemanden gefunden zu haben, mit dem er sich genauso gelehrt streiten konnte wie mit Sam. »Es beruht auf der Annahme, daß Zufälle bedeutsam sind, wofür es keine Beweise gibt. Zu behaupten, ein bedeutsamer Zufall habe Bedeutung, ist eine Nullaussage.«

»Augenblick mal, Roger«, schaltete sich Sam ein, der bei dieser Diskussion nicht zurückstehen wollte. »Auch Wolfgang Pauli war auf Jungs Seite. Sie haben sogar ein Buch zu diesem Thema geschrieben.«

»Ich kannte Pauli«, bemerkte Roger und rümpfte geringschätzig die Nase. »Ein Genie, dessen Fantasie aber oft mit ihm durchging und der zuviel trank.« Die Art und Weise, wie er seinen Stuhl an den Tisch rückte, machte deutlich, daß das Thema für ihn damit beendet war.

Nachdem sich auf Sams Aufforderung hin alle gesetzt hatten, verkündete er, was die Analyse des aufgenommenen Klopfgeräuschs ergeben hatte. Joanna, die das Ergebnis schon vor zwei Tagen erfahren hatte, stellte fest, daß sogar Roger hellhörig wurde.

»In der letzten Sitzung«, fuhr Sam fort, »haben wir einen entscheidenden Durchbruch erzielt, und ich bin überzeugt, daß wir darauf weiter aufbauen können. Ich schlage vor, daß wir versuchen, uns mit Adam zu unterhalten, indem wir ihm Fragen stellen, die er mit einmal Klopfen bejahen oder mit zweimal Klopfen verneinen kann.« Er blickte in die Runde, und alle nickten zustimmend.

»Gut«, meinte er, »dann wollen wir es mal versuchen.«

Er legte seine Hände leicht auf den Tisch, und die anderen taten es ihm nach.

19 Vielleicht am merkwürdigsten war, wie schnell alle die neue Situation akzeptiert hatten, ging es Joanna später durch den Sinn. Sie unterhielten sich mit dem imaginären Adam, als sei es die normalste Sache der Welt. Zugegeben, der Zwang, alles als eine Frage zu formulieren, die mit einem klaren Ja oder Nein beantwortet werden konnte, beschränkte ihre Möglichkeiten, aber nach einer Weile hatten sie eine gute Methode gefunden. Sie unterhielten sich miteinander, stöberten mitunter in den Büchern über die Zeit der Französischen Revolution, die sie in ihrem Raum zur Hand hatten, dann legten sie ihre Hände auf den Tisch und stellten Adam eine Frage, die er so beantworten mußte, daß sich ihre Vorstellungen über ihn als wahr oder falsch erwiesen. Kannte er den oder den? Hatte er dies oder jenes gesehen oder getan, war er hier oder da dabeigewesen?

»Wie hießen noch mal diese zwielichtigen Typen, die Ward erwähnt hat?« fragte Pete.

»Cagliostro und Saint-Germain«, antwortete Ward selbst. »Und natürlich der Marquis de Sade.«

»Bist du einem von denen begegnet, Adam?« fragte Pete.

Ein einzelnes Klopfen sagte ja. Joanna fiel auf, daß Ward interessiert die Augenbrauen hob. »Allen dreien?« fragte er.

Wieder ein einzelnes Klopfen.

»Der ist ganz schön rumgekommen«, flüsterte Pete und fuhr leicht in die Höhe, als genau an der Stelle, wo seine Hände lagen, ein Klopfen aus dem Tisch kam.

»Hast du jemals Beweise dafür gesehen, daß einer von ihnen übernatürliche Fähigkeiten besaß?« fragte Ward und unterbrach damit das amüsierte Gekicher am Tisch.

Diesmal dauerte es ein bißchen, dann hörte man ein nicht ganz so entschiedenes Klopfen wie sonst.

»Du hast tatsächlich so etwas gesehen?«

Wieder ein einzelnes, leicht verhaltenes Klopfen.

»Kannst du uns schildern, was das war?«

Jetzt ertönten zwei Klopfer.

Sam tauschte einen Blick mit Ward und übernahm die Befragung.

»Ich glaube nicht, daß du überhaupt irgend etwas gesehen hast, Adam. Das hast du nur behauptet, um Ward eine Freude zu machen, stimmt's?«

Das lange Schweigen nach dieser Bemerkung wurde schließlich von Maggie gebrochen.

»Vielleicht möchte er nicht darüber reden«, meinte sie verständnisvoll. »Habe ich recht, Adam?«

Ein lautes, durchdringendes Klopfen aus dem Tisch.

»Na gut, Adam«, nahm Sam die Unterhaltung wieder in die Hand. »Wenn es dir lieber ist, wechseln wir eben das Thema.«

Ward stimmte achselzuckend zu. »Na schön.«

»Ich möchte dich etwas zur politischen Lage fragen«, begann Barry. »Gab es in den fünf Jahren vor 1789 eine Situation, in der dir klar wurde, daß eine blutige Revolution unvermeidlich war?«

Diesmal dauerte es nur wenige Sekunden, bis zwei Klopfer ein Nein signalisierten.

»Und im Rückblick?« fragte Barry weiter. »Kannst du nachträglich einsehen, daß die Revolution unvermeidlich war?«

Ein entschiedenes Klopfen für Ja.

»Im Rückblick – aus welcher Zeit?« wollte Roger von Barry wissen.

»Hmmm, eine gute Frage. Aus welcher Zeit blickt er zurück?« überlegte Barry.

»Aus der Gegenwart«, antwortete Sam. »Er weiß alles,

was wir wissen, weil er ein Teil von uns ist. Stimmt das, Adam?«

Zwei klare Klopfer. Alle schauten zu Sam.

»Sieht ganz so aus, als hätte er seinen eigenen Kopf.« Roger schien amüsiert. »Zumindest denkt er das.«

Sam grinste, ließ aber wie die anderen die Hände auf dem Tisch liegen. »Na gut, Adam«, lachte er. »Wenn du nicht hier bei uns bist, müssen wir herausfinden, wo du steckst.«

Er wollte gerade eine weitere Frage formulieren, als ein Geräusch ertönte, das ihnen völlig neu war. Zwar kam es ebenfalls aus dem Tisch, aber es war kein Klopfen. Eher ein Scharren oder Kratzen – als wollte etwas aus dem Holz heraus.

Verblüfft sahen sie sich an und fragten sich, was das zu bedeuten hatte. Bis Maggie plötzlich sagte: »Er versucht zu schreiben!«

Die Erklärung war so einleuchtend, daß sich jeder Kommentar dazu erübrigte. Sam drehte sich um und griff nach dem Ouija-Brett, alle hoben die Hände vom Tisch, um Platz für das Brett zu machen, und legten dann ihre Fingerspitzen auf den Zeiger.

Sam wiederholte die Frage: »Wenn du nicht hier bei uns bist, wo bist du dann?«

Wieder tat sich lange nichts – so lange, daß sie schon befürchteten, überhaupt keine Antwort zu bekommen. Doch dann begann sich der Zeiger zu bewegen, erst zögernd, aber bald schneller: ICH WEISS NICHT.

»Mit dem hat man's ganz schön schwer«, seufzte Joanna. »Wie sollen wir ihn denn sonst fragen?«

Ein zustimmendes Lachen ging durch die Runde.

»Warum fragen wir ihn nicht, ob er uns irgend etwas mitteilen möchte?« schlug Pete schließlich vor. »Gibt es da etwas, Adam? Irgendwas?«

Wieder Schweigen. Einer nach dem anderen stellte ihm eine Frage, doch keiner erhielt eine Antwort.

»Glaubt ihr, er ist verschwunden?« meinte Drew.

»Vielleicht liegt es daran, daß wir ihm eine Frage gestellt

haben, die wir selbst nicht beantworten können«, überlegte Ward Riley. »Daß Adams Persönlichkeit aus Fragmenten von uns zusammengesetzt ist, nun, das zu wissen ist das eine. Aber wo genau er unter uns seinen Platz hat, ist nicht so leicht zu definieren.«

»Dann sollten wir ihm vielleicht am besten wieder einfache Ja-Nein-Fragen stellen«, schlug Maggie vor. »Wenn er etwas schreiben will, kann er ja noch mal dieses kratzende Geräusch machen.«

Wieder einmal überzeugte Maggie alle mit ihrem gesunden Menschenverstand. Und so versammelten sie sich um den Tisch und stellten jeder eine Frage. Doch auch jetzt bekamen sie keine Antwort.

»Er ist verschwunden«, stellte Drew diesmal endgültig fest.

Wie um ihr recht zu geben, lehnten sich alle zurück und nahmen die Hände vom Tisch.

»Schätze, damit ist Schluß für heute«, meinte Sam und sah auf die Uhr. »Obwohl wir noch genug Zeit hätten, falls jemand etwas ausprobieren möchte.«

Keiner schien in Eile zu sein. Allerdings hatte auch keiner eine brauchbare Idee. Barry ging zur Kaffeemaschine, Maggie auch. Pete stand auf und streckte sich ausgiebig, während Roger sich zu Joanna umdrehte und mit ihr plauderte.

»Wißt ihr, was die damals in Toronto bei diesem ›Philipp-Experiment‹ gemacht haben?« fragte Pete, während er Maggie die Kaffeekanne aus der Hand nahm und sich selbst eine Tasse einschenkte. »Manchmal haben sie gesungen und Witze erzählt. Na, Adam, wie würde dir das gefallen? Sollen wir dir etwas vorsingen?«

Das Klopfen aus dem Tisch überraschte alle, nicht nur wegen seiner Lautstärke, sondern auch, weil keiner den Tisch berührte. Alle hielten inne, sahen zuerst zum Tisch und dann einander an, als ob sie sich vergewissern wollten, daß die anderen dasselbe gehört hatten.

»Er meldet sich also wieder zurück«, sagte Joanna, »und

zwar unüberhörbar.« Sie sah Pete auffordernd an. »Na los. Es war schließlich deine Idee. Jetzt sing auch was.«

»He, ich kann keinen einzigen Ton halten«, protestierte er. »Ihr müßt mir schon helfen.« Keiner sagte etwas. »Nun macht schon. Das geht uns schließlich alle an«, appellierte er.

Wieder wurden Blicke getauscht, und alle schienen sich zu sagen: Was soll's, warum nicht?

»Also, was wollen wir singen?« fragte Sam. »Operettenmelodien? Gregorianische Gesänge? Etwas von Elvis? Von den Beatles? Oder ›Greensleeves‹?«

Da sie weder Text noch Noten hatten, mußte es etwas sein, was sie alle auswendig konnten. Das beschränkte die Auswahl erheblich. Schließlich entschieden sie sich für »Ten Green Bottles«, machten aber »eight« daraus, weil nur acht Leute am Tisch saßen.

Barry solle es ihm kurz vorsingen, bat Ward, er könne sich nicht mehr genau an die Melodie erinnern.

Doch da begann Pete schon zu singen, und alle fielen in den Refrain am Ende seiner Strophe ein. Als nächste sang Maggie, die die Runde mit einem vollen, klaren Sopran überraschte. Sam sang aus vollem Herzen, aber ein bißchen falsch. Wards Singstimme erwies sich als sehr viel klangvoller und ausdrucksstärker, als man vermutet hätte. Und während des Refrains nach Wards Solo klopfte der Tisch plötzlich den Takt dazu.

Jedem war auf Anhieb bewußt, daß keiner von ihnen den Tisch berührte, weder mit der Hand noch mit dem Fuß. Zuerst kamen sie ins Stocken, aber der Tisch klopfte einen so schwungvollen Takt, daß sie sogar noch schneller und lauter sangen. Nach den acht Strophen steigerte sich das Klopfen zu einem schnellen Tack-tack-tack-tack-tack, das auf der Oberfläche zu vibrieren schien – es handelte sich unverkennbar um Applaus.

Bei dieser unerwarteten und irgendwie bewegenden Reaktion brachen sie wie Kinder in frohes Gelächter aus.

»Es gefällt ihm! Bestimmt will er noch was hören,

stimmt's, Adam?« rief Pete. Und keiner erhob Einspruch, als es aus dem Tisch, an dem weiterhin keiner rührte, bestätigend klopfte.

Sie fanden schnell heraus, daß sie zumindest ein paar Zeilen von »John Brown's Body« zusammenbringen würden. Die Melodie war so flott, daß es nichts ausmachte, wenn ihnen der Text nicht einfiel und sie statt dessen irgendwelchen Unsinn sangen. Und Adam nahm offensichtlich auch keinen Anstoß daran, er klopfte so begeistert wie vorher, und am Ende gab er diesmal noch lauteren Applaus.

»Okay, was nun?« fragte Pete die anderen.

Vom Tisch kamen anfeuernde Klopfer, Adam wollte anscheinend nicht, daß der Spaß schon ein Ende hatte.

»Um Himmels willen, Pete«, lachte Drew. »Wenn du immer weiter fragst, wird Adam uns die ganze Nacht hier festhalten.«

»Nur, solange wir es wollen! Denn wenn er mehr hören will, heißt das doch, daß wir Spaß dabei haben. Irgendein Vorschlag für noch ein Lied?«

»Hauptsache, es ist nicht ›My Way‹«, meinte Sam.

Sie sangen eine markige Version von »America the Beautiful«, dann schlug Barry die »Marseillaise« vor, deren Wortlaut sich in einem der vorhandenen Bücher fand. Doch da ihre Französischkenntnisse reichlich zu wünschen übrigließen, verzichteten sie auf den Text und summten nur die Melodie so laut und so kraftvoll es ging. Mit einem kratzigen »Hello, Dolly!« beendeten sie die Darbietung, und unter allgemeinem Lachen und Hüsteln nahmen sie Adams kräftigen Applaus entgegen, während sie sich um die Kaffeemaschine und den Kühlschrank scharten, um sich etwas zu trinken zu holen.

»Du liebe Güte, wie spät es schon geworden ist!« rief Maggie, und alle schauten auf die Uhr. Sie hatten die üblichen zwei Stunden um beinahe vierzig Minuten überschritten, ohne es zu merken. »Dabei bin ich mit meiner Tochter verabredet. Wenn ich mich nicht beeile, komme ich noch zu spät.«

Eilig schnappte sie sich ihren Mantel und ihre Handtasche. Doch ein Gepolter inmitten des Raumes veranlaßte alle, sich umzudrehen.

Der Tisch bewegte sich ganz von selbst, vibrierte und holperte dann immer schneller über den Zementboden. Schnurstracks bewegte er sich zur Tür, wo er mit einer Art lautem Hammerschlag aufsetzte und Maggie den Weg versperrte.

Keiner sagte ein Wort. Es war, als könne keiner glauben, was er gerade mit eigenen Augen gesehen hatte, und warte darauf, es von den anderen bestätigt zu bekommen.

Sam war es, der schließlich leise sagte: »Er will nicht, daß sie geht. Stimmt das, Adam?«

Ein tiefes, entschlossenes Klopfen drang aus dem Tisch, der stehenblieb, wo er war.

Maggie schnappte nach Luft und schlug sich die zitternde Hand vor den Mund.

»Es ist alles in Ordnung«, beruhigte sie Sam. »Er mag dich, das ist alles. Was schließlich kein Wunder ist, denn wir alle mögen dich.« Er trat auf den Tisch zu. »Hilfst du mir bitte, Barry?«

Als sie den Tisch anhoben und wieder zurück in die Mitte des Raumes trugen, spürten sie keinen Widerstand. Und der Tisch blieb auch dort stehen, als hätte ihre Berührung die unerklärliche Kraft in ihm neutralisiert.

»Entschuldigung, daß wir dich aufgehalten haben, Maggie«, sagte Sam. »Schönen Gruß an deine Tochter. Bis nächste Woche dann.«

»Bis nächste Woche. Auf Wiedersehen.« Ihre Worte waren kaum zu hören, als sie schnell durch den Raum zur Tür hinausging und die Treppe hocheilte.

Die anderen blieben merkwürdig schweigsam zurück. Keiner wollte über den Zwischenfall reden, und so verabschiedeten sie sich schnell voneinander unter dem Vorwand, daß es ja schon spät geworden sei. Schließlich waren nur noch Joanna und Sam im Raum, zusammen mit Pete, der sich an den Kameras und Mikrofonen zu schaffen machte.

»Es ist drauf!« rief er triumphierend, nachdem er das Band ein Stück zurückgespult und auf einem kleinen Monitor angeschaut hatte. »Ist das nicht fantastisch, Sam? Wir haben das ganze verdammte Ding komplett auf Film!«

20 Zwei Dinge halfen Joanna bei der Besprechung mit ihrem Herausgeber aus der Patsche: erstens eine Videoaufnahme des Tisches, wie er ohne äußere Einwirkung quer durch den Raum holperte, zweitens Roger Fullertons Einverständnis, in ihrem Artikel namentlich genannt zu werden.

»Einer der bedeutendsten Physiker auf der Welt nimmt an so einer Geisterhatz teil? Das ist ein historischer Augenblick! Ich will gar nicht wissen, wie Sie ihn dazu gebracht haben, aber ich gratuliere Ihnen.«

Er blinzelte Joanna zu. Das ärgerte sie. Taylor Freestone war nicht der Typ für spontane Vertraulichkeiten, auch wenn er das als eine seiner vielen positiven Eigenschaften im Umgang mit Menschen betrachtete.

»Vergessen Sie die UNO. Und auf die Kennedys setze ich jemand anderen an. Sie arbeiten wieder Vollzeit an dieser Story.«

Joanna ging zu dem Restaurant, wo sie mit Sam und Roger zum Mittagessen verabredet war. Rogers Angebot, seinen Namen zu erwähnen, hatte sie ebenso überrascht wie es Sam gefreut hatte. »Ich glaube nach wie vor, daß es reine Zeitverschwendung ist und zu gar nichts führt«, lautete sein üblicher Kommentar dazu. »Aber offensichtlich passiert da irgend etwas, und ich scheue mich nicht, das in aller Öffentlichkeit zu bestätigen.«

Mit Ausnahme von Pete und natürlich Sam entschied sich der Rest der Gruppe trotzdem dafür, anonym zu bleiben. Barry meinte, es würde seinem Sanitärgeschäft bestimmt nicht guttun, wenn man ihn für etwas exzentrisch hielte. Joanna sagte, er erinnere sie an ihre Mutter, und darauf erwiderte er lachend, er wolle das als ein Kompliment auffassen. Drew schloß sich Barrys Entscheidung an. Maggie schreckte vor dem Gedanken zurück, sie könnte in ihrer Privatsphäre gestört werden. Und auch Ward Riley wollte lieber nicht erwähnt werden.

Sam und Roger erhoben sich, als sie eintrat. In demselben Restaurant und sogar am selben Tisch hatten Joanna und Sam nach dem Zwischenfall mit Ellie Ray zum ersten Mal zusammen gegessen. Flüchtig kam ihr in den Sinn, wie lange das nun schon zurückzuliegen schien. Die beiden Männer sahen ihr an, daß sie sich über etwas freute, und so berichtete sie von der Entscheidung ihres Herausgebers. Roger, der sie alle zum Mittagessen einlud, bestellte eine Flasche Champagner.

»Auf euch beide«, prostete er ihnen zu. »Sam, ich bin drauf und dran zuzugeben, daß du recht hast. Mir stellt sich jetzt nur noch die Frage: *Womit* hast du recht?«

Joanna drückte auf den Startknopf ihres Kassettenrekorders, den sie an einer Ecke des Tischs plaziert hatte. Denn dieses Treffen war nicht nur eine private Verabredung unter Freunden, es hatte vor allem den Zweck, Joanna mit noch mehr Hintergrundwissen für ihren Artikel zu versorgen.

»*Mir* stellt sich die Frage«, erwiderte Sam, »ob das, was wir beobachtet haben, gegen die lokale Kausalität verstößt oder nicht.«

Da Sam mittlerweile schon am leisesten Zucken von Joannas Augenbrauen erkannte, wenn sie etwas nicht verstanden hatte, griff er nach einem metallenen Pfefferstreuer und schob ihn ein paar Zentimeter über das weiße Tischtuch. »Das ist lokale Kausalität. Wenn ich dagegen meine Hand hebe und sich ein Pfefferstreuer auf einem anderen Tisch oder sogar in einem anderen Restaurant bewegt ... das wäre dann nichtlokale Kausalität.«

»Oder es sähe zumindest so aus«, wandte Roger ein.

»Lokale Kausalität ist eine tragende Säule unseres Wirklichkeitsverständnisses«, fuhr Sam fort. »Vereinfacht ausgedrückt: Es ist klar, daß sich ein Ding nicht bewegt, wenn man es nicht schiebt oder zieht oder so.«

»Aber wir haben doch gesehen, daß es auch ohne das geht«, meinte Joanna.

Roger hob warnend den Zeigefinger. »Halt, haben wir das wirklich gesehen? Wenn es irgendeine unsichtbare Kraft gibt, die von unserem Denken ausgeht und die Dinge herumschiebt so wie diesen Tisch neulich, dann würde das mit dem Gesetz der lokalen Kausalität übereinstimmen. Nur gibt es leider nicht den geringsten Beweis dafür, daß eine solche Kraft existiert.«

»Aber wir haben gesehen, daß sie existiert«, beharrte Joanna. »Es könnte Elektromagnetismus sein oder irgendeine Funktion des Nervensystems oder ›Gedankenwellen‹ ... oder Psi«, fügte sie als letzte, verzweifelte Möglichkeit hinzu und sah, wie Roger mißbilligend den Mund verzog. »Ich weiß«, sagte sie, »du bist allergisch gegen das Wort.«

»Unerklärliche Phänomene werden nicht plötzlich dadurch erklärt, daß man ihnen ein nichtssagendes Namensetikett anheftet.«

»Immerhin haben wir dich soweit, daß du die Existenz unerklärlicher Phänomene nicht mehr leugnest«, bemerkte Sam glucksend, während ihnen der Kellner Champagner nachschenkte und die Speisekarten überreichte.

»Ich habe nie bezweifelt, daß es so etwas gibt«, entgegnete Roger gleichmütig. »Blitze waren unerklärlich, bis man die Elektrizität entdeckte.« Geschickt wie ein Zauberkünstler schlug er mit einem Fingerschnippen die Speisekarte auf, und sie unterbrachen ihr Gespräch, um zu bestellen.

»Ich möchte noch mal darauf zurückkommen, was ihr über nichtlokale Kausalität gesagt habt«, meinte Joanna dann. »Bei nichtwissenschaftlichen Laien wie mir ist der Eindruck entstanden, daß die Quantenphysik seit der Jahrhundertwende einiges entdeckt hat, was unsere herkömmlichen Vorstellungen von Ursache und Wirkung ziemlich durcheinanderbringt.«

»Das trifft nur bis zu einem gewissen Punkt zu«, erklärte Roger. »Ich war immer schon der Meinung, es sollte eine rechtliche Handhabe gegen diese New-Age-Psycho-Schwafler geben, die jede ihrer wild zusammengeschusterten Theorien mit dem Verweis auf die Quantenphysik rechtfertigen und ...«

Er unterbrach sich, als Sam anfing, mit schelmischem Gesichtsausdruck die Kurbel eines unsichtbaren Leierkastens zu drehen.

»Schon gut, schon gut, ich weiß, daß du meine Ansichten darüber schon mal gehört hast. Ich wollte nur sagen, wir sollten nach anderen Erklärungen suchen, ehe wir auf einen Zug voller Schwindler und Betrüger aufspringen, wo für uns ohnehin kaum noch Platz ist.«

»Du weißt so gut wie ich, Roger«, kam Sam wieder auf den Punkt zurück, »daß Bells Theorem viel Freiraum für nichtlokale Kausalität läßt.«

Roger schnaubte verächtlich. »Wenn man ihn oberflächlich interpretiert, dann vielleicht schon. Was er aber wirklich gesagt hat ...«

Gerade wollte Joanna um eine Erklärung bitten, doch dann entschied sie sich, lieber nicht zu stören und die beiden ihren Streit austragen zu lassen. Schließlich konnte sie später immer noch ihre Bandaufnahme abhören und gegebenenfalls Fragen stellen. Sam argumentierte, aufgrund bestimmter Experimente sei erwiesen, daß es eine Art von Kommunikation, die schneller ist als die Lichtgeschwindigkeit, wirklich gibt. Roger hielt dagegen, ein solcher Schluß sei eine Fehlinterpretation dessen, was bei den Experimenten wirklich passiert sei.

»Was bei einer naiven und vereinfachenden Interpretation von Bell herauskommt«, faßte Roger zusammen, indem er die Worte förmlich herausspie, »ist, daß das Universum aus einem Stoff besteht, der rein gar nichts mit dem zu tun hat, was wir bisher entdeckt oder auch nur gedanklich erfaßt haben. Wenn man das einmal akzeptiert hat, wird allem möglichen Schwachsinn – wie Astrologie, Zahlenmystik und so weiter – Tür und Tor geöffnet. Das ist absolute intellektuelle Anarchie.«

Sie verstummten für einen Augenblick, als der Kellner die Vorspeisen brachte. Sam steckte sich eine Gabel vorzüglicher Ravioli mit Hummerfüllung in den Mund. »Weißt du, was ich glaube, Roger? Gleich wirst du anfangen zu leugnen, daß sich dieser Tisch neulich wirklich bewegt hat.«

»Sam, das ist unfair«, protestierte Joanna. »Roger hat sich aus freien Stücken bereit erklärt, die Sache öffentlich zu bestätigen, auch wenn er damit seinen Ruf aufs Spiel setzt.«

»Danke, Joanna.« Roger schenkte ihr sein gewinnendstes Lächeln.

»Du hast recht. Entschuldige, Roger«, gab Sam nach. »Und ich sage das nicht nur, weil du das Mittagessen bezahlst – ich meine es ganz ehrlich.«

Roger ignorierte den feinen Spott in Sams gutgelaunter Entschuldigung. »Ich möchte nur sagen, daß wir mit unseren Annahmen über das Zustandekommen dieses Effekts genauso vorsichtig sein müssen wie mit unserer Feststellung, daß er existiert.«

»Ich gehe lediglich davon aus«, meinte Sam, »daß der Effekt geistiger Natur ist und daß sein Ursprung in uns selbst liegt. Darin sind wir uns doch wohl einig.«

»Dämonen oder Tote würden wesentlich mehr Sinn ergeben als so manche von diesen Ideen, mit denen du hausieren gehst.«

»Roger, Joanna nimmt das alles auf Band auf. Komm, sag ihr, daß du das nicht ernst meinst.«

Roger spießte eine Gabel von seinen Spaghetti mit Meeresfrüchten auf, verharrte mit der Gabel in der Hand und schloß das Thema mit den Worten ab: »Ganz im Gegenteil – ich würde stets dem Unmöglichen den Vorzug vor dem Unverständlichen geben.«

Kurz nach Mitternacht kehrte Joanna in ihre Wohnung zurück. Zwar hatte sie den Abend mit Sam verbracht, dann aber ein Taxi nach Hause genommen, weil sie am nächsten Morgen schon ganz früh mit ihrer Story anfangen wollte. Sie schaltete das Licht ein, zog ihren Mantel aus und begann ihre Post durchzusehen, die sie aus dem Briefkasten im Flur mitgenommen hatte. Es waren die üblichen Rechnungen und Wurfsendungen. Aber es war auch eine Einladung zu einer Hochzeit dabei, mit der sie schon eine ganze Weile gerechnet hatte, und ein Brief von einer Freundin, die bei einer Bank in Sydney arbeitete. Den würde sie morgen beim Frühstück lesen. Schließlich entdeckte sie auch eine Ansichtskarte ihrer Eltern aus Paris.

Sie las die hastig hingekritzelten Zeilen ihrer Mutter, die ihr berichtete, wo sie überall gewesen waren und was sie alles gesehen hatten. Am untersten Rand hatte ihr Vater noch Platz für einen Gruß gefunden. Dann drehte sie die Karte um und betrachtete das Bild.

Es war die Reproduktion eines großen Ölgemäldes. Im ersten Moment glaubte sie es schon einmal gesehen zu haben. Es erinnerte sie an die Illustrationen in den Büchern, die sie über die Französische Revolution gelesen hatte, und stammte möglicherweise aus derselben Epoche. Das Bild hatte etwas Künstliches, das hohle Pathos, das man von Darstellungen historischer Ereignisse kennt, bei denen eine große Persönlichkeit im Mittelpunkt steht. Irgendwie kam ihr die zentrale Gestalt in der Uniform und dem kokardengeschmückten Hut bekannt vor. Und tatsächlich – als sie die Karte umdrehte, las sie kleingedruckt in einer Ecke: Lafayettes Vereidigung auf die Verfassung in Paris 1790.

Noch einmal drehte sie die Karte um und studierte das Bild genauer. Nun wußte sie, daß sie es noch nie gesehen hatte, aber zugleich beschwor es etwas aus der Erinnerung in ihr herauf. Sie betrachtete Lafayette und die sorgsam in Szene gesetzten Gestalten um ihn herum. Einige von ihnen waren auf klassische Weise idealisiert, auf ihren Gesichtern lag ein erhabenes Strahlen. Andere hingegen wirkten derb und grotesk – der überschwenglich feiernde Pöbel.

Da verschlug ihr ein gewaltiger Schreck den Atem. Sie

sah plötzlich eine Gestalt, die sie bisher wohl nur unterbewußt wahrgenommen hatte, die jetzt aber ihren Blick magnetisch anzog.

Am Rand des Bildes stand ein Mann in einer beinahe ebenso prächtigen Uniform wie Lafayette und schwenkte auf der Spitze seines Säbels seinen Hut: Es war Adam Wyatt.

21

Sie ging in die Küche, brachte Wasser zum Kochen und goß es dann über einen Teebeutel mit Beisenkraut. Während sie die Tasse umklammerte, starrte sie auf die Ansichtskarte und überlegte, ob sie Sam anrufen und ihm davon erzählen sollte. Schließlich entschied sie sich dagegen, es brachte nichts, wenn er das Bild nicht mit eigenen Augen sah. Sie würde bis morgen warten.

Obwohl sie angenehm müde gewesen war, als sie die Wohnung betreten hatte, schwirrte ihr nun der Kopf. An Schlaf war nicht mehr zu denken. Und so stöberte sie in ihrem Schreibtisch nach der Lupe, die in irgendeiner Schublade liegen mußte.

Unter der Lupe war noch deutlicher zu erkennen, daß das Gesicht unbestreitbar dasselbe war wie das auf der Zeichnung, die Drew Hearst gemacht hatte und die jetzt in Sams Labor hing, in jenem Kellerraum, den sie inzwischen ›Adams Zimmer‹ nannten. Allerdings war der Gesichtsausdruck ein anderer. Hier auf dem Gemälde war er begeistert und jubelte, ergriffen von dem historischen Augenblick, seinem Helden zu. Doch es war zweifellos derselbe Mann.

Die wahrscheinlichste Erklärung war, daß Drew dieses Bild irgendwo gesehen und unbewußt gespeichert hatte, wollte Joanna sich einreden. Aber das konnte nicht sein, die Zeichnung war ein Gemeinschaftsprojekt gewesen. Jeder hatte Vorschläge beigesteuert, wie Adam aussehen sollte, sie hatten gemeinsam seine Haarlänge, seine Augenfarbe und alles andere festgelegt. Wie bei einem polizeilichen Fahndungsbild hatte Drew Detail für Detail den Mann porträtiert, den die Gruppe im Geiste vor sich gesehen hatte.

Und daß sie alle dieses Gemälde oder eine Kopie davon gesehen und sich daran erinnert haben sollten, war doch wohl mehr als unwahrscheinlich. Joanna zumindest war sich sicher, daß sie es heute zum ersten Mal sah. Doch auch die Erklärung, daß sie rein zufällig ein Gesicht erfunden hatten, das bereits in einem ihnen allen unbekannten Bild verewigt war, erschien allzu abwegig.

Morgen, versprach sie sich, würde sie nach Antworten suchen. Denn solange dieses Rätsel nicht gelöst war, konnte sie mit dieser Geschichte nicht weitermachen. Noch einmal drehte sie die Karte um und suchte nach dem Namen des Museums oder der Sammlung. Sie würde Nachforschungen anstellen und alles herausfinden, was über dieses Bild bekannt war, auch die Namen der dargestellten Personen, falls sie irgendwo festgehalten waren.

Nachdem sie sich mit dem Gedanken getröstet hatte, daß sie als Journalistin schließlich darin geübt war, Antworten zu finden, fiel sie in einen unruhigen Schlaf.

Es gab immer Antworten, wenn man lange genug danach suchte.

Immer.

Als Joanna um vier Uhr morgens schwitzend und mit Schüttelfrost und hämmernden Kopfschmerzen aufwachte, wußte sie sofort, was los war. Sie mußte sich die Grippe eingefangen haben, die in ihrem Büro seit zwei Wochen umging. Auf wackligen Beinen schlich sie ins Bad und nahm zwei Aspirin, dann dämmerte sie unruhig dahin, bis sie endlich in einen tiefen Schlummer versank und erst um neun Uhr wieder aufwachte.

Ihr war klar, daß sie mindestens achtundvierzig Stunden lang außer Gefecht gesetzt war, egal, welche Medikamente sie auch nehmen würde. Das einzige, was sie tun konnte, war, im Bett liegenzubleiben und Unmengen von Kräutertee zu trinken. Glücklicherweise hatte sie davon einen großen Vorrat in der Wohnung. Also rief sie im Büro an und teilte mit, daß man die nächsten zwei Tage nicht mit ihr rechnen konnte. Danach telefonierte sie mit Sam und meldete sich für das abendliche Treffen der Gruppe ab.

Wenn sonst jemand eine Sitzung verpaßte, was sich von Zeit zu Zeit nicht vermeiden ließ, machten die anderen normalerweise alleine weiter. Doch weil das Projekt ursprünglich ins Leben gerufen worden war, damit Joanna darüber schreiben konnte, schlug Sam vor, die Sitzung ausfallen zu lassen und abzuwarten, bis sie sich wieder besser fühlte. Joanna zögerte. Sie hätte ihm gern von der Ansichtskarte erzählt, wollte sie ihm aber lieber zeigen als nur am Telefon beschreiben. Als hätte Sam ihre Gedanken gelesen, versprach er, mittags vorbeizukommen. Sie warnte ihn, er würde sich anstecken, aber Sam erwiderte nur lachend, daß er sich nie etwas einfange. Und falls er ihr etwas mitbringen solle, könne sie ihn ja später noch im Labor anrufen.

Joanna schlief wieder ein, bis das Telefon klingelte. Der Portier teilte ihr mit, daß Sam unten wartete. Schnell versuchte Joanna, das verquollene Gesicht, das ihr im Badezimmerspiegel entgegenblickte, etwas zurechtzumachen. Es läutete an der Tür, und sie ließ Sam herein, der sie in die Arme nahm und dabei fast die Blumen und das Mittagessen in der Einkaufstüte zerdrückte.

Bevor sie sich zum Essen hinsetzten, ging Joanna zum Schreibtisch, wo sie die Ansichtskarte hingelegt hatte. Sie wußte genau, daß sie sie auf die Computertastatur gelegt hatte, doch da war sie nicht. Auch zwischen den Papieren und Unterlagen auf ihrem Schreibtisch war sie nicht zu finden, obwohl der Rest ihrer Post einschließlich des noch ungelesenen Briefes aus Australien dort lag. Die Ansichtskarte war einfach verschwunden.

Ärgerlich und ein bißchen verwirrt kam sie in die Küche, wo Sam dabei war, einen Salat zu machen. Aber dort stand er mit der Ansichtskarte in der Hand und betrachtete abwechselnd das Bild und die Zeilen auf der Rückseite.

»Wo hast du die her?« fragte sie ihn in schärferem Ton,

als eigentlich beabsichtigt. Fast klang es wie eine Beschuldigung.

»Entschuldigung, ich wollte nicht neugierig sein. Aber sie war dort drüben aufgestellt und fiel mir in die Augen.«

Dabei deutete er zum Küchenregal hinüber, und Joanna runzelte die Stirn. »Ich kann mich nicht erinnern, sie dahin getan zu haben. Ich habe sie drüben gesucht, um sie dir zu zeigen. Ist das nicht erstaunlich?«

Verständnislos starrte er sie an. »Was soll erstaunlich sein?«

»Na, das Bild. Sieh doch nur!« Sie zeigte auf die Gestalt am linken Bildrand. »Das ist Adam, haargenau so, wie Drew ihn gezeichnet hat.«

Sam sah das Bild genauer an. »Na ja, er sieht ihm ein bißchen ähnlich«, gab er widerwillig zu. »Aber es wäre mir nicht aufgefallen, wenn du mich nicht darauf hingewiesen hättest.«

Ungläubig riß sie ihm die Karte aus der Hand. »Mein Gott, das ist doch gar nicht zu übersehen!« Doch da hielt sie inne. Denn wie sie sich eingestehen mußte, war es bei weitem nicht mehr so offensichtlich wie gestern abend.

Sam beobachtete sie und seine Besorgnis wuchs, als er ihr Erstaunen bemerkte. »Was ist denn los?«

Sie starrte auf die Karte, sah dann ihn an und dann wieder die Karte. »Als ich gestern abend nach Hause kam und das Bild gesehen habe, war ich so baff, daß ich dich beinahe angerufen hätte. Es war Adam, wie er leibt und lebt!«

»Und nun ist er es nicht mehr?«

»Nein, ganz offensichtlich nicht. Es gibt eine gewisse Ähnlichkeit, wie du ja selbst gesagt hast, aber mehr auch nicht.« Joanna stellte die Karte wieder in das Regal, wo Sam sie entdeckt hatte. »Stand sie hier?«

Er schob sie ein Stückchen nach links. »Genau hier.«

»Merkwürdig.«

»Jetzt müßte ich wohl sagen, daß sie nicht von selbst hierhergekommen sein kann.« Er lachte leise, während er Joanna in die Arme nahm und an sich zog. »Hör mal, ich glaube, du bist einfach ein bißchen übersensibel im Augenblick. Du hast bestimmt schon gestern abend Fieber gehabt. Da war deine Wahrnehmung eben etwas getrübt. Als du dann die Karte gesehen hast, nach all dem, worüber wir den ganzen Tag geredet haben ...«

»Ich weiß doch, was ich gesehen habe.«

»Daran zweifle ich auch gar nicht. Aber du hast selbst zugegeben, daß du die Ähnlichkeit jetzt nicht mehr siehst. Dieses Bild ist in einem der Bücher über die Revolution, die wir im Labor stehen haben. Du hast es bestimmt gesehen, selbst wenn du dich nicht mehr daran erinnerst. Und dann bekommst du diese Karte von deinen Eltern, und das Bild kommt dir merkwürdig bekannt vor. In so einer Situation spielt einem der Verstand gern einen Streich – besonders, wenn er von einem Grippevirus befallen ist.«

»Das klingt sehr logisch. Wenn es nur auch noch überzeugend klingen würde.«

»Was überzeugt dich denn nicht?«

»Es ist doch ein merkwürdiger Zufall, daß mir meine Eltern genau diese Karte geschickt haben.«

»Wieso denn? Sie wissen doch, daß wir uns unter anderem auch mit Lafayette beschäftigt haben, dann sehen sie diese Karte in einem Museum ...«

»Schon gut, schon gut!« Sie hielt abwehrend die Hände hoch. »Vergiß es. Hysterische Weiber kriegen die Grippe und sehen Gespenster. Es reicht.«

»Ein Gespenst zu sehen ist genau das, was wir uns erhoffen – einen Geist, den wir selbst erzeugt haben. Wie du für dich in diesem Gemälde einen erzeugt hast, indem du dein Bild von Adam darauf projiziert hast.«

»Ich hab' doch schon gesagt, daß ich kapituliere. Okay?«

»Entschuldigung, ich wollte nicht darauf herumreiten ...«

Mit einer Geste, als schließe sie ihm den Mund mit einem Reißverschluß, bedeutete sie ihm, endlich still zu sein. Sam lachte. »Setz dich hin, ich bring' dir was zu essen.«

Ein paar Minuten später saßen sie neben dem Fenster, ihre Teller auf den Knien. »Ich habe übrigens darüber nachgedacht«, meinte er schließlich, »und wenn es dir wirklich nichts ausmacht, würde ich die Sitzung heute abend doch gerne stattfinden lassen.«

»Ich habe nichts dagegen«, nickte sie.

»Wir zeichnen ja sowieso alles auf, so daß du nichts Wichtiges verpaßt. Und im Moment läuft das Experiment so gut, daß ich es nicht unterbrechen möchte.«

»Du hast völlig recht. Und nächstes Mal bin ich ja wieder dabei.«

Nachdem sie ihre Teller leer gegessen hatten, griff er nach der Salatschüssel. »Willst du noch ein bißchen?«

»Gibt es da nicht eine Regel, die besagt, daß man eine Erkältung füttern und ein Fieber aushungern soll?« fragte sie, während ihr Sam erneut den Teller füllte.

»Nichts als Ammenmärchen«, erwiderte er und grinste abschätzig. »Glaub bloß nichts davon. Übelster Aberglaube.«

22 Clifton Webb saß in der Badewanne und tippte an einer seiner gehässigen Rezensionen, und Joanna mußte daran denken, wie sehr er sie an Ward Riley erinnerte. Oder erinnerte Ward Riley sie an Clifton Webb? Er war jünger als der Schaupieler und weniger eingebildet, doch sie konnte ihn sich bestens als den giftigen Waldo Lydecker in dem Film *Laura* vorstellen, den sie nun schon zum vierten oder fünften Mal im Kabelfernsehen sah und der sie noch immer begeisterte.

Mit einem Mal gab es einen Knall in ihrem Zimmer, so als ob jemand geschossen hätte und eine Kugel in die Wand eingeschlagen hätte. Sie wußte, daß es nicht aus dem Fernseher kam, dazu hatte sich der Knall zu echt angehört, der ihr noch immer in den Ohren dröhnte. Außerdem kannte sie den Film, in dieser Szene wurde nicht geschossen.

Da passierte es wieder. Diesmal sprang sie aus dem Bett, trat auf den Zipfel ihres Morgenrocks und flüchtete stolpernd in eine Ecke, damit sie nicht für irgendwelche schießwütigen Spinner auf der Straße zur Zielscheibe wurde. Als sie jedoch vorsichtig aus dem Fenster spähte, sah sie, daß niemand draußen war und auch die Scheibe kein Loch hatte.

Zitternd ging sie zu der Stelle, wo sie den Einschlag vermutete. Doch der Verputz war in Ordnung, es war nichts zu sehen, was das Geräusch hätte erklären können.

Ein hämmernder Schlag an ihrer Wohnungstür ließ sie erschrocken herumwirbeln. Dann verharrte sie reglos und wartete auf den nächsten Schlag, dem die Tür wahrscheinlich nicht mehr standhalten würde. Doch nun herrschte Stille.

Sie schlich an den Wänden ihres Schlafzimmers entlang und durch den schmalen Flur bis zur Wohnungstür, wo sie vorsichtig durch das Guckloch blickte. Doch auf dem Treppenabsatz war niemand zu sehen. Wenn jemand hiergewesen war, war er inzwischen wieder gegangen.

Aber Joanna wußte, daß niemand dagewesen war, zumindest nicht im üblichen Sinn. Eine innere Stimme sagte ihr, daß sie gerade Besuch von Adam bekommen hatte.

Zu ihrer eigenen Verwunderung blieb sie bei diesem Gedanken seltsam ruhig, ihre anfängliche Angst war verflogen.

Fünfzehn Minuten nach neun war Sam da. Sie hatte ihm in seinem Büro eine Nachricht auf dem Anrufbeantworter hinterlassen, den er nach seiner Sitzung abgehört hatte. Gleich danach hatte er sie angerufen und versprochen, sofort zu ihr zu kommen – mit dem Videoband.

In einer Ecke des Bildes war die Zeit eingeblendet, und Joanna sah die Zahlen vorbeihuschen, während Sam das Band vorspulen ließ. Joanna wußte, daß der Punkt, an dem Sam das Band stoppen würde, exakt mit der Zeit übereinstimmen würde, zu der sie die Geräusche in ihrer Wohnung gehört hatte.

»Da ist es.« Sam betätigte die Fernbedienung, und die Bilder liefen in normaler Geschwindigkeit weiter. Die Gruppe – mit Ausnahme von Joanna – saß wie immer am Tisch, vor sich das Ouija-Brett mit dem Zeiger, der sich unter der Berührung ihrer Fingerspitzen schnell hin und her bewegte.

»Wo ... ist ... Joanna?« hörte sie Sam Buchstabe für Buchstabe vorlesen.

»Joanna liegt krank zu Hause«, antwortete er. »Aber das nächste Mal ist sie bestimmt wieder bei uns. Hast du irgendeine Nachricht für sie?«

Der Zeiger rückte auf das Wort »Ja«.

»Was willst du ihr sagen?« fragte Sam weiter. Aber danach rührte sich nichts mehr.

»Halt!« Joanna griff nach der Fernbedienung und schaltete auf Standbild. Die Zeitangabe in der oberen rechten Ecke lautete 19:43. »Genau da ist es passiert«, sagte sie. »Ich bin aus dem Bett gesprungen und habe mich in der Ecke versteckt, weil ich dachte, draußen auf der Straße würde jemand schießen. Ich weiß nicht warum, aber ich habe auf die Uhr da drüben gesehen, und es war 19 Uhr 43. Dann tat es einen Schlag an der Tür.«

»Anscheinend ist deine Vermutung richtig«, stellte Sam fest. »Adam wollte mal eben ›hallo‹ sagen.«

»Weißt du, was das Merkwürdigste daran ist?« meinte Joanna nach einer Weile. »Wie selbstverständlich ich das alles hinnehme. Hättest du mir vor sechs Monaten gesagt, daß ein körperloses Wesen gegen meine Wände hämmern und ich darauf nur sagen würde: ›Ach, das ist bloß Adam, ein Geist, den wir erschaffen haben‹ – ich hätte dich für komplett verrückt erklärt. Aber genau das mache ich jetzt, und ich weiß nicht warum. Was ist nur los mit mir?«

»Dein Horizont hat sich etwas erweitert, sonst nichts. Du warst darauf programmiert, alles Übersinnliche von vornherein als Schwindel abzutun. Jetzt stellst du fest, daß das nicht stimmt, ja daß das Übersinnliche sogar etwas ganz Normales ist.«

»Trotzdem habe ich das Gefühl, daß irgend etwas Unheimliches an der ganzen Sache ist. Ach, allmählich weiß ich überhaupt nicht mehr, was ich glauben soll.«

»Da bist du nicht die einzige.« In seiner Stimme schwang ein ungewohnter Unterton, der Müdigkeit und Resignation verriet. Schließlich griff er nach der Fernbedienung und drückte auf die Play-Taste.

»Ich glaube, er will uns keine Nachricht für Joanna geben«, ertönte Sams Stimme nun aus dem Fernsehlautsprecher.

»Bestimmt würde er sie ihr lieber persönlich überbringen«, meinte Roger schmunzelnd, »wie das ein Mann mit guten Manieren eben macht.«

Joanna und Sam wechselten einen stummen Blick.

»Na schön, Adam«, sagte Sam auf dem Bildschirm, »du wiederholst allmählich nur noch deine alten Tricks, und das wird auf Dauer ein bißchen langweilig. Möchtest du uns nicht irgendwas Neues zeigen?«

Der Zeiger bewegte sich wieder und zog ihre Finger über das Brett, bis sich die Worte »WAS DENN?« ergaben.

»Nun, es wäre zum Beispiel schön, wenn wir dich mal zu sehen bekämen«, schlug Sam vor. »Kannst du vor uns Gestalt annehmen?«

Eine Pause trat ein. Dann rutschte der Zeiger entschieden auf »Nein«.

»Gibt es einen bestimmten Grund, warum das nicht geht?«

Die Frage kam von Ward Riley. Der Zeiger bewegte sich nur kurz weg, um gleich wieder auf »Nein« zu deuten.

»Gibt es denn irgend etwas, womit du uns beeindrucken könntest?« fragte Barry mit milder Ungeduld und warf einen amüsierten, erwartungsvollen Blick in die Runde.

Mit gemessener Langsamkeit rückte der Zeiger in die Mitte des Bretts zurück und rührte sich nicht mehr. Alle warteten. Joanna spürte, daß sich jeder in der Gruppe fragte, ob sie weitermachen oder sich zurücklehnen oder etwas sagen sollten, oder ob die Sitzung damit zu Ende war.

Während dieser allgemeinen Ratlosigkeit ertönte plötzlich ein dumpfer Schlag, der sie alle aufrüttelte. Es klang, als hocke jemand unter dem Tisch und versuche aufzustehen. Alle wichen zurück, und da begann sich der Tisch wieder zu bewegen. Niemand berührte ihn, als er sich ganz langsam und gleichmäßig vom Boden hob.

Gebannt starrte Joanna auf den Bildschirm, während der Tisch immer höher schwebte und alle Blicke ihm folgten. Obwohl es ein durchaus beeindruckendes Bild war, mußte Joanna unwillkürlich an so manche Kommentare denken, die sie immer wieder sowohl von Sam als auch von Roger gehört hatte: Was auch immer man auf Film oder Tonband aufgezeichnet hat, wirkt nie hundertprozentig überzeugend. Nach jahrzehntelanger Berieselung mit filmischen Spezialeffekten waren die Menschen abgestumpft. Alles war möglich, weil nichts real war. Sie dachte an die verblaßten Sepiafotografien aus der Zeit der Jahrhundertwende, die sie gesehen hatte; für gewöhnlich stellten sie ein Trancemedium dar, das von »Geistergesichtern« und sogar von Elfen umgeben war. Für den heutigen Betrachter waren diese Bilder so offenkundige Fälschungen, daß man nur darüber lachen konnte. Doch jetzt war paradoxerweise die Wahrheit lächerlich. Die Technik hatte echte Wunder unmöglich gemacht. Nur die Leute, die an diesem Tisch saßen, und sie selbst, die ihnen zusah, würden je glauben, daß das alles wirklich geschehen war. Es war eine Sackgasse ohne Ausweg. Und schlagartig wurde ihr klar, daß sie über das Adam-Experiment schreiben konnte, was sie wollte, es würde doch nur eine weitere Kuriosität sein, eine Fußnote im endlosen Geschwätz über die großen ungelösten – und wahrscheinlich unlösbaren – Mysterien des Daseins.

Als sie einen kurzen Blick auf Sam warf, stellte sie fest, daß nun auch sein Gesicht den müden, resignierten Ausdruck angenommen hatte, den sie zuvor in seiner Stimme wahrgenommen hatte. Sie wußte, daß er in diesem Moment dasselbe dachte wie sie. Und dazu brauchte sie keine telepathischen Fähigkeiten, es war offensichtlich.

Mittlerweile schwebte der Tisch in Kopfhöhe der Gruppe. Dann drehte er sich langsam um seine eigene Achse, um ganze hundertachtzig Grad, bis seine Beine nach oben ragten.

Wie auf Kommando stießen alle ihre Stühle zurück und sprangen auf – nicht nur, weil das, was sie sahen, so ungeheuerlich war, sondern, weil sie befürchten mußten, daß ihnen das schwere Ouija-Brett und der Zeiger, die noch immer auf dem Tisch waren, auf den Kopf fallen würden.

Aber es fiel nichts herunter. Die Alphabettafel blieb an

Ort und Stelle, als wäre sie festgeleimt, und der Tisch stieg weiter empor, bis seine Beine, allen Gesetzen der Schwerkraft zum Hohn, fest auf der Zimmerdecke aufsetzten.

Niemand sagte etwas, niemand rührte sich – bis Maggie aus einem Impuls heraus, den sie wahrscheinlich weder begriffen noch erahnt oder gewollt hatte, die Hand hob und sich bekreuzigte.

Als hätte jemand einen Magnetstromkreis unterbrochen, fielen das Ouija-Brett und der Zeiger von der Tischplatte und landeten polternd auf dem Boden. Dann folgte der Tisch, aber er fiel nicht einfach, sondern wurde wie von einer gewaltigen Kraft zu Boden geschleudert, so daß er krachend zerbarst. Die letzten Bilder zeigten, wie die Mitglieder der Gruppe in Deckung sprangen und das Gesicht vor den Holzsplittern schützten, die durch die Luft flogen. Dann wurde der Bildschirm abrupt dunkel.

»Ein Holzstück hat die Kamera getroffen«, erklärte Sam und schaltete den Videorekorder aus. »Wir müssen eine neue installieren. Glücklicherweise ist niemand verletzt worden. Ziemlich spektakulär, findest du nicht?« Erwartungsvoll sah er sie an. Sie wußte, daß seine Frage nicht nur rhetorisch gemeint war, er wollte wirklich wissen, was sie davon hielt.

»Wie erklärst *du* dir das alles?« fragte sie zurück.

»Ach«, er machte mit der Hand eine ausladende Geste, die beinahe wie eine Selbstparodie wirkte, »ich denke, das liegt auf der Hand. Uns sind kollektiv die Nerven durchgegangen. Wir haben das blöde Ding zur Decke schweben und sich umdrehen lassen, und plötzlich hat uns unsere Ratio gesagt: ›Das ist physikalisch unmöglich, das kann nicht sein‹, und dann war es eben abrupt zu Ende.«

»Und Maggies Bekreuzigung?«

Sam zuckte die Achseln. »Wir haben danach darüber gesprochen. Sie konnte es nicht erklären, sie sagt, es habe sie einfach so überkommen.« Er schwieg einen Augenblick, und seine Miene wurde ernster. »Sie meint auch, wir sollten das Experiment nicht fortführen. Zwar kann sie nicht sagen warum, aber sie hat schon eine ganze Weile ein ungutes Gefühl dabei. Und sie hat angekündigt, daß sie nicht mehr zu den Sitzungen kommen wird, außer wenn sie den Zweck haben, Adam zu entmaterialisieren und neu anzufangen. Sie hält ihn für bösartig.«

Joanna sah ihm fest in die Augen. »Was meinst du dazu?«

Er zögerte, als hätte er schon länger darüber nachgedacht und eine sorgsam erwogene Entscheidung getroffen, die er sich aber auszusprechen scheute.

»Ich denke«, antwortete er schließlich, »daß es nicht gut war, Maggie für dieses Experiment auszusuchen. Vielleicht ist es besser, wenn sie geht.«

23 Sam fuhr gegen elf zurück zum Riverside Drive. Nicht nur hatte Joannas Grippe ihren Hunger nach Sex gedämpft, sie waren auch mit den Gedanken ganz woanders gewesen. Als er sie küßte und durch eine dicke Schicht von Decken und Laken hindurch ihren warmen Körper streichelte, fühlte sie plötzlich einen Adrenalinstoß, der wunderbarerweise ihre Stirnhöhle klärte und sie leichter atmen ließ. Trotzdem konnten sie immer noch nicht abschalten und sich entspannen. An der Tür küßte Sam sie zum Abschied.

»Und ich soll ganz bestimmt nicht dableiben, einfach nur so?« fragte er zögernd.

Joanna schüttelte den Kopf. »Mir geht es gut. Aber wenn du nichts dagegen hast, möchte ich morgen früh Maggie anrufen und sie darüber befragen, wie sie über die Sache denkt.«

»Na klar, es ist schließlich deine Story. Schreib sie so, wie du willst.«

Nachdem Sam gegangen war, schloß Joanna die Tür ab, ging wieder ins Bett und spielte sich noch einmal das Band vor, das er ihr dagelassen hatte. Hin und wieder machte sie sich Notizen, wenn ihr etwas einfiel, das sie in ihrem Artikel verwenden wollte. Es war schon nach eins, als sie in einen überraschend traumlosen Schlummer sank. Und als sie um sieben aufwachte, ging sie schnurstracks zu ihrem Computer, wo sie über eine Stunde lang das Material ordnete und eine Einleitung für die Story entwarf. Erst danach fiel ihr auf, daß die Grippesymptome sich nahezu verflüchtigt hatten und sie sich so erholt fühlte wie nach einer Woche Urlaub. Zum Frühstück gönnte sie sich Kaffee, Saft und Cornflakes, dann nahm sie ein ausgiebiges Bad, zog sich an und legte ein wenig Make-up auf. Jetzt war sie wieder ganz die alte und strotzte vor Energie, als sie Maggies Nummer wählte.

Nach dem zweiten Klingeln hob jemand ab. Doch es war nicht Maggie, sondern eine jüngere Frau. An ihrem verhaltenen Ton erkannte Joanna sofort, daß etwas nicht stimmte. »Ist das nicht der Anschluß von Maggie McBride?« fragte sie.

»Doch.« Die Stimme zitterte.

»Kann ich sie bitte sprechen? Mein Name ist Joanna Cross.«

»Ich fürchte, das ist nicht möglich, Miss Cross. Meine Mutter ist letzte Nacht gestorben.«

Heather McBride war Mitte Dreißig, schlank und von schlichter Eleganz – ganz die New Yorker Karrierefrau, wie man sie vor allem an der Wall Street sieht. Aber es war auch eine Sanftheit in ihr, an der sie Joanna sofort als Maggies Tochter erkannte. Es schmerzte sie, mit dieser gefaßten, doch offenkundig zutiefst betrübten Frau in Maggies tadellos aufgeräumtem Wohnzimmer zu sitzen, im rückwärtigen Trakt der riesigen Wohnung an der Park Avenue, wo Maggie einst als Haushälterin gearbeitet hatte.

»Meine Mutter hatte es schon seit zehn Jahren am Herzen«, vertraute die Tochter ihr an. »Erst vor kurzem hatte sie sich mit dem Gedanken abgefunden, daß eine baldige Operation wohl unvermeidlich war. Aber sie nahm Medikamente, und die Ärzte waren überzeugt, daß keine unmittelbare Gefahr bestand.« Ihr entfuhr ein leiser Schluchzer. »Offensichtlich haben sie sich geirrt.«

»Wird es eine Autopsie geben?«

Miss McBride schüttelte den Kopf. »Ich habe mit meinem Bruder gesprochen, und wir halten es beide für überflüssig. Er ist übrigens auf dem Weg hierher, er kommt aus

Portland in Oregon«, setzte sie hinzu, als müsse sie erklären, warum er bei ihrem Gespräch nicht dabei war. »Darf ich fragen, Miss Cross«, meinte Miss McBride dann nach einem kurzen Zögern, »darf ich fragen, in welcher Beziehung sie zu meiner Mutter standen? Ich kann mich nicht erinnern, daß sie je ihren Namen erwähnt hat.«

Joanna erzählte ihr gerade so viel von der Sache, wie sie für unbedingt notwendig hielt, während Heather McBride vor sich auf den Teppich starrte und hin und wieder nickte. »Ich weiß, daß meine Mutter sich für dieses Zeug interessiert hat«, meinte sie, als Joanna zu Ende geredet hatte. »Allerdings fürchte ich, daß ich nicht viel damit anfangen kann. Wir haben auch kaum darüber geredet.«

Da klingelte es an der kleinen Tür im rückwärtigen Teil der Wohnung, Maggies separatem Eingang. Joanna hatte etliche Zeit gebraucht, ihn zu finden, obwohl Heather ihn ihr ausführlich beschrieben hatte.

Heather öffnete die Tür und kam mit einem großen Mann in schwarzem Anzug und weißem Priesterkragen zurück. Er hatte ein schmales Gesicht und war zwischen vierzig und fünfzig. »Reverend Collingwood«, stellte sie ihn vor. »Priester der Unitarierkirche, der meine Mutter angehörte.« Joanna sei eine Freundin ihrer Mutter gewesen, setzte sie noch hinzu, und die beiden schüttelten sich die Hand.

»Ich habe Ihren Namen bereits gehört, Miss Cross«, sagte der Priester. »Und zwar erst gestern abend, als Mrs. McBride zu mir kam.«

Joanna spürte, wie Heather plötzlich aufhorchte, genauso wie sie. »Gestern abend? Darf ich fragen, um wieviel Uhr das war?«

»Sie rief so gegen neun an und fragte, ob sie zu mir kommen könne. Ich wußte gleich, daß sie tief beunruhigt war. Da es nicht Maggies Art war, aus einer Mücke einen Elefanten zu machen, habe ich ihr gesagt, sie solle sofort kommen. Fünfzehn oder zwanzig Minuten später war sie da.«

»Können Sie uns sagen, weshalb sie zu Ihnen kam?«

fragte Joanna, doch gleich darauf warf sie einen entschuldigenden Blick in Heathers Richtung. »Verzeihen Sie, das geht mich wohl wirklich nichts an.«

Doch Heather McBride winkte nur ab. Schließlich wollte sie diese Frage ebenfalls beantwortet wissen. »Natürlich nur, wenn Sie uns das beantworten dürfen, Reverend«, ergänzte sie.

Er lächelte gequält. »Bei uns gibt es keine Beichte. Und so kennen wir auch kein Beichtgeheimnis. Vertraulichkeit wird natürlich gewährt, wenn jemand darum bittet und dies angemessen erscheint. Aber Ihre Mutter hat gestern abend nichts dergleichen erbeten, und ich wüßte auch keinen Grund, warum ich diese Frage nicht beantworten sollte.« Er wandte sich zu Joanna, der es unter seinem anklagenden Blick unbehaglich wurde. Jetzt begann auch Heather zu argwöhnen, daß Joanna in irgendeiner Weise für Maggies Tod verantwortlich war und bis jetzt nur nicht mit der Sprache hatte herausrücken wollen. Joanna fühlte sich wie damals vor dem Studiogebäude, als die Alte ihr die Schuld am Tod von Murray Ray zugeschoben hatte. Diese Erfahrung hatte sie bis heute nicht ganz verdaut.

»Maggie hat mir alles über ihr Experiment, einen Geist zu erzeugen, erzählt, Miss Cross. Und ich muß Ihnen sagen, daß dies in meinen Augen ein befremdliches und vermutlich auch gefährliches Unterfangen ist. Wie Maggie mir anvertraut hat, war sie bereits vor einiger Zeit ebenfalls zu diesem Schluß gekommen. Und die Ereignisse des gestrigen Abends – Sie wissen ja wohl, wovon ich spreche – haben sie nur darin bestärkt.«

Joanna hob die Hand. »Darf ich etwas dazu sagen, bevor hier Vorwürfe erhoben werden? Maggie war eine freiwillige Versuchsperson und wußte genau, worauf sie sich einließ. Ich bin tief betrübt über das Geschehene. Denn ich hatte Maggie sehr gern. Wie jeder in der Gruppe. Aber es handelt sich um ein wissenschaftlich durchgeführtes, kontrolliertes Experiment, und jedem Teilnehmer steht es jederzeit frei, sich daraus zurückzuziehen. Und auch wenn ich gestern abend nicht bei der Sitzung dabei war, glaube ich zu wissen, daß Maggie genau das vorhatte.«

»Miss Cross, ich wollte niemanden beschuldigen. Maggies Tod ist ganz offenbar die Folge einer seit langem bekannten Herzschwäche. Dennoch möchte ich mir erlauben, Sie und die anderen Mitglieder dieser Gruppe darauf hinzuweisen, daß Sie sich meiner Meinung nach tiefer als Sie ahnen in eine Sache verstrickt haben, die Ihnen außer Kontrolle gerät . Und mein Rat lautet, so schnell wie möglich damit aufzuhören, ehe noch mehr passiert.«

»Entschuldigung, aber eins möchte ich jetzt doch genauer wissen.«

Beide drehten sich zu Heather McBride um, deren Worte sehr entschlossen klangen.

»Wollen Sie damit andeuten, daß der Tod meiner herzkranken Mutter durch dieses sogenannte Experiment verursacht worden ist?« Sie spuckte das Wort »Experiment« geradezu aus.

»Ich will damit sagen, daß sie geglaubt hat, etwas mit heraufbeschworen zu haben, was unbedingt aufgehalten werden mußte.« Reverend Collingwood wählte seine Worte sehr sorgfältig. »Und sie war der Überzeugung, daß die Hauptlast dabei auf ihren Schultern ruhte.«

»Aber warum um Himmels willen denn das?« widersprach Joanna. »Wir waren schließlich zu acht.«

Collingwoods längliches Gesicht verzog sich kummervoll, als er sie ansah.

»Sie glaubte, daß die anderen die Gefahr nicht so ernst nahmen wie sie.«

24

Sam rief alle Mitglieder der Gruppe an, um sie von Maggies Tod zu unterrichten. Im Lauf der Wochen, in denen sie sich zu den Sitzungen getroffen hatten, war so etwas wie eine familiäre Vertrautheit zwischen ihnen entstanden, und die Nachricht erschütterte alle zutiefst. Als sie drei Tage später wieder zusammenkamen, standen sie noch zu sehr unter dem Schock des Verlusts, um sich über Adam und das Für und Wider des Experiments Gedanken zu machen. Drew und Barry kamen Tränen in die Augen, als sie in »Adams Zimmer« traten und ihnen Maggies Abwesenheit schmerzlich bewußt wurde. Selbst der sonst so reservierte Ward Riley war sichtlich bewegt.

Der zerbrochene Tisch war durch einen neuen Holztisch ersetzt worden. Nachdem sich alle um ihn herum versammelt hatten, eröffnete Sam die Sitzung mit einigen nüchternen Worten. »Selbstverständlich habe ich eine Kondolenzkarte an Maggies Kinder geschickt und ihnen unser aller Beileid ausgesprochen. Ich muß allerdings sagen, daß ich zwei ziemlich unangenehme Tage hinter mir habe, weil es nämlich so aussah, als würden rechtliche Schritte gegen die Universität eingeleitet werden. Auf Drängen von Maggies Gemeindepfarrer, mit dem sie kurz vor ihrem Tod noch gesprochen hatte, wollte uns ihr Sohn gerichtlich belangen. Ihre Tochter war jedoch dagegen, was in erster Linie Joannas Überredungskunst zu verdanken ist. Somit stellt sich uns jetzt nur noch die Frage, ob wir mit dem Experiment fortfahren wollen oder nicht. Sagt ganz offen, wie ihr darüber denkt ...«

Joanna räusperte sich. »Ich habe als einzige die letzte Sitzung verpaßt, aber was ich auf Video gesehen habe, hat mich wirklich verblüfft. Offensichtlich war Maggie über die Ereignisse äußerst beunruhigt, und wir können nicht von der Hand weisen, daß sie höchstwahrscheinlich in gewisser Weise zu Maggies Tod beigetragen haben. Rein gefühlsmäßig würde ich sagen, wir sind weit genug gegangen und machen jetzt sofort Schluß damit. Immerhin wurde das Experiment meinetwegen begonnen, um mir Stoff für einen Artikel zu liefern, und deshalb fühle ich mich persönlich verantwortlich für ...«

»Das solltest du aber nicht«, unterbrach sie Sam, und das zustimmende Gemurmel der anderen ließ erkennen, daß sie alle seiner Meinung waren. »Das Experiment findet im Rahmen eines Forschungsprogramms dieser Abteilung statt«, fuhr er fort. »Hätten wir es nicht mit dieser Gruppe gemacht, dann eben früher oder später mit einer anderen. Wenn jemand dafür verantwortlich ist, dann bin ich es. Und wenn ich gewußt hätte, daß Maggie ein schwaches Herz hat, hätte ich ihr von der Teilnahme abgeraten. Leider hat sie mir das nie gesagt, und ich bin nicht auf die Idee gekommen, sie danach zu fragen. Aber jetzt hat es keinen Sinn mehr, sich Asche aufs Haupt zu streuen und ›mea culpa‹ zu schreien. Maggie ist tot, und nichts macht sie wieder lebendig. Allerdings stoßen wir dadurch auf eine Frage, die bei vielem, was wir in dieser Abteilung ausprobieren, von grundlegender Bedeutung ist. Sie lautet: Wie gehen wir mit einem Phänomen um, das unseren Vernunftkriterien widerspricht? Wir alle haben in diesem Raum Dinge gesehen, die wir verstandesmäßig nicht erklären können. Ich halte nach wie vor an meiner Auffassung fest, daß diese Phänomene durch unsere Gedanken hervorgerufen werden und durch nichts anderes. Maggie war anscheinend davon überzeugt, daß irgendeine Kraft von außen einwirkt. Ich würde nun gerne wissen, ob jemand von euch das ebenso empfindet.«

Es herrschte Schweigen, als Sams Blick von einem Gesicht zum nächsten wanderte. Barrys Kopfschütteln schien die Meinung der ganzen Gruppe auszudrücken, und niemand erhob einen Einwand dagegen.

»Wißt ihr, was interessant wäre?« sagte Roger, während er nachdenklich seinen Schnurrbart zwirbelte. »Warum reden wir nicht mit Adam darüber? Fragen wir ihn doch, was er von all dem hält.«

Sam grinste verhalten. »Genau das wollte ich auch vorschlagen, aber ich bin froh, daß mir jemand zuvorgekommen ist.« Er schaute in die Runde. »Alle einverstanden?«

Zustimmendes Murmeln und Nicken war die Antwort.

»Also gut. Adam, bist du da?«

Stille trat ein. Joanna fiel auf, daß sie alle die Hände in den Schoß gelegt hatten, mit Ausnahme von Sam, der sich aufstützte, und Barry, dessen eine Hand locker auf dem Tisch lag. Im selben Moment bemerkte es auch Sam. »Vielleicht müssen wir wieder ganz von vorne anfangen«, meinte Sam. »Alle bitte die Hände auf den Tisch, mit den Handflächen nach unten.«

Nachdem die Gruppe seiner Aufforderung nachgekommen war, sagte Sam: »Gut, jetzt versuchen wir es noch mal. Adam, bist du da?«

Nichts geschah. »Vielleicht hat er mit dem neuen Tisch seine Schwierigkeiten«, vermutete Pete.

»Adam, wir würden uns gern mit dir unterhalten«, sagte Sam. »Bitte gib uns Antwort. Bist du da?«

Alle spürten und hörten es gleichermaßen: zwei heftige Klopfer für ›Nein‹.

»In meinem Viertel hat man das ›Ja auf Polnisch‹ genannt«, stellte Barry fest und schaute in die Runde. »Das soll für niemanden eine Beleidigung sein.«

Ward Riley runzelte nachdenklich die Stirn. »Vielleicht soll es bedeuten, daß jemand anderer als Adam da ist.«

Joanna sah, wie Rogers Augen erst Ward und dann Sam fixierten, doch dieser wich allen Blicken aus. Sie wußte, was er dachte und was alle dachten. Denn sie dachte es ebenfalls.

»Stimmt das?« fragte Sam ruhig. »Es ist jemand da, aber es ist nicht Adam?«

Ein klares, nachdrückliches Pochen für ›Ja‹.

»Kannst du uns sagen, wer du bist?« In kritischen Momenten bemühte sich Sam immer um einen bewußt gelassenen und scheinbar beiläufigen Tonfall.

Das Kratzen, das aus dem Tisch ertönte, klang anders als sonst, aufgrund der anderen Holzstruktur war es leiser. Doch wie sie sofort erkannten, kam es aus dem Holz selbst, nicht von der Oberfläche des Tisches. An dem gleichen Geräusch hatte Maggie damals erkannt, daß Adam etwas schreiben wollte. Jetzt äußerte jemand anderer denselben Gedanken.

»Daran hätten wir denken müssen«, murmelte Sam. »Das Ouija-Brett ist kaputt, und wir haben kein anderes.«

»Ich kümmere mich darum!« Pete war bereits aufgesprungen und marschierte zum Beistelltisch an der Wand. »Wenn es funktioniert hat, als ich klein war«, meinte er, »dann müßte es doch auch heute noch klappen.«

Er nahm ein Blatt Papier und schrieb mit einem Filzstift die Buchstaben des Alphabets darauf, die er mit einer Schere ausschnitt. Ein weiteres Blatt wurde mit den Worten ›Ja‹ und ›Nein‹ beschriftet und halbiert. Dann ordnete er die Schnipsel auf dem Tisch an wie auf dem Ouija-Brett. Als Zeiger diente ein umgedrehtes leeres Glas, das in der Mitte plaziert wurde.

Während der ganzen Prozedur hatte niemand etwas gesagt, fast als befürchteten sie, mit einem falschen Wort irgendeine Art Zauber zu brechen. Kaum hatte Pete sich wieder gesetzt, legte jeder unaufgefordert eine Fingerspitze auf das umgestülpte Glas.

»Bitte teile uns deinen Namen mit«, sagte Sam.

Und schon begann sich das Glas zu bewegen. Es hatte eine unerbittliche Zielstrebigkeit, die Joanna an die griechische Tragödie erinnerte. Man weiß, was geschehen wird, aber das Spannende ist, dabei zuzusehen, wie die Handlung unweigerlich auf ihr dramatisches Ende zusteuert. Sicher und präzise rutschte das Glas über den Tisch und verweilte nur kurz an den jeweiligen Buchstaben, bis sich das Wort »M-A-G-G-I-E« ergab.

Ächzend rang Drew nach Luft. Sie schlug die Hände vor den Mund, und mit dieser Geste erinnerte sie auf seltsame Weise an Maggie, wenn sie überrascht oder erschrocken gewesen war. Die übrigen saßen still da und fragten sich, was sie sagen sollten und wer als erster das Schweigen brechen würde.

»Laßt eure Finger am Glas«, ermahnte Sam sie im besonnenen Ton eines Chirurgen, der nach einem neuen Instrument verlangt. Zwei oder drei Fingerspitzen legten sich wieder zaghaft ans Glas, zuletzt auch Drews Finger.

»Bitte sag uns«, fuhr Sam fort, »warum du dich Maggie nennst.«

Wie aus einer Waffe abgefeuert, schoß das Glas unter ihren Händen davon, verfehlte Sam und Roger nur um wenige Zentimeter und zersplitterte an der Wand. Es ging so schnell, daß sie nicht einmal reagieren konnten. Sie saßen nur wie erstarrt da, während das Klirren in ihren Ohren nachhallte.

Aus Petes Kehle drang ein gurgelndes Stöhnen, als er plötzlich auf seinem Stuhl zusammensackte und sein Kopf nach vorne fiel. Zuerst dachte Joanna, eine Glasscherbe hätte ihn getroffen. Aber man sah kein Blut, keine Anzeichen einer Verletzung. Und mit einem Mal wußte sie, was geschah. Es war eine beinahe exakte Wiederholung jenes Auftritts von Murray Ray an jenem Tag in Camp Starburst, als er so tat, als erhalte er die telepathische Nachricht vom Tod des Mannes dieser armen Frau aus dem Publikum. Allerdings wußte Joanna, daß es diesmal nicht gespielt war.

Pete ließ seinen Kopf kreisen und stöhnte laut. Die anderen waren sofort auf den Beinen, schrien entsetzt durcheinander.

»Er hat einen Anfall. Ruft einen Arzt!«

»Nein!« rief Sam im Befehlston. »Das ist kein Anfall. Wartet.«

Er trat näher an Pete heran und faßte ihn an der Schulter. »Pete ...?«

Da fuhr der Kopf zurück, und das Gesicht, das Sam entgegenstarrte, hatte nichts mehr mit Pete zu tun. Die Augen verschwanden fast in den Höhlen, die Lippen über den gefletschten Zähnen waren zu einem höhnischen Grinsen verzogen.

Zwei Stühle fielen um, dann noch einer, als alle vor diesem Etwas zurückwichen, das in ihrer Mitte aufgetaucht war. Joanna sah, daß Drew sich bekreuzigte wie Maggie auf dem Video, während die anderen nach Luft schnappten oder leise Flüche murmelten. Nur Sam hatte sich völlig unter Kontrolle. Er ließ Petes Schulter nicht los, als könnte er so den Kontakt zu einer gemeinsamen Realitätsebene herstellen. »Wer bist du?« fragte er.

Die verdrehten Augen konzentrierten sich nun auf ihn, und der Mund öffnete sich ein wenig. Doch die Laute, die herauskamen, hatten nichts mit Petes Stimme gemein. Auch paßten die Lippenbewegungen nicht zu den Worten. Sein Körper schien so leblos zu sein wie eine Bauchrednerpuppe, deren Worte irgendwo anders, im verborgenen, ihren Ursprung hatten.

»Sie wird mich nicht zerstören ... sie nicht ... du nicht ... niemand ...«

Kaum waren diese Worte verklungen, schlossen sich Petes Augen, er sackte zur Seite weg und wäre auf den Betonboden gefallen, wenn Sam ihn nicht aufgefangen hätte. Schlagartig kam er zu sich, als wäre er nur kurz eingenickt gewesen und wollte es sich nicht anmerken lassen. Doch er sah sich von besorgten Gesichtern umringt.

»He, was ist los?« fragte er und blickte von einem zum anderen. »Entschuldigung, ich glaube, ich war 'ne Minute nicht ganz da. Hab' ich was verpaßt?«

Sam ging zu einer der beiden Videokameras und drückte auf die Taste, um die Kassette herauszunehmen. Aber nichts geschah. Er versuchte es noch mal. Wieder nichts. Stirnrunzelnd folgte er dem Kabel, das von der Kamera zum Transformator führte.

Neugierig gesellte sich Pete zu ihm und erkannte sofort

das Problem. »Jemand hat den Stecker aus der Dose gezogen, verdammt noch mal ...!« Nachdem er ihn wieder eingesteckt hatte, leuchteten mehrere Lämpchen auf, die Kamera hatte wieder Strom. »Wie zum Teufel ist das denn passiert? Ich hab' den Stecker doch noch selbst überprüft, bevor wir angefangen haben.«

25 Pete sah sich verunsichert um, wie jemand, der nicht ganz sicher ist, ob man sich nicht einen Scherz mit ihm erlaubt. Zwar hatte ihm Sam erzählt, was vorgefallen war, und die anderen hatten jedes Detail bestätigt. Doch keiner konnte erklären, warum es keine Video- und keine Tonbandaufzeichnungen davon gab. Und so mußte Pete ihnen die Geschichte abnehmen.

»Joanna, würdest du mir einen Gefallen tun?« bat Sam. »Schau doch mal nach, ob Peggy oder sonst jemand noch oben ist. Ich würde gern einen Außenstehenden dazuholen.«

Aber das Labor war wie ausgestorben, die meisten Räume waren dunkel. Unverrichteter Dinge ging sie wieder hinunter in den Keller, wo Pete noch immer erschüttert dasaß, den Kopf auf die Hände gestützt.

»Ich glaube euch«, sagte er gerade. »Natürlich glaube ich euch. Es ist nur, weil ... O Mann! ... der Gedanke ist ganz schön gewöhnungsbedürftig.«

Fragend sah Sam zu Joanna, die ihm mit einem Kopfschütteln zu verstehen gab, daß sie niemanden mehr angetroffen hatte. Daraufhin blickte er auf die Uhr. »Es ist jetzt Viertel nach neun«, wandte er sich an die Runde. »Normalerweise hätten wir längst aufgehört und wären auf dem Heimweg. Ich weiß ja nicht, wie ihr darüber denkt, aber ich finde, die Sache wäre es wert, noch ein bißchen weiterzumachen.«

»Um was genau zu erreichen?« fragte Roger.

Sam machte mit einer Geste deutlich, daß er für alles offen war. »Einfach um zu sehen, was noch passiert. Ich finde, wir sind an einem sehr interessanten Punkt angekommen.«

Mit sanfter, aber völlig klarer Stimme durchbrach Drew den kurzen Moment des Schweigens. »Ich glaube, Maggie hatte recht. Auch wenn ich nicht weiß, was es ist oder wie wir es zustande gebracht haben, für mich ist etwas Böses dabei herausgekommen. Das sollten wir wieder loswerden, finde ich. Du hast doch immer gesagt, Sam, daß wir dieses Ding gegebenenfalls auch wieder entmaterialisieren können. Für mich ist es jetzt soweit.«

Sam nahm ihren Vorschlag mit einem ergebenen Schulterzucken zur Kenntnis. »Ich finde es zwar verfrüht, etwas zu entmaterialisieren, was noch gar nicht konkret Gestalt angenommen hat, aber wenn ihr da einer Meinung seid ...« Er sah die anderen an. »Wie sieht's bei euch aus? Wollt ihr das gleiche wie Drew?«

»Ich muß zugeben, ja«, schloß sich Barry an. »Ehrlich gesagt gefällt mir nicht, was da passiert. Wißt ihr, woran mich das alles erinnert? Habt ihr mal *Alarm im Weltall* gesehen? Wo diese ganzen genialen Wissenschaftler von einer Maschine ausgelöscht werden, die sie erfunden haben, damit sie ihnen sämtliche Wünsche von den Augen abliest? Weil sie nämlich nicht damit gerechnet hatten, daß sie auf ihre kollektive Identität genauso reagieren würde wie auf ihr individuelles Ego. Und am Schluß wurden sie von Monstern ausgelöscht, die die Maschine aus den dunklen Seiten ihrer Psyche erschaffen hatte. Irgendwie habe ich das Gefühl, was hier abläuft, hat mit unseren seelischen Abgründen zu tun.«

Ward Rileys Mundwinkel zuckten verächtlich. »Als ich den Film vor Jahren gesehen habe, hat er keinen großen Eindruck auf mich gemacht. Die Vorstellung, daß Menschen mit solch brillantem Verstand diese Möglichkeit außer acht lassen und keine Vorkehrungen dagegen treffen, ist doch recht abwegig. Meiner Meinung nach sollten wir uns davor hüten, ausgerechnet in Hollywood nach Erklärungen oder Verhaltensmaßregeln zu suchen.«

»Was hältst du also von all dem, Ward?« wollte Sam wissen.

Ward strich sich über das Kinn und preßte die Lippen zusammen. »Für mich starb Maggie eines natürlichen Todes. Aber unsere kollektive Einstellung dazu ist im Moment mehr von Aberglauben als von logischen Erwägungen geprägt. Das ist meiner Meinung nach auch Ursache der Phänomene, die wir hier erleben.«

Sam wandte sich an Joanna. »Und wie denkst du darüber? Sollen wir weitermachen?«

Das war eine schwierige Frage. »Als Journalistin habe ich mehr als genug Material für einen Artikel zusammen. Aber als Mitglied dieser Gruppe bin ich mir unsicher. Ich weiß nicht, ob ich aufhören möchte oder sehen will, was als nächstes passiert.« Sie unterbrach sich. »Doch, ich glaube, ich will wissen, was als nächstes passiert.«

Sie nahm ein beinahe unmerkliches Zucken in Sams Augenwinkel wahr. Auch wenn es kaum zu glauben war, er hatte ihr verschwörerisch zugeblinzelt. Sie mußte sich beherrschen, um nicht laut loszulachen. Das aber wäre in Anbetracht der Umstände höchst geschmacklos und so unpassend gewesen, daß es geradezu hysterisch gewirkt hätte. Doch gleich darauf wurde ihr klar, daß er ihr nicht wirklich zugeblinzelt hatte. Wie sie nun mit Schrecken feststellte, hatte sie in ein unbewußtes Muskelzucken etwas hineingelesen, was es gar nicht gegeben hatte. Verlor sie allmählich jedes Gefühl für die Realität, jeden Sinn für Verhältnismäßigkeit und Zusammenhang? Plötzlich fühlte sie sich sehr verletzlich, so als ob jeder im Zimmer ihren Irrtum bemerkt hätte und nun wüßte, was mit ihr los war. Im gleichen Augenblick jedoch wurde ihr klar, daß ihr keiner die geringste Beachtung schenkte. Alle waren viel zu beschäftigt mit dem Dilemma, vor dem sie standen.

Sam fragte nun Roger: »Was meinst du?«

Roger zögerte und antwortete dann so ernst, wie Joanna ihn noch nie erlebt hatte. »Welcher Art auch immer dieses Phänomen sein mag, das wir heraufbeschworen haben, ich halte es für das beste, das Experiment sofort abzubrechen.«

Seine Worte hallten in der Stille nach, und selbst Sam war beeindruckt von dem feierlichen Ernst und der Autorität, die in ihnen mitgeklungen hatten. Und Roger war sich seiner Wirkung auf Sam bewußt.

»Ich weiß, daß dich das überrascht, Sam. Aber für mich ist es ein Unterschied, ob man eine Theorie bis zur letzten Schlußfolgerung durchdenkt, oder ob man die Konsequenzen einer Theorie bis zum letzten zu tragen bereit ist. Die Kernspaltung war eine Theorie, die Atombombe eine ihrer Konsequenzen. Das hätte nicht sein müssen. Man hätte ganz andere Dinge aus dieser Theorie entwickeln können – was ja zum Teil auch geschehen ist und noch immer geschieht. Aber die Hauptkonsequenz war die Bombe. Und mich beschleicht das Gefühl, daß wir mit unserem Experiment ebenfalls gefährliche Irrwege beschreiten.«

»Im großen und ganzen stimme ich Roger zu«, mischte sich Ward nun ein. »Was nicht heißt, daß wir es nicht mal wieder versuchen sollten. Ehrlich gesagt würde mich das sogar sehr reizen. Aber ich habe ein ungutes Gefühl bei dem, was sich hier abspielt, und deshalb sollten wir es meiner Meinung nach beenden.«

»In der Kirche nennen wir das Exorzismus«, sagte Drew leise.

Roger lächelte sie sanft an. »Exorzismus, Entmaterialisierung ... in der Physik nennen wir es Komplementarität, wenn eine Sache je nach Experiment verschiedene Seiten zeigt.«

Sam schaute Pete an, und der nickte. »Machen wir Schluß mit dem Ding – jetzt gleich.«

»Bist du ganz sicher, daß du dabei mitmachen willst, Pete? Du mußt nicht.«

»Ich glaube, da müssen wir alle dabeisein. Bis auf Maggie natürlich.«

»Nun, das sieht nach einer klaren Mehrheit aus«, meinte Sam und fing an, die Stühle wieder an ihren Platz zu stellen.

»Wenn ich auch eure Meinung nicht ganz teile, so kann ich sie doch gut verstehen. Und als Gruppe sollten wir sowieso einer Meinung sein.«

»Versuch es uns auszureden, wenn du willst«, bot Roger an, der sich Gegenargumenten nicht verschließen wollte.

Doch Sam schüttelte den Kopf. »Nein, das möchte ich nicht. Uns alle hat Maggies Tod sehr getroffen. Und deshalb ist es vielleicht besser, irgendwann einmal einen neuen Versuch zu starten, mit denen, die dann noch mitmachen wollen.«

»Darf ich etwas vorschlagen, Sam?«

»Natürlich, Barry, nur zu.«

»Könnten wir nicht Maggies Stuhl dort hinstellen, wo er immer stand?«

Sam sah in die Runde, doch den Gesichtern war nur zu entnehmen, daß alle auf seine Antwort warteten.

»Was glaubst du, würden wir damit erreichen, Barry?«

Verlegen hob Barry die Schultern. »Ich weiß nicht, einfach daß wir uns ... na ja, irgendwie vollzähliger fühlen würden.«

Sam dachte kurz nach. Niemand sagte etwas dazu. »Warum nicht«, meinte er schließlich.

Also stellte Pete einen weiteren Stuhl an den Tisch, dorthin, wo Maggie immer gesessen hatte. Dann setzten sich alle. Instinktiv legte Barry die Hände vor sich auf die Tischplatte, und Drew tat es ihm gleich. Worauf auch alle anderen seinem Beispiel folgten.

»Es gibt kein bestimmtes Ritual für das, was wir vorhaben«, erklärte Sam. »Wir müssen uns lediglich klar und deutlich bewußt machen, daß wir Adam erfunden haben und daß dieses Experiment jetzt vorüber ist. Wir wissen, daß es zumindest teilweise ein Erfolg war und daß wir die Annahme, von der wir ausgegangen sind, bewiesen haben: Eine gedachte Form kann auf verschiedene Weise konkrete Gestalt annehmen. Da Adam eine gemeinsame Vorstellung von uns war, bestand er auch aus Fragmenten unserer Persönlichkeiten, aus Teilen von jedem von uns. Und diese

Teile nehmen wir nun alle wieder zurück und zerlegen damit die Gestalt, die wir geschaffen haben. Was wir von Adam denken, wie wir ihn uns denken, denken wir nicht mehr gemeinsam. Nun gibt es nur noch individuelle Erinnerungen an ihn, die mit der Zeit verblassen werden. Sie fangen bereits an, undeutlich zu werden. Adam war eine Illusion, eine Gedankenspielerei. Das ist jetzt vorbei.«

Lange Zeit sagte keiner ein Wort. Drew hielt die Augen geschlossen. Joanna konnte nicht sehen, ob Barry ebenfalls die Augen geschlossen hielt oder einfach nur auf seine Hände starrte. Roger sah auf die Tischplatte, Ward ebenfalls. Und Sam ließ den Blick durchs Zimmer wandern. Joanna folgte seinem Blick und sah die roten Lichter, die anzeigten, daß Tonbandgerät und Videorekorder liefen.

Mit schwacher, entmutigter Stimme durchbrach Drew das allgemeine Schweigen. »Es funktioniert nicht.«

Alle sahen sie an. Sie hatte die Augen noch immer geschlossen.

»Warum sagst du das, Drew?« fragte Sam.

Jetzt öffnete sie die Augen und sah ihm direkt ins Gesicht. »Weil er nun ein Teil von uns allen ist. Wie ein Kind. Man erschafft es aus dem, was man ist, und dann wird es ein selbständiges Wesen. Doch was immer auch geschehen mag, es wird stets ein Teil von dir bleiben.«

Nachdem sie zu Ende gesprochen hatte, verzerrte sich ihr Gesicht zu einer schmerzvollen Grimasse. Die Qual vieler Jahre schien sich Bahn zu brechen, als sie leise zu schluchzen begann. Barry nahm sie in den Arm und versuchte sie zu trösten, doch sie weinte nur noch haltloser, unfähig, den lange verdrängten Kummer zurückzuhalten.

Hilflos, verlegen und voller Mitgefühl wurden die anderen Zeugen dieses Gefühlsausbruchs. Pete wandte sich ab und starrte auf seine Hände, die noch immer auf der Tischplatte ruhten. »Hör auf, Drew«, sagte er, und seine Stimme klang angespannt. »Damit bringst du ihn nur zurück. Du mußt aufhören.«

Als sei ihr die Wahrheit dieser kaum hörbaren Worte mit

einem Mal bewußt geworden, nickte sie energisch und nahm das Taschentuch, das Barry ihr reichte. Sie trocknete sich die Augen, putzte sich die Nase und hatte sich schnell wieder in der Gewalt. »Entschuldigung ... jetzt ist alles wieder in Ordnung ...«

»Drew allein kann ihn nicht zurückbringen«, meinte Sam. »Wir anderen haben ihn bereits zerstört. Er hat sich bereits verflüchtigt.«

Da explodierten die zwei Neonröhren an der Decke, Funken sprühten, Glassplitter flogen umher. Die plötzliche Dunkelheit in dem geschlossenen Kellerraum war undurchdringlich, und die Schreie der Gruppe wurden von einem heulenden Wind übertönt, der aus dem Nichts zu kommen schien, als wären die Wände niedergefallen und sie wären auf einem eisigen Berggipfel den Naturgewalten ausgeliefert. Das Heulen wurde zu einem Brüllen, das keine natürliche Ursache mehr hatte. Ob es von einem Menschen, einem Tier oder etwas dazwischen stammte, war schwer zu sagen. Aber es ließ Joanna um etwas fürchten, was ihr bislang eher gleichgültig gewesen war: Sie bangte um ihre unsterbliche Seele.

In diesem Augenblick wußte sie mit absoluter Sicherheit, daß sich etwas Fremdes und Gefährliches in diesem Zimmer befand. Zwischen den Menschen, die verschreckt und verwirrt aneinander vorbeirannten und mit ihr zusammenprallten, war etwas gegenwärtig, für das sie einen Instinkt zu besitzen schien, den sie bisher weder gekannt hatte, noch hätte beschreiben können. Sie wußte nur, daß da etwas war, etwas Schrecklicheres sogar als der Tod.

Abrupt, wie das ganze Getöse angefangen hatte, hörte es auch wieder auf. Nun herrschte Totenstille, nur vom Wimmern und Stöhnen der entsetzten Gruppenmitglieder unterbrochen, die vielleicht verletzt oder verstümmelt waren. Joanna selbst schien nichts zu fehlen, auch wenn sie auf Händen und Knien im Dunkeln herumrutschte und sich nicht erinnern konnte, wie sie in diese Lage gekommen war.

»Joanna …? Wo bist du?« Sams Stimme war ganz nah.

»Hier.« Sie streckte den Arm aus und berührte jemanden. Mit einem erschrockenen Aufschrei zog sich der- oder diejenige zurück.

»Sam, wo steckst du …?«

»Ich versuche die Tür zu finden …«

Auf ein kratzendes Geräusch folgte ein Krachen, als ob etwas umgefallen wäre, dann ein Rütteln an der Türklinke. Aber die Tür schien verschlossen zu sein.

Plötzlich schwang sie auf, und fahles Licht drang von der Treppe her ein, nur ein schwacher Lichtschein, der vom Campus durch ein hochgelegenes Fenster ins Treppenhaus fiel, aber hell genug, um Sam nach dem Lichtschalter tasten zu sehen. Die Glühbirne draußen über der Treppe beleuchtete eine Szene der Verwüstung, die ihnen den Atem stocken ließ.

Der Tisch, um den sie gesessen hatten, war gegen eine Wand geprallt und lag nun mit abgebrochenem Bein quer auf dem Boden. Alle Stühle lagen verstreut im Raum, die Hälfte davon war zertrümmert. Roger Fullerton kauerte schwer atmend und mit schreckgeweiteten Augen in einer Ecke. Drew hatte sich zusammengerollt wie ein Embryo, und Barry hatte sich schützend über sie geworfen. Mit ausgestreckten Armen, als hätte ihn ein überlegener Gegner niedergerungen, lag Ward Riley am Boden, wohingegen sich Pete gerade aufrappelte und sich von den Überresten der Aufzeichnungsgeräte befreite, die irreparabel zerstört waren.

Als Sam wieder hereinkam, faßte er Joanna am Arm und half ihr hoch. »Bist du in Ordnung?«

Joanna versuchte zu sprechen, doch ihr Mund und ihre Kehle waren zu trocken. Also nickte sie bloß. Erst in Sams Armen merkte sie, wie heftig sie zitterte.

»Es ist jetzt vorbei«, flüsterte er. »Komm, hilf mir mit den anderen.«

Während Sam Roger auf die Füße half, ging Joanna zu Barry und Drew hinüber. Aus den Augenwinkeln sah sie, daß Sam und Roger gemeinsam dabei waren, Ward aufzuhelfen. Zwar standen sie alle unter Schock, aber keiner schien ernsthaft verletzt zu sein.

Als Pete aufstand, gab es noch mal einen Knall. Er war über die verbogenen Reste eines zusammengebrochenen Kamerastativs gestolpert. Pete faßte sich an die Wange, und Joanna schrie auf vor Entsetzen, als er sich ein Stück Haut abzuziehen schien.

Er hörte sie und drehte sich um. »Nur Wachs«, beruhigte er sie. »Ich habe das Paraffinwachs abgekriegt. Aber es tut gar nicht weh, es ist kaum noch warm.«

Joanna sah jetzt, daß die Wanne mit dem Paraffin umgekippt und verbeult war. Und sie sah, daß etwas daneben lag.

»Was ist das?« fragte sie.

Sam ging hin und hob es auf. Der Gegenstand war etwas mehr als einen halben Meter lang, dick und gerundet. Er brachte ihn zu den anderen, und sie drehten und wendeten ihn, um ihn von allen Seiten zu untersuchen. Irgendwie erinnerte das Ding an eine Skulptur.

»Großer Gott!« stieß Sam plötzlich leise aus, und es klang nicht nur erschrocken, sondern beinahe ehrfürchtig. »Wißt ihr, was das ist?«

Es handelte sich um den Wachsabdruck eines nackten Männerarms, die Hand war zu einer lockeren Faust geballt. Wer oder was auch immer mit ihnen in diesem Raum gewesen war, hatte – absichtlich oder nicht – seinen Abdruck in dem Wachs hinterlassen, das zu genau diesem Zweck bereitgestellt worden war.

26

Sie waren in die Empfangshalle des menschenleeren Labors hinaufgegangen. Barry hockte auf der Lehne eines Sessels, in dem Drew sich zusammengekauert hatte. Sie hatte ihren Mantel wie zum Schutz fest um die Schultern gezogen. Als ihr Barry einen Pappbecher mit eisgekühltem Wasser anbot, schüttelte sie nur den Kopf, ohne aufzusehen.

Roger lag auf einer Couch an der Wand und balancierte ein Glas Whisky auf seinem Bauch. Joanna ging zu ihm. »Wie geht es dir?« fragte sie.

»Besser.« Er setzte sich auf. »Wo ist Sam?«

»In dem Zimmer da drüben.« Sie deutete auf eine geschlossene Tür im hinteren Teil des Laborkomplexes. »Er und Pete machen gerade einen Gipsabguß von der Wachsform.«

Man hörte eine Toilettenspülung, und einen Moment später trat Ward Riley aus dem kleinen WC-Raum und schlüpfte in seine Jacke. Joanna erkundigte sich, ob sie ihm etwas zu trinken bringen könne.

»Nein danke.« Er machte eine Kopfbewegung zu der Tür am anderen Ende des Flurs. »Wie kommen sie voran?«

»Pete sagte, es würde nicht lange dauern – wenn es funktioniert.«

Offenbar wollte Ward das Ergebnis abwarten, und so setzte er sich in einen alten Sessel gegenüber von Roger. Dieser starrte auf seine ausgestreckten Beine und spielte mit dem Whiskyglas in seiner Hand. »Tja«, meinte er versonnen, »war das nun etwas, was aus uns oder durch uns kam? Und macht es einen Unterschied?«

Ward überlegte einen Moment. »Schwer zu sagen.«

»Es ist schwer, unter diesen Umständen überhaupt irgendeine sinnvolle Aussage zu treffen.« Dann sah Roger auf zu Joanna. »Aber Joanna wird nicht darum herumkommen. Was wirst du in deinem Artikel daraus machen?«

»Vielleicht werde ich gar nichts daraus machen, sondern einfach nur beschreiben, was war.«

»Das ist wahrscheinlich nicht das Schlechteste.«

Sie drehten sich um, als sich die Tür hinter ihnen öffnete und Sam mit einem Gegenstand in den Händen erschien. Sofort sprangen Ward und Roger auf und folgten Joanna, um das weiße Gipsgebilde in Augenschein zu nehmen, das Sam ihnen entgegenhielt. »Es ist recht gut gelungen«, meinte er.

Nun kamen auch Drew und Barry dazu. Barry hatte seiner Frau schützend den Arm um die Schulter gelegt. Mit der Ehrfurcht von Gläubigen, die eine heilige Reliquie berühren, strich einer nach dem anderen über die glatte, noch etwas warme Gipsoberfläche.

»Es ist unglaublich«, murmelte Joanna.

Sams Gesicht nahm einen etwas boshaften Ausdruck an. »Genau das werden die meisten anderen Leute auch sagen.«

Sie begriff, was er meinte. »Ich fürchte, du hast recht.«

»Es gibt nicht die geringste Möglichkeit, zu beweisen, daß dieses Ding keine Fälschung ist. Ich kann nicht einmal euch beweisen, daß Pete und ich nicht gerade eben in dem Zimmer da drüben dieses Ding zusammengebastelt haben. Oder daß ich den Wachsabdruck nicht da unten reingeschmuggelt habe.«

»Wir werden uns wohl damit abfinden müssen, als Spinner oder Lügner oder als beides beschimpft zu werden«, seufzte Roger. »Aber die Frage ist jetzt nicht mehr, was andere von uns halten, sondern was wir von dem halten, was geschehen ist.«

Ward beugte sich vor und schaute genauer hin. »Hat es nicht irgendwas in der Hand?«

»Ja, aber ich weiß nicht, was.« Sam drehte den Abguß, so

daß er von dem trüben Deckenlicht etwas besser beleuchtet wurde. »Dieses Detail kommt nicht deutlich heraus. Man sieht Vertiefungen zwischen den Fingern, es könnten die Glieder einer Kette sein, die mit diesem Ding in der Handfläche verbunden ist, einem Amulett oder Talisman oder so was.«

»Wohl eher ein Talisman«, bemerkte Ward. »Ein Amulett soll traditionell seinen Besitzer schützen, ein Talisman dagegen verleiht dem Besitzer geheime Kräfte. Ich hatte nicht den Eindruck, als wäre das Ding da unten sehr schutzbedürftig gewesen.«

»Ich weiß nicht«, lachte Sam leise. »Vielleicht hatte es vor uns genausoviel Angst wie wir vor ihm.«

Drew erschauderte. »Das kann ich mir kaum vorstellen«, sagte sie mit zittriger Stimme, aber immerhin schon mit einem leicht humorvollen Unterton. Barry drückte sie etwas fester an sich.

Ward nahm Sam den Abdruck aus der Hand und sah sich den Gegenstand, den die Hand umschlossen hielt, genauer an. »Da ist irgendein Muster drauf, geschwungene Linien, die anscheinend andere Linien überlagern.«

»Ist das nicht ein Dreieck?« Joanna zeigte auf eine Stelle.

»Oder ein Kompaß«, vermutete Roger. »Was vielleicht auf irgendein Freimaurerzeichen hinweist, aber da bin ich kein Experte.«

»Das soll sich Peggy morgen mal ansehen«, entschied Sam. »In diesen Dingen kennt sie sich ziemlich gut aus.«

Es war kurz nach elf, als Sam den Abdruck in seinem Bürosafe einschloß. Erst jetzt fiel ihnen auf, daß sie nicht zu Abend gegessen hatten, aber inzwischen waren sie auch gar nicht mehr hungrig. Eine kleine Weile standen sie noch auf dem Bürgersteig vor dem Campus zusammen. Sie kamen überein, daß jeder sich in den nächsten Tagen mit Sam in Verbindung setzen und ihm Bescheid sagen würde, ob das nächste Gruppentreffen, das für Anfang der darauffolgenden Woche anberaumt war, stattfinden sollte oder nicht. Danach gingen sie ihrer Wege.

Joanna und Sam nahmen ein Taxi zum Riverside Drive. Keiner von beiden sprach ein Wort. Joanna blickte in die Nacht hinaus, wo die vertrauten Lichter und Gebäude vorüberzogen. Doch irgendwie erschienen sie ihr ein bißchen weniger vertraut als sonst. Es hatte sich etwas verändert. Ob es an der Umgebung oder an ihr selbst lag, konnte sie nicht sagen, aber in ihrer Wahrnehmung hatte irgendeine unterschwellige Verschiebung stattgefunden. Vielleicht war es nur eine verzögerte Reaktion auf den Schock, eine Folgeerscheinung jener seltsamen Wochen, die an diesem schicksalhaften Abend ihren Höhepunkt erreicht hatten. Das einzige, was sie sicher wußte und tief in ihrem Innersten spürte, war, daß etwas Unwiderrufliches geschehen war, das ihr weiteres Leben grundlegend verändern würde.

Trost suchend griff sie nach Sams Hand, und ihre Finger klammerten sich ineinander.

»Was meinst du, was wir tun sollen?« fragte sie ihn.

Er seufzte. »Wir haben die Sitzung damit begonnen, daß wir das Ding loswerden wollten, aber irgendwie glaube ich nicht, daß die Hand, die wir da erschaffen haben, uns zum Abschied zugewunken hat.«

»Du sagst, wir hätten sie erschaffen – bist du immer noch davon überzeugt, daß es so ist?«

Im Halbdunkel des Taxis sah er sie an. »Das ist immer noch plausibler als jede andere Erklärung.«

»Ich weiß nicht.«

»Was weißt du nicht?«

Ihr Blick glitt wieder nach draußen. »Wenn wir es erschaffen haben, warum greift es uns dann auf diese Weise an? Warum sollten wir uns selbst angreifen?«

Er ließ sich einen Augenblick Zeit mit seiner Antwort, als müßte er sich erst dafür wappnen, sie offen auszusprechen.

»Ich vermute, daß das, was uns angegriffen hat, ein Teil unserer selbst war, der weiß, daß es jammerschade wäre, das Experiment jetzt abzubrechen. Und gerade als wir das tun wollten, hat dieses Andere in uns sein Mißfallen zum

Ausdruck gebracht – und uns einen verlockenden Hinweis darauf gegeben, was wir noch alles erreichen könnten.«

Sie wandte sich wieder zu ihm. »Willst du das wirklich? Damit weitermachen?«

»Ja«, antwortete er ohne Umschweife. »Wie schon gesagt, wenn diese Gruppe nicht mehr will, dann eben mit einer anderen.« Er überlegte. »Und wie steht's mit dir?«

Auch sie dachte einen Augenblick nach. »Ich weiß es nicht«, erwiderte sie und schien von ihrer Antwort selbst enttäuscht zu sein.

Er nickte und lächelte sie aufmunternd an. Mit dieser Antwort hatte er gerechnet, er machte ihr keinen Vorwurf daraus.

»Zumindest«, meinte er, »kannst du nicht sagen, daß du keine gute Story bekommen hast.«

27 Obwohl Peggys Büro noch bedeutend kleiner war als das von Sam, war es wesentlich ordentlicher. Um Platz für die vielen Nachschlagewerke zu haben, die sie schon den ganzen Vormittag über wälzte, hatte sie alles andere von ihrem Schreibtisch auf die Fensterbank verfrachtet. Direkt vor ihr lag zwischen all den Büchern und eingekeilt von mehreren Briefbeschwerern der Gipsabdruck des Arms. Mit einer Lupe untersuchte sie Millimeter für Millimeter den Abdruck des Gegenstands in der Hand.

Was Sam als geschwungene Linien beschrieben hatte, sah nun wie eine unendliche Spirale aus, deren Windungen sich zweifach übereinanderlegten. Allerdings war Peggy sich noch nicht sicher, was die geraden Linien bedeuteten, die durch sie hindurchgingen – wenn sie überhaupt eine Bedeutung hatten. Denn leider verdeckten die zur Faust geschlossenen Fingerspitzen den Punkt, an dem zwei dieser Linien zusammenzulaufen schienen. Während sie im dicksten Wälzer auf ihrem Schreibtisch blätterte, kam sie allmählich widerwillig zu der Feststellung, daß sie sich geschlagen geben mußte. Keine Abbildung des Buches ähnelte auch nur entfernt diesem Gipsornament.

Sie ging in den Keller hinunter, wo Sam gerade zusammen mit Pete und Bryan Meade, dem Ingenieur, die Spuren der Verwüstung in »Adams Zimmer« beseitigte. Auch Joanna war unten und machte in Steno Notizen, um die Tonbandaufzeichnungen auf Papier festzuhalten. Ihr Vertrauen in die Technik hatte einen mächtigen Knacks abbekommen. Als Peggy eintrat, warf Joanna ihr einen fragenden Blick zu. Die beiden Frauen mochten sich, und Peggy mußte nur andeutungsweise den Kopf schütteln, um Joanna zu signalisieren, daß ihre Recherche erfolglos geblieben war. »Was ist hier unten noch rausgekommen?« fragte sie.

Joanna erzählte ihr, daß Bryan zufolge an den Schäden, die das Mobiliar und die technische Ausrüstung erlitten hatten, nichts Außergewöhnliches war. Sie waren von einer physischen Kraft zerschmettert worden, die zwar gewaltig, aber nicht übernatürlich groß gewesen war. Das Ausmaß der Zerstörung ließ für sich genommen nicht auf übermenschliche Kräfte schließen. Nichts war so verbogen oder zertrümmert, daß es nicht auch ein gewöhnlicher Mensch hätte gewesen sein können. Ein logisch denkender Außenstehender könne nur zu dem Schluß gelangen, daß die Gruppe selbst in einem Anfall von Zerstörungswut wild um sich geschlagen hatte.

»Genau das ist Sams Theorie nach ja auch geschehen«, nickte Peggy.

»Und was hältst du davon?« wollte Joanna von ihr wissen. »Ganz unter uns?«

Ratlos und mit sichtlichem Unbehagen zuckte Peggy die Achseln. »Ich weiß es nicht. Das ist das Merkwürdigste, was ich je aus der Nähe erlebt habe. Ich habe Sam bereits gesagt, daß ich es für einen Fehler halte, weiterzumachen, zumindest bis wir ausschließen können, daß sich so etwas wiederholt. Wie steht die Gruppe dazu?«

Noch ehe Joanna antworten konnte, rief Sam zu ihnen hinüber: »Schon was entdeckt, Peggy?«

Wieder schüttelte sie den Kopf, und Sam kam mit gerunzelten Brauen auf sie zu. »Es muß irgendeinen Anhaltspunkt geben, was dieses Ornament bedeuten könnte.«

»Warum muß es denn etwas bedeuten?« fragte Joanna. »Hältst du es für so wichtig?«

Zum ersten Mal sah er sie ehrlich überrascht, ja geradezu perplex an. »Natürlich ist es wichtig. Nichts hier geschieht rein zufällig. Glaub mir, es ist sogar von größter Bedeutung.«

Drew und Barry hatten vor, um sechs Uhr ins Kino zu gehen und danach bei ihrem Lieblingschinesen zu essen. Da auf den Straßen nicht viel Verkehr gewesen war, kamen sie ein bißchen zu früh, und als sie die Eintrittskarten gekauft hatten, blieben ihnen noch zwanzig Minuten Zeit. Zwar gab es neben dem Kino eine Bar, doch sie hatten beide keine Lust, etwas zu trinken, und so entschlossen sie sich zu einem Schaufensterbummel.

Barry steuerte gleich auf ein Buchantiquariat zu, in dem er Stammkunde war, während Drew sich in die Auslagen eines Stoffgeschäfts ein paar Läden weiter vertiefte. Barry gab ihr ein Zeichen, daß er in den Buchladen hineingehen wollte, und sie nickte.

Drinnen war es dunkel, und der Raum schien sich weit nach hinten zu erstrecken. Zwischen Bücherregalen, die vom Boden bis zur Decke reichten und so eng gestellt waren, daß man sich kaum zu zweit zwischen ihnen hindurchzwängen konnte, streifte Barry umher auf der Suche nach etwas, das seine Neugier wecken würde. Die Themengebiete waren mit verblichenen handgeschriebenen Schildchen gekennzeichnet. Er verbrachte ein paar Minuten vor den Regalen zur Militärgeschichte, fand aber nichts Interessantes. Dann ging er alphabetisch weiter, wobei er allerdings ›New Age‹ keines Blickes würdigte und auch bei ›Okkultismus‹ nur kurz verweilte. Sein Bedarf an derlei Dingen war im Moment gedeckt. ›Philosophie‹ jedoch sah vielversprechender aus, besonders die komplette Autobiographie von Bertrand Russell, die noch fast wie neu aussah. Er schaute sich das Buch genauer an, es handelte sich um eine Erstausgabe.

Bald hatte er sich in das Buch vertieft. Und wenn er hin und wieder einen Schritt zurücktreten oder sich näher ans Regal drücken mußte, um jemanden vorbeizulassen, dann geschah dies ganz automatisch und störte ihn nicht beim Lesen. Bis ihm ein Bücherstapel, den er versehentlich streifte, direkt vor die Füße fiel. Er sah auf den Boden, wo ein Verkäufer kauerte, der gerade eins der unteren Regale eingeräumt hatte. Barry entschuldigte sich überschwenglich und bückte sich, um beim Aufräumen zu helfen.

Der Verkäufer, ein junger Mann mit dünnem Bärtchen und besten Manieren, versicherte ihm, das sei nicht weiter tragisch, so etwas würde dauernd passieren. Aber Barry hörte schon nicht mehr richtig zu. Dann richtete er sich langsam auf und starrte in das Buch, das er gerade aufgehoben hatte.

Die Seite, an der das Buch aufgeschlagen liegengeblieben war, zeigte ein Ornament, das Barry auf Anhieb erkannte.

Und während er den Begleittext dazu las, wurde er immer blasser.

28 Kurz vor zehn Uhr am nächsten Morgen rief Barry in Sams Büro an. Er klang verlegen und entschuldigte sich, doch in einem Punkt blieb er unerbittlich: Er und Drew stiegen aus der Gruppe aus und wollten nichts mehr mit dem Experiment zu tun haben. Als Sam um eine persönliche Unterredung bat, wich Barry aus und erwiderte, das würde auch nichts an ihrer Entscheidung ändern.

Joanna war gerade im Redaktionsgebäude ihrer Zeitschrift, als Sam sie davon informierte. Sofort rief sie Barry und Drew an und fragte, ob sie sich mit ihr treffen würden – »nur um mir zu helfen, diesen Teil der Story abzuschließen. Ich werde bestimmt nicht versuchen, euch umzustimmen.«

Am anderen Ende der Leitung folgte ein geflüsterter Wortwechsel, dann luden sie Joanna ein, nach dem Mittagessen vorbeizukommen. Sie erklärten sich zu einem Gespräch mit ihr bereit, aber nach wie vor unter der Bedingung, daß ihre Namen nicht genannt wurden.

Joanna nahm ein Taxi in die ruhige, baumbestande Straße in Queens, wo die Hearsts wohnten. Es war eine wohlhabende Mittelschichtsgegend mit großen, allein stehenden Häusern, die zwar keinen Architekturpreis gewinnen würden, aber freundlich und einladend wirkten. Zwischen Blumenbeeten und einem gepflegten Rasen folgte Joanna dem mit rotem Sandstein gepflasterten Weg zum Haus. Sie klingelte. Barry öffnete ihr und begrüßte sie freundlich, aber mit einer bedrückten Miene, die seine Anspannung verriet.

Drew erschien in der Wohnzimmertür. Ihre strahlend weiße Hose und das leuchtende Blumenmuster ihrer Bluse standen in hartem Kontrast zu ihrem von Müdigkeit gezeichneten Gesicht. Anscheinend hatte sie wenig oder gar nicht geschlafen. In dem geräumigen Wohnzimmer bot man ihr einen der zwei mit Brokat bezogenen Sessel an, die in exakt gleichen Winkeln zu der dazu passenden Couch standen. Das ganze Zimmer war streng symmetrisch eingerichtet, jeder Gegenstand nahm seinen eigenen Platz ein, ohne sich in ein großes Ganzes einzufügen. Es war das typische Wohnzimmer eines aufstrebenden Paars aus der Arbeiterschicht, überlegte Joanna und schämte sich für diesen dünkelhaften Gedanken. So lebten einfache Leute, die es zu Geld, aber nicht zu jener bildungsbürgerlichen Patina gebracht hatten, die einen sozialen Aufstieg befördert hätte. Barry und Drew maßten sich nicht an, etwas anderes zu sein, als sie waren. Normalerweise hätte Joanna nicht viel mit solchen Leuten zu tun gehabt, aber sie hatte das Paar vom ersten Augenblick an gemocht und geschätzt.

»Danke für eure Einladung«, begann Joanna. »Ich weiß, daß ihr vom letzten Abend mit unserer Gruppe noch ziemlich mitgenommen seid. Das sind wir alle.«

Die beiden tauschten einen Blick, als wollten sie sich gegenseitig Trost zusprechen. Joanna beschloß, ihren kleinen Kassettenrekorder in der Tasche zu lassen, damit das Gespräch nicht den Charakter eines förmlichen Interviews annahm. Sie spürte, daß Drew und Barry zwar reden wollten, aber leicht die Nerven verlieren konnten. Deshalb durfte man sie nicht einschüchtern, sondern mußte ihnen Mut machen.

»Ich habe gerade Kaffee gekocht, falls du welchen möchtest«, bot Drew an.

Joanna spürte, daß es nur ein Vorwand war, um sie mit Barry allein zu lassen. »Ja bitte, das wäre nett.«

Kaum war Drew hinausgegangen, griff Barry nach einem Buch, das auf einem Tisch neben seinem Sessel lag. Es hatte keinen Schutzumschlag, der Buchrücken war zerrissen und die Farbe des Einbands war zu einem trüben Braun verblichen. »Das ist mir gestern abend rein zufällig in einem Antiquariat in die Hände gefallen.« Er blätterte, bis er die gesuchte Seite gefunden hatte. »Wenn ich sage ›rein zufällig‹, dann meine ich das ganz wörtlich. Das Buch fiel aus dem Regal und lag offen aufgeschlagen vor mir ... da, auf dieser Seite.«

Als er ihr das Buch reichte, sah sie eine einfache Schwarzweißzeichnung mit einem Kreis, in dem sich eine lange, kunstvoll gewundene Spirale befand, die um sich selbst geschlungen war, so daß ein merkwürdiger dreidimensionaler Effekt entstand. Ohne jeden Zweifel handelte es sich um das gleiche Muster, das sie auf dem Gegenstand in der Gipshand gesehen hatten. Die verschiedenen geraden Linien und ihre Verbindungen untereinander waren nun deutlich zu erkennen.

»Es sind alchemistische Symbole«, erklärte Barry. »Manche davon sind ägyptisch, aber die Spirale ähnelt mehr einem tibetanischen Mandala. Das steht alles in dem Text.«

Joanna blätterte zur Titelseite, auf der nur ein einziges Wort stand: »Magick.« Dann betrachtete sie wieder die Zeichnung. »Was ist das eigentlich?« fragte sie.

Bevor Barry zur Antwort ansetzte, holte er tief Atem. Er wollte sich seine Nervosität nicht anmerken lassen. »Wer dieses Ding besitzt, hat angeblich die Macht, seine Feinde mit einem tödlichen Fluch zu belegen.«

Joanna starrte ihn an. »Was?«

»Wenn jemand dieses Ding ansieht und zugleich seinem Besitzer in die Augen schaut, ist sein Leben in dessen Hand.« Mit einem Achselzucken schien er sich für die Absurdität seiner Worte entschuldigen zu wollen, aber auch dafür, daß er das Ganze nicht als Unsinn abtun konnte.

Joanna vertiefte sich in das Buch, überflog ein paar Absätze, blätterte um. »Es heißt, Cagliostro habe dieses Ding besessen«, wandte sie sich wieder an Barry. »War das nicht ...?«

»Der Mann, von dem Ward erzählt hat«, ergänzte Barry. »Und Adam hat danach bestätigt, daß er ihn in Paris getroffen hat.«

Beide schwiegen einen Augenblick.

»Was wissen wir eigentlich über diesen Cagliostro?« fragte sie dann.

Barry ging quer durchs Zimmer, an einer mächtigen Hi-Fi-Anlage mit riesigen Lautsprechern vorbei, und blieb vor den Bücherregalen stehen, die eine ganze Wand einnahmen. Mit dem Zeigefinger fuhr er die peinlich geordneten Reihen entlang, bis er fand, was er suchte. Es war ein gebundenes, fast genauso abgegriffenes Buch wie das, das er Joanna eben gezeigt hatte. Blätternd kam er zurück und hielt es ihr wortlos hin. Es war aufgeschlagen bei einem Kapitel mit der Überschrift: »Cagliostro, Alessandro, Graf von (1743-1795)«.

»Ob er ein Scharlatan war oder nicht, das kann niemand sagen«, sagte Barry. »Aber es wird berichtet, daß er sich 1785 in Paris mit hochrangigen Freimaurern traf, die einen Beweis für seine angeblichen Zauberkräfte sehen wollten. Er demonstrierte ein auf Zahlenmystik beruhendes System, das sich aus den Buchstaben der Namen bestimmter Leute herleitete. An jenem Tag sagte er voraus, daß es vier Jahre später in Frankreich eine Revolution geben würde und daß die königliche Familie und zahlreiche andere Personen exekutiert werden würden. Dazu lieferte er konkrete Namen und Daten. Und genauso, wie er es prophezeit hatte, kam es dann auch. Außerdem sagte er den Aufstieg Napoleons und seine spätere Verbannung auf Elba voraus. All das geschah vor einer Zuhörerschaft von mindestens einhundert höchst gebildeten, geachteten und einflußreichen Männern.«

»Haben sie ihm geglaubt?«

»Offenbar nicht so ganz. Im darauffolgenden Jahr wurde er wegen eines Finanzskandals, der sogenannten Halsbandaffäre, verhaftet und in die Bastille geworfen, dann auf Anweisung des Königs nach neun Monaten freigelassen und des Landes verwiesen. Er starb zehn Jahre später in einem Gefängnis in Rom – zu einem Zeitpunkt, als sich fast alles bewahrheitet hatte, was er vorausgesehen hatte, und seine übrigen Prophezeiungen sollten sich kurz darauf bestätigen.«

Barry machte eine Pause, damit Joanna seine Worte verdauen konnte, dann zuckte er wieder schuldbewußt die Achseln. »Wie man es auch betrachtet, er war ein Mensch mit außerordentlichen Fähigkeiten. Ich würde mich nicht mit ihm anlegen wollen.«

Joanna besah sich wieder das Buch in ihren Händen und stieß auf ein Porträt von Cagliostro – ein feistes, grobgeschnittenes Gesicht mit leicht hervortretenden Augen und vollen Lippen. Sein schulterlanges, zurückgekämmtes Haar war entweder weiß oder hellblond. Er schien eine gewölbte Brust und eine kräftige Statur zu haben, war aber nicht besonders groß.

»Willst du damit sagen, daß das, was wir herbeigerufen haben, gar nicht Adam war, sondern dieser Cagliostro?«

»Das weiß ich nicht«, antwortete Barry. »Ich weiß nur, daß wir eine Brücke zu einer sehr fremdartigen Welt geschlagen haben – und ich habe Angst vor dem, was von dort herüberkommt.«

Da trug Drew ein Tablett mit Kaffee und drei zierlichen Porzellantassen herein. »Wir haben beide ein schlechtes Gewissen, weil wir Sam im Stich lassen«, meinte sie und stellte das Tablett behutsam auf den rechteckigen Couchtisch. »Aber wir haben letzte Nacht lange darüber gesprochen und wir sehen keine andere Möglichkeit.« Als sie sich aufrichtete, sah sie Joanna fest in die Augen. Ihre Stimme klang leer und ausdruckslos, als stünde sie unter einem Schock, über den sie erst noch hinwegkommen mußte. »Das ist nichts, was wir erschaffen haben. Wir haben irgend etwas Böses heraufbeschworen. Ich bitte dich, Joanna, glaub mir. Du mußt die anderen warnen.«

»Wenn ihr das glaubt«, fragte Joanna, »warum sagt ihr es ihnen dann nicht selbst?«

»Sie würden uns nicht glauben«, erwiderte Drew sofort.

»Warum nicht?«

Drew und Barry wechselten einen Blick, als wollten sie

sich einigen, wer von ihnen darauf antworten sollte. Schließlich ergriff Barry das Wort.

»Wir kennen Sam, er würde das doch niemals akzeptieren. Er würde tausend Gegenargumente finden. Er ist eben ein Intellektueller. Das meine ich nicht abwertend, aber Leute wie Sam analysieren und analysieren, bis sie den Wald vor lauter Bäumen nicht mehr sehen. Ich bin zwar nur ein Klempner, der ein paar Bücher gelesen hat, aber ich weiß, wann ich es mit etwas zu tun habe, gegen das ich keine Chance habe. Und an diesem Punkt sind wir jetzt. Und deshalb machen wir nicht mehr mit.«

29

»Ich kann dazu nur sagen, daß Drew und Barry nicht die Richtigen für dieses Experiment waren. Es ist meine Schuld, ich habe sie ausgesucht.«

Joanna lächelte ironisch. »Sie haben gleich gesagt, du hättest bestimmt für alles eine logische Erklärung parat.«

»So bin ich doch gar nicht«, protestierte er. »Ich will ja gar nicht abstreiten, daß merkwürdige Dinge passieren. Ich weiß, was passiert ist. Aber mir geht es um das Wie. Und die Erklärung, daß ein Alchemist aus dem achtzehnten Jahrhundert von den Toten zurückgekehrt ist, reicht mir eben nicht.«

Bei diesem Gespräch befanden sie sich in »Adams Zimmer«. Sam und Joanna saßen einander gegenüber an dem neuen Tisch, der an diesem Nachmittag gebracht worden war, während der schlaksige Pete mit verschränkten Armen an der Wand lehnte und die beiden beobachtete.

»Na schön«, sagte Joanna, »dann liefere mir eine Erklärung, die deinen Ansprüchen genügt.«

Auf diese schroffe Aufforderung hin zeigte ihr Sam nur seine leeren Handflächen.

»Barry hatte ein Buch über Cagliostro in seiner Bibliothek stehen, also wußte er, von wem die Rede war, als Ward den Namen erwähnte. Und wenn er auch meint, das Muster dieses sogenannten magischen Talismans bis gestern abend noch nie gesehen zu haben, so ist doch nicht zu leugnen, daß Abbildungen davon existierten. Vielleicht hatte Barry ja mal eine gesehen und es wieder vergessen. Auch Ward könnte das Ornament schon einmal gesehen haben. Oder irgendein anderes Mitglied der Gruppe, ohne sich bewußt daran zu erinnern. Als der Name Cagliostro fiel, da – zack! – kam der Talisman aus der Erinnerung wieder ins Spiel und manifestierte sich so, wie wir es erlebt haben. Damit ist genau das passiert, was wir mit diesem Experiment beweisen wollen.«

»Aber wie erklärst du dir das mit gestern abend? Warum ist Barry in genau diesen Buchladen gegangen? Warum hat er genau dieses Buch heruntergeschmissen, und dann auch noch so, daß diese Seite aufgeschlagen wurde?«

»Wir kennen nur Barrys Version von dem, was gestern abend geschehen ist.«

»Ach, hör auf. Warum sollte er uns etwas vorlügen?«

»Ich weiß nicht. Er könnte ja Gründe dafür haben. Und ich sage ja nur, daß er gelogen haben *könnte* – wir waren nicht dabei.«

»Du tust genau das, was du anderen Leuten vorwirfst – du negierst eine unangenehme Wahrheit, indem du nur unerfüllbare Kriterien für die Beweisführung gelten läßt.«

Da klatschte Sam mit der flachen Hand auf den Tisch. »Genau! Meinst du, daß mir diese Ironie entgangen ist?« Er lachte bitter. »Entschuldigung.«

Pete in seiner Ecke verlagerte das Gewicht von einem Fuß auf den anderen und meldete sich nun ebenfalls zu Wort. »Ein bisher unentdecktes Kraftfeld, das vom menschlichen Geist ausgeht, ist nun mal ebensowenig zu belegen wie das böse Gespenst eines toten Alchemisten. Da liegt das Problem.«

Sam zog eine Augenbraue hoch. »Vielleicht hast du recht. Aber was ist für dich plausibler?«

»Na, das ist ja wohl keine wissenschaftliche Fragestellung«, wandte Joanna ein.

»Im Gegenteil«, widersprach ihr Sam. »Das ist die Grundregel Wilhelm von Occams: Suche nie eine komplizierte Erklärung, wo eine einfache genügt.«

»Ich weiß nicht recht«, entgegnete sie nun bewußt provokativ, »ob ein Kraftfeld des menschlichen Geistes wirklich eine einfachere Erklärung ist als ein toter Alchemist, der aus dem Grabe steigt. Und wie kann dieses Kraftfeld überhaupt wirken?«

»Indem es mit anderen Kraftfeldern um sich herum eine Wechselbeziehung eingeht – und die Materie ist ein Kraftfeld, sie ist nichts Festes. Sie besteht nur aus verschiedenen Zusammensetzungen von Kraftfeldern, und das sind dieselben, aus denen sich auch der Raum oder der Blumenduft zusammensetzen – und auch das Gehirn und die Gedanken.«

»Warum können wir dieses Kraftfeld, dieses ›Psi‹, nicht näher identifizieren – wo wir doch schon so viele andere Kraftfelder bestimmt haben?«

»Keine Ahnung. Aber ich weiß, daß es eine ganz sichere Methode gibt, als Idiot in die Geschichtsbücher einzugehen: Indem man nämlich behauptet, daß etwas völlig unmöglich ist. Wie zum Beispiel dieser Mathematikprofessor an der Johns-Hopkins-Universität, der behauptet hat, der Motorflug würde niemals Wirklichkeit werden – zwei Wochen, bevor die Gebrüder Wright in Kitty Hawk abhoben. Oder dieser Astronom, der die Raumfahrt als Blödsinn abgetan hat, kurz bevor die Russen die Sputnik Eins starteten. Oder dieses ganze Aufgebot ernst zu nehmender Experten, die sagten, das elektrische Licht sei eine Schnapsidee und Edison hätte die Grundlagen der Elektrizität nicht kapiert. Nicht zu vergessen der Admiral, der Harry Truman versichert hat: ›Die Atombombe wird niemals explodieren, ich sage das als Sprengstoffspezialist.‹«

»Was nichts anderes heißt«, beharrte Joanna ungerührt, »als daß es sehr wohl der Alchemist gewesen sein *könnte.*«

Sam zuckte die Achseln. »Oder unsichtbare grüne Männchen vom Mars. Ich würde trotzdem gern herausfinden wollen, wie sie es gemacht haben.«

Joanna sah von einem zum anderen. »Was tun wir also jetzt? Aufhören? Oder ohne Drew und Barry weitermachen?«

»Du kennst meine Meinung«, sagte Sam. »Ich bin für Weitermachen. Aber es steht jedem Gruppenmitglied frei, das für sich selbst zu entscheiden.«

»Wie steht's bei dir, Pete?« fragte sie.

Pete lachte kurz auf. »Wenn wir jetzt aufhören, gibt es ein echtes Problem: das Frankenstein-Syndrom.«

»Das was?« Joanna stutzte.

»Na, du weißt schon – in diesen alten Filmen gibt es doch immer eine Szene, in der jemand merkt, woran der verrückte Wissenschaftler wirklich arbeitet. Dann starrt er ihn bedeutungsvoll an und sagt: ›Professor, es gibt Dinge zwischen Himmel und Erde, an die der Mensch nicht rühren soll‹ ...«

Sam grinste. »Das ist wahrscheinlich der wahre Grund, warum Roger und Ward noch immer bereit sind, weiterzumachen.«

»Das sind sie?« staunte Joanna.

»Ja. Zumindest wenn die übrigen auch dabei sind.«

Pete schaute Joanna an. »Wie sieht es denn bei dir aus?«

Sie betrachtete die Wand, wo noch immer die Zeichnung hing, die Drew von Adam gemacht hatte. »Wenn wir mit diesen Dingen herumspielen, laden wir uns vielleicht nur Probleme auf, die wir nicht brauchen können.«

»Du wurdest doch schon verflucht«, meinte Sam. »Also wissen wir doch, daß dir das nichts anhaben kann.«

Es war als Scherz gemeint, doch Joannas Blick machte unmißverständlich klar, daß sie dafür keinen Humor hatte.

»Wissen wir das?« fragte sie bitter.

Reumütig schlug Sam die Augen nieder. »Entschuldigung. Und wenn du irgendwelche Zweifel hast ...«

Mit einer Geste unterbrach sie ihn. »Schon gut. Ich bin Journalistin. Solange eine Story dabei herausspringt, bin ich mit von der Partie.«

»Und außerdem«, setzte Sam hinzu und nahm ihre Hand, »selbst wenn wir diesen Unsinn glauben würden, was ja nicht der Fall ist, haben wir noch nicht gleichzeitig in jemandes Auge und auf das hier geblickt.« Dabei tippte er auf die Abbildung von Cagliostros Talisman.

Joannas Blick flog von der Abbildung zu Adams Porträt und wieder zurück. Dabei fühlte sie ein Kribbeln im

Nacken, das sie erschaudern ließ. Sie befreite ihre Hand aus Sams zärtlicher Umklammerung und schlug das Buch zu.

»Das lassen wir lieber aus dem Spiel«, meinte sie. »Nur für alle Fälle.«

30 Drew wurde schlagartig wach, als sie im Halbschlaf nach Barry tastete und feststellte, daß er nicht im Bett lag. Aus den Ritzen der Badezimmertür drang kein Licht, also hatte er wohl nicht schlafen können und war hinuntergegangen.

Sie stand auf und schaute über das Treppengeländer. Unten konnte sie kein Licht erkennen. Doch da spürte sie einen kalten Luftzug, der von oben zu kommen schien. Zitternd zog sie ihren Morgenrock fester um die Schultern und ging die schmale Treppe hinauf, von der ihr ein kühler Wind entgegenwehte. Kurz vor der Tür zum Dachboden entdeckte sie ein offenes Fenster. Es war gerade groß genug, daß ein erwachsener Mensch durchsteigen konnte. Dahinter konnte man auf das Flachdach eines kleinen Anbaus gelangen. Vorsichtig kletterte sie durch das Fenster und rief nach Barry.

Sie erhielt keine Antwort, und es dauerte ein paar Sekunden, bis sich ihre Augen an die Dunkelheit gewöhnt hatten. Plötzlich entdeckte sie am äußersten Rand des Dachs eine Gestalt auf der Mauer, die die Dachfläche umgrenzte. Dort, auf dem kaum dreißig Zentimeter breiten Mäuerchen, kniete Barry, den Kopf gesenkt wie zum Gebet, und wiegte sich vor und zurück, so wild, daß er Gefahr lief, jeden Augenblick das Gleichgewicht zu verlieren und auf den Betonboden hinter dem Haus hinabzustürzen.

Entsetzt schrie sie auf und rannte auf ihn zu, schlang ihre mageren Arme um ihn und zerrte ihn mit aller Kraft von der Dachkante weg. Ohne Widerstand zu leisten, sackte er auf der rauhen Dachpappe zusammen. Atemlos vor Angst und Anstrengung hielt Drew ihn in ihren Armen.

Barry wehrte sich nicht, er seufzte nur leise, als hätte er Schmerzen oder als wäre er nicht ganz bei Bewußtsein. Dunkel erinnerte sich Drew an die Warnung, daß man Schlafwandler nicht plötzlich wecken sollte. Andererseits hatte sie keinen Grund anzunehmen, daß Barry schlafwandelte. Das hatte er noch nie getan, warum sollte er jetzt auf einmal damit anfangen?

Schließlich nahm sie seinen Arm und redete beruhigend auf ihn ein, wie auf ein schläfriges Kind oder einen kranken Greis. Er ließ sich von ihr durchs Fenster ins Haus und zum Schlafzimmer hinunterziehen. Mittlerweile war er wieder halbwegs bei Bewußtsein und konnte sich an alles erinnern, was geschehen war, nachdem er im Bett aufgewacht war.

»Es war wie ein Wachtraum. Ich habe sowas nicht oft, aber immerhin oft genug, um zu wissen, was es ist. In diesem Zustand weiß man, daß man träumt. Es ist, als würde man im Traum erwachen und sich sagen: ›Ich schlafe und träume jetzt‹, und das mit derselben Gewißheit, mit der man weiß: ›Ich bin jetzt wach, es ist Morgen und ich muß zur Arbeit‹. Ich habe von Adam geträumt. Er kam ins Schlafzimmer und bat mich, ihm zu folgen. Warum nicht, dachte ich mir, weil ich ja wußte, daß ich das alles nur träumte. Ich hatte keine Angst. Nachdem wir so lange über ihn geredet und über ihn nachgedacht hatten, erschien es mir ganz natürlich, daß er auch mal in meinen Träumen auftaucht. Ja, irgendwie war ich sogar froh darüber. Ich dachte, ich würde einfach nur mehr Klarheit darüber bekommen, was geschehen ist.

Dann führte er mich aufs Dach hinauf, wo du mich gefunden hast. Er wollte mich überreden hinunterzuspringen. Ich habe gegen ihn angekämpft, aber er war stärker. Wenn du nicht gerade noch rechtzeitig gekommen wärst, hätte er gewonnen.«

Sie gingen wieder ins Bett, und Drew hielt ihn noch lange

in ihren Armen, während ihr schmerzlich bewußt wurde, daß sie ihn um ein Haar verloren hätte.

»Ich verstehe das nicht«, flüsterte er. »Warum träume ich nur, daß Adam mich umbringen will?«

»Das war kein Traum«, sagte Drew mit angstvoller Gewißheit. »Es war ein Fluch.«

Joanna legte den Hörer auf und war völlig erstarrt. Sie hatte den ganzen Vormittag in ihrem Büro im Redaktionsgebäude von *Around Town* am Schreibtisch gesessen und an ihrem Artikel über die bisherigen Ereignisse gefeilt. Man konnte ohne weiteres eine vierteilige oder sogar eine noch längere Serie daraus machen, was Taylor Freestone sicher gefallen würde.

In ihrer Darstellung hatte sie nichts weggelassen und nichts dazuerfunden. Als Beweis konnte sie die Video- und Tonbandaufzeichnungen vorlegen, doch sie gestand offen ein, daß manche das Ganze auch für einen Schwindel halten könnten. In diesem Zusammenhang erwähnte sie Rogers David-Hume-Zitat über Wunder, wonach es »rationaler ist, Schurkereien und Narrheiten zu vermuten, als mit einem Schlag alles über Bord zu werfen, was uns die bisherige Erfahrung über die Beschaffenheit der Welt gelehrt hat.«

Sie wies auch darauf hin, daß Roger Fullerton, einer der bedeutendsten theoretischen Physiker der Welt, sich bereit erklärt habe, für die Authentizität der beschriebenen Ereignisse zu bürgen. Daß außerdem ihre Glaubwürdigkeit als Journalistin auf dem Spiel stehe, spiele im Vergleich dazu eher eine untergeordnete Rolle. Trotzdem rechneten sowohl Roger als auch sie damit, in bestimmten Kreisen bestenfalls als leichtgläubig und schlimmstenfalls als unredlich abgetan zu werden. Derartige Anschuldigungen, schrieb sie, könnten sie aber nicht in ihrer Meinung beirren, daß dieses Experiment höchst bemerkenswerte Dinge zutage gefördert habe.

An diesem Punkt hatte Joanna das Gefühl, ein bißchen zu dick aufzutragen. Also mäßigte sie sich in ihrem Ton und entschärfte ihr flammendes Plädoyer, besonders dort, wo sie sich auf Roger berief. Sie ermahnte sich, die Fünf-Punkte-Regel der Journalisten zu beachten: Wer, was, wo, wann und warum. Genau so würden diese Artikel die größte Wirkung erzielen – als nüchterne Tatsachenberichte.

Und da hatte ihr Telefon geklingelt. Es war Sam.

»Ich fürchte, ich habe eine schreckliche Nachricht. Drew und Barry sind bei einem Autounfall ums Leben gekommen. Heute morgen, gegen acht Uhr dreißig. Anscheinend sind sie stadtauswärts gefahren Der Wagen geriet außer Kontrolle und prallte gegen eine Brücke. Sie waren beide auf der Stelle tot.«

Als Joanna das hörte, war sie wie gelähmt, gleichzeitig schossen ihr tausend Fragen durch den Kopf, furchtbare Vermutungen, wie es dazu gekommen sein könnte, unaussprechliche Ahnungen, die ihr die Kehle zuschnürten.

»Joanna? Bist du noch dran?«

»Ja, ja«, murmelte sie. »O Gott.«

»Es tut mir leid. Es ist einfach entsetzlich.«

»Weißt du, wohin sie fahren wollten?« erkundigte sie sich.

»Ich habe nicht danach gefragt. Ich habe nur einen Anruf von einer Sekretärin aus Barrys Büro erhalten. Sie geht seinen Terminkalender durch, um allen Bescheid zu sagen.«

»Kannst du mir die Nummer geben?«

»Sicher, einen Augenblick ... allerdings weiß ich nicht, ob sie dir mehr sagen kann als mir ...« Schließlich fand er die Telefonnummer und gab sie ihr durch. »Warum willst du wissen, wohin sie fahren wollten?«

»Das weiß ich selbst noch nicht. Ich rufe dich später wieder an.«

Joanna legte den Hörer auf und vergrub das Gesicht in ihren Händen. Doch kurz darauf hörte sie jemanden hereinkommen und blickte auf. Taylor Freestone stand in der Bürotür und sah besorgt zu ihr herüber.

»Stimmt was nicht?«

Sie nickte, und dabei spürte sie, wie ihr die Tränen in die Augen schossen. »Zwei von unserer Gruppe, Barry und Drew, sind gerade bei einem Autounfall ums Leben gekommen.«

»O mein Gott ...!« Er trat einen Schritt näher und schloß die Tür hinter sich. »Das tut mir leid, wirklich.« Und als wäre ihm die eigentliche Bedeutung ihrer Worte gerade erst klargeworden, fügte er nach einer Weile hinzu: »Heißt das, daß das Experiment abgebrochen werden muß?«

Im ersten Moment mußte sie sich beherrschen, ihm nicht irgend etwas an den Kopf zu werfen, doch dann sagte sie mit tonloser Stimme: »Das weiß ich nicht. Es ist noch zu früh für solche Überlegungen. Wenn Sie mich bitte entschuldigen wollen, Taylor, ich muß ein paar Telefongespräche führen.«

»Natürlich. Das ist wirklich furchtbar, ganz entsetzlich.«

Als er gegangen war, atmete sie tief durch, nahm ein Papiertaschentuch aus ihrer Schreibtischschublade und putzte sich die Nase. Dann griff sie zum Telefon.

31 Kurz nach sechs trafen alle in Sams Wohnung ein. Sie alle hatten das unausgesprochene Bedürfnis, das Labor zu meiden, und hatten sich trotz des kalten stürmischen Regens, der vom Atlantik kam, lieber zum Riverside Drive aufgemacht. Sam bot Kaffee und kalte Getränke an, aber alle lehnten ab. Ohne weitere Einleitungsfloskeln sagte er dann: »Joanna hat ein paar Dinge herausgefunden und meint, daß ihr sie erfahren solltet.«

Alle Blicke richteten sich auf die Fensterbank, auf der Joanna saß. Hier hatte sie in Sams Armen gelegen, damals in ihrer ersten Liebesnacht. Er hatte hinaus auf den Hudson gestarrt und sich laut gefragt, ob es wohl irgendeine Möglichkeit gäbe, Roger Fullerton zur Teilnahme an dem geplanten Experiment zu überreden. Obwohl das erst wenige Monate her war, schien es in einem anderen Leben gewesen zu sein. Heute saß ihr Roger Fullerton abgespannt und müde in einem Sessel gegenüber und wünschte sich wahrscheinlich, daß er nie ein Wort von alldem gehört hätte. Sam hockte auf der Lehne des Sofas, auf dem Ward und Pete sich niedergelassen hatten.

»Ich habe mit den Streifenpolizisten gesprochen, die als erste am Unfallort waren«, setzte sie an und überflog ihre handgeschriebenen Notizen. »Sie können sich den Unfall nicht erklären. Barry, der am Steuer gesessen hat, galt als sicherer Fahrer. Sämtliche Alkohol- und Drogentests waren negativ. Und nach der Autopsie ist nun auch ein Herzinfarkt oder ein Schlaganfall auszuschließen. Die Straßen waren trocken, die Sichtverhältnisse bestens. Es gibt weder Schleuderspuren, noch ist ein Reifen geplatzt. Der Wagen war neu, das Modell gilt als zuverlässig. Und es war auch kein anderer Wagen am Unfall beteiligt, dafür gibt es drei Augenzeugen, die alle das gleiche berichten: Das Auto fuhr zwischen achtzig und neunzig Stundenkilometer, kreuzte plötzlich ohne jeden Grund zwei Spuren bis zur Standspur und krachte dort gegen den Betonpfeiler einer Zubringerbrücke. Da der Wagen direkt auf den Betonpfeiler zuraste, kann Selbstmord nicht ausgeschlossen werden.«

Sie legte die Notizen beiseite und sprach weiter, jedoch ohne irgend jemandem in die Augen zu blicken. Aber auch die anderen sahen an ihr vorbei oder starrten auf den Boden.

»Die Selbstmordtheorie scheidet für mich aus mehreren Gründen aus. Erstens kann ich es einfach nicht glauben. Zweitens habe ich herausgefunden, daß Drew und Barry auf dem Weg zu einem Priester waren, als sich der Unfall ereignete. Er heißt Father Caplan und war Drews Gemeindepfarrer in Queens, bevor er vor drei Jahren in eine winzige Gemeinde in der Nähe von Ardmore versetzt wurde. Als damals Drews und Barrys Kind gestorben ist, hat sie sich ihm anvertraut und sie sind enge Freunde geworden. Ich habe heute morgen mit ihm telefoniert, und er sagt, daß Drew ihn früh morgens angerufen hat, schon gegen sieben, und gefragt hat, ob sie und Barry ihn besuchen dürften. Es sei sehr dringend, habe sie gesagt. Er hatte den Eindruck, daß sie beide aus irgendeinem Grund sehr verängstigt waren, aber sie hat am Telefon nicht darüber sprechen wollen.«

Joanna hielt inne und ließ den Blick von einem der vier Männer zum andern schweifen. »Das ist alles.«

Sam stand von der Sofalehne auf und machte ein paar Schritte durchs Zimmer. Dann räusperte er sich. »Will jemand etwas dazu sagen?«

Roger strich sich über den Schnurrbart und sah dann wieder zu Boden. Pete klemmte die Hände zwischen die Knie. Und Ward Riley starrte, die Beine überkreuz und die Arme verschränkt, an die Decke.

Schließlich brach er das beklommene Schweigen. »Offensichtlich stehen wir vor der Frage, ob wir etwas unternehmen sollen oder nicht.«

»Was zum Beispiel?« fragte Sam.

»Nun, wir könnten zumindest *reden* – über das, was in dieser Gruppe passiert ist. Es Drews und Barrys Angehörigen erzählen. Oder der Polizei. Oder diesem Pfarrer?«

Wieder sagte keiner einen Ton. Bis endlich Sam das Wort ergriff. »Wir können nicht unbedingt davon ausgehen, daß sie mit diesem Father Caplan über das sprechen wollten, was hier vorgefallen ist.«

Darauf reagierte Roger mit der hämischen Frage: »Und wenn wir es einfach mal annehmen?«

»Na gut«, willigte Sam nach einem kurzen Zögern ein. »Nehmen wir also an, wir wüßten, warum sie zu diesem Pfarrer fahren wollten. Trotzdem können wir das, was geschehen ist, nicht rückgängig machen. Wir können nicht einmal irgend etwas unternehmen, um ein bißchen mehr Licht in diese Angelegenheit zu bringen ... nichts würde diesen Vorfall erklären.«

»Darf ich etwas dazu sagen?« Petes Stimme zitterte leicht und klang sehr nervös, während er weiterhin düster zu Boden starrte. »Da ist etwas, das mir einfach nicht aus dem Kopf gehen will. Und das muß ich jetzt endlich loswerden.« Er blickte kurz auf. »Entschuldigung, Sam.«

»Aber du darfst doch sagen, was du willst. Deshalb sind wir ja hier.«

»Vor ein paar Jahren lernte ich eine Frau kennen. Wir hatten kein Verhältnis miteinander oder so, sie war einfach nur eine Bekannte. Diese Frau hat behauptet, früher, als sie noch jünger war, eine Hexe gewesen zu sein. Und sie warnte mich, nie die Kraft der Magie zu unterschätzen. Damit könne man einen Menschen kinderleicht umbringen, meinte sie. Und niemand würde Verdacht schöpfen, weil es immer wie ein Unfall aussähe. Man fällt die Treppe herunter. Oder das Pferd scheut. Oder der Wagen kommt aus unerfindlichen Gründen von der Straße ab. Und zwar deshalb, weil der Fahrer plötzlich Dinge sieht, die gar nicht da sind. Er folgt einer Straße, die ganz normal aussieht, aber sie führt ihn die Klippen hinunter oder geradewegs auf eine Mauer zu. So geht das.«

Darauf schwieg er und zog wie ein verschüchtertes Kind in Erwartung einer sicheren Strafe die Schultern hoch. Sam ging hinters Sofa und legte ihm beruhigend die Hand auf die Schulter. »Schon gut, Pete. Wir alle haben solche Ängste.«

»Du *auch*?« Joanna hatte diese Frage gar nicht stellen wollen, aber plötzlich kamen ihr die Worte wie eine Anklage über die Lippen.

Überrascht, aber ohne Groll, sah Sam sie an. »Wenn es anders wäre, würde mit uns etwas nicht stimmen, glaube ich. Es ist ganz natürlich, daß wir nach Gründen für Drews und Barrys Tod suchen. Und auch für Maggies Tod. Und angesichts dessen, was passiert ist, scheint es naheliegend, die Erklärung dafür im Übersinnlichen zu suchen. Das ist verständlich. Aber ich halte es für falsch.«

»Du denkst, es war beide Male ein Unfall?« Rogers Frage hatte einen skeptischen Unterton, er wollte Sam herausfordern zu zeigen, inwieweit er trotz all der Vorfälle noch immer an seiner rationalen Sichtweise festhielt.

»Für mich steht fest, daß Maggie eines natürlichen Todes gestorben ist«, meinte Sam. »Gut, vielleicht hat die Aufregung das Ihre dazu beigetragen. Aber nur, weil ihr Tod mit dem von Drew und Barry zusammentrifft, glauben wir, einen Zusammenhang sehen zu müssen. Der für mich, ehrlich gesagt, einfach nicht vorhanden ist.«

Da riß Joanna der Geduldsfaden. »Verdammt noch mal, Sam, du verschließt einfach deine Augen vor den Tatsachen.«

Nun schien er ehrlich bestürzt, und Joanna bekam plötzlich ein schlechtes Gewissen, als hätte sie ihn im Stich gelassen. »Nein«, meinte er, »ich bemühe mich nur, ruhig und logisch an die Sache heranzugehen. Es ist mein Beruf, solche Vorgänge ruhig und logisch zu untersuchen. Das ist Sinn und Zweck auch unseres Experiments.«

»Zum Teufel mit dem Experiment!« platzte es aus ihr heraus, doch gleich darauf hatte sie sich wieder in der Gewalt. »Tut mir leid. An alldem bin ich mindestens ebenso schuld wie jeder andere, wenn nicht noch mehr.«

»Keiner ist schuld«, sagte Sam.

»Egal. Beschließen wir einfach, mit dem Experiment aufzuhören.«

Ergeben hob Sam die Hände. »Ich habe immer gesagt, daß es jedem von uns freisteht, seine eigene Entscheidung zu treffen.« Er blickte in die Runde. »Obwohl ich persönlich gern weitermachen würde ... mit euch oder einigen von euch, oder aber mit einer ganz neuen Gruppe. Denn meiner Meinung nach haben wir einen spektakulären Durchbruch erzielt, es täte mir leid, gerade jetzt aufzuhören.«

»Keiner von uns macht sich diese Entscheidung leicht«, sagte Roger leise.

»Aber du bist nicht mehr dabei?«

Nun wollte Sam, daß Roger Stellung bezog.

Roger stand auf und ging zum Fenster hinüber, wo Joanna saß. Der Regen prasselte gegen die leicht beschlagenen Scheiben. Er schaute hinaus auf die verschwommenen Lichter am Flußufer.

»Weißt du noch, was ich gesagt habe, als wir das letzte Mal darüber debattiert haben?« fragte er, ohne den Blick vom Fenster abzuwenden. »Ich habe gesagt, egal welcher Art das Phänomen auch sein mag, das wir heraufbeschworen haben, wir sollten das Experiment sofort abbrechen.« Er drehte sich um. »Und das halte ich inzwischen für unabdingbar.«

»Bist du denn nicht neugierig, wie dieses ›Phänomen‹ aussieht?« fragte Sam.

»Nein, um ehrlich zu sein, nicht sehr. Ich habe aus vielerlei Gründen mitgemacht, manche waren etwas frivol, andere waren sehr ernsthaft.« Er ging durch den Raum zu einem kleinen Tisch, auf dem eine Karaffe mit Wasser und ein paar Gläser standen, und goß sich etwas zu trinken ein.

»Du glaubst wahrscheinlich, mir wäre es vor allem darum gegangen, dir mit einem triumphierenden Lächeln sagen zu können, daß du dich auf dem Holzweg befindest und gar keine paranormalen Phänomene erzeugen kannst. Aber da irrst du dich. Ich war sogar ziemlich sicher, daß wir etwas zustande bringen würden. Ich war mir allerdings ebenso sicher, daß das alles zu keinem sinnvollen Ergebnis führen würde und daß wir niemals genau wissen würden, was wir da tun. Das entspricht meiner Sicht der Welt und ihrer Gesetze – oder besser, meiner Überzeugung vom Fehlen derselben. Ich glaube nicht an Naturgesetze oder an irgendwelche endgültigen Theorien. Meiner Meinung nach können wir nur Gesetze entdecken, die wir der Natur durch unsere eigene Sichtweise aufzwingen.«

»Das sich selbst erzeugende Universum.« Sam verschränkte die Arme und betrachtete seinen alten Lehrer mit ironischer Distanz. »Wir erfinden es uns, indem wir es entdecken.«

Roger nickte zustimmend, wenn auch nicht ganz zufrieden. »Unterm Strich, ja. Das ist etwas vereinfacht gesprochen, aber ich halte das für die entscheidende Funktion des Bewußtseins in dieser Welt.«

»Das klingt zwar alles sehr interessant, aber in Anbetracht der Umstände doch ein bißchen abgehoben.« Die eisige Schärfe in Joannas Stimme zeigte deutlich, wie wütend sie plötzlich auf die beiden war. »Was wir im Augenblick brauchen, ist keine neue Theorie über das Leben, den Tod oder das Universum. Wir müssen vielmehr herausfinden, ob dieses ›Ding‹, das wir erschaffen haben oder von irgendwoher herbeigerufen haben, egal was es ist und woher es kommt, etwas mit diesen Todesfällen zu tun hat.«

Pete räusperte sich. »Warum fragen wir es nicht einfach?«

Joanna starrte ihn an. »Meinst du das ernst?«

»Wenn jemand eine bessere Idee hat ...«

Er sah die anderen auffordernd an. Doch keiner machte einen Vorschlag.

»Da gibt es allerdings ein Problem«, meinte Roger. »Woher wissen wir, daß es die Wahrheit sagt?«

Mit einem Achselzucken bekannte Pete, daß er darauf keine Antwort wußte. »Es wäre jedenfalls ein Anfang. Ich würde Adam eben gern fragen: ›Hast du etwas mit diesen Todesfällen zu tun, ja oder nein?‹«

Wie ein Hammerschlag dröhnte es plötzlich aus dem Bücherregal hinter Pete. Er sprang auf und drehte sich blitzschnell um. Alle starrten auf den gleichen Fleck, aber dort war nichts zu sehen.

Einige Augenblicke standen sie atemlos da. Bis Pete beinahe unhörbar flüsterte, was jeder von ihnen dachte: »Ein Klopfen für Ja.«

Ärgerlich fuhr Sam ihn an: »Verdammt noch mal, Pete, ausgerechnet du kannst das doch nicht ernst nehmen. Es ist nur ein Hirngespinst – das Resultat deiner eigenen Ängste.«

Doch Ward unterbrach ihn mit erhobener Hand. »Nein. Laß uns weitermachen.«

»Glaubt ihr wirklich, daß ihr auf diesem Weg irgend etwas herausfindet?« Diese Vorstellung schien Sam mehr zu schockieren als alles andere.

»Vielleicht.«

Beschwichtigend hob Sam nun die Hände, er wollte jede Konfrontation vermeiden. »Gut, gut, wenn ihr es alle wollt ...«

Joanna stellte ihre Frage in Richtung des Bücherregals. »Wer bist du? Bist du Cagliostro?«

Zwei laute Klopfzeichen von derselben Stelle wie vorher.

»Also bist du Adam?«

Ein Klopfer.

Sam wandte sich ab und tat mit einer wegwerfenden Handbewegung kund, was er von alldem hielt.

»Adam«, fuhr Joanna fort, ohne Sam weiter zu beachten, »hast du den Tod von Barry und Drew heute morgen verursacht?«

Ein einziges Klopfen – laut, klar und unmißverständlich.

Sichtlich erschüttert zwang sich Joanna zu einer weiteren Frage: »Warum?«

Sofort merkte sie, daß diese Frage nicht mit Ja oder Nein zu beantworten war, und wollte sie umformulieren. Doch da hatte Pete schon ein paar leere Bretter aus einem Regalfach gerissen.

»Wir brauchen ein Brett«, stellte er fest. »Ich werde das Alphabet hier drauf schreiben, jetzt müssen wir eben improvisieren. Außer Sam hat zufällig ...«

»Nein, ich habe nichts da.« Sam merkte, wie Pete bei seinem schroffen Tonfall zögerte, und fügte etwas versöhnlicher hinzu: »Schon gut, machen wir weiter damit. Laßt es uns einfach versuchen.«

»Ich glaube, das wird nicht nötig sein.«

Etwas in Rogers Stimme veranlaßte die anderen, sich umzudrehen und seinem Blick zu folgen. Die Fensterscheibe, durch die er noch vor kurzem hinausgesehen hatte und vor der Joanna gerade eben noch auf der Bank gesessen hatte, war noch immer beschlagen.

Doch auf der silbergrauen Oberfläche standen wie von einem unsichtbaren Finger in Schönschrift geschrieben drei Worte mit einem Ausrufezeichen.

»Joie de vivre!«

32 Lauf weg, war ihr erster Gedanke, möglichst weit weg von diesen zynischen, abgrundtief bösen Worten.

Aber räumliche Distanz, erkannte sie, bot keinen Schutz. Was die Physiker das gekrümmte Raum-Zeit-Kontinuum nannten, war für sie bisher nur ein abstrakter Begriff gewesen. Jetzt erwies es sich plötzlich als eine unausweichliche übernatürliche Falle, aus der es für keinen von ihnen ein Entrinnen gab.

Joanna betrachtete die drei Männer um sie herum. Pete war blaß, hatte die Arme gegen den Bauch gepreßt und sah aus, als würde er jeden Moment in Ohnmacht fallen. Ward Riley stand stocksteif und beinahe unnatürlich still da, er atmete kaum, während er grimmig und stumm die ominöse Schrift am Fenster betrachtete. Roger Fullerton saß mit hängenden Schultern da, so erschüttert hatte sie ihn noch nie gesehen. Der Schock und die Resignation schienen ihn völlig teilnahmslos gemacht zu haben, so als ob für ihn endgültig der Punkt erreicht wäre, an dem jede Erklärung unmöglich geworden war.

Nur Sam bewies das, was man unter normaleren Umständen Geistesgegenwart genannt hätte. Bevor Joanna überhaupt merkte, daß er aufgestanden war, hatte er eine Kamera vom anderen Ende des Zimmers geholt und schoß bereits ein Bild nach dem anderen von der gekritzelten Nachricht. Dabei wechselte er ständig Standort und Perspektive, wie ein Paparazzo, der einem Prominenten vor einem Restaurant auflauert.

Joanna spürte, wie wieder der Ärger in ihr hochkam. Sie

wollte ihn anschreien, ihm all das noch einmal vorwerfen, was sie ihm schon vor wenigen Augenblicken vorgeworfen hatte – nur noch lauter und heftiger, weil alles immer schlimmer und schlimmer wurde. *Dieses Ding war hier bei ihnen in diesem Raum, drängte sich in ihr Leben, stellte all ihre Weltanschauungen auf den Kopf – und er lief herum und machte Fotos wie ein Urlauber am Strand.*

Da spürte sie eine sanfte Berührung am Arm. Neben ihr stand Roger, mit tiefer Besorgnis in den Augen. War es nicht komisch, dachte sie, daß sie ihn gerade eben erst beobachtet hatte und nun feststellte, daß auch er sie beobachtete? Sie wollte etwas dazu sagen, irgendeine spaßige Bemerkung darüber machen, aber sie brachte nur ein Schluchzen heraus. Widerstandslos ließ sie sich von Roger zum Sofa führen und dankte ihm seine Freundlichkeit mit einem stummen Nicken. Roger strich ihr eine Haarsträhne aus dem Gesicht, und in dieser Geste lag so viel Zärtlichkeit, daß sie zu Tränen gerührt war.

Da kniete sich Sam vor sie hin und blickte besorgt zu ihr auf. Er nahm ihre Hände.

»Alles in Ordnung ...?«

»Mir geht es gut.«

Es war, als würden diese klar und deutlich gesprochenen Worte die Leere füllen, die von ihr Besitz ergriffen hatte und sie noch vor einem Augenblick zu verschlingen drohte. Das Schlimmste war überstanden. Allmählich kehrte die Wirklichkeit zurück, oder zumindest so etwas Ähnliches.

Ihr Blick fiel auf den Fotoapparat, der noch immer an Sams Hals baumelte. Mit einem schwachen, verlegenen Lächeln sah er sie an. »Ich mußte das einfach fotografieren. So etwas bekommt man nicht alle Tage zu sehen.«

Am liebsten hätte sie laut gelacht, doch sie traute ihrer Verfassung nicht – womöglich wäre etwas ganz anderes dabei herausgekommen. Also schüttelte sie nur den Kopf und drückte seine Hände ein wenig fester.

»Hab keine Angst«, sagte er, »es kann uns nichts anhaben.«

Damit hatte er allerdings genau das Falsche gesagt. Joannas unterdrückter Zorn wallte wieder auf. Sie riß sich von ihm los. »Wie kannst du das sagen? Dieses Ding hat schon Maggie, Drew und Barry umgebracht ...!«

»Das wissen wir nicht. Wir wissen es nicht, und ich glaube es auch nicht.«

Die anderen sahen zu ihnen herüber, doch Joanna kümmerte sich nicht darum. Sie waren alle zusammen in diese Sache verwickelt, und was auch immer jemand von ihnen zu sagen hatte, ging alle an.

»Was glaubst du denn, Sam? Würdest du uns vielleicht mal sagen, was deiner Meinung nach hier geschieht?«

»*Wir* tun das alles. Maggie starb an einem Herzinfarkt, Drew und Barry starben bei einem Autounfall. Wir suchen nach den Erklärungen.« Er deutete auf die Worte auf der Fensterscheibe. »Das waren *wir.*«

Ungeduldig lehnte Joanna sich zurück und schloß die Augen. Sie war zu müde und zu frustriert, um sich auf ein Streitgespräch einzulassen, und auch nicht ganz überzeugt von ihrem eigenen Standpunkt. Außerdem, was machte es schon für einen Unterschied? Die Dinge geschahen so oder so, es änderte nichts, wenn man wußte warum.

Schließlich brach Ward das Schweigen im Raum.

»›*Joie de vivre*‹ ist der französische Ausdruck für Lebenslust, für die Freude am Leben«, sinnierte er.

Auch Pete betrachtete das Fenster, wo die Worte noch immer sichtbar waren, obwohl sich die Scheibe noch mehr beschlagen hatte. »Man muß schon ziemlich durchgeknallt sein, wenn man ›*joie de vivre*‹ als Grund angibt, um jemanden umzubringen.«

Sam war wieder aufgesprungen und machte noch ein paar Fotos vom Fenster, diesmal aus nächster Nähe und mit Blitzlicht.

»Außer wenn er aufgrund irgendeiner perversen Logik seine ›Lebensfreude‹ mit der seiner Opfer für unvereinbar hält«, knüpfte Joanna an Petes Äußerung an.

Pete sah sie an. »Warum sollte er?«

»Andere Welten.«

Diese Bemerkung kam von Roger und klang eher wie ein dahingemurmelter Gedanke als wie eine Antwort auf Petes Frage. Der Physiker saß in einem Sessel, die Ellbogen auf die Knie gestützt, und starrte auf seine Hände.

»Wie bitte, Roger?« fragte Joanna.

Er richtete sich auf und schaute die anderen an. »In der Welt, in der Adam existiert, kann es keine Zukunft geben, in der er von Menschen erfunden wird. Wie Joanna gerade sagte, ist es ein Problem der Vereinbarkeit, der Kompatibilität.«

Sam wandte sich vom Fenster ab und nahm den zurückgespulten Film aus seiner Kamera. »Versteigst du dich da nicht zu kühnen Spekulationen, Roger? Selbst nach den ›liberalen Maßstäben der parapsychologischen Forschung‹, wie du es immer ausdrückst?«

Um Rogers Lippen spielte ein dünnes Lächeln. »Es war nur eine Idee.«

»Und zwar eine, die auf unangenehme Weise plausibel klingt«, sagte Ward ruhig. »Um so mehr Grund haben wir, dieses Ding zu vernichten.«

»Aber was ist denn ›dieses Ding‹ in deinen Augen?« Sam blieb hartnäckig.

»Grundsätzlich teile ich deine Ansicht, Sam«, erklärte Ward. »Adam ist etwas, das wir erschaffen haben. Eine gedachte Gestalt. Ob er für diese Todesfälle verantwortlich ist, weiß ich nicht. Wir können weder das eine noch das andere beweisen. Aber ich weiß, daß wir ihn – oder dieses Ding, diese Kraft – nicht mehr unter Kontrolle haben. Deshalb meine ich, wenn wir etwas dagegen unternehmen wollen, brauchen wir Hilfe.«

Verwundert sah Sam ihn an. »Hilfe?« In seine Stimme schlich sich ein argwöhnischer Unterton. »Was für eine Hilfe denn?«

Ward zögerte, faßte sich an die Stirn. »Ich würde gern mit ein paar Leuten reden.«

»Dürfen wir erfahren, mit wem?« Die Frage klang nicht

aggressiv, aber sie drückte das aus, was alle dachten: Sie saßen alle im selben Boot und hatten ein Recht zu erfahren, wen er noch mit einbeziehen wollte.

Ward begriff und gab bereitwillig Auskunft.

»Es handelt sich eigentlich nur um eine Person, um jemanden, den man wohl als eine Art Guru bezeichnen könnte.« Er lachte leise. »Obwohl ich nicht weiß, wie viele Arten es davon gibt. Ich kenne ihn seit zwanzig Jahren. Er hat keine Sekte oder Anhängerschaft, zumindest keine, bei der die Mitglieder voneinander wissen. Ich kenne ein paar Leute, die seine Schüler waren, und einer von ihnen hat mich mit ihm bekannt gemacht. Woher er kommt und wo er lebt, weiß ich nicht. Er ist ständig unterwegs, vielleicht ist er gerade weiß Gott wo, aber wenn man ihn braucht, kann man ihn mit ein paar Telefonaten ausfindig machen.«

»Was für Nummern hat er denn in seinem Repertoire – singt er mit sich selbst im Duett oder führt er Regentänze auf?« Die Frage kam von Roger, ihr ungewohnter Sarkasmus war fast verletzend.

Doch Ward ging leichthin darüber hinweg und bedachte Roger nur mit einem spröden Lächeln. »Angesichts dessen, was wir alle in letzter Zeit erlebt haben, werde ich mich nicht dafür entschuldigen, wenn etwas, was ich sage, vielleicht entfernt nach Aberglauben klingen mag. Offen gestanden, ich hätte gedacht, daß wir uns in dieser Hinsicht nichts mehr vorzumachen brauchen.« Während er sprach, schweifte sein Blick zum Fenster. Die Schrift war noch immer zu erkennen, auch wenn inzwischen Wassertropfen die Scheibe hinabrannen und dunkle Linien die Worte durchzogen.

»Ob es uns gefällt oder nicht«, fuhr Ward fort, »im Leben jedes einzelnen von uns hat sich etwas eingenistet, was wir zwar rational nicht erklären können, von dem wir aber wissen, daß es existiert. Ob es Maggie oder Drew und Barry getötet hat, weiß ich nicht. Und ich weiß auch nicht, ob – oder warum – es uns alle umbringen will. Aber darüber möchte ich mit diesem Mann sprechen, denn mir fällt niemand sonst ein, der eine Erklärung dafür haben könnte.«

Keiner sagte etwas, als er quer durchs Zimmer ging, seinen Mantel von einer Stuhllehne nahm und ihn sich überzog.

»Übrigens«, fügte er hinzu, als wäre ihm das eben erst eingefallen, »hat er mich vor zwölf Jahren von Bauchspeicheldrüsenkrebs geheilt – allein mit Diät und Meditation. Natürlich behaupten unsere Halbgötter in Weiß, das sei Unsinn, es sei eine spontane Remission gewesen, die sowieso eingetreten wäre, wie das bei einem kleinen Prozentsatz tatsächlich der Fall ist.« Er zuckte die Achseln. »Wer weiß? Ich weiß nur, was ich glaube.«

Auf dem Weg zur Tür drehte er sich noch einmal um. »Ich werde mich bald bei dir melden, Sam. Spätestens in drei Tagen.«

Roger sprang ebenfalls auf. »Ich komme mit, Ward, wir können uns ein Taxi teilen.«

Er blieb bei Joanna stehen, um sich von ihr mit einem Kuß auf die Wange zu verabschieden, dann lief er Ward hinterher.

»Hör mal, ich wollte mich nicht über deine Idee lustig machen. Ganz im Gegenteil, angesichts der jüngsten Entwicklungen in der Physik würde es mich nicht wundern, wenn demnächst ein neues Teilchen namens ›Aberglaube‹ entdeckt wird ...«

Pete ging ebenfalls. Während Sam die anderen hinausbegleitete, blieb Joanna als einzige zurück. Sie konnte den Blick nicht abwenden von den drei geheimnisvollen, höhnischen Worten, die an die Scheibe geschmiert waren. Die Kondenswasserstreifen erinnerten sie mit einem Mal an Blutstropfen. Um den Zauber zu brechen, stand sie schließlich auf und wischte mit der Hand und dem Kleiderärmel entschlossen sämtliche Spuren von der Scheibe weg. Als Sam zurückkehrte, suchte sie gerade ihre Sachen zusammen.

»Du gehst?«

Sie antwortete mit einem kurzen wortlosen Nicken. Er sah, daß die Fensterscheibe abgewischt war, wollte aber nichts dazu sagen.

»Bitte bleib doch.«

»Ich möchte jetzt wirklich allein sein.«

Anscheinend überlegte er, ob er versuchen sollte, sie umzustimmen. Dann entschied er sich aber dagegen und trat beiseite, um sie hinauszulassen. »Übrigens«, sagte er, »dein Herausgeber hat mich heute nachmittag angerufen.«

Sie blieb stehen. »Taylor Freestone? Weshalb?«

»Um unsere Abteilung zu sponsern. Oder sie zumindest mit einem großzügigen Betrag zu unterstützen. Dafür wollte ich dir noch danken, aber bis jetzt hatte ich keine Gelegenheit dazu.«

»Du brauchst mir nicht zu danken. Davon habe ich bis eben nämlich gar nichts gewußt.«

»Er hat gesagt, du hättest ihm von der Sache mit Barry und Drew erzählt. Da wollte er sein Mitgefühl zum Ausdruck bringen – und offenbar auch sichergehen, daß wir mit ihm im Geschäft bleiben. Er muß wirklich sehr angetan sein von dem, was du schreibst.«

»Ja, wahrscheinlich.« Sie machte wieder Anstalten zu gehen.

»Es stimmt nicht, daß ich das alles nicht wahrhaben will, da irrst du dich.« Sam hatte sich umgedreht, um ihr nachzusehen, aber er folgte ihr nicht. »Ich bin über das alles genauso beunruhigt wie du.«

Noch einmal blieb sie stehen und wandte sich zu ihm um. »Aber du hast keine Angst, stimmt's? Es läßt dich kalt, es berührt dich nicht. Mit so jemandem zusammenzusein finde ich ziemlich schwer.«

»Ich will mich nur nicht mit der erstbesten Erklärung zufriedengeben. Es tut mir leid, wenn du das nicht begreifen kannst.«

Joanna fegte seinen Protest ungeduldig beiseite. »Wenn dieses ›Ding‹ für den Tod dieser drei Menschen verantwortlich ist, dann ist es unsere Schuld. Kannst du mir erklären, warum ich das Gefühl habe, daß dir das vollkommen egal ist? Du nimmst es einfach hin. Das einzige, was dich interessiert, ist, wie es funktioniert.«

»Das einzige, was mich interessiert, ist: Welchen Beweis haben wir dafür, daß ...«

»Wir haben nicht den geringsten Beweis für irgendwas!« Wieder packte sie die Wut, doch sie beherrschte sich. »Das hast du neulich selbst gesagt! Wir fällen hier keine Urteile. Wir wiederholen auch nicht ein Experiment, um dessen Ergebnisse zu bestätigen. Wir haben uns auf etwas eingelassen, was keiner von uns begreift, und ich habe Angst, Sam. Verstehst du das nicht?«

»Doch, natürlich«, antwortete er in versöhnlichem Ton. »Ich habe auch Angst. Wir sollten uns deswegen nicht streiten, das hat doch keinen Sinn.«

Er trat einen Schritt auf sie zu, aber sie wich zurück.

»Nein, nicht ... jetzt nicht ...«

An seinem Blick erkannte sie, wie verletzt er war, doch sie konnte nichts dagegen tun. Ohne daß sie es hätte verhindern können, war Sam ein anderer für sie geworden. Sie sah in ihm nun das Gegenteil von all dem, was sie früher in ihm gesehen hatte. Von einem einsamen, visionären Kämpfer gegen Vorurteile hatte er sich in einen haarspalterischen Skeptiker verwandelt, der noch das letzte Hintertürchen erforschte, bis alle Gewißheit hinter einem Nebel von Zweifel und Mehrdeutigkeit verschwand. Und sie hatte das alles satt.

»Vielleicht hat Roger recht«, meinte sie. »Es kommt nicht darauf an, was wir glauben. Es gibt keine endgültige Theorie.«

»Das heißt nicht, daß unser Glaube unwichtig ist ...«

»Sag mir, Sam, woran glaubst du?«

»Glauben?« Er schien ein wenig verblüfft über ihre Frage. »Du meinst in bezug auf Leben, Tod, Universum und so?«

Ungerührt von dem Sarkasmus in seiner Stimme wartete sie auf eine Antwort.

»Nun«, erwiderte er nach einer Weile, »ich glaube – wie Sokrates –, daß das unerforschte Leben nicht lebenswert ist.«

»Wie steht es mit Gut und Böse? Glaubst du daran?«

»Als antagonistische Kräfte, die im ständigen Widerstreit miteinander liegen?« Er schüttelte den Kopf. »Nein.«

Sie nahm seine Antwort gleichmütig hin.

»Weißt du, was mir nicht mehr aus dem Sinn geht?« meinte sie. »Was Pete über Hexerei gesagt hat, was dabei vor sich geht.« Sie verstummte. »Aber das ist in deinen Augen ja nur Aberglaube, oder?«

Er zuckte die Achseln und lächelte sie wieder schuldbewußt an. »Ja.«

Reglos standen sie da und sahen einander in die Augen.

»Bleib bei mir«, sagte er.

Es war eine Bitte von rührender Schlichtheit. Aber Joanna schüttelte den Kopf.

»Nicht heute nacht. Ich werde eine Schlaftablette nehmen und acht Stunden lang alles vergessen, damit ich mich morgen wieder halbwegs wie ein Mensch fühle.«

Am Lift gaben sie sich einen scheuen Kuß, aber Joanna meinte, er brauche nicht mit hinunterzufahren. Nachdem der Regen aufgehört habe, gebe es um diese Zeit bestimmt genügend Taxis, beharrte sie. Sie hatte weniger das Bedürfnis, ihn abzuschütteln, als allein zu sein und ihren Gedanken nachhängen zu können – oder überhaupt nicht nachzudenken. Allein die Gegenwart eines anderen Menschen – irgendeines Menschen – war für ihre bloßliegenden Nerven eine Qual.

»Himmel«, dachte sie, während sie durch die Gittertür des abwärts fahrenden Lifts die Stockwerke zählte, »was für ein elender, gottverdammter Mist.«

33 Drei Tage später war die Beerdigung. Joanna und Sam gingen hin, zusammen mit Pete. Roger mußte bei einer Konferenz einen Vortrag halten, den er bereits vor Monaten zugesagt hatte. Und Ward hatte Sam am Vortag auf dem Anrufbeantworter hinterlassen, daß er in Stockholm sei und den Mann gefunden habe, den er treffen wollte, er würde sich demnächst wieder melden.

Mehr als hundert Angehörige und Freunde waren zum Begräbnis gekommen. Father Caplan – ein kleiner, untersetzter, kahlköpfiger Mann über sechzig – hielt eine bewegende Rede. An dem anschließend stattfindenden Empfang für die Trauergäste nahmen Joanna, Sam und Pete nicht teil, sie fuhren wortkarg mit dem Taxi zurück nach Manhattan.

Keiner hatte sie gefragt, warum sie zu der Beerdigung gekommen waren oder in welcher Beziehung sie zu Drew und Barry gestanden hatten. Dabei hatten die drei vorher vereinbart, auf derartige Fragen wahrheitsgemäß zu antworten. Daß nun niemand Näheres hatte wissen wollen, verstärkte nur Joannas unbehagliches Gefühl, in eine Verschwörung hineingeraten und von der übrigen Welt durch ein Geheimnis abgeschnitten zu sein, das sie niemandem anvertrauen konnte.

Zuerst stieg Joanna aus, vor dem Redaktionsgebäude von *Around Town*. Sie winkte kurz, sah dem davonfahrenden Taxi aber nicht nach. In Gedanken war sie ganz bei der Entscheidung, die sie heute morgen getroffen hatte und die sie jetzt durchsetzen mußte. Sie wollte Taylor Freestone mitteilen, daß sie an dem Projekt nicht weiterarbeiten konnte. Und wenn er nicht die Exposés behalten hätte, die sie für ihn geschrieben hatte, dann hätte sie diese jetzt samt ihrer Notizen ebenfalls vernichtet. Dies war nichts, was die Leute lesen sollten. Das war ihr klargeworden, auch wenn sie sich die Gründe dafür selbst nicht erklären konnte.

Doch am Telefon teilte ihr Taylors Sekretärin mit, daß er sich in einer Konferenz befinde. Sie würde ihm aber ausrichten, daß Joanna ihn so bald wie möglich zu sprechen wünsche. Zwanzig Minuten später kam er zu ihr ins Büro. Das war eine seiner Marotten. Immer wenn er sichergehen wollte, das letzte Wort zu behalten, suchte er die Leute an ihrem Arbeitsplatz auf, anstatt sie zu sich kommen zu lassen. Woher er nur geahnt hatte, daß dieses Gespräch eine solche Wendung nehmen könnte, fragte sie sich. Und welches letzte Wort hatte er sich wohl diesmal ausgedacht?

»Sie wollten mich sprechen?« sagte er und beäugte sie über den Rand seiner Lesebrille.

Joanna holte tief Atem. »Tut mir leid, Taylor. Aber ich möchte mit der Story aufhören.«

Ausdruckslos sah er sie an.

»Sie möchten mit der Story aufhören?« meinte er schließlich mit leiser Ironie in der Stimme.

Joanna korrigierte sich. »Ja, ich weiß – *Sie* entscheiden, ob eine Story gemacht wird oder nicht. Aber ich habe für mich entschieden, nicht weiter an der Sache dranzubleiben.«

»Würden Sie mir bitte erklären wieso?«

»Ich dachte, das liegt auf der Hand«, sagte sie matt. »Sie wissen, was passiert ist. Aber würden *Sie* mir bitte erklären, warum Sie Sam dieses Geld haben zukommen lassen?«

Er zuckte die Achseln. »Die Sache schien es mir wert, also habe ich dem Vorstand vorgeschlagen, eine Spende zu machen.«

»Ich frage mich nur, warum Sie mich nicht eingeschaltet haben, wenn Sie Ihr Interesse an Sams Arbeit zum Ausdruck bringen wollten, schließlich bin ich es ja, die mit ihm zusammenarbeitet. Zumindest hätten Sie mir sagen können, daß Sie sich mit ihm in Verbindung setzen wollen. Daß ich es von ihm erfahren mußte, läßt mich dastehen, als sei ich keine vollwertige Mitarbeiterin dieser Zeitschrift.«

Wieder zuckte er die Achseln, diesmal entschuldigend. »Sie haben recht. Daran habe ich gar nicht gedacht. Ich wollte ihn einfach wissen lassen, daß die Zeitschrift hinter ihm steht.«

»Und haben gehofft, daß er mit diesem Experiment weitermacht, bis wir alle draufgegangen sind, wenn Sie ihm nur genug zahlen, ja?«

»Lassen Sie es mich einfach so sagen: Ich habe ein Gespür dafür, wenn irgendwo eine gute Story drinsteckt. Den Rest Ihrer äußerst geschmacklosen Bemerkung möchte ich überhört haben.«

»Drei Menschen sind gestorben, Taylor, das ist keine Geschmacksfrage. Diese Tatsache weist in eine entsetzliche Richtung. Haben Sie keine Angst, daß dieses Ding vielleicht auch Sie erwischen könnte, wenn Sie sich zu nahe heranwagen? Vielleicht fordert man das Schicksal heraus, wenn man solche Experimente finanziert?« Joanna atmete aufgeregt.

Für den Bruchteil einer Sekunde flackerte in Taylors Augen Unsicherheit auf. Er hatte sich zwar gleich wieder in der Gewalt, aber Joanna war es nicht entgangen. Triumphierend lächelte sie ihn an. »Aber Sie sind ja nicht abergläubisch, Taylor, oder?«

Seine halb geschlossenen Augen und der verkniffene Mund gaben zu verstehen, daß er allmahlich von dieser Unterhaltung genug hatte.

»Hören Sie«, erwiderte er knapp, »Wenn Sie die Story nicht machen wollen – gut. Das spricht allerdings nicht gerade für Ihre Professionalität. Sie wollten den Auftrag, aber ich kann Sie nicht zwingen, ihn auszuführen. Dann muß ich eben jemand anderen finden.«

»Wen?« Mit dieser Möglichkeit hatte Joanna nicht gerechnet. Sie stellte diese Frage, obwohl sie instinktiv wußte, daß es ein großer Fehler war. Denn dadurch gab sie Taylor Freestone ein Druckmittel in die Hand, um ihren Willen zu untergraben und sie dazu zu bewegen, ihre Entscheidung rückgängig zu machen. Und dieser Mann hatte eine besondere Gabe, seine Mitarbeiter dahin zu bekommen, wo er sie haben wollte.

»Das habe ich mir noch nicht überlegt. Aber eins kann ich Ihnen versprechen: Daß der- oder diejenige die Sache wieder hinbiegen wird.«

»Was soll das heißen?« Der entrüstete Unterton verriet ihm, daß sie angebissen hatte.

»Nun, meiner Meinung nach ist es ein Fehler«, sein Tonfall blieb so gleichmütig, als würden sie sich über etwas so Belangloses wie das Wetter unterhalten, »daß Sie mit Sam Towne ins Bett gehen und diese Tatsache verschweigen.«

Obwohl sie von dieser Bemerkung überrumpelt wurde, gelang es ihr, weder rot zu werden noch auch nur mit der Wimper zu zucken. »Wie kommen Sie denn darauf?«

»Schätzchen, ich weiß nun mal, wann jemand mit wem eine Affäre hat. Das ist einer der Gründe, weshalb ich diesen Posten hier habe.« Er behielt sie weiterhin ungerührt im Auge. »Und ich halte Ihnen jetzt auch keinen Vortrag über unprofessionelles Verhalten. Schließlich sind Sie keine Ärztin oder Rechtsanwältin, die eine Vertrauensstellung mißbraucht – obwohl man natürlich ihre Unvoreingenommenheit in Frage stellen könnte. Na egal, wer auch immer diese Story übernimmt, wird dieses Verhältnis natürlich erwähnen müssen ... und darüber spekulieren müssen, welche Rolle das bei Ihrer Entscheidung gespielt hat, sich aus der Sache rauszuziehen.«

Joanna sah ihm direkt in die Augen, entschlossen, sich nicht in die Enge treiben zu lassen. »Taylor, Sie wissen nicht, wie das ist. Ich habe entsetzliche Angst. Ich kann nicht weitermachen.«

Er stützte die Hände auf die Schreibtischplatte und beugte sich zu ihr herunter. »O doch, ich weiß genau, wie das ist – denn Sie schreiben großartig darüber. Und deshalb will ich wissen, wie es ist, wenn man so etwas bis zum Ende durchsteht, ob man danach ein anderer ist ... und das will ich von Ihnen wissen! Außerdem sollten Sie an eines denken, Joanna: Auch Sie werden nie erfahren, wie das ist, wenn Sie jetzt aufgeben. Und ich glaube, das wäre ein Fehler. Ja, ich glaube, für Sie ist es noch wichtiger als für mich, diese Sache zu Ende zu bringen.«

Ihr bitteres Lachen ließ ihn aufhorchen.

»Was ist daran so komisch?«

»Mir ging nur gerade durch den Kopf, wie recht Sie haben, Taylor: Es gibt wirklich eine Menge guter Gründe dafür, daß Sie auf diesem Posten sitzen. Das ist übrigens ein Kompliment.«

Nachdenklich nickte er. »Und Sie wissen, daß ich auch mit Ihnen und Sam Towne richtig liege. Ihre Affäre gehört zur Story dazu.«

Er richtete sich wieder auf und verschränkte die Arme.

»Ich meine, wenn man einen der besten Physiker der Welt dafür gewinnt, öffentlich für Ihr Team den Kopf hinzuhalten, dann kann man zumindest zugeben, daß man mit dem Teamleiter ins Bett geht. Sonst wird es später rauskommen, und die Glaubwürdigkeit wäre dahin. Dadurch wäre die ganze Story diskreditiert. Und das wäre ein Jammer, denn in meinen Augen verdient sie den Pulitzer-Preis.«

Einen genau berechneten Augenblick lang sah er sehr ernst auf sie herab.

»Nun, ich bin mir sicher, daß Sie lieber selbst über dieses Verhältnis schreiben möchten, als das jemand anderem zu überlassen.«

Da sie kein Wort erwidert hatte, mußte sie wohl wortlos ihre Zustimmung gegeben haben, vielleicht durch eine Geste oder einfach nur durch ihr Schweigen. Jedenfalls nickte Taylor zufrieden.

»Ich habe nichts anderes von Ihnen erwartet«, sagte er und ging hinaus, doch plötzlich steckte er noch einmal den Kopf zur Tür herein.

»Sie müssen nicht schreiben, wie lang sein Schwanz ist – geben Sie nur einfach zu, daß Sie ihn gesehen haben.«

Wieder allein, starrte sie eine ganze Weile auf den Bildschirm, der ihren bereits aufgerufenen Text zeigte. Auch wenn sie es nicht tun wollte, Taylor hatte ihr keine Wahl gelassen. Zu allem Überfluß wußte sie, daß er recht hatte: Die hartnäckigen Skeptiker alles Übersinnlichen würden die Enthüllung einer ›geheimgehaltenen Affäre‹ als Beleg für einen glatten Betrug werten. Schon aus Respekt gegenüber den drei verstorbenen Gruppenmitgliedern mußte sie das verhindern.

Eine Stunde später las sie ihre Änderungen noch mal durch. Es war einfacher gewesen als erwartet. Denn überraschenderweise wurde die Sache griffiger, als sie beschrieb, wie sie sich plötzlich in einer Kette von Ereignissen gefangen sah, die sie als unmöglich abgetan hätte, wenn sie nicht persönlich damit konfrontiert gewesen wäre. Schwierig gestaltete sich nur die Schilderung ihrer Beziehung zu Sam und die Beantwortung der Frage, in welcher Weise sich die besagten Ereignisse darauf ausgewirkt hatten. Was natürlich damit zusammenhing, daß sie es selbst nicht wußte. Während sie noch grübelte, klingelte das Telefon. Es war Sam.

»Wir hatten heute morgen keine Möglichkeit zu reden, Joanna. Aber ich muß dich sehen. Können wir zusammen essen?«

»Meine Eltern sind aus Europa zurück. Ich fahre übers Wochenende raus.«

»Wann kommst du wieder?«

»Hm, vielleicht Sonntag.«

»Dann Sonntag abend ...?«

Joanna zögerte. Sie wußte, daß ihre gestrige Wut irrational gewesen war. Es bestand kein Grund, ihm wegen der Geschehnisse Vorwürfe zu machen. Sam zum Sündenbock zu stempeln half gar nichts. Aber irgendwie konnte sie nicht anders.

»Hör mal«, unterbrach er das Schweigen, »an meinen

Gefühlen für dich hat sich nichts geändert. Ich liebe dich, Joanna. Und deshalb bitte ich dich, mir nicht einfach den Rücken zu kehren und aus meinem Leben zu verschwinden. Rede wenigstens mit mir.«

Diese schlichte Bitte rührte sie. Und ihr wurde bewußt, daß auch sie ihn noch immer liebte, obwohl sie es ihm nicht sagen konnte – und daß sie es ihm nicht sagen konnte, verwirrte und beunruhigte sie nur um so mehr.

»Ich weiß nicht genau, wann ich wieder da bin«, sagte sie schließlich. »Vielleicht bleibe ich auch bis Montag. Aber ich rufe dich an, okay?«

»Ja, gut. Und grüße deine Eltern von mir. Ich hoffe, sie hatten einen schönen Urlaub.«

»Danke, ich richte es aus. Also, bis dann.«

»Bis dann, Joanna.«

Sie legte auf und starrte ins Leere. Was wollte sie eigentlich? Wonach suchte sie?

Natürlich wußte sie, was sie sich mehr als alles auf der Welt wünschte, nämlich, daß dieser Alptraum zu Ende ging, daß alles wieder so wie früher wäre. Doch dann hätte sie auch Sam nicht kennengelernt, er war ein Teil dieser ganzen Geschichte – und gegen diese Unvereinbarkeit, diese Inkompatibilität ihrer eigenen Gefühle, war sie einfach machtlos.

Inkompatibilität – dieses Wort hatte sie auch neulich in Sams Wohnung benutzt. Roger hatte genickt, als sie gemeint hatte, daß Adams Existenz und die ihre vielleicht einfach nicht in Einklang zu bringen, auf unerfindliche Weise inkompatibel geworden waren. Dieser Gedanke hatte etwas Erschreckendes, wenn ihn auch ein vernünftiger Mensch nicht ernst nehmen würde.

Aber sie war doch ein vernünftiger Mensch! Und trotzdem machte ihr diese Vorstellung angst. Das paßte ja schon wieder nicht zusammen. War nun sie verrückt, oder war die Welt verrückt? Und überhaupt, wo verlief die Trennlinie zwischen ihr und der Welt? Gab es eine solche Trennlinie überhaupt?

Ein plötzlicher Schauder ließ sie zusammenfahren, als wäre sie eingenickt und plötzlich mit dem Kopf vornübergekippt. Aber sie war hellwach gewesen, sie hatte sich lediglich im Teufelskreis ihrer Gedanken verloren. Joanna holte tief Luft. Erleichtert, sich von diesen Gedanken losgerissen zu haben, begann sie wieder mit ihrer Arbeit. Sie tippte auf eine Taste an ihrem Computer und kopierte ihren überarbeiteten Artikel für Taylor Freestone. Dann sah sie auf die Uhr. Wenn sie jetzt ging, hatte sie noch genug Zeit, sich in ihrer Wohnung umzuziehen – sie trug noch immer ihre Trauerkleidung – und vor der Rush-hour einen Zug zu erwischen.

Und so eilte sie aus dem Büro, ohne sich auch nur umzudrehen oder von jemandem zu verabschieden.

34 Während der Fahrt beschäftigte sie vor allem die Frage, was sie ihren Eltern sagen sollte. Sie fühlte sich wie ein Teenager, der wegen eines Geheimnisses ein schlechtes Gewissen hat. Aber sie wußte, daß es ein großer Fehler wäre, die volle Wahrheit zu sagen. Dann wäre das ganze Wochenende von Sorgen und Ängsten überschattet.

Schon am Telefon hatte sich ihre Mutter nach Sam erkundigt: Waren sie noch zusammen, wie kam er mit seinem Projekt voran? Joanna hatte nicht direkt darauf geantwortet und den Eindruck erweckt, als befände sich ihre Beziehung derzeit in der Schwebe, weshalb es besser wäre, das Thema nicht anzuschneiden. Das hatte den angenehmen Nebeneffekt, daß auch das Experiment selbst zum Tabu wurde. Und darüber war Joanna heilfroh.

Sie sah diesem Wochenende so erwartungsvoll entgegen, wie ein Schiffbrüchiger nach einem Rettungsring greift. Es bedeutete für sie genau das, woran sie sich in ihrer Verzweiflung festzuklammern versuchte, ein sicheres Gefühl der Geborgenheit, das es nur zu Hause und in der Familie gab und das man immer als selbstverständlich betrachtete, bis es nicht mehr da war. Jetzt, da sich rings um sie alle Perspektiven verschoben hatten, drohte ihr dieses Gefühl des Normalen, des Dazugehörens, verlorenzugehen. Aber sie wollte es sich unter allen Umständen bewahren. Sie wollte sich in das Gewohnte, Vertraute hineinkuscheln wie in eine warme Decke. Und zu diesem Zweck würde sie auch vor Lügen nicht zurückschrecken.

Ihr Vater holte sie mit dem Kombiwagen ihrer Mutter

vom Bahnhof ab und hatte Skip, ihren Terriermischling, dabei. Während sie in Europa gewesen waren, hatten sich Nachbarn um den Hund gekümmert, der sich nun sichtlich freute, die Familie wieder vereint zu sehen. Bei der kurzen Fahrt durch die hereinbrechende Dämmerung saß er auf Joannas Knien und leckte ihr das Gesicht. Sie lachte, umarmte und schalt ihn abwechselnd und plauderte unterdessen mit ihrem Vater über die Orte, die er mit ihrer Mutter bereist hatte, über ihre Urlaubsbekanntschaften und ihre kulinarischen Erlebnisse.

Schließlich bogen sie in die Einfahrt ein und fuhren an den Büschen, Rabatten und pflanzenüberwucherten Lauben vorbei, die das weitläufige Schindelhaus umgaben. Die Garagentür öffnete sich automatisch und schloß sich hinter ihnen mit einem vertrauten dumpfen Schlag. Skip war bereits aus dem Auto gesprungen, lief im Kreis herum und kündigte mit einem lauten Bellen ihr Kommen an.

Joanna lief das kurze Stück Weg zum Wohnhaus. Da erschien ihre Mutter schon in der Tür, und sie fielen sich um den Hals. Joanna schloß die Augen, um diesen Moment voll auszukosten – die Wärme, die Wohlgerüche aus der Küche, ein Flötenkonzert von Mozart, das aus einem Radio im Hintergrund ertönte. Es war alles, wie es sein sollte, wie sie es in Erinnerung hatte und wie es immer bleiben sollte.

Während ihre Mutter nach dem Huhn im Backofen sah, schenkte ihr Vater Wein ein. Die drei stießen auf ihr Wohl an, auf ihr Beisammensein, auf ihre Familie.

Danach erzählten ihre Eltern noch etwas ausführlicher, wo sie überall gewesen waren und was sie alles unternommen hatten. »Wir haben herrliche Videoaufnahmen gemacht«, meinte ihre Mutter. »Die zeigen wir dir nach dem Essen.«

»Wirst du wohl zurückkommen und die Urlaubsbilder anschauen – wir zahlen dir auch was dafür!« zischte ihr Vater aus dem Mundwinkel. Es war ein alter Familienwitz, und Joanna brach in schallendes Gelächter aus. Aber in ihrem krampfhaften Bemühen, sich in all das Gewohnte und Vertraute zu retten, lachte sie vielleicht eine Spur zu laut, denn ihre Mutter warf ihr einen kurzen Blick zu. Obwohl sie ihre Arbeit nicht unterbrach und sich nichts anmerken ließ, wußte Joanna trotzdem, daß Elizabeth Cross etwas gemerkt hatte.

Als sie am Eßtisch Platz nahmen, schimmerte flackerndes Kerzenlicht auf dem Silberbesteck und der polierten Tischplatte, und das ganze Eßzimmer spiegelte sich in dem hohen Fenster. Dahinter lag undurchdringliche Finsternis, doch morgen würden der gepflegte Rasen, die Blumenbeete und der baumbestandene Hang, der sanft zum Fluß hin abfiel, zu sehen sein.

Sie aßen, tranken, plauderten und genossen ihr Zusammensein, wie es wohl alle Familien tun würden. Trotz dieses Blicks ihrer Mutter vorhin in der Küche herrschte keine spürbare Spannung. Es hatte nicht den Anschein, als würden ihre Eltern bestimmte Themen nicht ansprechen, während sie hinter der Fassade eines angeregten Gesprächs heimlich ihre Schlüsse zogen. Allerdings war Joanna klar, daß dieser Moment der Aussprache morgen kommen würde, wahrscheinlich am Vormittag, wenn sie wie üblich zusammen mit ihrer Mutter einkaufen ging. Dann würde sie mit Fragen konfrontiert werden, denen sie nicht mehr ausweichen konnte. Aber darauf war sie vorbereitet, sie hatte sich eine Strategie überlegt. Denn diese wenigen kostbaren Tage wollte sie sich durch nichts verderben lassen.

»Oh, das tut mir leid ...!«

Die Entschuldigung kam von Joannas Mutter. Sie hatte Joannas Handtasche am Rand des Sideboards nicht gesehen und sie heruntergeworfen, als sie das Käsebrett wegschob, um Platz für eine leere Salatschüssel zu machen.

Joanna hatte gerade die Hände voller Teller, die sie wegräumen wollte. »Ich hebe die Sachen auf«, meinte deshalb ihr Vater und kniete sich auf den Boden. Joanna dankte ihm, ohne sich größere Gedanken wegen ihrer Tasche zu machen. Es war ja nichts Zerbrechliches darin, nichts Wertvolles, das verloren- oder kaputtgehen konnte.

Doch da sah sie, wie ihr Vater etwas in der Hand hielt und mit in Falten gezogener Stirn betrachtete. Sie trat näher heran und erkannte die weiße Karte mit dem unmißverständlichen schwarzen Rand. Ihr Herzschlag setzte einen Augenblick aus. Wie dumm von ihr, die Karte vom Trauergottesdienst heute vormittag mitzunehmen!

»Ist jemand gestorben, den du kanntest?« fragte ihr Vater. »Das Datum ist von heute.« Besorgt sah er sie an. »Du warst heute auf einer Beerdigung, Jo?«

»Ach, Daddy!« platzte sie ärgerlich heraus, stellte unsanft das dreckige Geschirr ab und riß ihm die Karte samt ihrer Tasche aus der Hand.

Erstaunt und ein wenig erschrocken blickte er sie an. »Entschuldigung, ich wollte nicht spionieren. Sie ist einfach herausgefallen.«

»Ja, ich weiß, schon gut.« Joanna versuchte, einen versöhnlichen Ton anzuschlagen, aber ihre Reaktion war zu barsch gewesen.

Mit ihrem Versuch, über den Zwischenfall hinwegzugehen und das Thema zu wechseln, kam sie nicht durch.

»Schätzchen, wer ist denn gestorben?« Die Stimme ihrer Mutter klang mitfühlend, aber die Frage ließ sich nun nicht mehr übergehen.

Mit einem knappen Kopfschütteln gab sie zu verstehen, daß sie nur ungern darüber sprach.

»Drew und Barry Hearst«, antwortete sie, ohne ihren Eltern in die Augen zu schauen. »Zwei aus Sams Gruppe, bei der ich auch mitgearbeitet habe. Sie sind vor ein paar Tagen bei einem Autounfall gestorben.«

»Das ist ja furchtbar! Und wir reden die ganze Zeit nur von unserem Urlaub ...«

Elizabeth Cross ging zu Joanna und nahm ihre Hände. »Das tut mir so leid, Schätzchen, das macht mich ganz traurig.«

»Nicht doch, Mama. Deshalb wollte ich es euch ja nicht sagen. Damit uns heute die Stimmung nicht verdorben wird.«

»Kanntest du sie denn gut? Wart ihr befreundet?«

»Nicht richtig. Ich mochte sie natürlich, aber wir standen uns nicht sehr nahe. Ich war nur einmal bei ihnen zu Hause.«

Ihr Vater stand verlegen da. »Entschuldige, Jo. Es war sehr rücksichtsvoll von dir, daß du das für dich behalten wolltest. Aber du weißt, du brauchst vor uns nichts zu verbergen, egal was es ist.«

Plötzlich schämte sich Joanna. Sie sollte ihnen die Wahrheit sagen, das war sie ihnen schuldig. »Ich weiß«, erwiderte sie. »Ich wollte es euch später erzählen.«

Wieder eine Lüge, und das spürte ihre Mutter. Hinter ihrer aufrichtigen Besorgnis verbarg sich ein gewisser Argwohn, der Joanna nicht entging. Elizabeth Cross ahnte, daß irgend etwas nicht stimmte, und wollte der Sache auf den Grund gehen.

»Aber warum hast du denn gestern am Telefon nichts davon gesagt ...?«

»Du warst so aufgeregt und hast von eurem Urlaub geschwärmt, da erschien es mir einfach unpassend.«

Ihre Mutter legte den Kopf zur Seite, ohne sie aus den Augen zu lassen – eine Geste, die sagte: »Na schön, jetzt aber raus mit der Sprache: Was ist *wirklich* los?«

Joanna wurde von einer irrationalen Panik ergriffen, wie ein Kind, das beim Lügen ertappt worden war. Ärgerlich dachte sie dann, daß sie dafür inzwischen zu alt war. Sie konnte tun und lassen, was sie wollte, sie war niemandem Rechenschaft schuldig.

»Es war so ein Schock, vor allem nachdem Maggie McBride gestorben war, daß ich einfach nicht darüber sprechen wollte.«

Warum hatte sie das gesagt? Ihre eigenen Worte klangen ihr fremd in den Ohren. Welche Gefühlsverwirrungen hatten sie zu dieser Bemerkung veranlaßt?

»Maggie McBride?« wiederholte ihre Mutter.

Jetzt war es zu spät. Sie mußte sich ins Unvermeidliche fügen, ihren eigenen Ängsten ins Auge sehen, sie aus der

Tiefe hervorzerren und dem kalten Licht der Vernunft ausliefern. Als sie noch ein Kind war, hatten ihre Eltern die Drachen im Schrank und die Ungeheuer unter dem Bett verjagen können, vielleicht konnten sie das jetzt auch?

»Du weißt schon, diese nette Schottin, von der habe ich dir ganz bestimmt erzählt.«

»Und die ist gestorben?«

»Ja, während ihr weg wart. Anscheinend hatte sie ein schwaches Herz.«

»Wann ist sie gestorben?« Diese Frage stellte ihr Vater, dessen männlich-funktionale Denkweise nach nüchternen Fakten verlangte.

Joanna warf ihm einen flüchtigen, verlegenen Blick zu. Jetzt saß sie in der Falle. Es gab keinen Ausweg mehr.

Ihr Vater wiederholte seine Frage. »Wann ist sie gestorben?«

»Letzte Woche. Am Freitag.«

Sie hatte es ausgesprochen. Nun nahm das Schicksal seinen Lauf.

Auf der Stirn ihres Vaters vertieften sich die Sorgenfalten. »Mein Gott, Jo, das sind drei aus einer Gruppe von ... wie vielen Leuten?«

»Acht.«

»Drei ... in einer Woche?«

Auf einmal erkannte sie, daß immer noch alles von ihr abhing. Ihre Eltern konnten das Unheil nicht abwenden. Ihr erster Impuls war der richtige gewesen – es war ihre, Joannas, Aufgabe, ihre Eltern zu beschützen. Aus diesem Gedanken schöpfte sie neuen Mut, denn sie wußte, daß das Schlimmste nun hinter ihr lag und daß es nur besser werden konnte. Was sie jetzt zu tun hatte, war ganz klar und einfach.

»Daß wir nicht weitermachen, liegt auf der Hand. Ich meine, wir könnten zwar, aber es ist eine Frage des Anstands. Schließlich war es für uns alle ein schwerer Schlag.« Sie redete mutig und selbstbewußt und vermittelte den Eindruck ernsthafter Besonnenheit. »Außerdem sind wir nicht sonderlich weit gekommen und wollten das Ganze sowieso schon abblasen.«

Je mehr sie davon erzählte, desto leichter kamen ihr die Lügen über die Lippen. Sie haßte es, einen Keil zwischen sich und diese beiden Menschen zu treiben, die ihr im Moment wichtiger waren als alles andere auf der Welt. Aber sie hatte keine Wahl, sie wußte, daß diese Situation nicht anders zu bewältigen war.

»Du sagst, ihr seid nicht sehr weit gekommen ...?« fragte ihr Vater, der Genaueres erfahren wollte.

Joannas wegwerfende Geste sollte andeuten, daß sich das Ganze als wenig ernst zu nehmende Spielerei entpuppt hatte.

»Nichts als ein bißchen Rumpeln und Tischeklopfen, was im übrigen sogar häufiger vorkommt, als man glaubt. Ich habe genug Stoff für einen Artikel, zumindest so viel, daß ich was Lesbares daraus machen kann. Aber etwas besonders Sensationelles wird es wohl nicht werden.«

Diese Lüge würde schonungslos aufgedeckt werden, wenn eines Tages ihr Artikel erschien, egal ob sie oder jemand anderer als Verfasser genannt wurde. Doch darüber würde sie sich später Gedanken machen. Im Augenblick kam es für sie nur darauf an, diesen Ort der Zuflucht und der Geborgenheit einige wenige Tage lang vor dem Wahnsinn abzuschirmen, der über ihr Leben hereingebrochen war.

Sie standen da und sahen einander an, Joanna auf der einen Seite des Tischs, ihre Eltern gegenüber.

»Trotzdem«, sagte ihre Mutter, und in ihrer Stimme schwang große Beunruhigung mit, »sind drei Menschen ums Leben gekommen ... innerhalb weniger Tage ...«

»Ach komm, Mama ...!« Joanna tat ihren Einwand mit einem verwunderten Lachen ab, das, wie sie hoffte, nicht allzu künstlich klang. »Ich habe das Gefühl, du siehst Gespenster. Ich meine, wir reden hier von einem Herzinfarkt und einem Verkehrsunfall. Es ist ein Zufall, ein tragischer zwar, aber auch nicht mehr.«

Halt, ermahnte sie sich, sag jetzt nichts mehr, sonst weckst du nur neues Mißtrauen.

»Soll ich uns einen Kaffee kochen?« schlug sie vor. Das tat sie oft nach einem Essen im Kreis der Familie, ihr ›unschätzbarer Beitrag zu einem gelungenen Abend‹, wie sie es gern scherzhaft nannte. »Und dann können wir uns eure Videos ansehen. Die interessieren mich wirklich – ich verspreche euch, daß ihr mir nichts dafür bezahlen müßt!«

Kaum ein Wort wurde gesprochen, als die Seine-Brücken, die Themse und der Londoner Tower vorüberzogen und die verwinkelten Gassen Roms immer wieder unverhoffte Ausblicke auf große Plätze und imposante Bauten freigaben. Joanna freute sich jedesmal wie ein kleines Kind, wenn sie ihren Vater oder ihre Mutter auf dem Bildschirm entdeckte, applaudierte bei jeder gelungenen Kameraeinstellung, erzählte Anekdoten und frischte die eine oder andere Erinnerung auf, wenn sie einen Ort wiedererkannte, an dem sie früher schon mit ihren Eltern gewesen war.

Es war eine gute schauspielerische Darbietung, aber eben nicht echt. Und an den verhaltenen Reaktionen ihrer Eltern erkannte sie, daß sie das gemerkt hatten.

Doch sie stellten keine Fragen, und es gab keine peinlichen Situationen. Nur einmal, als sie mit ihrer Mutter allein war und sie sich ihren Gute-Nacht-Kuß gaben, da sah Elizabeth Cross ihrer Tochter in die Augen, und in ihrem Blick lag so viel zärtliche, liebevolle Zuneigung, wie sie nur eine Mutter für ein erwachsenes Kind empfinden kann, das allein, unabhängig und schutzlos draußen in der Welt steht.

»Es ist doch alles in Ordnung, Schätzchen, oder?«

»Natürlich, Mama, es geht mir wirklich gut.«

»Weißt du, wenn dir irgend etwas zustoßen würde ... ich glaube, das könnte ich nicht ertragen.«

35

Als Joanna kurz nach acht Uhr morgens aufwachte, war sie überrascht, wie gut sie geschlafen hatte. Sie zog die Jalousien hoch und sah, daß ein wundervoller Herbsttag sie erwartete. Später fuhr sie mit ihrer Mutter zum Einkaufen in die Stadt. Sie parkten am Ende der Hauptstraße, auf dem Parkplatz gleich neben dem Markt, wo die bleichen, fast weißen Äste der kahlen Bäume in den klaren, blauen Himmel ragten.

Joanna schien es, als wären die Menschen in der überdachten Markthalle irgendwie in Feststimmung, obwohl die Vorweihnachtszeit noch lange nicht begonnen hatte. Ihrer Mutter dicht auf den Fersen, zwängte sie sich an eiligen Einkäufern, schlendernden Paaren und Familien beim Wochenendeinkauf vorbei.

Zielstrebig und geschäftig flitzte Elizabeth Cross vom Gemüsestand zum Käse und dann zum Obst und belud den Einkaufswagen, den Joanna schob. Mittags sollte es nur eine Kleinigkeit zu essen geben, weil sie abends zum Essen bei Freunden eingeladen waren. Über das Gespräch vom Vorabend hatten ihre Eltern kein Wort mehr verloren. Joanna war ihnen ausgesprochen dankbar dafür, denn nun brauchte sie ihnen nichts mehr vorzuspielen. Das Problem war zur Sprache gebracht und damit auch abgehakt worden. Vielleicht gelang es ihr ja sogar, diese vergangenen Wochen hinter sich zu lassen und ihr früheres Leben wieder aufzunehmen. War es wirklich so einfach? Eine Luftveränderung und Mutters Küche? War das alles, was sie gebraucht hatte? Es fiel ihr schwer, das zu glauben, aber wenn sie es ganz fest versuchte ...

»Wir könnten uns Zeit sparen«, unterbrach ihre Mutter Joannas Gedankengänge, »wenn ich das hier allein erledige und du inzwischen bei ›Clare Sexton's‹ ein paar Kissen abholst, die ich habe neu beziehen lassen. Sie sind schon bezahlt, du mußt nur danach fragen.«

Joanna überließ den Einkaufswagen ihrer Mutter und vereinbarte mit ihr, sich in zwanzig Minuten mit ihr am Parkplatz zu treffen. ›Clare Sexton's‹ war ein Stoffgeschäft, das schon existierte, seit Joanna denken konnte. Sie ging die drei Häuserblocks zu dem Laden und grüßte unterwegs ein paar Leute, die sie vom Sehen her kannte, manchmal winkte sie auch durch eine Schaufensterscheibe. Das hier war mehr ein Dorf als eine Kleinstadt, ein gemütlicher, netter Ort, wenn auch keine Prominenz hier wohnte. Zwar hätte Joanna heute nicht mehr hier leben wollen, aber sie war froh, hier groß geworden zu sein. Hier lebten anständige Menschen, die niemandem Böses wollten – im Gegenteil: Sie würden einem helfen, wo sie nur konnten.

›Clare Sexton's‹ teilte sich die Nachbarschaft mit ein paar Kunsthandwerksläden, einem Buchladen und einem neuen Geschäft, das im viktorianischen Stil eingerichtet war und importierte Seifen, parfümierte Kerzen und duftende Gewürzsträuße verkaufte. Hinter den auf alt getrimmten Scheiben von ›Clare Sexton's‹ waren bunt leuchtende Stoffe aller Farben und Sorten aufwendig drapiert.

Im Laden ging es so geschäftig zu wie scheinbar überall an diesem Vormittag. Das Mädchen an der Ladentheke wickelte mehrere Stoffbahnen für ein Paar ein, das über die Neuerwerbung ganz begeistert war. Die Geschäftsinhaberin Clare Sexton, eine schlanke, kompetent wirkende Frau mit kurzem blondem Haar, winkte Joanna aus einer Ecke zu, wo sie mit einer anderen Kundin beschäftigt war. Kein Grund zur Eile, gab Joanna ihr zu verstehen und wollte sich einstweilig ein wenig im Laden umschauen.

»Was meinen Sie?« fragte sie da plötzlich eine Männerstimme so dicht hinter ihr, daß sie erschreckt zusammenzuckte. Als sie sich umdrehte, sah sie sich einem dunkelhaarigen Mann von etwa Mitte Dreißig in grünen Cordhosen und einem geschmackvollen Wolljackett gegenüber. Er hielt einen farbigen Karton in der einen und eine Stoffbahn in der anderen Hand. »Paßt das, oder bin ich farbenblind?«

»Hm«, meinte sie und trat einen Schritt zurück, um die Farben in besserem Licht zu begutachten. »Das paßt ausgezeichnet, finde ich ... wenn das die Wandfarbe ist und Sie Vorhänge dazu suchen.«

»Auf Anhieb richtig geraten«, grinste er sie ein bißchen entschuldigend an. Er hatte ein nettes Lächeln und auch ein sympathisches Gesicht, fand sie. Und er wirkte intelligent – wie jemand, mit dem man gut reden konnte.

»Da wir gerade beim Thema sind, würden Sie das als Gelb oder als Ocker bezeichnen?« Er deutete auf einen Streifen im Stoff. »Blöd, nicht wahr? Ich weiß, daß es zwei verschiedene Farben sind, aber ich kann mich nie entscheiden, wo das eine aufhört und das andere anfängt. Wohl eine Art Sehschwäche.«

»Definitiv Ocker«, stellte sie fest. »Viel zu gedämpft für Gelb.«

»Okay«, nickte er. »Wenn Sie so einen Stoff einfarbig da haben, brauche ich mehrere Meter davon. Ich weiß nicht genau wieviel, aber vielleicht können Sie es ausrechnen, wenn ich Ihnen erkläre ...«

Er redete nicht weiter, weil er sah, daß sie ihn mit einem amüsierten Lächeln zu unterbrechen suchte.

»Tut mir leid, aber ich arbeite nicht hier«, sagte sie. »Obwohl ich Ihnen gern helfen würde, denn Clare ist eine Freundin von mir. Aber ich weiß nicht, was sie vorrätig hat.«

Vor Verlegenheit wurde er rot, was Joanna überraschend liebenswert fand, und stotterte eine Entschuldigung. »Wie dumm von mir ... tut mir leid ... ich weiß gar nicht, wie ich darauf gekommen bin ...«

»Schon gut. Schade, daß ich Ihnen nicht helfen konnte.«

»Aber das haben Sie schon getan. Zumindest weiß ich jetzt, nach was für einer Farbe ich suchen muß.«

»Wo ist denn das Haus, das Sie renovieren? Hier in der Gegend?«

»Nein, hier draußen habe ich nur ein kleines Häuschen gemietet, mehr eine Hütte. Aber ich habe gerade in Manhattan ein Haus gekauft. Viel zu groß für mich, ehrlich gesagt, aber es ist das erste Haus, das mir gehört, und ich freue mich darauf.«

Als sie an ihm vorbeisah, stellte sie fest, daß das Mädchen an der Ladentheke inzwischen frei war. Und ein Blick auf die Uhr an der Wand sagte ihr, daß sie sich beeilen mußte, wenn sie ihre Mutter nicht warten lassen wollte. »Ich muß jetzt gehen«, meinte sie daher. »Hoffentlich finden Sie, was Sie suchen.«

»Ja bestimmt, danke. Übrigens, ich heiße Ralph Cazaubon.«

»Joanna Cross.«

Sie schüttelten sich die Hand.

»Cazaubon? Ist das ein französischer Name?«

»Meine Vorfahren waren Hugenotten.«

Noch einmal dankte er ihr für ihre Hilfe, dann eilte sie zu der Theke, damit ihr niemand zuvorkam. Die Kissen für ihre Mutter waren fertig und in wenigen Minuten in Seidenpapier eingewickelt und in grüne Plastiktüten gesteckt. Gerade als Joanna gehen wollte, kam Clare herüber, und sie begrüßten sich mit Wangenküßchen.

»Klingt ganz so, als hätten deine Eltern sich in Europa großartig amüsiert. Ich bin ganz schön neidisch!«

»Da bist du nicht die einzige, aber wir können schließlich nicht alle für eine Fluggesellschaft arbeiten.«

»Versprich, daß du mich anrufst, wenn du wieder hier raus kommst, ja? Ich möchte eine Party geben.«

»Gern. Aber jetzt muß ich los, meine Mutter wartet. Übrigens steht da drüben ein sehr netter Mann, der Hilfe bei seinen Vorhängen braucht.«

»Oh, wo?« Erwartungsvoll drehte Clare sich um.

Aber der Mann, mit dem Joanna gesprochen hatte, war nicht mehr da.

»Komisch. Gerade eben ...«

Sie ließ den Blick über die verschiedenen Grüppchen von Kunden schweifen, konnte ihn aber nirgends entdecken.

»Wahrscheinlich ist er gerade zur Tür raus, während ich ihm den Rücken gekehrt habe. Aber du mußt ihn doch gesehen haben, er stand eben noch neben mir – Wolljackett mit Schalkragen, dunkle Haare?«

Doch Clare schüttelte den Kopf. »An Tagen wie diesem kriege ich kaum etwas mit.« Schon fing sie den Blick einer Frau auf, die am anderen Ende des Ladens einen Silberbrokatstoff befühlte. »Ich muß weitermachen. Aber vergiß nicht anzurufen.«

»Versprochen.«

Als Joanna zum Auto kam, verstaute ihre Mutter gerade die letzten Einkäufe im Kofferraum. Fröhlich plaudernd fuhren sie nach Hause. Joanna brühte in der Küche eine frische Kanne Kaffee auf, während ihre Mutter einen Salat machte. Als Bob Cross vom Golfen zurückkam, hatte er tausend Dinge von alten Freunden zu erzählen, die er ja nun eine Weile nicht gesehen hatte. Nachdem sie in angenehmer, entspannter Atmosphäre zu Mittag gegessen hatten, verschwand Elizabeth Cross zu einem Treffen des Wohltätigkeitsvereins, der eine Spendenaktion organisierte. Joannas Vater machte sich im Garten zu schaffen, und sie zog los, um Sally Bishop zu besuchen, eine Schulfreundin, die gerade ihr drittes Baby bekommen hatte.

Kurz nach halb acht trafen sie und ihre Eltern bei Isabel und Ned Carlisle zum Abendessen ein. Ihr Haus lag nur ein paar ruhige Sträßchen weiter. Außer den Cross' waren noch zwei Paare da, so daß sie mit Joanna zu neunt waren. »Die dumme Neune« schoß ihr durch den Kopf, aber es störte sie nicht wirklich. Doch als sie einen Blick ins Eßzimmer warf, sah sie, daß für zehn Personen gedeckt war.

Kurz überlegte sie, was für ein außerordentlicher Zufall es wäre, wenn der zehnte Gast sich als Ralph Cazaubon entpuppen würde, doch gleich darauf schob sie diesen absurden Gedanken zur Seite. Wie kam sie ausgerechnet auf diesen Mann? Schließlich kannte sie ihn gar nicht und würde ihn vermutlich auch nie kennenlernen. Und selbst wenn, es würde sich bestimmt herausstellen, daß er irgendeine Eigenart hatte, die sie nicht ausstehen konnte.

Mit dem unbehaglichen Gefühl eines Déjà-vu erinnerte sie sich daran, daß sie ganz ähnlich über Sam gedacht hatte, kurz bevor sie sich mit ihm einließ. Gingen ihr immer die gleichen Gedanken durch den Kopf, bevor sie sich eingestehen konnte, daß sie jemanden attraktiv fand? War das schon immer so gewesen? Sie rief sich frühere Beziehungen ins Gedächtnis, aber sie konnte kein wiederkehrendes Muster erkennen.

Warum verschwendete sie überhaupt ihre Zeit mit solchen Überlegungen? Trotz allem, was geschehen war, war es mit Sam doch längst nicht vorbei! Ein zärtliches Lächeln spielte um ihre Lippen, als sie an ihn dachte. Es hatte ihr gut getan, Abstand zu gewinnen, doch inzwischen vermißte sie ihn und freute sich, ihn wiederzusehen.

Als die Türglocke läutete und Ned den zehnten Gast hereinführte, atmete Joanna erleichtert auf. Es war Algernon, ein charmanter schwuler Innenarchitekt, den sie schon seit vielen Jahren kannte und der inzwischen schon seinen Ruhestand genoß.

Trotzdem konnte sie es sich nicht verkneifen, Isabel Carlisle zu fragen, ob sie je einen gewissen Ralph Cazaubon getroffen habe. Denn Ned und Isabel kannten Gott und die Welt, zumindest hier draußen.

»Cazaubon? Nein, bestimmt nicht. An so einen ungewöhnlichen Namen würde ich mich erinnern. Bist du sicher, daß er hier in der Gegend wohnt?«

»Er hat ein Häuschen hier draußen gemietet. Wieviel Zeit er hier verbringt, weiß ich allerdings nicht.«

Isabel überlegte noch eine Zeitlang, dann schüttelte sie den Kopf. »Nein, den Namen habe ich bestimmt noch nie gehört.«

36

Der Sonntag war wieder ein klarer, sonniger Tag, nur ein paar Schäfchenwolken schwebten hoch droben am Himmel.

Joanna rief ihre alten Freunde Annie und Bruce Murdock an, die eine Reitschule leiteten, und fragte, ob sie sich für ein paar Stunden ein Pferd ausleihen könnte. Das sei kein Problem, versicherten ihr die Murdocks. Also zog sie Jeans und Pullover an und fuhr mit dem Wagen ihrer Mutter hin. Zwanzig Minuten später ritt sie durch ein Waldstück, bis sie eine lange, grasbewachsene Hügelkette erreichte. Da ließ sie das Pferd galoppieren und jagte mit ihm auf ein mächtiges Felsmassiv zu, das in das Tal hineinragte und den passenden Namen Eagle Rock trug.

Während sie noch in vollem Galopp dahinpreschte, bemerkte sie schräg rechts von sich einen anderen Reiter, der offenbar auf dasselbe Ziel zuhielt. Beim Näherkommen winkte er ihr zu, und sie erkannte Ralph Cazaubon. Sie zügelten die Pferde, bis sie Seite an Seite nebeneinanderher trabten.

»Ein schönes Tier«, meinte sie zu dem beeindruckenden Hengst, den er ritt. »Gehört er Ihnen?«

»Ja.« Er tätschelte den schimmernden kastanienbraunen Hals. »Das ist Duke.«

»Wo haben Sie ihn denn untergestellt?«

»Oh, er wird gut versorgt, auf einer Farm nicht weit von mir. Hast ein schönes, einfaches Leben, nicht wahr, mein Junge?«

Wie zur Bestätigung warf das Pferd den Kopf hoch.

»Auf welcher Farm?« fragte sie. »Vielleicht kenne ich sie.«

»Das bezweifle ich. Kennen Sie die Waterfords?«

Sie schüttelte den Kopf. »Wissen Sie, Sie kommen mir ziemlich geheimnisvoll vor. Erst sind Sie gestern vormittag plötzlich verschwunden, gerade als ich sie meiner Freundin Clare Sexton vorstellen will – die Ihnen übrigens soviel ockergelben Stoff besorgen kann, wie Sie nur haben wollen. Dann habe ich gestern abend Isabel Carlisle gefragt, ob sie Sie kennt, was aber nicht der Fall ist – obwohl Isabel wirklich jeden im Umkreis von dreißig Kilometern kennt, samt seiner Familiengeschichte.«

Er lachte. »Wie schon gesagt, ich habe hier nur ein Haus gemietet. Und wenn ich hier bin, lebe ich ziemlich zurückgezogen.«

»Was tun Sie denn? Schließen Sie sich im stillen Kämmerchen ein und schreiben Gedichte?«

»Fast. Ich schreibe Musik.«

»Sie sind Komponist? Wie interessant! Welche Art von Musik schreiben Sie?«

»Hauptsächlich nicht aufgeführte Opern.« Er lächelte bedauernd und sah sie an. »Haben Sie Lust auf eine Tasse Kaffee?«

Sie war überrascht von dieser Frage, doch da zog er eine Thermoskanne aus seiner Jacke wie ein Zauberer ein Kaninchen aus dem Hut. An der windgeschützten Seite des Eagle Rock stiegen sie ab. Zu der Thermoskanne gehörten zwei Trinkbecher, die er beide füllte. Während sie den guten, kräftigen Kaffee tranken, genossen sie die frische Luft und die Stille. Nur der Wind pfiff leise, und gelegentlich klirrte das Zaumzeug der Pferde, die auf dem Grasland weideten.

»Nun«, meinte Joanna nach einer Weile, »ich vermute, Sie finanzieren Ihre unaufgeführten Opern mit Werbeliedchen, Filmmusik und ähnlichem?«

Er lachte entschuldigend. »Nicht ganz. Ehrlich gesagt ist es mehr eine Art Hobby. Ich habe ein bißchen Geld geerbt und Glück auf dem Aktienmarkt gehabt. Und so kann ich jetzt das tun, was mir wirklich Spaß macht. Aber ich hoffe, daß ich irgendwann auch einmal etwas damit verdienen werde. Und was machen Sie?«

Sie erzählte ihm kurz von ihrer Arbeit bei der Zeitschrift und den Artikeln, die sie schrieb. Allerdings erwähnte sie nichts von Camp Starburst oder der Adam-Geschichte. Er kenne *Around Town*, meinte Ralph, aber er lese die Zeitschrift nicht, bei Gelegenheit wolle er jedoch mal hineinschauen und nach Joannas Namen suchen.

Danach schwiegen sie wieder und blickten in das Tal hinab, während sie ihren Kaffee austranken. Es war ein einsames, romantisches Fleckchen mit nur wenigen Anzeichen von Zivilisation – ein paar verstreut liegende Höfe, einige vereinzelte Häuser und eine kleine Steinkirche am Hang gegenüber.

Da sahen sie, wie eine Versammlung von vielleicht zwölf oder fünfzehn Menschen aus der Kirche kam und zu der Handvoll Autos vor dem Kirchhof ging. Kurz darauf erschien der Priester, ein großer, magerer Mann in einer schwarzen Soutane, und stieg auf sein uraltes Motorrad. Knatternd und stotternd tuckerte es auf dem Feldweg dahin, bis sie es aus den Augen verloren.

»Etwas ungewöhnlich, finden Sie nicht?« sagte Ralph nachdenklich.

»Ein Priester auf einem Motorrad? Hm, nicht besonders.«

»Nein – ich meine, daß in diesem Teil der Welt eine Kirche aus Stein gebaut worden ist.«

»Das sieht man manchmal, wenn auch nicht oft.«

»Kennen Sie diese Kirche?« fragte er.

Joanna schüttelte den Kopf. »Ich bin öfter daran vorbeigeritten, habe aber nie sonderlich darauf geachtet.«

»Ich auch nicht. Ich würde sie mir gern mal näher ansehen. Wollen Sie mitkommen?«

»Aber gern.«

Sie stiegen wieder auf, und nachdem sie einen steilen Abhang zu einem Fluß hinuntergeritten und auf der anderen Seite wieder hinaufgeritten waren, erreichten sie zwanzig

Minuten später das Tor vor dem nun menschenleeren Kirchhof. Dort ließen sie ihre Pferde stehen und schlenderten zu der hölzernen Eingangstür. Das Gebäude wirkte aus der Nähe sogar noch kleiner, es war eher eine Kapelle als eine Kirche.

»Mitte achtzehntes Jahrhundert, so wie es aussieht«, meinte Ralph, als sie eintraten. »Da steht's ja – 1770.« Er deutete auf die Inschrift über der Tür.

Nach einer Weile ging Joanna wieder hinaus, während Ralph im Innern der Kirche zurückblieb und sich noch ein paar interessante Einzelheiten anschaute. Sie spazierte zwischen den Gräbern umher, die insgesamt recht gepflegt wirkten, auch wenn die Grabsteine im Lauf der Jahre abgesackt waren und schief standen. Die Inschriften waren ziemlich verwittert und manchmal gar nicht mehr zu entziffern. Verwundert fragte sich Joanna, warum man in den letzten Jahren kaum noch jemanden hier beerdigt hatte. Da entdeckte sie, daß hinter einer Trennmauer ein weiterer Friedhofsteil angelegt worden war, der abgesehen von einigen wenigen Gräbern neueren Datums noch leer war. Hier, in dem alten Teil, gab es schon lange keinen Platz mehr.

Neugierig geworden, wollte Joanna wissen, aus welcher Zeit die ältesten Gräber stammten. Die Inschrift über der Kirchentür lautete 1770, aber sie hatte schon einen Grabstein gefunden, auf dem als Sterbejahr 1753 oder '58 angegeben war, das konnte man nicht ganz genau erkennen. Aber es deutete darauf hin, daß es dort, wo jetzt die Kirche stand, vielleicht schon vorher eine noch kleinere gegeben hatte.

Die ältesten Gräber befanden sich alle in einer Reihe auf einer Seite des Friedhofs. Mindestens ein Dutzend der Steine war völlig unleserlich, doch als sie die Reihe weiter entlangging, konnte sie allmählich Namen und Daten erkennen, so als würde sich der Schleier der Vergangenheit lüften. Sämtliche Steine waren aus demselben Stein gehauen, und diejenigen aus der Zeit kurz vor 1760 hatten sich zwei Jahrhunderte lang gegen Wind und Wetter behaupten können.

Da stieß sie auf einen Namen, der sie erstarren ließ und ihr den Atem raubte. Unter einer graugrünlichen, samtartigen Moosschicht waren schwach, aber unverkennbar fünf Buchstaben zu lesen: WYATT.

Ohne den Blick abzuwenden, trat sie behutsam näher heran, als könnte es sich um irgendeine Falle handeln. Vorsichtig schabte sie etwas von der moosigen Schicht ab.

Joseph Wyatt
1729 – 1794
Der geliebte Ehemann von Clarissa

Darunter stand, offensichtlich nachträglich hinzugefügt:

Clarissa Wyatt
1733 – 1797
Ehefrau von Joseph Wyatt

Unter Sand und wucherndem Gras war eine weitere Zeile verborgen. Das Herz schlug Joanna bis zum Hals, als sie den Stein sauber wischte und die Worte sichtbar wurden:

Mutter von Adam

Das Wiehern eines Pferds nur wenige Meter entfernt ließ sie herumwirbeln. Plötzlich stampften beide Tiere unruhig auf, als hätte sie etwas erschreckt – vielleicht ein davonlaufendes Kaninchen oder ein Hase. Aber sie konnte nichts sehen.

Gerade wandte sie sich wieder dem Grabstein zu, als ihr Blick scheinbar zufällig, aber mit einer Zielsicherheit, als würde er magisch angezogen, auf einen anderen Stein fiel. Wie sie ihn vorhin hatte übersehen können, war ihr ein Rätsel. Jetzt schien es ihr, als würde er ihr gesamtes Blickfeld einnehmen.

Eine gemeißelte, abgeschrägte Steinplatte bedeckte das Grab in voller Länge. Der Stein selbst war dunkler als die anderen, schiefergrau, feiner gekörnt und witterungsbeständiger als die anderen. Dies war kein gewöhnliches Grab, es war ein Denkmal für denjenigen, der darin ruhte.

Die schlichte, gut leserliche Inschrift lautete:

ADAM WYATT
1761 – 1840
»Joie de Vivre«

Plötzlich gaben Joannas Beine nach, und sie fiel auf die Knie. Sie streckte die Hand aus, weil sie ihren Augen nicht trauen wollte, und ließ ihre Finger über die eingemeißelten Buchstaben gleiten.

Und dabei geschah etwas Seltsames mit ihr. Ihr war, als würde sich in ihrem Inneren ein Loch auftun, in das sie hineinfiel. Sie verlor jeden Sinn für die Realität, wußte nicht mehr, wer sie war, warum sie hier war, nicht einmal, was gerade geschehen war. Es war ein unvermittelt eintretender, absoluter, lähmender Gedächtnisschwund.

Nein, das war natürlich nur der Schock, der Schock ... Dieses Wort hallte in ihr wider, und sie klammerte sich daran fest wie an ein Rettungsseil, an dem sie sich aus jenem Abgrund, in den sie gestürzt war, emporziehen konnte.

Erst in diesem Moment wurde ihr bewußt, daß Ralph neben ihr kniete und ihr besorgt ins Gesicht schaute. Sie hatte ihn nicht kommen gehört, und nun merkte sie, daß er sie etwas fragte, aber seine Worte ergaben keinen Sinn. Langsam richtete sie ihren Blick zu ihm auf. Es kostete sie große Mühe zu sprechen.

»Tut mir leid ...«

Die Worte kamen ihr unversehens über die Lippen, als wollte sie sich für etwas entschuldigen, ohne zu wissen wofür. Als sie sich mühsam aufzurappeln versuchte, half er ihr auf die Beine. Sie wischte sich automatisch die Hose ab und strich sich die Haare aus dem Gesicht.

»Irgend etwas stimmt doch nicht«, stellte er fest. »Sagen Sie es mir.«

Doch sie schüttelte den Kopf, weniger, weil sie ihm nicht antworten wollte, sondern, weil sie nicht mit Fragen bestürmt werden wollte. Im Augenblick war sie zu verwirrt, sie konnte nicht nachdenken.

»Entschuldigen Sie«, meinte sie. »Ich muß weg, ich muß jetzt gehen. Es tut mir leid.«

»Hören Sie, wenn ich etwas für Sie tun kann ...«

Doch Joanna verließ bereits mit schnellen Schritten den Kirchhof. Er sah ihr nach, wie sie aufs Pferd stieg, die Zügel herumriß und davongaloppierte. Sie warf keinen Blick mehr zurück.

Fast als hätte sie Angst davor, ging es Ralph durch den Kopf.

37 Da sie ihr Handy nicht bei sich hatte, hielt Joanna auf dem Rückweg vom Stall an einer Telefonzelle an. Sam war nicht zu Hause, deshalb sprach sie ihm auf den Anrufbeantworter, daß sie ihn unbedingt sehen müsse. Sie nannte ihm den Zug, mit dem sie zurückfahren wollte, und bat ihn, sie nach Möglichkeit am Bahnhof abzuholen.

Zum Glück hatte sie ihren Eltern erzählt, daß sie am Sonntag abend in Manhattan sein müsse. So war es kein großes Problem, ihnen zu sagen, daß sie schon etwas früher aufbrechen mußte. Sie erfand einfach eine Geschichte, daß sie noch vor der Redaktionskonferenz am Montag vormittag eine Arbeit fertigzumachen habe.

Auch während des Mittagessens gelang es ihr, das Schauspiel weiterzuspielen, obwohl sie allein mit ihren Eltern aß. Um keine Fragen beantworten zu müssen, redete sie wie ein Wasserfall, nur über ihren Vormittag verlor sie kaum ein Wort und sagte nur, daß sie ihren Ausritt genossen und wieder einen klaren Kopf bekommen habe. Ihre Begegnung mit Ralph Cazaubon verschwieg sie. Sie hoffte nur, ihre Eltern würden nicht durch irgendeinen blöden Zufall mit ihm zusammentreffen und dann von ihm erfahren, was vorgefallen war. Allerdings spürte sie, daß ihre Mutter – nicht anders als bei ihrer Ankunft am Freitag abend – ahnte, daß etwas nicht stimmte. Doch sie hatte sich wohl entschlossen, nicht neugierig zu sein. Ihre Umarmung beim Abschied war jedoch ganz besonders herzlich und auch ein bißchen besorgt.

»Paß gut auf dich auf, Liebling. Und komm bald wieder, ja?«

»Natürlich. Es war herrlich hier. Und ich bin froh, daß es euch in Europa so gut gefallen hat.«

Joanna nahm ihre Tasche und wandte sich zum Gehen. Ihr Vater saß bereits im Wagen, um sie zum Bahnhof zu fahren. Doch obwohl die Haustür offenstand, konnte sie nicht zum Auto gehen, weil plötzlich Skip vor ihr auftauchte, aufgeregt an ihr hochsprang, um sie herum lief und wie wahnsinnig bellte.

»Was ist los, Skip?« fragte sie und bückte sich, um ihn zu streicheln. Bei ihrer Berührung wedelte er mit dem Schwanz, doch er ließ sich nicht beruhigen. Immer noch bellend, versperrte er ihr den Weg zum Wagen.

»Hör auf damit! Skip, bei Fuß!«

Aber der Hund hörte nicht auf Elizabeths Befehl.

»Skippy!« lachte Joanna, setzte die Tasche ab und schnappte sich die Pfoten des wild umherspringenden Hundes. »Was hast du denn? Ich komm doch bald wieder, versprochen.«

Inzwischen war ihr Vater ausgestiegen und hielt die Autotür auf. »Komm schon, Skip, du darfst mitfahren. Herein mit dir, aber auf den Rücksitz.«

Der Hund wollte jedoch nicht in den Wagen, er wollte auch sonst nichts – außer offenbar Joanna davon abhalten, wegzufahren. Schließlich wurde er gewaltsam ins Haus gezerrt und in die Diele eingesperrt. Selbst dann noch hörte er nicht auf zu bellen und an der Tür zu kratzen.

»Trennungstrauma«, vermutete Joanna, als sie schließlich mit ihrem Vater losfuhr. »Er hat Angst, daß wir alle wegfahren und ihn wieder bei den Nachbarn zurücklassen.«

»Blödsinn«, schnaubte Bob Cross. »Bei George und Naomi und den Kindern ist es ihm besser gegangen als zu Hause. Das nächstemal lege ich mir einen Labrador zu, Terrier haben alle eine Macke.«

Am Bahnhof stiegen sie beide aus, und ihr Vater trug ihr wie immer die Tasche bis zum Bahnsteig. Als sie sich verabschiedeten, sah er sie einen Moment lang sehr ernst an. »Paß auf dich auf«, meinte er und küßte sie.

Joanna umarmte ihn, dankte ihm für alles und sagte ihm, daß sie ihn liebte. Dann rannte sie zum Zug, der bereits wartete.

Sobald sie an der Grand Central Station aus dem Zug ausgestiegen war, sah sie auch schon Sam, der am Gleis auf sie wartete. Nach einem Begrüßungskuß nahm er ihr die Tasche ab, und sie gingen zum Wagen, den er in Manhattan nur am Wochenende benutzte.

»Also«, fragte er sie, »was gibt's?«

Joanna seufzte, lehnte ihren Kopf gegen die Nackenstütze und erzählte ihm, was vorgefallen war.

Schweigend hörte er ihr zu. Als sie zu Ende erzählt hatte, bog er gerade zum Beekman Place ab, wo er einen Parkplatz fand und einparkte. Er stellte den Motor ab, und sie saßen eine Weile schweigend nebeneinander.

»Und ...?« wollte sie schließlich wissen und sah ihn an.

Er starrte vor sich durch die Windschutzscheibe. »Du wirst mir nur wieder vorwerfen, alles logisch erklären zu wollen.«

»Mach nur«, ermunterte sie ihn. »Damit werde ich wohl leben müssen.«

»Laß uns reingehen. Mir ist nach einem großen Wodka mit Eis.«

Fünf Minuten später stand er am Fenster, in seinem Glas klirrten Eiswürfel und er starrte hinaus, als könnte er sich dabei besser konzentrieren.

»Mir fallen mehrere Erklärungen dazu ein. Erstens kommt mir komisch vor, daß du angeblich noch nie auf diesem Friedhof gewesen bist. Du hast doch den größten Teil deines Lebens in dieser Gegend verbracht. Wie kannst du dann mit Gewißheit behaupten, nicht vielleicht mal als Kind dort gewesen zu sein, bei einer Ostermesse oder einem Familienausflug oder so? Du könntest es schlicht vergessen haben.«

»Aber dann hätte ich ›Adam‹ doch ganz allein erfinden müssen. Er war aber ein Produkt der ganzen Gruppe.«

Sie lehnte sich auf dem Sofa zurück und drehte das Tonic-Glas in den Händen.

»Na ja, vielleicht ist diese unbewußte Erinnerung von dir telepathisch oder suggestiv auf die anderen Gruppenmitglieder übertragen worden?«

Skeptisch hob sie eine Augenbraue. »Okay. Noch einen anderen Vorschlag?«

»Vielleicht war Adam Wyatt ja auch eine historische Figur, von der wir alle schon gehört, den wir dann aber wieder vergessen hatten. Bis wir jemanden brauchten. Da ist er dann aus unserem Unterbewußtsein hervorgekommen.«

»Wir haben doch überall nachgeforscht, jedes verfügbare Buch zu diesem Thema gewälzt. Und nirgends wurde ein Adam Wyatt erwähnt.«

»Nicht in Verbindung mit Lafayette und der Französischen Revolution. Die haben vielleicht erst wir hergestellt.«

»Eine Verbindung zu Frankreich – wohl weil er die ganze Zeit herumläuft und ›*Joie de vivre*‹ ruft!«

Sam blickte in sein Glas, als hoffte er dort eine Antwort zu finden. Da dem nicht so war, gab er sich schließlich geschlagen. »Du hast recht – für manche Dinge gibt es keine logische Erklärung.«

Lächelnd bedeutete ihm Joanna, neben ihr Platz zu nehmen. Er setzte sich zu ihr und küßte sie.

»Ich bin froh, daß du wieder da bist«, sagte er.

»Ich auch.«

Nach einem weiteren Kuß lehnten sie sich im Sofa zurück und starrten an die Decke. »Sam ...?« flüsterte sie nach einer Weile.

»Mmmh?«

»Was zum Teufel haben wir getan?«

»Wir haben etwas erschaffen«, erwiderte er ruhig. »Etwas oder jemanden aus der Vergangenheit, der erst zu existieren anfing, als wir ihn uns erdachten.«

Darauf schwieg er, als hätte er etwas Provokatives gesagt, und wartete ihre Antwort ab.

»Weißt du was?« entgegnete sie endlich. »Selbst wenn das stimmt, kann ich es nicht glauben.«

Sam lächelte sie gequält an und rappelte sich hoch.

»Du mußt mir auch nicht aufs Wort glauben. ›Das Sein ist die Vorstellung vom Seienden‹. Bischof Berkeley hat das vor dreihundert Jahren gesagt. Oder: ›Die Welt besteht nur aus Geist.‹ Arthur Eddington in diesem Jahrhundert über die Quantenmechanik. ›Die Vergangenheit existiert nur insofern, als sie in der Gegenwart festgehalten ist.‹ Das hat ein anderer Physiker gesagt, John Wheeler, einer aus Rogers Generation. Und der Astronom Fred Hoyle behauptet: ›Das Universum ist eine unentwirrbar verschlungene Endlosschleife.‹ Sie alle sagen das gleiche: Es gibt eine direkte Beziehung zwischen dem Bewußtsein und dem, was es uns bewußt macht. Wann immer wir etwas anschauen, sehen wir etwas, das wir zum Teil selbst erschaffen haben.«

Sam, der nun am anderen Ende des Zimmers stand, nippte an seinem Glas und sah sie an.

Wie immer, wenn sie etwas nicht überzeugte, hob Joanna die Augenbrauen. »Das klingt wie eine clevere Methode, den Menschen in den Mittelpunkt des Universums zu stellen.«

Sam lachte kurz auf. »Da scheinen wir ja auch hinzugehören, das ist das Problem. Ob es uns gefällt oder nicht. Ohne das Bewußtsein im Mittelpunkt gibt es auch kein Universum. Wenn sich kein Bewußtsein entwickelt hätte, das seine Umgebung wahrnimmt und seinen Ursprung erkennt, hätte es keinen Urknall gegeben, es hätten sich keine Galaxien gebildet, keine Sonnen, keine Planeten, es gäbe weder die Erde noch Fossilien ... und letztendlich auch kein Bewußtsein. Es ist eine Endlosschleife.«

»Warum passiert das dann nicht alle Tage? Daß Leute herumlaufen und die Vergangenheit neu erfinden – und Menschen, die nie gelebt haben?«

»Vielleicht geschieht das ja. Vielleicht tun wir das ja die ganze Zeit und nennen es Geschichte.«

Darüber dachte sie eine Weile nach. »Ja, vielleicht«, nickte sie und stand auf. »Ich brauche jetzt auch einen Wodka.«

Nachdem sie in ihrer winzigen Küche ein paar Eiswürfel aus dem Kühlschrank geholt hatte, goß sie einen Schuß Alkohol darüber und hörte zu, wie das Eis zersprang. Sie trank einen Schluck und genoß das Gefühl von Wärme und Wohlbehagen, mit dem der Alkohol sie erfüllte, der in ihre Adern schoß. Auch wenn es nur eine Illusion sein mochte.

»Wenn es tatsächlich das war, was wir getan haben«, meinte sie, als sie ins Wohnzimmer zurückkam, »wenn wir tatsächlich jemanden erfunden haben, der nicht existiert hat, bevor wir ihn uns erdachten«, sie blickte Sam an, und ein eigenartiges Lächeln umspielte ihre Mundwinkel, »wie passend, daß wir ihn dann ausgerechnet Adam genannt haben, findest du nicht?«

»Hmmm. Vielleicht wußten wir ja, was wir taten.«

»Oh, nein!« Abwehrend hob sie die Hand. »Ich akzeptiere wirklich eine Menge. Aber nicht, daß wir wußten, was wir taten!«

»Zumindest haben wir nun einen konkreten Beweis«, sagte sie nach einem weiteren Schluck, »daß es übersinnliche Phänomene gibt.«

Sam sah sie an, als wollte er gleich in helles Gelächter ausbrechen. Doch dann schüttelte er nur den Kopf und lächelte sie resigniert an. »Ich fürchte, nein.«

Joanna runzelte die Stirn. »Wieso nicht?«

»Denk mal darüber nach. Für jeden außerhalb unserer Gruppe, der heute von Adam erfährt, sieht es doch so aus, als ob er schon immer existiert hätte. Wie könnten wir das Gegenteil beweisen?«

Sie sahen sich an. Und Joanna erkannte auf der Stelle, wie berechtigt sein Einwand war.

»Weißt du, was ich glaube?« meinte sie leise. »Manchmal denke ich, die alte Frau hat mich wirklich verflucht und all das ist ein Teil dieses Fluches.«

»Nun, mich hat sie nicht verflucht. Maggie, Drew und

Barry auch nicht. Niemanden sonst von unserer Gruppe. Deshalb ist deine These nicht haltbar.«

»Gut«, sagte sie. »Schön, das zu hören.« Wieder nippte sie an ihrem Glas und stellte überrascht fest, daß es bereits leer war. »Hast du noch mal von Ward gehört?«

»Ach, das habe ich ja ganz vergessen, dir zu erzählen. Er kommt morgen früh zurück. Ich bin mittags mit ihm in seiner Wohnung verabredet – hast du dann Zeit?«

»Na klar.«

»Er wollte mir nicht erzählen, was er herausgefunden hat, aber er klang ziemlich aufgeregt – was für Ward ganz untypisch ist.«

38 Sie aßen in einem Fischlokal gleich um die Ecke. Bei einer Flasche Chablis wandten sie sich wieder den Fragen zu, die sie immer wieder diskutiert hatten, und stellten Vermutungen an, welche Überraschung Ward wohl für sie bereithielt.

»Was wir morgen gleich als erstes tun werden«, meinte Sam, »ist nachforschen, wer der Adam Wyatt in diesem Grab war.«

»Darum kümmere ich mich. Ich kenne ein paar Leute, die unheimlich schnell und gut recherchieren können.«

Sie hakte sich bei ihm unter, während sie mit gesenktem Blick und in Gedanken versunken zu Joannas Wohnung zurückgingen. Dort zogen sie sich aus und teilten sich das winzige Badezimmer wie ein Ehepaar, das die Gewohnheiten des anderen in- und auswendig kennt. Erst als sie im Bett lagen und ihre Körper sich unter der Decke berührten, entdeckten sie wieder die Lust, die sie in den letzten Monaten geteilt hatten. Zu ihrer Überraschung und zu ihrem beiderseitigen Vergnügen gaben sie sich fast die halbe Nacht ihrer Leidenschaft hin. Befriedigt und glücklicher, als sie für möglich gehalten hatten, schliefen sie schließlich ein.

»Sag mal«, meinte Sam, während er hastig zum Frühstück ein paar Cornflakes und einen Kaffee zu sich nahm, »hast du dich schon entschieden, was nun mit der Story werden soll?«

Gestern abend beim Abendessen hatte sie ihm von Taylor Freestones Ultimatum erzählt.

»Ich mache weiter«, antwortete sie. Bei diesen Worten

wurde ihr klar, daß ihr Entschluß längst feststand, daß sie ihn nur noch nicht ausgesprochen hatte. Eigentlich, erkannte sie jetzt, hatte es für sie nie eine Alternative gegeben: Sie konnte nicht zulassen, daß jemand anderer die Story schrieb. »Ich bin schon zu weit gegangen, um jetzt aufzuhören. Wir alle sind zu weit gegangen.«

»Ich glaube, du hast die richtige Entscheidung getroffen«, sagte Sam. »Ich bin froh.« Er sah auf seine Uhr. »Ich muß jetzt los. Wir sehen uns um zwölf.«

Er nahm seinen Mantel, gab ihr einen Kuß und eilte hinaus. Von ihrem Fenster aus sah Joanna, wie er seinen Wagen aus der Parklücke manövrierte und um die Ecke in die First Avenue bog, wo dichter Berufsverkehr herrschte. Kaum war er aus ihrem Blickfeld verschwunden, klingelte das Telefon. Joanna ging zu ihrem Schreibtisch und nahm ab.

»Joanna?«

»Ja?«

»Hier spricht Ralph Cazaubon.«

Was sie erstaunte, war nicht nur der Anruf, sondern vor allem das seltsame Schuldgefühl, das sie dabei überkam, als würde sie Sam allein schon durch dieses Gespräch betrügen. Natürlich war das absurd, eine irrationale Reaktion, und sie mußte unwillkürlich daran denken, was Sam über Aberglauben gesagt hatte, als sie sich das erste Mal trafen.

»Hallo? Sind Sie noch dran? Sie werden mich doch nicht schon vergessen haben?«

»Nein ... entschuldigen Sie, ich war nur nicht ... es kommt ein bißchen überraschend.«

»Ich hoffe, ich habe Sie nicht geweckt. Aber ich wollte Sie noch erreichen, bevor Sie ins Büro gehen – das heißt, sofern Journalisten in Büros arbeiten.«

»Manchmal. Aber heute nicht.«

Sie wollte ihn gerade fragen, woher er ihre Nummer hatte, als ihr einfiel, daß sie ja im Telefonbuch eingetragen war: Cross, J.E. Hatte sie ihm erzählt, daß sie am Beekman Place wohnte? Jedenfalls konnte sie sich nicht daran erinnern.

»Ich habe mir gestern ein wenig Sorgen um Sie gemacht. Sie sind so plötzlich verschwunden, daß ich befürchtete, es wäre irgend etwas passiert.«

»Nein ... eigentlich nicht ... *passiert* ist eigentlich nichts. Aber ich fürchte, das kann ich Ihnen nicht erklären.«

Er wußte gar nicht, wie sehr das der Wahrheit entsprach, überlegte sie.

»Nun, wenn alles in Ordnung ist ...«

»Mir geht es gut.«

Zu ihrer Erleichterung fragte er nicht weiter nach.

»Was würden Sie davon halten«, fuhr er fort, als wollte er zum eigentlichen Grund seines Anrufs kommen, »wenn wir uns bei Gelegenheit einmal treffen würden? Würde es Ihnen irgendwann diese Woche zum Mittag- oder Abendessen passen?«

Sie zögerte. Nicht weil sie überlegte, ob sie sein Angebot annehmen sollte, sondern weil sie nicht wußte, wie sie am besten antworten sollte.

»Ich bedauere«, erwiderte sie. »Das geht momentan einfach nicht.«

Warum hatte sie das gesagt – *momentan*? Wollte sie sich ein Eisen im Feuer halten? Diese Vorstellung war ihr zuwider. Sie hatte die Nacht mit Sam verbracht, sie liebte ihn. Und trotzdem ging von Ralph Cazaubon eine seltsame Faszination aus. Er war zweifellos attraktiv, doch da war noch mehr, etwas, was sie nicht in Worte fassen konnte.

»Ich verstehe«, entgegnete er.

Das tat er natürlich nicht, ging es ihr durch den Kopf. Wie sollte er auch? Doch auch jetzt stellte er keine Fragen und versuchte nicht, sie zu überreden. Er respektierte ihre Privatsphäre, schien ihre Absage aber nicht als endgültig zu betrachten.

»Darf ich Ihnen meine Telefonnummer geben ...?«

Ohne die Antwort abzuwarten, nannte er ihr seine Nummer. Und sie notierte sie auf einem Notizblock neben dem Telefon. Er nannte ihr auch noch seine Adresse – ein paar Blocks weit weg an der Eastside, zwischen Park Avenue und Lexington Avenue. Sie kannte die Straße gut, eine vornehme Gegend, mit großen, sehr teuren Häusern.

»Ich werde bald eine Party geben – wenn ich das Farbproblem gelöst und die Vorhänge gekauft habe. Vielleicht können Sie ja kommen. Ich schicke Ihnen jedenfalls eine Einladung.«

»Danke, ich ... ich komme gern, wenn ich kann.«

Das war doch in Ordnung, oder nicht? Joanna war irgendwie durcheinander. Nicht direkt schüchtern, es war nicht diese Teenager-Verlegenheit, wenn man nicht weiß, was man sagen soll. Aber dieser Mann, dieser Anruf, hatte sie einfach auf dem falschen Fuß erwischt. Was weniger an ihm lag als an ihr. Was war nur los mit ihr? Wieder konnte sie es nicht benennen. Sie würde darüber nachdenken müssen.

»Nun, Sie haben sicherlich zu tun«, sagte er. »Ich will Sie nicht länger aufhalten.« Sie wußte, daß er ihre Befangenheit spürte und entgegenkommend sein wollte. »Entschuldigen Sie nochmals, wenn ich ein bißchen früh angerufen habe. Aber ich wollte sichergehen, daß ... daß alles in Ordnung ist.«

»Danke. Es geht mir wirklich gut. Aber das war sehr nett von Ihnen.«

Nachdem sie aufgelegt hatte, versuchte sie krampfhaft, ihn und dieses banale Gespräch aus ihren Gedanken zu verbannen. Sie ärgerte sich über sich selbst, weil sie sich davon ablenken ließ, wo sie doch wirklich Wichtigeres zu tun hatte. Schließlich griff sie zum Telefon und wählte eine Nummer, die sie auswendig kannte. Eine verschlafene Frauenstimme meldete sich.

»Ghislaine? Das klingt ja, als würdest du noch im Bett liegen?«

»Hab' die halbe Nacht gearbeitet. Hatte 'ne Deadline.«

»Gut – wenn das heißt, daß du jetzt Zeit hast und etwas für mich tun kannst.«

Ghislaine Letts machte die besten Recherchen von allen Leuten, die Joanna kannte. Phänomenal, sowohl was ihre

Bildung als auch ihren IQ betraf, mangelte es ihr doch an der Disziplin oder dem Willen, sich längere Zeit in einem gewöhnlichen Job zu halten. Eigentlich hätte sie gelehrte Bücher schreiben oder irgendein bedeutendes Amt bekleiden und die Geschicke der Menschheit lenken sollen. Stattdessen wohnte sie in einem winzigen Apartment und schlug sich mit ihren Eßstörungen herum, deretwegen sie ständig zwischen bedenklichem Untergewicht und hoffnungslosem Übergewicht hin und her pendelte. Wenn sie das nicht in den Griff bekam, würde es sie irgendwann umbringen. Für Joanna aber war sie vor allem eine Freundin und ihre Geheimwaffe, wann immer sie etwas herausfinden mußte, was jenseits des Menschenmöglichen zu sein schien.

»Schieß los«, meinte Ghislaine mit einem unterdrückten Gähnen.

»Ich habe nur einen Namen, die Lebensdaten und einen Friedhof ...«

39 Ward Riley war wirklich steinreich, schoß es Joanna durch den Kopf, als sie zum ersten Mal sein Apartment im Dakota-Building betrat. Der neugotische Gebäudekomplex an der Central Park West Avenue war Ende des letzten Jahrhunderts erbaut worden und eine der renommiertesten Adressen von Manhattan. John Lennon wurde vor diesem Haus erschossen, und in den Sechzigern wurde der Film *Rosemaries Baby* hier gedreht, was beides dem Haus einige Berühmtheit eintrug. Und Menschen wie Joanna, die gerne Bücher lasen, kannten es als den Schauplatz des wundervollen Romans *Time and Again* von Jack Finney, in dem es um eine Zeitreise geht. Ein Haus mit einer interessanten Geschichte, dachte sie.

Ein chinesischer Diener führte Joanna in einen Salon, einen hohen, hellen Raum mit überwältigendem Blick über den Central Park. Die Einrichtung war im orientalischen Stil gehalten, und jedes Einzelstück – ob antike Skulpturen, Schnitzereien, Lackarbeiten oder kunstvoll kolorierte Zeichnungen – vermittelte den Eindruck, mit großer Sorgfalt und Kennerschaft ausgewählt worden zu sein.

Ward und Sam waren bereits ins Gespräch vertieft. Sie erhoben sich, als Joanna eintrat. Wie immer reichte ihr Ward mit vollendeter Höflichkeit die Hand und fragte sie, ob sie Kaffee mit ihnen trinken wolle oder etwas anderes wünsche. Als sie ablehnte, zog sich der Diener diskret, ja beinahe unmerklich zurück, um ihr Gespräch nicht zu stören.

»Also«, sie setzte sich mit dem Rücken zum Fenster auf ein großes Sofa. »Ich habe gehört, daß du in Schweden warst. Hast du den Mann gefunden, den du gesucht hast?«

Ward nickte verhalten. »Wie schon gesagt, es ist nie schwer, ihn zu finden, wenn man ihn braucht. Er leitete gerade in einem Schloß bei Stockholm ein Symposium für Bankiers und Industrielle.«

»Für die typischen Pilger auf dem entbehrungsreichen Pfad zur Erleuchtung.«

Diese Bemerkung war nicht böse gemeint, nur ein bißchen ironisch. Ward nahm sie mit einem dürftigen Lächeln zur Kenntnis.

»Shahan sagt – so heißt er, Shahan – Shahan sagt, daß Selbstverleugnung ihren Sinn verliert, sobald man sein Ich wirklich begriffen hat.«

»Na, vielleicht hat er ja recht«, räumte sie gleichmütig ein. »Ich jedenfalls würde mich im Moment auf keinen Streit mit ihm einlassen.« Ein rascher Blick zu Sam. »Hast du Ward schon von dem Grab erzählt?«

»Ja. Gerade als du gekommen bist.« Er wandte den Blick zu dem älteren Mann. »Allerdings hat er noch nicht gesagt, was er davon hält.«

Ward äußerte sich zurückhaltend. »Ich weiß es selbst noch nicht. Es würde durchaus zu dem passen, was über solche Phänomene bisher bekannt ist.« Er sah zu Joanna. »Mich würde sehr interessieren, was deine Nachforschungen über dieses Grab zutage bringen.«

»Kennt Shahan sich mit ›solchen Phänomenen‹ aus?« wollte sie wissen.

»Oh ja. Zwar hat er noch keine persönlichen Erfahrungen damit gemacht, aber er hat Quellen dazu zitiert, die über dreitausend Jahre alt sind. Wie uns ja wohl allen klar war, gibt es diese Phänomene seit Menschengedenken.«

»Und hält er es für möglich, daß Adam den Tod von Maggie, Drew und Barry verursacht haben könnte?«

Wieder zögerte Ward ein wenig, bevor er antwortete. »*Verursacht* ist vielleicht zu stark. Das Phänomen verfügt über eine große und potentiell destruktive Macht. Aber destruktiv mehr in dem Sinn, wie du und Roger gemeint habt – aufgrund einer Inkompatibilität und nicht aus reiner Bosheit heraus. Es ist eine gedachte Gestalt, die aus Energie besteht – aus unserer Energie. Und Energie ist endlich und begrenzt. Sie kann nicht an zwei Orten zugleich sein, nicht zwei Dinge zugleich tun. Am Ende existiert entweder das *tulpa* oder sein Schöpfer. Beides zusammen geht nicht.«

Schweigend sannen sie über Wards apokalyptische Worte nach. Sam saß da und starrte ins Leere, während er das Kinn auf seine gefalteten Hände aufstützte, was ihn beinahe wie einen Betenden aussehen ließ.

»Was ich gerne wissen möchte«, sagte er schließlich, »ist, *warum* das passiert ist. Warum *uns*? Dieser Gruppe? Bei *diesem* Experiment? Warum hat sich Adam nicht einfach in Luft aufgelöst, als wir das wollten? Warum klammert er sich derart an seine Existenz?«

»Ich habe das Gefühl, er klammert sich nicht nur daran«, ergänzte Joanna leise, »er kämpft mit allen Mitteln darum.« Sie wandte sich an Ward. »Hatte Shanan irgendeine Idee, was wir tun können?«

Ward zog einen langen weißen Umschlag aus der Innentasche seines Sakkos. Obwohl er erst vor wenigen Stunden von einem Europaflug zurückgekehrt war, trug er wie immer einen makellosen Anzug, Seidenhemd und Krawatte.

»Hier drin ist ein Mantra«, erklärte er. »Eine sehr spezielle Form davon, man nennt es *paritta*. Ein Schutzritus, der in Tibet und Ostasien weitverbreitet ist. Man wehrt damit Gefahr und Krankheiten ab und vertreibt böse Geister.«

Während sie Ward zuhörten, ließ Joanna ihren Blick nicht von Sam, der zwischen Glauben und Zweifel hin und her gerissen schien. Einerseits wollte er natürlich, daß der Spuk aufhörte, andererseits war er äußerst skeptisch gegenüber mystischen Ritualen.

»*Paritta*?« fragte er nach. »Das klingt wie ein Gericht auf einer mexikanischen Speisekarte. Ob das überhaupt in New York funktioniert?«

»Warum nicht?« gab Ward zurück. »Schließlich wurde Adam in New York erschaffen.«

Sam reagierte mit einem spöttischen Schulterzucken. »Na gut, ich bin für alles offen ...«

Die Andeutung eines Lächelns huschte über Wards Gesicht. »Glücklicherweise muß man nicht daran glauben, damit es funktioniert. Man muß das Ritual einfach nur in der korrekten Form und zur richtigen Zeit durchführen. Allerdings darf es keine Abweichung von der vorgeschriebenen Form geben.«

»Und wie lautet nun dieses Mantra?« Sam betrachtete das Kuvert in Wards Hand.

»Das darf ich dir noch nicht sagen. Nachdem Shahan es niedergeschrieben hatte, hat er den Umschlag persönlich versiegelt. Er darf erst geöffnet werden, wenn alle fünf von uns an dem Ort versammelt sind, wo wir Adam erschaffen haben, und erst dann dürfen wir es aussprechen. Andernfalls«, er steckte den Umschlag wieder in die Tasche, »büßt das *paritta* seine Kraft ein, und damit hätten wir höchstwahrscheinlich unseren Kampf gegen Adam verloren.«

Sams Geste gab zu verstehen, daß er trotz seiner persönlichen Vorbehalte alles mitzumachen bereit war. Ward nahm es mit einem zufriedenen Nicken zur Kenntnis.

»Tut mir leid, wenn diese Vorschriften lästig oder gar naiv scheinen, aber sie sind ein wichtiger Bestandteil des Rituals. Ich habe mir erlaubt, Roger in Princeton zu verständigen. Er kann gegen sechs Uhr hier sein. Wenn es euch, und natürlich auch Pete, recht ist, sollten wir uns dann am besten in Adams Zimmer treffen.«

In diesem Augenblick klingelte das Handy in Joannas Tasche. Sie murmelte eine Entschuldigung und nahm das Gespräch an. Es war Ghislaine.

»Du hast gesagt, es ist dringend, da habe ich mir gedacht, du bist sicher an einem Zwischenbericht interessiert.«

Joanna deckte die Sprechmuschel ab und flüsterte den beiden Männern zu: »Es ist Ghislaine, die für mich die Recherche macht. Sie hat etwas herausgefunden.«

»Nur, was ich aus verschiedenen Quellen zusammentragen konnte«, tönte ihr Ghislaines Stimme wieder ins Ohr. »Vor allem übers Internet. In ein paar Tagen weiß ich mehr.«

»Okay, laß hören.«

»Es ist wahrscheinlich einfacher, wenn ich es dir per E-Mail schicke. Kannst du mir sagen wohin?«

Fünf Minuten später hatten sich die drei in Wards Arbeitszimmer versammelt. Der Computer auf der Glasplatte des Schreibtischs brummte leise, und sie lasen auf dem Bildschirm, was gleichzeitig ausgedruckt wurde:

ADAM WYATT – schillernder Abenteurer, der die Gunst des Marquis de Lafayette errang, als dieser als Kommandeur der französischen Truppen im amerikanischen Unabhängigkeitskrieg den aufständischen Kolonien beistand. Er kam zusammen mit Lafayette nach Frankreich, wo er in eine adlige Familie einheiratete – seine Frau war eine der Hofdamen der Königin Marie-Antoinette. Schließlich wurde er ein Opfer der Revolution und – ebenso wie seine Frau – zum Tod verurteilt. Während seine Frau offenbar unter dem Fallbeil starb, wurde Adam Wyatt aus unerfindlichen Gründen im letzten Moment begnadigt und freigelassen. Daraufhin ging er nach England, wo er 1795 zum zweiten Mal heiratete, diesmal eine reiche Erbin. Nach deren Tod 1799 kehrte er als reicher Mann nach Amerika zurück, erwarb sich durch Bankgeschäfte ein noch größeres Vermögen und ehelichte (welch Überraschung!) eine sehr viel jüngere Frau, die ihm fünf Kinder schenkte und ihn um Jahre überlebte.

Das war sein Leben in kurzen Zügen. Doch es gibt einen interessanten Punkt, den ich noch weiterverfolgen will: In verschiedenen Quellen wird angedeutet, daß Adam Wyatt vielleicht nicht war, was er zu sein vorgab. Zwei Männer behaupteten, er habe den Zwischenfall selbst herbeigeführt, der Lafayettes Aufmerksamkeit auf ihn lenkte – angeblich hatte sich in der Nacht vor der Schlacht bei Yorktown ein Pferd los-

gerissen, das die genaue Stellung der Truppen zu verraten drohte. Wenn das stimmt, heißt das nichts anderes, als daß Adam das Leben von amerikanischen und französischen Soldaten sowie den Erfolg der Schlacht bewußt aufs Spiel setzte, nur um sich mit Lafayette gut zu stellen. Eine ganz alltägliche Geschichte war scheinbar der Grund: ein schwangeres Mädchen, dessen Ehre von bewaffneten Brüdern verteidigt wurde. Ob da etwas Wahres dran ist, weiß man nicht. Sicher ist nur, daß einer, der ihn dieser Tat bezichtigt hat und der nach Wyatts Rückkehr 1799 noch lebte, kurz darauf ermordet wurde.

Außerdem sieht es so aus, als ob Lafayette in Paris seine schützende Hand über Wyatt zurückgezogen hätte. Schließlich hatte Wyatt in eine ihm befreundete Familie eingeheiratet, hatte aber weiterhin zahlreiche Affären und trieb sich in sehr fragwürdiger Gesellschaft herum, es ist unter anderem von schwarzer Magie die Rede. Sein Name fällt mehrmals im Zusammenhang mit dem Marquis de Sade, dem rätselhaften und beinahe genauso unheimlichen Graf von Saint-Germain und vor allem auch im Zusammenhang mit Cagliostro, einem alten Gauner, der angeblich Alchemist und Zauberer war und wegen eines aufsehenerregenden Skandals, der sogenannten Halsbandaffäre, im Gefängnis landete.

Diese Affäre begann damit, daß Wyatt und Cagliostro einem gewissen Kardinal Rohan versprachen, ein politisches Bündnis mit der Königin für ihn zu arrangieren, auf das dieser sehr erpicht war. Alles, was er dafür zu tun hätte, wäre, im Namen der Königin ein sehr kostbares Diamantcollier zu kaufen, weil es dieser nicht opportun erschiene, dies selbst zu tun – schlecht für ihr Image, wo doch das Volk auf der Straße hungerte etc. Der Kardinal ließ sich darauf ein und übergab das Collier einer von Wyatts Mätressen, die bei einem Geheimtreffen die Rolle der Königin spielte. Es gibt Vermutungen, daß Cagliostro den Kardinal entweder unter Drogen gesetzt oder hypnotisiert hatte, sonst wäre er auf diese Maskerade nicht hereingefallen. Überflüssig zu erwähnen, daß das Collier nie wieder auftauchte.

Die Gauner hatten wohl angenommen, daß Rohan, ihrer Meinung nach ein vermögender Mann, die Sache lieber als Verlust abschreiben würde, als sich zum Gespött zu machen. Nun stellte sich aber heraus, daß er pleite war und den Juwelier nicht bezahlen konnte. Als das Ganze aufflog, kam Wyatt irgendwie ungeschoren davon, während Cagliostro den Kopf hinhalten mußte und ins Gefängnis wanderte. Vielleicht hatten sie irgendeine Absprache getroffen, daß Wyatt seinen Einfluß bei Hof, beziehungsweise den seiner Frau, nutzen sollte, um Cagliostros Strafe in eine Verbannung umzuwandeln. Jedenfalls ging Cagliostro dann nach Italien, und Wyatt blieb mit seiner duldsamen Frau in Paris, bis die Revolution sie das Leben kostete.

Es ist auch zu vermuten, daß er seine englische Frau und möglicherweise auch deren Bruder umgebracht hat, bevor er nach Amerika zurückgekehrt ist. Dem gehe ich noch nach. Aber man hat ihm nie etwas nachweisen können.

Hört sich an wie der strahlende amerikanische Held, nicht wahr? Übrigens, wenn du über ihn schreiben willst, könnte es interessant sein herauszufinden, wo und unter welchem Namen seine Nachkommen heute leben – und ob noch etwas von diesem sagenhaften Vermögen übrig ist. Ich habe Jenny Sterns, die mir manchmal hilft, mit einer genealogischen Untersuchung beauftragt – in der Annahme, daß du dich nicht kleinlich zeigen wirst, wo es dir doch so eilt. Ich halte dich auf dem laufenden.

Liebe Grüße,

G.

40

Ward trug seinem Diener auf, Omelettes und Salat zum Mittagessen zu servieren. Dann redeten sie über die Forschungen des Parapsychologen Helmut Schmidt, der ähnliche Experimente mit zufallgesteuerten Prozessen durchführt hatte, wie Sam sie Joanna bei ihrem ersten Besuch in seinem Labor vorgeführt hatte. Ward hörte zu und nickte nachdenklich.

»Der buddhistische Schriftsteller Alan Watts hat einen Essay über die Zeit geschrieben, in dem er eine These formuliert, die unsere Fragen vielleicht beantworten könnte. Er meint, wir neigen dazu, alles, auch uns selbst, als Produkte der Vergangenheit zu betrachten, als Resultate von Ereignissen, die bereits stattgefunden haben. Aber das ist eine Täuschung. Es kommt nicht die Gegenwart aus der Vergangenheit, sondern die Vergangenheit aus der Gegenwart. Das erleben wir Tag für Tag. Wenn ich beispielsweise sage: ›Die Krone des Baumes‹, wißt ihr nicht, was ich mit ›Krone‹ meine, bevor ihr das Wort ›Baum‹ gehört habt. Ich hätte ja auch sagen können: ›Die Krone des Königs‹.«

»Aber der Adam, den wir in der Gegenwart erschaffen haben, war ein anständiger Mensch«, wandte Joanna ein. »Also hat ihn die *Vergangenheit* verändert.«

»Wir haben jemanden erschaffen, der zu jener Zeit und an jenem Ort, wo wir ihn angesiedelt haben, überleben mußte«, entgegnete Ward. »Und wir haben ihm Wege dazu aufgezeigt.«

»Wir haben ihm aber nicht beigebracht, zu stehlen und zu morden«, entgegnete Joanna.

Sam, der offenbar wenig Appetit hatte, legte die Gabel

hin und lehnte sich zurück. »Erinnert ihr euch noch, wie beunruhigt Maggie war, als wir unseren netten, ordentlichen jungen Adam mit so zwielichtigen Gestalten wie dem Marquis de Sade und Cagliostro zusammenbringen wollten? Anscheinend waren ihre Bedenken nicht unbegründet.«

»Ich fürchte, es war meine Schuld«, meinte Ward. »Ich habe die Namen ins Spiel gebracht.«

»Aber das ist genau der Punkt«, ereiferte sich Joanna. »Es waren nur Namen. Wie können Namen eine solche Macht ausüben?«

Um Wards Lippen spielte wieder ein feines Lächeln. »Man sagt, daß es in der Magie darauf ankommt, die wahren Namen der Dinge zu kennen. Wenn man den wahren Namen seines Feindes weiß, hat man Macht über ihn. Und wenn man die wahren Namen der Götter kennt, kann man an ihrer Macht teilhaben.«

Das Handy, das Joanna neben sich auf den Tisch gelegt hatte, klingelte. Sie nahm das Gespräch entgegen und hörte die vertraute Maschinengewehrstimme Ghislaines, die ohne Umschweife zur Sache kam.

»Okay, dieser Stammbaum, von dem wir gesprochen haben – Jenny ist auf ein paar interessante Namen gestoßen. Besonders auf einen. Altehrwürdiger Geldadel.«

Die beiden Männer sahen, wie Joanna, während sie fast ohne ein Wort zu sprechen zuhörte, immer blasser wurde. Nach dem Gespräch legte sie den Apparat hin und starrte schweigend auf ihr halb gegessenes Omelette.

»Joanna …? Liebes …?«

Als sie nicht reagierte, griff Sam nach ihrer Hand. Sie zuckte zusammen.

»Was ist?« fragte er besorgt.

»Entschuldigung … alles in Ordnung … es ist nur …«

Sie wandte ihm das Gesicht zu, und er sah den Schrecken in ihren Augen. Und die Angst.

»Sag's mir.«

»Adams Enkeltochter – eine davon – hat in eine Familie

namens Cazaubon eingeheiratet. Dadurch wurden zwei sehr mächtige Bankiersfamilien miteinander vereinigt.«

»Cazaubon«, murmelte Ward. »Ich kenne diese Familie – nun, zumindest ein paar davon. Sie sind hugenottischer Herkunft und Ende des siebzehnten Jahrhunderts vor der Verfolgung durch die Katholiken aus Frankreich geflohen.«

Joanna sah ihn eindringlich an. »Kennst du auch einen Ralph Cazaubon?«

»Ralph Cazaubon?« Ward dachte einen Augenblick nach und schüttelte dann den Kopf. »Nein, ich glaube nicht.«

»Er ist zwischen dreißig und vierzig und offenbar vermögend – er gehört bestimmt zu dieser Familie.«

»Wer ist dieser Ralph Cazaubon?« fragte Sam mit leichtem Argwohn in der Stimme.

Joanna wandte sich wieder zu ihm, in diesem Moment hatte sie nichts anderes im Kopf als das beklemmende Gefühl, das sie nicht mehr losließ, seit Ghislaine jenen Namen genannt hatte.

»Er war auch am Grab«, antwortete sie. »Ich bin ihm zufällig am Tag zuvor begegnet. Und am nächsten Tag, am Sonntag vormittag, war er dabei, als ich Adams Grab entdeckt habe.« Sie starrte weiter auf Sam, doch sie wich seinen Blicken aus, als ihr klar wurde, was er aus ihren Worten herauslesen würde. »Er hat mich heute vormittag sogar angerufen.«

»Angerufen?« wiederholte Sam. »Wieso das?«

»Er wollte ... nur mal hallo sagen.« Sie machte eine unbestimmte Geste und hatte plötzlich ein schlechtes Gewissen, als verheimliche sie etwas. »Er hat mich gefragt, ob wir uns mal zum Mittagessen treffen könnten ...«

Sie wollte noch hinzufügen, daß sie abgelehnt hatte, aber Sam fiel ihr ins Wort.

»Hast du seine Nummer?« fragte er.

»Nein, ich ... ich habe sie in meiner Wohnung.«

»Dann rufe ich bei der Auskunft an.« Er griff nach ihrem Telefon. »Darf ich?«

»Nur zu.«

Er wählte die Nummer der Auskunft und nannte den Namen sowie die Straße und die Hausnummer, an die Joanna sich noch erinnern konnte. Doch unter diesem Namen und dieser Anschrift war nichts vermerkt.

»Vielleicht ist seine Nummer noch unter einem anderen Namen eingetragen«, meinte Joanna, nachdem Sam das Gespräch beendet hatte. »Er ist gerade erst dort eingezogen.«

Sam überlegte kurz, dann stand er abrupt auf. »Ich fahre hin.«

»Ich komme mit.«

Eilig suchten sie ihre Sachen zusammen und bedankten sich bei Ward für das Mittagessen. Etwas verspätet fragten sie ihn schließlich noch, ob er sie begleiten wolle. Aber Ward schien zu spüren, daß er bei diesem Besuch möglicherweise stören würde, und meinte, er wolle sich vor dem Abend noch etwas ausruhen. Um sechs Uhr würden sie sich alle wieder im Labor treffen.

Fünfzehn Minuten später stiegen sie an der Park Avenue aus einem Taxi, weil sie die letzten Meter lieber zu Fuß gehen wollten, als im Schneckentempo durch Einbahnstraßen um zwei Blocks zu fahren. Sie suchten nach Hausnummern, um herauszufinden, auf welcher Straßenseite sich das Haus befand. Nachdem sie festgestellt hatten, daß es auf der Südseite liegen mußte, traten sie an den Rand des Bürgersteigs und warteten auf eine Lücke im Verkehrsstrom. Doch gerade als sie losgehen wollten, packte Joanna Sam so fest am Arm, daß er fast das Gleichgewicht verlor.

»Was zum Teufel ...«, setzte er an, aber dann sah er, wie sie auf die andere Straßenseite starrte und die Hand vor den Mund hielt, als wollte sie einen Schrei unterdrücken.

Als er ihrem Blick folgte, bemerkte er ein älteres Paar, das in eine elegante schwarze Limousine einstieg, deren Tür von einem Chauffeur aufgehalten wurde.

Beide waren klein, die Frau trug einen edlen Pelzmantel, mit dem sie heutzutage sicher nicht selten mißbilligende

Blicke erntete, der Mann trug einen Kamelhaarmantel und eine schwarze Pelzmütze. Dann waren sie auch schon im Innern des Wagens verschwunden.

Verwundert über Joannas Reaktion, drehte sich Sam zu ihr um und wollte fragen, was los sei. Aber sie starrte so gebannt auf den losfahrenden Wagen, daß er sich still verhielt. Als das Auto auf ihrer Höhe war, erkannte er zwei undeutliche Silhouetten, die gleichmütig geradeaus schauten. Im Verkehrsgewühl Richtung Central Park verlor er sie schließlich aus den Augen.

Noch immer klammerte sie sich ängstlich an ihn, den Blick starr in die Ferne gerichtet. Erst als er sie zum zweiten Mal ansprach, reagierte sie.

»Joanna? Joanna, was ist los? Wer waren die Leute?«

»Ellie und Murray Ray«, antwortete sie tonlos, wie unter Schock.

»Ellie und Murray Ray? Das Ehepaar von Camp Starburst?«

Sie nickte stumm.

»Aber du hast mir doch erzählt, daß er tot ist.«

»Ja.«

Sam schwieg, als müsse er diese Nachricht erst verdauen. »Dann hat sie dich offensichtlich angelogen«, meinte er dann. »An dem Tag, als wir beide uns kennengelernt haben, hat die alte Frau dir gesagt, er sei tot. Nun, das war wohl eine Lüge.«

Joanna schüttelte den Kopf. »Ich habe es nachgeprüft. Ich habe jemanden im Krankenhaus anrufen lassen.« Mit zerfahrenem Blick sah sie ihn an. »Murray Ray ist gestorben.«

Einen Augenblick lang wußten sie beide nichts zu sagen.

»Dann war er es nicht«, stellte Sam plötzlich mit Entschiedenheit fest. »Wir waren ... wie weit weg? Zwanzig Meter? Dreißig? Auf diese Entfernung kann man niemanden mit Sicherheit erkennen. Und wahrscheinlich hast du dich bei der Frau ebenfalls geirrt. Du hast zwei Leute gesehen, die Ähnlichkeit mit den beiden hatten, und hast dir eingebildet, sie wären es.«

Joanna schwieg, sie war noch immer blaß und sichtlich mitgenommen, doch der Griff ihrer Hand lockerte sich allmählich.

»Ja, du hast recht«, sagte sie, ihre Stimme war kaum mehr als ein Flüstern. »Ich muß mich getäuscht haben. Es war nur so unheimlich im ersten Moment.«

Schützend legte er den Arm um sie, und sie überquerten die Straße. An der Stelle, wo das Paar in den Wagen gestiegen war, gingen sie schnell vorüber. Joanna warf einen kurzen Blick zurück, als suchte sie nach irgendeiner Bestätigung für das, was sie gesehen hatte. Sam richtete sein Augenmerk auf die Häuser, an denen sie vorübergingen, und rechnete aus, welches der Häuser die Nummer haben mußte, nach der sie suchten.

»Einhundertsechsunddreißig ... da ist es«, sagte er. Sie blieben vor einem großen rötlichbraunen Sandsteinhaus stehen, das aussah wie alle anderen in der Straße – nur daß bei diesem sämtliche Rolläden geschlossen waren, die schmutzige Farbe abblätterte und das ganze Anwesen einen so verkommenen Eindruck machte, als hätte hier jahrelang niemand mehr gewohnt.

»Das kann es nicht sein«, wunderte sich Joanna.

»Es muß aber. Auf der einen Seite ist hundertvierunddreißig, auf der anderen hundertachtunddreißig. Bist du dir sicher, daß das die richtige Straße ist?«

»Hundertprozentig.«

»Tja, wenn hier jemand wohnt, will er es wohl geheimhalten.«

Aus dem Keller drang ein Scheppern. Zwei Katzen sprangen aus einem umgekippten Mülleimer inmitten eines Haufens von Gerümpel, das offenbar schon sehr lange hier lag. Vor den Kellerfenstern waren Gitterstäbe in die Mauer eingelassen, dahinter befanden sich Holzjalousien wie auch an den übrigen Fenstern.

»Ich hab' dir ja gesagt«, meinte sie zaghaft, »er zieht gerade erst ein. Als ich ihn am Samstag getroffen habe, hat er gerade Vorhänge gekauft.«

Sam blickte an der Fassade hoch, zu den bröckeligen, lange nicht gesäuberten Steinverzierungen und den blinden Fenstern. »Es wird eine ganze Weile dauern«, sagte er, »bis man in dieser Bruchbude Vorhänge aufhängen kann.«

41

»Wird das lange dauern?« Roger wirkte so bedrückt, wie ihn Joanna noch nie erlebt hatte.

»Nicht länger als eine Stunde, nehme ich an«, antwortete Ward.

Sie waren in Adams Zimmer im Keller des Labors, und warteten nur noch auf Pete, der auf Wohnungssuche war und sich offenbar deshalb verspätet hatte. Eigentlich hatte er versprochen, pünktlich um sechs hier zu sein, und jetzt war es schon zehn nach.

Roger hatte sich den Bericht über das Grab angehört, während er teilnahmslos auf dem alten Sofa mehr lag als saß. Außer einem gelegentlichen Nicken gab er keinen Kommentar dazu ab. Und auch den letzten Punkt, die Sache mit dem verlassenen Haus, nahm er wortlos zur Kenntnis. Er schien sich damit abgefunden zu haben, daß sich in der außergewöhnlichen Situation, in der sie steckten, immer neue und immer absurdere Fakten ergaben.

»Jetzt probieren wir es also mit Exorzismus.« Er schnaubte laut, man konnte nicht genau sagen, ob aus Geringschätzung oder weil er sich eine Erkältung eingefangen hatte. Jedenfalls zog er ein grünweiß gepunktetes Taschentuch heraus und putzte sich vernehmlich die Nase.

»Weißt du noch, was du gesagt hast, als Drew über Exorzismus gesprochen hat?« fragte ihn Joanna. »Es war etwas über Komplementarität – daß eine Sache je nach Experiment verschiedene Seiten zeigt.«

»Ja, ich erinnere mich«, erwiderte Roger leise und steckte das Taschentuch wieder in die Brusttasche seines alten, aber tadellosen Tweedanzugs. »Sogar noch sehr gut. Obwohl ich mir damals nicht im Traum hätte vorstellen können, wie viele verschiedene Seiten.«

Sam sah auf die Uhr. »Komisch, daß Pete noch nicht da ist. Er hat fest versprochen, pünktlich zu sein.« Dabei ging er hinüber zu den neuen Video- und Tonbandgeräten – die waren wohl auf Kosten von *Around Time* angeschafft worden, überlegte Joanna – und überprüfte ihre Funktionstüchtigkeit.

»Ich schlage übrigens vor«, sagte er, als wäre ihm das eben erst eingefallen, »daß wir auch den heutigen Abend aufzeichnen – schließlich gehört er mit zum Experiment. Ward hat keine Einwände. Ich nehme an, ihr anderen auch nicht?«

Roger machte eine gleichgültige Geste. Daß Joanna nichts dagegen hatte, war selbstverständlich. Sie beobachtete, wie Sam sich über Schalter, Stecker und winzige blinkende Kontrollämpchen beugte. Sein Körper war angespannt, und jede seiner Bewegungen war extrem verhalten und vorsichtig – ein Mann, der mit dem Rücken zur Wand stand, aber immer noch fest entschlossen war sich zu wehren. Und plötzlich empfand sie eine so überwältigende Zärtlichkeit für ihn, daß sie ihn am liebsten umarmt hätte und ihm gesagt hätte, wie sehr sie ihn liebte und daß sie an ihn glaubte. Doch sie hielt sich zurück. Jetzt war nicht der richtige Zeitpunkt.

Wieder sah Sam auf die Uhr. »Schon fast zwanzig nach. Wo zum Teufel steckt Pete?«

Das Klingeln des Telefons war so schrill, daß Joanna zusammenfuhr. Sie hatte das altmodische Wandtelefon noch nie benutzt. Aber da sie direkt daneben stand, wollte sie automatisch abheben. Sie warf Sam einen Blick zu, um zu sehen, ob er lieber selbst an den Apparat gehen wollte. Doch Sam rührte sich nicht, also hob sie ab.

»Hallo?«

Die Verbindung war schlecht, es rauschte, und sie konnte die leise Stimme, die aus dem Telefonhörer kam, nicht erkennen.

»Entschuldigung«, sagte Joanna, »aber ich kann Sie nicht verstehen. Könnten Sie noch einmal anrufen?«

Das Rauschen ließ etwas nach, und jetzt glaubte sie, Petes Stimme zu hören. Aber sie verstand immer noch nichts.

»Pete? Bist du's? Wo steckst du?«

Die anderen im Raum sahen zu ihr herüber, und sie bedeutete ihnen mit einer Geste, daß sie nichts verstehen konnte.

»Wie bitte?« sagte sie in den Hörer. »Sag das noch mal.«

Jetzt wurden die Worte deutlicher artikuliert, aber sie konnte immer noch keinen Sinn darin erkennen. »Mein Jahr kann Tee ...?« wiederholte sie, was sie verstanden hatte. »Mein Jahr tan ... tut mir leid, Pete, ich kann einfach nichts ...«

Plötzlich stand Sam neben ihr und nahm ihr den Telefonhörer aus der Hand. In seiner anderen Hand hielt er einen kleinen Kassettenrekorder wie den, mit dem Joanna ihre Interviews machte.

»Pete, hier spricht Sam. Sag es einfach noch mal, Pete. Sag, was du uns sagen willst.«

Er drückte auf die Starttaste und hielt den kleinen Rekorder an die Ohrmuschel, während er weiter zuhörte. Die anderen sahen ihm mit seltsamer Faszination zu, sie spürten, daß etwas Ungewöhnliches geschah, auch wenn sie keine Ahnung hatten, was. Selbst Joanna konnte nichts außer einem unzusammenhängenden Gemurmel vernehmen, obwohl sie fast so dicht am Hörer war wie Sam.

Sam hielt sein Ohr und den Rekorder dicht an den Hörer, bis das Murmeln verklungen war.

»Pete ...?« sagte er. »Pete, bist du noch dran ...?«

Er wartete ein paar Augenblicke, schaltete dann den Rekorder aus und legte auf.

»Was hat er denn gesagt?« wollte Roger wissen, als Sam stumm und reglos vor dem Apparat verharrte. »Wo ist er?«

Sam spulte zurück, und alle hörten die hohen Zwitschertöne der Stimme im Schnellrücklauf. Dann drückte er auf ›Play‹ und drehte die Lautstärke hoch.

Das deutlich vernehmbare Rauschen wurde von einer

Stimme überlagert, die unzweifelhaft die von Pete oder eine ganz ähnliche war. Auch die Worte waren klar zu hören, ergaben aber keinen erkennbaren Sinn.

»Maya ... tan ... ke ... noh ... maya ... tan ... ke ... noh ... maya ... tan ...«

Joanna sah, wie alles Blut aus Ward Rileys Gesicht wich, als er angespannt den Wortfetzen lauschte. Es sah ganz so aus, als könnte er sie verstehen und erahnte ihre tiefere Bedeutung, nicht mit einem Schlag, sondern ganz allmählich wie bei einem furchtbaren Verdacht, der zunehmend Gewißheit wird. Seine Hand fuhr in die Jackentasche, und zitternd holte er das Kuvert heraus, das er ihnen beim Mittagessen gezeigt hatte.

Während Petes Stimme weiter leise und blechern aus dem Kassettenrekorder drang, riß Ward den Umschlag auf und entfaltete den Briefbogen.

Sein Blick flog mehrmals über die Zeilen, und er begann leicht zu schwanken. Joanna befürchtete schon, er würde in Ohnmacht fallen, doch da holte er tief Luft, zerknüllte das Papier und ließ es zu Boden fallen.

Ohne ein weiteres Wort ging er auf die Treppe zu – ein Mann, der soeben sein Todesurteil erhalten hatte, war Joannas einziger Gedanke in diesem Moment.

»Ward ...?«

Er achtete überhaupt nicht auf Sam.

»Ward, was ist los ...?«

Diesmal blieb er stehen, drehte sich um und musterte die anderen drei. Er hob die Arme, ließ sie aber gleich wieder kraftlos herunterfallen – eine Geste tiefster Verzweiflung.

»Es hat keinen Sinn«, murmelte er. »Jetzt nicht mehr. Es ist vorbei, tut mir leid.«

Damit wandte er sich wieder um und stieg weiter die Stufen hinauf. Niemand rief ihn jetzt noch zurück oder versuchte ihn aufzuhalten. Es war etwas entsetzlich Endgültiges in seinen Worten gewesen.

Als Sam das zerknüllte Papier vom Boden aufhob, kam Roger zu ihm herüber und spähte ihm über die Schulter.

»Was steht da?« fragte Joanna.

Hölzern und ausdruckslos las Sam die Worte vor. Sie ergaben keinen Sinn und vielleicht waren sie auch nicht richtig ausgesprochen. Aber es waren zweifellos dieselben Worte, die Pete vorher am Telefon gesagt hatte.

»Nicht einmal Ward wußte, was in dem Umschlag war«, flüsterte sie. »Woher kannte Pete das Mantra?«

Wie zur Antwort nahm Sam den Telefonhörer ab und reichte ihn ihr. »Hör mal«, forderte er sie auf.

Verwundert preßte sie den Hörer ans Ohr. Sie bekam kein Freizeichen, die Leitung war tot.

»Meines Wissens wurde dieses Telefon vor zwei Jahren stillgelegt«, erklärte Sam. »Man hat es nur einfach hängen lassen, weil ... na ja, weil sich keiner die Mühe machen wollte, es abzumontieren.«

In Bruchteilen von Sekunden erfaßte der schreckliche Verdacht, der Sam bereits erstarren ließ, nun auch Roger und Joanna.

Pete war tot.

An die nächsten Minuten hatte Joanna später nur eine völlig verschwommene Erinnerung. Sie konnte nicht mehr genau sagen, in welcher Reihenfolge was geschehen war. Ob sie Peggy herunterrufen gehört hatte, ob sie sich den leichten Widerschein von zuckendem blauem Licht auf den Kellerwänden nur eingebildet hatte. Oder ob sie anfangs nur ahnte und dann unwillkürlich begriff, was geschehen war.

Sam war als erster auf der Treppe, sie folgte ihm, und hinter ihr stolperte Roger die Stufen hinauf. Jetzt war knatternder Polizeifunk aus einem Streifenwagen zu hören, der direkt vor dem Fenster parkte. Das rhythmische Blaulicht verlieh ihnen allen eine flimmernde, ungesunde Blässe. Als Peggy es erfuhr, schlug sie entsetzt die Hände vors Gesicht. Joanna nahm diese Bewegung wie in Zeitlupe wahr. Neben Peggy standen Tania Philips und Brad Bucklehurst, gelähmt vor Schreck.

Sam sprach mit zwei Männern in Polizeiuniform. Einer

von ihnen trug eine Mütze, der andere nicht. Dieses unwesentliche Detail prägte sich Joanna ein, sie wußte auch nicht warum – vielleicht war es ein Schutzmechanismus, weil sie nicht wahrhaben wollte, was ihnen einer der Polizisten in ausdrucksloser kalter Amtssprache mitteilte.

»Die Leiche wurde um siebzehn Uhr zehn entdeckt, in einer kleinen Seitenstraße der Pike Street bei Cherry. Der Mann trug nur einen Universitätsausweis bei sich, das ist der Grund, weshalb wir hier sind. Falls er Bargeld oder Kreditkarten mit sich führte, wurden sie ihm abgenommen, ebenso Uhr oder Schmuck. Zahlreiche Stichverletzungen – was die genaue Todesursache angeht, müssen wir die gerichtsmedizinische Untersuchung abwarten. Inzwischen möchte ich Sie bitten, mich wegen der vorschriftsmäßigen Identifizierung ins Leichenschauhaus zu begleiten.«

42

Sie ging mit Roger in eine Bar gleich neben dem Campus, wo sie schon ein paarmal gewesen waren. Sam sagte, er würde zu ihr nach Hause kommen, sobald er konnte, wahrscheinlich in ein oder zwei Stunden. Roger bot ihr an, sie zu begleiten und zusammen mit ihr zu warten, aber sie meinte, sie brauche Menschen um sich herum, das Gefühl von ein bißchen Normalität. Und einen Drink.

Da sämtliche Tische besetzt waren, gingen sie an die Bar.

»Es ist eigenartig«, sagte sie. »Ich kann nicht einmal weinen. Es ist nicht der Schock, es ist schlimmer – irgendwie akzeptiere ich es einfach.«

Roger nahm einen kräftigen Schluck von seinem Scotch mit Eis. »Ich habe Pete sehr gern gehabt.« Seine Stimme zitterte, was er mit einem Räuspern zu unterdrücken versuchte. »Ein netter Bursche. Intelligent. Geradlinig.«

Eine Zeitlang schwiegen sie, dann fragte Joanna: »Was sollen wir nur tun?«

Als er ihr keine Antwort gab, machte sie selbst einen Vorschlag. »Wenn wir das Ganze einfach sein lassen, nicht mehr versuchen, ihn zu vernichten, ihn vergessen ...«

Roger entschlüpfte ein knappes, etwas boshaftes Lachen. »Adam Wyatt vergessen klingt so einfach, wie fünf Minuten lang nicht an ein Nashorn denken.«

Wieder verfielen sie in Schweigen, während rings um sie herum der frühabendliche Trubel losging.

»Also«, meinte sie schließlich, »wir sitzen einfach da und warten, wer als nächster drankommt. Ist das alles, was wir tun können?«

Er leerte sein Glas und gab dem Mann hinter dem Tresen

ein Zeichen. »Was ich tue, ist, noch ein Glas Scotch bestellen. Du auch?«

Sie schüttelte den Kopf.

»Das Problem war«, fuhr er fort, während er sein frisch gefülltes Glas schwenkte, in dem die Eiswürfel klirrten, »daß wir einen Beweis haben wollten.«

»Einen Beweis?« Fragend sah sie ihn an und wartete auf eine Erläuterung.

»Wir haben jemanden erfunden, der nie existiert hat. Das ist zunächst nichts Neues, Schriftsteller, Künstler oder Kinder tun das unentwegt. Aber sie behaupten nicht, daß es mehr als ein Gedankenkonstrukt ist. Wir hingegen haben das getan. Wir wollten einen Beweis dafür haben, daß der Adam Wyatt, den wir uns ausgedacht haben, tatsächlich existiert. Wir haben ihn dazu gebracht, mit uns zu reden, uns zu beweisen, daß er real ist.«

»Was ja Sinn und Zweck des Experiments war«, bestätigte Joanna.

Wieder nahm er einen großen Schluck. Das Glas in der Hand, unterstrich er mit kleinen Gesten seine Worte.

»Jeder Wissenschaftler, der den Namen verdient, weiß, daß man immer einen Beweis oder zumindest die Spur eines Beweises findet, wenn man nur gründlich genug danach sucht. Zum Beispiel können wir keineswegs hoch und heilig schwören, daß wir subatomare Strukturen in Hochenergiebeschleunigern beobachten und nicht etwa erschaffen, indem wir sie suchen. Wir fangen an mit Gleichungen und Theorien, wonach bestimmte Teilchen existieren könnten, manchmal sagen wir auch: existieren müssen. Weil wir diese Teilchen niemals sehen können – sie sind nicht sichtbar –, suchen wir dann in den Versuchskammern nach ihren Aufprallspuren. Und früher oder später sehen wir sie auch – wie die Fußabdrücke im Schnee, von denen die Leute, die an den Yeti glauben, behaupten, sie stammten von ihm, was für sie beweist, daß der Yeti existiert.«

Nach einem weiteren großen Schluck sah er Joanna an.

»Wir tun gerne so, als wären unsere Theorien das Ergebnis unserer Beobachtung, aber das ist nicht ganz richtig. Einstein sagte, in Wirklichkeit ist es die Theorie, die unsere Beobachtung lenkt. Was tun wir also wirklich, wir Wissenschaftler? Hauen wir Stück für Stück von einem Felsbrocken weg, bis wir ein uraltes Fossil der Wahrheit darin entdecken? Oder meißeln wir ihn uns zurecht wie ein Bildhauer? Ist die Figur, die am Ende dabei herauskommt, schon immer in diesem Stein eingeschlossen gewesen, oder entspringt sie unserer Fantasie?«

Er legte den Kopf in den Nacken und trank seinen Whisky aus, dann schaute er versonnen in das leere Glas.

»Und würde es überhaupt einen Unterschied machen?«

Während er Blickkontakt mit dem Barkeeper aufnahm, um sich nachschenken zu lassen, fragte er Joanna: »Wie steht's mit dir – noch einen?«

»Nein, danke.«

Sie wartete, während er einen Doppelten bestellte, dann meinte sie: »Sag mir eins, Roger ... Ich habe nie verstanden, warum du dich überhaupt auf all das eingelassen hast. Und warum du damit einverstanden warst, daß ich deinen Namen erwähne.«

Nachdenklich nippte er an seinem Glas.

»In diesem Jahrhundert haben die Wissenschaftler eine interessante Erfahrung gemacht. Wir sind angetreten als die Meister der Vernunft und der Logik. Wir dachten, wenn wir nur gründlich genug arbeiteten und alles genau und sorgfältig genug beobachteten und berechneten, würde die Natur am Ende ihre innersten Geheimnisse preisgeben müssen. Und diese mußten logisch und vernünftig sein. Und absolut sinnvoll, weil das Universum, wie wir glaubten, sinnvoll war. Alles, was diesem Glauben widersprach, wurde als reiner Aberglaube abgetan. Tja, und da fingen die Probleme an. Je mehr wir mit unserer logischen und rationalen Vorgehensweise über die Natur erfuhren, desto mehr mußten wir unsere Vorstellung von einer sinnvollen Ordnung der Natur in Zweifel ziehen. Der Gedanke, daß wir die Wahrheit ergründen und herausfinden könnten, warum etwas so und so ist, steht in krassem Widerspruch zu sämtlichen wissenschaftlichen Erkenntnissen, von denen es inzwischen ja eine ganze Menge gibt. Nicht, daß wir nicht sehen könnten, was passiert. Wir können mit außerordentlicher Präzision Beobachtungen anstellen und Messungen vornehmen - so genau, daß man die Entfernung zwischen New York und Los Angeles buchstäblich bis auf Haaresbreite berechnen kann. Dieses Beispiel hat Dick Feynman gern benutzt. Er hat auch mehrmals gesagt, daß es in der Natur keine sinnvolle Ordnung gibt. Obwohl wir wissen, wie sie sich verhält, und ihr Verhalten zuverlässig genug voraussagen können, um Gebrauch davon zu machen und ein paar recht imposante Dinge damit anzustellen, haben wir keine Ahnung, warum sie sich so verhält. Wir finden keinen Sinn darin. Wir wissen nur, wenn wir dieses machen, passiert jenes. Aber die Vorstellung, daß es einen logischen Grund dafür gibt, erweist sich als der größte Aberglaube überhaupt. Tatsächlich sieht es mehr und mehr danach aus, als wäre es nur ein kindisches, emotionales Bedürfnis, das uns an dem Glauben festhalten läßt, unsere Welt sei geordnet, sinnvoll und ein sicherer Ort.«

Joanna dachte eine Weile nach, dann meinte sie: »Ich nehme an, daß Sam deshalb sagt, alle Menschen seien abergläubisch.«

Roger lächelte gequält. »Er hat recht. Wenn wir die Finger überkreuzen oder auf Holz klopfen, sehnen wir uns danach, alles berechnen zu können und Ordnung und klare Spielregeln zu haben. Die Wissenschaftler glaubten lange Zeit, daß unsere Welt so beschaffen sei, bis sie genauer hinsahen.«

Nochmals trank er einen kräftigen Schluck. Joanna bemerkte, daß sein Glas - es war jetzt das dritte - schon wieder fast leer war. Seine Gedankengänge schienen immer noch völlig klar zu sein, nur seine Aussprache wurde allmählich etwas undeutlich.

»Was also sind die Wissenschaftler?« fragte er mit einem gewissen Pathos. »Bloße Vermesser? Erbsenzähler, Schreiber, Buchhalter? Leute, die messen und aufzeichnen – mit genialen Methoden, wie man zugeben muß –, aber auch nicht mehr?«

Er kippte den letzten Rest Whisky hinunter und stellte das Glas mit einem lauteren Knall, als nötig gewesen wäre, auf der Theke ab.

»Ich denke«, meinte er, während er Joanna von Kopf bis Fuß betrachtete, »ich denke, daß ich aus diesem Grund mitgemacht habe. Um herauszufinden, ob Sam mit irgend etwas Neuem aufwarten kann. Und außerdem, weil du fantastische Beine hast.«

Vom Alkohol animiert, warf er ihr einen anzüglichen Blick zu. »Nun«, fragte er, »wie steht es jetzt mit dem Drink, den du vorhin ausgeschlagen hast?« Er sah sich nach dem Barkeeper um.

»Ich muß gehen. Und Roger, ich will zwar nicht wie deine Mutter mit dir reden, aber ich finde, du solltest lieber nichts mehr trinken ...«

»Da, fürchte ich, sind wir unterschiedlicher Meinung ... Barkeeper ...!«

»Na schön, wenn du dich unbedingt betrinken willst, dann bleibe ich eben hier.«

»Wenn das ein Erpressungsversuch ist, hast du gewonnen. Bleib ruhig hier.«

Lächelnd erschien der Barmann, um Rogers Bestellung entgegenzunehmen.

»Noch einen großen Scotch mit Eis, bitte. Und für dich ...?«

Fragend schaute er Joanna an.

»Nein, wirklich nichts.«

Sie sah auf ihre Uhr. »O Gott, jetzt muß ich aber wirklich los. Hör mal, Roger, laß mich wenigstens – auf Kosten der Zeitschrift – ein Taxi für dich rufen, das dich zurück nach Princeton bringt.«

»Ganz wie du willst, Schätzchen. Und mach dir keine Sorgen, du bist überhaupt nicht wie meine Mutter.«

Sie nahm ihr Handy aus der Tasche und rief das Taxiunternehmen an, das auf Rechnung für die Zeitschrift fuhr. Wenn Taylor Freestone später eine Erklärung für diese Ausgabe verlangen sollte, würde sie sie eben aus eigener Tasche bezahlen, allerdings war sie sich ziemlich sicher, daß er nicht nachfragen würde.

»In zwanzig Minuten wird das Taxi hier sein«, teilte sie Roger nach dem Telefonat mit und glitt von ihrem Barhocker. »Jetzt ist es mir egal, wenn du noch weiter vor dich hin becherst, wenigstens weiß ich, daß du sicher nach Hause kommst – alles klar?«

»Alles klar, Schätzchen«, sagte er und gab ihr einen Kuß auf die Wange.

Sie umarmte ihn. »Paß auf dich auf, Roger. Bis bald.«

»Wir sehen uns!«

An der Tür blieb sie stehen und sah sich noch einmal um. Er schaute ihr nach und winkte ihr fröhlich zu.

Sie warf ihm eine Kußhand zu und trat in die Nacht hinaus.

43 Fünfzehn Minuten später bezahlte sie den Taxifahrer, der sie zum Beekman Place gefahren hatte. Der Portier war nicht wie sonst an seinem Platz, er hatte wohl etwas im Gebäude zu tun. Also tippte sie selbst den Code ein, der die Eingangstür öffnete, und fuhr mit dem Lift zu ihrer Wohnung hoch. Bevor sie Licht anmachte, zog sie zuerst die Jalousien herunter, was sonst gar nicht ihre Art war. Vor wem oder was versteckte sie sich?

Sie fragte sich, was Roger jetzt tat. Hoffentlich hatte er nur noch ein Glas getrunken und war jetzt in dem von ihr bestellten Wagen sicher auf dem Weg nach Hause. Bis Sam kommen wollte, würde es noch etwas dauern. Womit sollte sie sich bis dahin beschäftigen? Sie hatte keine Lust, mit jemandem zu telefonieren, aber zum Lesen, zum Musikhören oder Fernsehen fehlte ihr die Konzentration. Joanna wurde von einer gräßlichen Unruhe geplagt, die sie höchstens mit einem langen Spaziergang oder einer sehr anstrengenden Sportart hätte loswerden können. Aber sie wollte jetzt nicht hinausgehen, allein und schutzlos. Hier, in ihrer vertrauten Umgebung, fühlte sie sich wenigstens relativ sicher. Also kochte sie sich eine Tasse Kräutertee und legte sich auf das Sofa, wo sie in der Morgenausgabe der *New York Times* blätterte, in die sie heute noch keinen Blick geworfen hatte. Sie würde die Sätze so oft lesen, bis die verschwommenen Buchstaben vor ihren Augen einen Sinn ergaben.

Ein paar Minuten später klingelte ihre Haussprechanlage. Erleichtert sprang sie auf, um zu antworten. Es konnte nur Sam sein.

»Joanna, ich stehe vor der Tür. Der Portier ist nicht da, würdest du mich bitte reinlassen?«

Das war nicht Sams Stimme – unten wartete Ralph Cazaubon.

»Joanna? Bist du da? Hallo?«

Doch sie brachte kein Wort über die Lippen.

»Joanna! Ich bin's, Ralph.«

Sie wollte den Hörer auflegen, verfehlte aber die Gabel, so daß der Hörer laut gegen die Wand knallte und dann am Kabelende hin und her baumelte. Leise und fern konnte sie weiterhin seine Stimme hören, die sie an Petes Gemurmel wenige Stunden zuvor erinnerte. Sie streckte die Hand nach dem Hörer aus, zögerte jedoch, als befürchtete sie, einen Stromschlag zu bekommen. Schließlich packte sie ihn und knallte ihn auf die Gabel.

Diesmal hängte Joanna ihn richtig ein, doch kaum war der Hörer wieder an seinem Platz, klingelte es hartnäckig weiter. Joanna wich zurück, und während sie die Sprechanlage fest im Auge behielt, versuchte sie die aufsteigende Panik niederzukämpfen. Ihr schossen die wildesten Gedanken durch den Kopf. Am beharrlichsten beschäftigte sie der Gedanke, daß sie doch eigentlich nichts zu befürchten hatte. Unten vor der Tür stand lediglich ein Mann, der sie besuchen wollte, und sie reagierte hysterisch.

Aber sie hatte ihn doch erst vor zwei Tagen kennengelernt. In einer Stadt wie New York besuchte niemand eine Person, die er kaum kannte, zu Hause und erwartete, einfach eingelassen zu werden. Doch vielleicht hatte er einen bestimmten Grund für sein Kommen? Sie hatte ihn nicht einmal gefragt. Was war so entsetzlich daran, daß ein Mann am Abend an ihrer Tür klingelte, ein Mann, den sie kennengelernt und der sich in jeder Hinsicht charmant und höflich und völlig normal benommen hatte. Drehte sie allmählich durch? Fürchtete sie sich jetzt schon vor ihrem eigenen Schatten?

Trotzdem würde sie um nichts in der Welt noch einmal den Hörer abnehmen und mit Ralph Cazaubon sprechen.

In gebührendem Abstand, so als umkreiste sie einen bösartigen Kettenhund, schlich sie um die Sprechanlage herum. Das unaufhörliche ohrenbetäubende Summen wurde von Sekunde zu Sekunde unerträglicher.

Schließlich sprintete sie zur Tür und vergewisserte sich, ob sie auch abgeschlossen war. Ja, sie war in Sicherheit, aber sie war in der Falle. Was blieben ihr für Möglichkeiten? Sie konnte hinuntertelefonieren und feststellen, ob der Portier inzwischen wieder aufgetaucht war.

Oder sollte sie die Polizei rufen? Und dann was erzählen? Nein, das konnte sie sich immer noch überlegen, falls es tatsächlich notwendig werden sollte – noch gab es keinen vernünftigen Grund, die Polizei zu alarmieren.

Und wenn sie Sam anrief? Ja, das klang vernünftig. Sam würde ihre Angst verstehen. Schon tippte sie die Nummer seines Handys ein und betete, daß er es bei sich hatte. Vielleicht war er ja schon auf dem Weg hierher und würde jede Minute eintreffen. Sie mußte ihn warnen, daß möglicherweise unten vor ihrer Haustür Gefahr lauerte.

Da brach das Summen ab, und in der plötzlich eintretenden Stille hörte sie nichts als ihren keuchenden Atem und ihr Herzklopfen. Verwirrt stellte sie fest, daß sie erst ein paar Ziffern von Sams Handynummer gewählt hatte, aber sie wußte nicht mehr wie viele. Zögernd legte sie auf.

Sie horchte in die Stille. War er weggegangen? Er wußte, daß jemand in der Wohnung war, schließlich hatte sie ja abgenommen. Aber sie hatte keinen Ton gesagt, es hätte also auch eine Freundin, ein Kollege, die Putzfrau oder sonst jemand gewesen sein können.

Vorsichtig näherte sie sich seitlich einem Fenster, zog die Jalousie ein Stück zurück und schaute hinaus. Unten auf der Straße war niemand zu sehen. Ob jemand vor der Tür stand, konnte sie von hier aus allerdings nicht erkennen, möglicherweise wartete er also noch dort. Zumindest jedoch hatte er es aufgegeben, sich Zutritt verschaffen zu wollen.

Es sei denn, der Portier war zurückgekommen und hatte

ihm aufgemacht. Aber der Portier würde niemanden hereinlassen, ohne ihr Bescheid zu sagen. So lautete die Hausordnung, und so stand es auch klipp und klar auf einem Schild in der Eingangshalle: »Jeder Besucher muß angemeldet werden«.

»Joanna ...?«

Mit einem Entsetzensschrei fuhr sie herum. Die Stimme war direkt hinter ihr gewesen. Seine Stimme. Hier in der Wohnung.

Eine Sekunde lang konnte sie niemanden entdecken und sie glaubte schon an eine Halluzination. Doch dann bewegte sich ein Schatten von der Diele auf die offene Wohnzimmertür zu. Ralph Cazaubon trat auf sie zu.

»Joanna, würdest du mir bitte sagen, was nicht stimmt?«

Seine Stimme klang besorgt, sein Gesicht war ernst. Außer der Tatsache, daß er jetzt förmlicher gekleidet war, sah er genauso aus wie gestern. Doch sein Auftreten hatte sich verändert, er gab sich familiär, ja fast schon vertraut, obwohl sie sich doch nur flüchtig kannten.

»Wie sind Sie hier hereingekommen?« keuchte sie mit zitternder Stimme.

Sein Stirnrunzeln wurde noch etwas besorgter, und er trat einen Schritt auf sie zu. »Joanna, was ist denn los ...?«

Joanna wich zurück. Dabei stieß sie mit der Hüfte an einen Tisch, eine Lampe fiel um und krachte zu Boden.

»Kommen Sie mir nicht zu nahe!« Sie tastete hinter ihrem Rücken nach möglichen Hindernissen oder nach einem Gegenstand, mit dem sie sich verteidigen konnte.

»Hör bitte sofort damit auf!« Jetzt klang er ärgerlich und streckte die Arme nach ihr aus, als wollte er sie bei den Schultern packen und zur Besinnung bringen.

Sie wirbelte herum und machte einen Satz hinter ihren Schreibtisch. Da mußte doch irgendwo ein Papiermesser liegen, mit einer langen, spitzen Klinge aus Stahl. Fieberhaft kramte sie unter den Büchern und Papieren, bis ihre Hand sich um einen Elfenbeingriff schloß. Wie einen Dolch hielt sie das Papiermesser vor sich.

»Keinen Schritt näher. Ich steche zu, wenn es sein muß.«

Ralph Cazaubon hob entgeistert die Hände. »Schon gut, ganz ruhig ... ich rühr' mich nicht vom Fleck ... aber sag mir doch, was los ist, damit ich dir helfen kann ... bitte, Joanna ...«

Ihr Atem kam stoßweise und keuchend, sie war einem Weinkrampf nahe. Reiß dich zusammen, bleib ruhig, behalte einen klaren Kopf, sprach sie sich zu. Das Messer vor sich haltend und bereit, sofort damit zuzustoßen, bewegte sie sich wie ein Krebs mit kleinen Seitwärtsschritten auf die winzige Diele zu. Dabei ließ sie ihn nicht einen Moment aus den Augen.

Er drehte sich um und beobachtete sie mit noch immer erhobenen Händen. Doch jetzt wirkte er nicht mehr hilflos, sondern schien einfach nur eine Gelegenheit abzuwarten, sich zu verteidigen oder sogar zum Angriff überzugehen.

Aber ihre Aufmerksamkeit ließ nicht eine Zehntelsekunde nach. Als sie sich mit der freien Hand übers Gesicht fuhr, merkte sie, daß es schweißüberströmt war. Sie blinzelte und riß dann die Augen auf, um wieder klar zu sehen. Dabei bewegte sie sich die ganze Zeit weiter dem Ausgang zu, ein sorgsamer Schritt nach dem anderen brachte sie der Tür, der Rettung, näher. Doch als sie nur noch wenige Meter von der Wohnungstür trennten, begann er ihr zu folgen. Drohend hob sie das Messer, und er blieb wieder stehen.

»Ich habe Sie gewarnt – kommen Sie mir nicht zu nahe!«

Um die Tür zu öffnen, mußte sie das Messer in die andere Hand nehmen. Zuerst das Türschloß, dann das Sicherheitsschloß. Beide waren noch genauso verriegelt wie vorhin.

Eine Sekunde lang blickte sie seitwärts, um die Türklinke zu finden und die Tür zu öffnen. Aus den Augenwinkeln heraus sah sie, wie er sich bewegte.

»Nein!«

Er blieb stocksteif stehen.

»Joanna, bitte, das ist doch verrückt. Was ist passiert? Bist du krank? Wie kannst du nur denken, daß ich dir etwas antun will?«

Endlich hatte sie die Klinke ertastet und drückte sie nach unten. »Wie sind Sie hier hereingekommen?«

»So wie immer. Was ist denn nur los mit dir?«

Doch sie erwiderte nichts, stellte ihn nicht zur Rede und fragte auch nicht weiter, sondern riß nur die Tür auf und stürzte hinaus auf den Gang. Sie schlug ihre Wohnungstür zu und rannte zum Fahrstuhl. Doch als sie den Knopf drücken wollte, sah sie, daß das »Besetzt«-Zeichen leuchtete. Leise brummend kam der Lift näher, er hielt in ihrem Stockwerk und seine Türen glitten auf.

Bis jetzt hatte sie sich noch nicht überlegt, wie sie auf jemanden wirken würde, der ihr so begegnete. Sie behielt ihre Wohnungstür im Auge, doch die blieb verschlossen. Plötzlich wurde ihr bewußt, daß sie nicht mehr allein war. Es war jemand aus dem Fahrstuhl getreten. Noch bevor sie sich umdrehen konnte, hörte sie eine Stimme: »Um Himmels willen, Joanna, was ist los?«

Sie wirbelte herum, und Sam machte einen Satz zurück, um ihrem Messer auszuweichen. Erst da erkannte sie ihn und fiel ihm in die Arme. Ihre angstvolle Spannung löste sich in einem haltlosen Schluchzen.

»Was ist denn los? Was ist passiert? Komm, sag schon.«

Sachte löste er das Papiermesser aus ihren verkrampften Fingern.

Sie deutete mit zitternder Hand auf ihre Wohnung. »Er ist da drin.«

»Wer?«

»Ralph Cazaubon.«

»Was ...?«

Sam wollte zur Tür gehen, doch sie hielt ihn zurück.

»Nein, warte. Hol zuerst Hilfe.«

»Dafür haben wir keine Zeit ...«

»Ich habe die Schlüssel nicht mitgenommen«, fiel ihr plötzlich ein. »Wir können gar nicht rein.«

Einen Moment lang dachte er nach. »Hat der Portier keine Zweitschlüssel?«

»Doch«, nickte sie.

»Dann hol sie, ich warte hier auf dich.«

»Nein, ich will nicht, daß du ...«

»Bitte, Joanna, tu einfach, was ich sage.« Er hielt das Papiermesser hoch. »Keine Sorge, wenn er da drin ist, kommt er nicht an mir vorbei.«

Inzwischen war der Fahrstuhl in ein anderes Stockwerk gerufen worden. Sie konnte sehen, daß er aufwärts fuhr, also ging sie zur Treppe und lief die drei Stockwerke zur Eingangshalle hinunter. Frank Flores saß an seinem zuvor verwaisten Platz und blickte erstaunt auf, als sie ganz aufgelöst auf ihn zurannte.

»Frank, da ist jemand in meiner Wohnung. Bitte kommen Sie mit rauf. Und geben Sie mir meine Ersatzschlüssel, bitte.«

Er griff unters Pult. »Jemand ist in Ihrer Wohnung? Mr. Towne ist gerade hoch zu Ihnen. Meinen Sie ihn?«

»Nein. Haben Sie nicht vorher einen anderen Mann gesehen? Groß, dunkle Haare?«

»Seit ich hier sitze, ist niemand sonst rauf. Ich war zwar vor einer Weile im Keller und habe nach der Heizung geschaut, aber da hatte ich die Haustür abgeschlossen. Keiner kann reingekommen sein, der nicht einen Schlüssel hatte oder von einem Bewohner reingelassen wurde.«

Er gab ihr die Zweitschlüssel. »Soll ich die Polizei rufen?«

»Das ist vielleicht nicht nötig. Wenn Sie einfach mit hochkommen würden?«

Sie nahmen wieder die Treppe zum dritten Stock hinauf. Oben angekommen, mußte der zwar muskulöse, aber übergewichtige Frank erst einmal nach Luft schnappen. Sam wartete noch immer vor der Tür und bedeutete ihnen mit einer Geste, daß in der Zwischenzeit nichts passiert war.

»Okay. Erklären Sie mir bitte, was hier vor sich geht«, verlangte Frank, der jetzt seine Rolle als Verantwortlicher für die Gebäudesicherheit übernahm. »Ist jemand krank da drin oder betrunken, randaliert er oder ist er gewalttätig?«

»Nein, nichts davon, glaube ich«, flüsterte Joanna verängstigt.

»Kennen Sie den Betreffenden?«

»Ja, flüchtig«, nickte sie. »Mr. Towne kennt ihn allerdings nicht.«

»Verstehe«, behauptete Frank etwas kühn und warf einen wissenden Blick in Sams Richtung, bevor er sich wieder Joanna zuwandte. »Und Sie haben die betreffende Person aufgefordert, die Wohnung zu verlassen. Stimmt das, Miss Cross?«

Wieder nickte sie.

»Und er hat sich geweigert?«

»Ja.«

Frank rieb sich das Kinn. »Wissen Sie, ob der Mann bewaffnet ist?«

Überrascht sah sie bei dieser Frage auf. »Nein ... nein, bestimmt nicht ...«

»Befinden sich irgendwelche Waffen in der Wohnung? Eine Pistole, Messer?«

»Nein. Außer ...«

Frank folgte ihrem Blick zu dem Papiermesser in Sams Hand.

»Wenn Sie nichts dagegen haben, Mr. Towne, nehme ich das jetzt.« Und er streckte die Hand nach dem Messer aus.

Sam zögerte.

»Das geht schon in Ordnung, Sir. Ich war Soldat und kann auf mich aufpassen.«

Nicht ganz überzeugt, schielte Sam zu Joanna hinüber, reichte Frank dann aber doch das Messer.

»Würden Sie mir bitte die Schlüssel noch mal geben, Miss Cross?« bat Frank und steckte das Messer in den Ledergürtel seiner Uniform.

Sie händigte ihm die Schlüssel aus, die er ihr unten gegeben hatte, und sagte, daß er wohl nur den fürs Türschloß brauchen würde. Mit einer Handbewegung forderte der Portier sie auf, sich im Hintergrund zu halten, dann öffnete er mit einem raschen, entschlossenen Handgriff die Tür. Er stellte sich seitlich auf die Türschwelle, um das hellerleuchtete Wohnzimmer überblicken zu können, und rief: »Gebäudeschutz! Würden Sie sich bitte zeigen, Sir?«

Doch aus der Wohnung kam kein Geräusch, und man sah auch keine Bewegung. Sam fiel auf, daß Frank zwar keine Schußwaffe trug, aber die Hand dicht an dem Gummiknüppel hatte, der an seinem Gürtel hing.

»Sind Sie ganz sicher, daß hier jemand ist, Miss Cross?« fragte Frank.

»Zumindest war jemand hier«, murmelte sie. Ihr wurde immer unbehaglicher zumute.

»Okay«, nickte Frank und rief wieder in die Wohnung hinein: »Ich fordere Sie hiermit auf, sofort herauszukommen, andernfalls muß ich die Polizei rufen.«

»Ach Quatsch, die Polizei!« brummte Sam, der allmählich die Geduld verlor und versuchte, an Frank vorbei in die Wohnung zu kommen. »Wenn er da drin ist, will ich ihn zu Gesicht kriegen.«

»Bitte, Mr. Towne, lassen Sie mich das regeln ...«

Doch Franks Protest fruchtete nichts. Sam betrat die Wohnung und sah in alle Zimmer.

»Cazaubon ...? Ralph Cazaubon? Zeigen Sie sich ...! Wo sind Sie ...?«

Ein paar Minuten später standen sie zu dritt im Wohnzimmer. Inzwischen war klar, daß sich außer ihnen niemand in der Wohnung befand. Nur die heruntergeworfene Lampe deutete darauf hin, daß etwas vorgefallen war. Joanna bückte sich und stellte sie wieder auf den Tisch.

»Es sieht so aus, als ob jetzt alles in Ordnung wäre, Miss Cross«, meinte Frank und musterte sie argwöhnisch.

»Ja, es sieht so aus ... er muß sich weggeschlichen haben, als ich aus der Wohnung geflohen bin ... und Mr. Towne noch nicht oben war.« Fragend sah sie Sam an. »Dazu hätte er doch genug Zeit gehabt, nicht wahr?«

»Könnte sein«, log Sam.

»Dann ist er vielleicht noch irgendwo im Haus«, vermutete Frank und hatte es gleich wieder eilig: »Das werde ich sofort überprüfen.«

Keiner wollte ihm sagen, daß er sich die Mühe sparen konnte. Joanna dankte ihm für seine Hilfsbereitschaft und schloß die Tür hinter ihm. Als sie wieder ins Wohnzimmer kam, stand Sam an ihrem Schreibtisch und betrachtete irgend etwas.

»Er war wirklich hier«, sagte sie, als ob sie fürchtete, daß er ihr nicht glauben würde.

Sam riß einen Zettel von dem Notizblock neben dem Telefon. »Hier hast du heute morgen seine Telefonnummer und seine Adresse aufgeschrieben.« Er nahm den Telefonhörer in die Hand, wählte, wartete eine Weile und schüttelte dann den Kopf. »Es geht niemand dran.« Als er auflegte, steckte er den Zettel in die Tasche. »Morgen lasse ich die Nummer überprüfen.«

Joanna trat einen Schritt auf ihn zu. »Du glaubst mir doch, Sam, nicht wahr? Sag mir, daß du mir glaubst.«

Er nahm sie in die Arme. »Ich glaube dir«, versicherte er ihr. »Natürlich glaube ich dir.«

44 Sie nahmen sich ein Hotelzimmer, nur ein paar Blocks vom Beekman Place entfernt. Zwar wußten sie, daß es irrational war, aber sie fühlten sich in dieser nüchternen, unpersönlichen Umgebung wohler als in Joannas oder Sams Wohnung.

Obwohl sie nicht viel Appetit hatten, beschlossen sie, essen zu gehen, einfach, um irgend etwas zu unternehmen. Also gingen sie zu Fuß zu dem chinesischen Restaurant in der Third Avenue, das schon seit Jahren eins von Joannas Lieblingsrestaurants war. Die Vertrautheit und die zuvorkommende Bedienung hatten etwas Beruhigendes.

Als Joanna ihm von ihrer Unterhaltung mit Roger berichtete, nickte Sam nachdenklich und brachte von Zeit zu Zeit ein schwaches Lächeln zustande.

»Es kommt ziemlich selten vor, daß Roger so viel trinkt«, sagte er. »Für gewöhnlich tut er es nur dann, wenn er ein kompliziertes Rätsel lösen will – wie Sherlock Holmes manchmal seine drei Pfeifen dazu geschmaucht hat.«

»Tja, das hätte in unserem Fall wohl nicht genügt.«

Ihr Gespräch kreiste um immer dieselben Fragen, doch als ihnen bewußt wurde, wie sinnlos nun all ihre Spekulationen geworden waren, verstummten sie. Die Ereignisse hatten ihre eigene Dynamik bekommen, und Sam wußte ebensowenig wie sie, was sie jetzt tun sollten, oder was als nächstes geschehen würde. In der feuchtkalten Novemberluft schlenderten sie zum Hotel zurück. Joanna hatte aus ihrer Wohnung Schlaftabletten mitgenommen, und jeder von ihnen nahm eine davon. Dann kuschelten sie sich in dem bequemen Doppelbett aneinander.

Sie erwachten früh am Morgen und hatten um acht Uhr schon auf ihrem Zimmer das Frühstück eingenommen. Joanna hörte die Nachrichten auf ihrem Anrufbeantworter ab, danach hörte Sam die seinen ab. Es war nichts Wichtiges dabei.

»Meinst du, es ist noch zu früh, um bei Roger anzurufen?« fragte sie. »Ich möchte mich nur vergewissern, ob er gut nach Hause gekommen ist.«

»Wenn er einen Kater hat, wird er aber davon nicht begeistert sein.«

»Ich versuche es trotzdem«, entschied sie. »Ich weiß nicht warum, aber ich mache mir Sorgen um ihn.«

Sie wählte seine Nummer. Es klingelte mehrere Male, bis sich eine unbekannte Männerstimme meldete. Das erinnerte sie sofort an jenen Vormittag, als sie bei Maggie angerufen hatte und deren Tochter an den Apparat gegangen war, und ihr Herz begann schneller zu schlagen.

»Ich möchte Roger Fullerton sprechen«, brachte sie etwas stockend heraus. »Ist er da? Würden Sie ihn mir bitte geben?«

»Darf ich fragen, wer Sie sind?« sagte der Mann am anderen Ende der Leitung ernst.

Sam sah ihr an, daß etwas nicht stimmte, und eilte zu ihr.

»Joanna Cross«, antwortete sie. »Ich bin mit Roger befreundet.«

Sie hörte, wie der Mann mit irgend jemandem sprach, aber anscheinend hatte er die Hand auf den Hörer gelegt, denn sie konnte nichts verstehen.

Da nahm ihr Sam das Telefon ab. »Hallo?« sagte er mit Nachdruck. »Hallo? Mit wem spreche ich, bitte?«

Schließlich nannte der Mann seinen Namen. Sam kannte ihn, er war ein Angestellter der Universitätsverwaltung. Glücklicherweise hatten die beiden früher öfter miteinander zu tun gehabt, deshalb erteilte er Sam bereitwilliger Auskunft als Joanna.

Während Sam den Hörer ans Ohr preßte, ließ er sich auf der Bettkante nieder und tastete nach Joannas Hand.

An der Penn Station stiegen sie in den Zug und erreichten kurz vor zehn Princeton. Anstatt auf einen Bus zu warten, nahmen sie ein Taxi und waren wenige Minuten später auf dem Campus. Bis sie das Gebäude betraten, in dem sich Joanna und Roger vor vielen Monaten kennengelernt hatten, hatte Sam ihr alles gesagt, was er über Rogers Tod wußte.

Offenbar war in seinem Zimmer ein Feuer ausgebrochen. Es hatte nicht auf andere Räume übergegriffen und war von selbst wieder erloschen. Erst am Morgen hatte man Rogers Leiche entdeckt, nicht einmal eine Stunde vor Joannas Anruf.

Auf dem Rasen parkte ein Feuerwehrauto, und einige Feuerwehrmänner standen etwas ratlos herum, als wüßten sie selbst nicht genau, was sie hier sollten. Die Männer vom Sicherheitsdienst der Universität und zwei Beamte der Bezirkspolizei bewachten den Eingang und hielten Schaulustige zurück, aber als Sam seinen Namen nannte, ließen sie ihn und Joanna passieren.

Der Mann, mit dem sie telefoniert hatten, hieß Jeffrey Soundso – den Nachnamen hatte sie nicht verstanden. Er war groß, trug einen grauen Anzug und ein blaues Hemd mit Krawatte und hatte schütteres, streng zurückgekämmtes Haar. Offensichtlich hatte ihn der Vorfall zutiefst erschüttert, und er bedachte Joanna mit einem besorgten Blick, als wollte er sagen, daß das hier für eine Frau nicht der richtige Ort sei.

»Sie können reingehen«, meinte er. »Der Leichenbeschauer und die Polizei sind noch da. So was Entsetzliches haben Sie noch nicht gesehen.«

Sam wandte sich an Joanna. »Bist du sicher, daß du dir das antun willst?« fragte er sie leise. »Ich kann zuerst reingehen und dir dann sagen, wie es aussieht.«

Sie schüttelte den Kopf. »Nichts wäre mir lieber, als wenn mir das erspart bliebe. Aber ich glaube, ich muß es tun.«

Er schob seine Hand unter ihren Arm, und ein Uniformierter öffnete ihnen die Tür.

Das Zimmer sah noch genauso aus, wie sie es in Erinnerung hatte – das sympathische Chaos von Büchern und Papieren, die schief hängenden Bilder und Fotos an den getäfelten Wänden, der Computer auf dem Tisch neben dem Buntglasfenster. Nichts war verändert, auch die Ledersessel standen noch da, doch jetzt waren sie leer, bis auf Rogers Sessel.

Wie schon damals, stand der Sessel so, daß das Licht einer Leselampe darauf fiel. Auf dem Tisch daneben waren Bücher, eine Kiste Zigarren, von denen er gelegentlich eine rauchte, und ein halbleeres Glas mit etwas, das wie Whisky aussah.

Doch was in diesem Sessel saß, konnte man nicht in Worte fassen: ein schwarzes, verkohltes Etwas, eine dämonische Gestalt, die nur noch entfernt an ein menschliches Wesen erinnerte. Nur eine Hand und ein Teil eines Arms, der auf dem Tisch lag, waren von dem zerstörerischen Feuer verschont geblieben. Der Kleiderfetzen an dem Arm war ein Überbleibsel des Anzugs, den Roger gestern abend in der Stadt getragen hatte.

Joanna wollte schreien, weglaufen, in Ohnmacht fallen. Doch der Schreck hatte sie gelähmt. Wie angewurzelt stand sie da, kein Laut drang aus ihrer Kehle. Sie spürte, daß Sam den Arm um sie gelegt hatte, und sie klammerte sich an ihm fest, während sie verzweifelt versuchte, den Blick von diesem gräßlichen Bild abzuwenden.

Da bewegten sich zwei Gestalten – eine, die neben der Leiche gekniet hatte, und eine andere, die im Schatten an der Wand gestanden hatte und sich nun als dunkle Silhouette vor dem Fenster abzeichnete. Sie hörte ein seltsames Geräusch und bemerkte, daß sie selbst es verursacht hatte. Seit sie in den Raum gekommen war, hatte sie nicht geatmet, und jetzt schnappte sie laut nach Luft.

»Es geht schon«, brachte sie heraus und ließ Sam los, um zu zeigen, daß sie sich unter Kontrolle hatte. »Ist schon in Ordnung. Wie ist das passiert?«

Der Mann vor dem Fenster trat auf sie zu. »Das versuchen wir gerade herauszufinden. Lieutenant Daniels, Bezirkspolizei.«

Sie stellten sich vor. »Roger Fullerton war mein früherer Physikprofessor«, sagte Sam. »Wir sind gute Freunde geblieben. Gestern abend haben wir uns getroffen. Als ich wegmußte, ging Joanna – Miss Cross – mit ihm noch etwas trinken, dann ist er hierher zurückgefahren.«

»Ich habe ihm ein Taxi gerufen«, erklärte sie. »Gegen acht oder Viertel nach acht habe ich dann die Bar verlassen.«

Der Polizist nickte und machte sich Notizen. »Das kommt hin. Er ist hier um zehn noch mal gesehen worden.« Er sah sie beide an. »Können Sie mir irgend etwas sagen? Ist Ihnen etwas Ungewöhnliches aufgefallen? War er vielleicht in einer außergewöhnlichen Gemütsverfassung?«

Kopfschüttelnd erwiderte Sam: »Ich glaube nicht, daß sich das Ganze als Selbstmord herausstellen wird, falls Sie darauf hinauswollen. Haben Sie etwas dagegen, wenn ich ihn mir genauer ansehe?«

»Bitte.«

Sam trat näher an die Leiche heran, Joanna rührte sich nicht vom Fleck. Der Leichenbeschauer, ein Mann in den Fünfzigern mit einem rundlichen, blassen Gesicht, schaute zu ihm hoch. In seinem Blick war Angst.

»Haben Sie so etwas schon jemals gesehen?« fragte Sam ihn.

»Noch nie in meinem ganzen Leben.«

Sam befühlte das nicht verbrannte Leder an der Sessellehne neben der Schulter der Leiche. »Keine Restwärme«, stellte er fest. »Hat eigentlich jemand dieses Feuer gesehen?«

»Es hat niemand etwas gemeldet, bis das Reinigungspersonal heute morgen hereinkam«, antwortete der Mann namens Jeffrey, der neben der Tür stand.

Sams Blick wanderte zu ihm herüber und dann wieder zum Leichenbeschauer. »Haben Sie schon einmal etwas von spontaner menschlicher Verbrennung gehört?«

Mühsam stand der Mann auf. »Ja, ich habe davon gehört,

aber ich halte es für ein Ammenmärchen. Menschen fangen nicht einfach grundlos Feuer.«

»Sie sollten mal ein paar von den Fallgeschichten lesen«, entgegnete Sam. »Das hier sieht mir ganz danach aus.«

Dann ging er um den Tisch herum, auf dem der Arm der Leiche lag, blieb vor dem Sessel stehen und betrachtete die entsetzliche Gestalt darin.

»Ich brauche Ihnen nicht zu sagen, welche Hitze erforderlich ist, um einen Menschen derart zu entstellen«, fuhr er fort. »Mindestens fünfzehnhundert Grad Celsius. Und schauen Sie« – er deutete auf den Sessel – »das Leder ist nur ein paar Zentimeter um den Körper herum verbrannt. Auf dem Tisch ist alles unversehrt geblieben, der Teppich ist nicht einmal angesengt.« Er blickte zur Decke hoch. »Oben an der Wand und an der Decke ist ein dünner Rußfilm. Und ist Ihnen noch was aufgefallen? Man riecht gar nichts. Wenn ein menschlicher Körper mit solcher Hitze verbrennt, müßte man es deutlich riechen. Aber man merkt nichts davon. So schnell kann der Geruch doch nicht verflogen sein.«

»Sie sagen mir nichts Neues«, erwiderte der Leichenbeschauer. »Ich bin sicher, daß wir uns bald alles erklären können und herausfinden werden, welche Umstände zu diesem Vorfall geführt haben. Aber bis dahin entschuldigen Sie, wenn ich mich nicht Ihren absurden Schlußfolgerungen anschließe.«

»Spontane menschliche Verbrennung«, murmelte Sam leise, wie zu sich selbst, »manchmal auch ›Feuer des Himmels‹ genannt.«

Lieutenant Daniels fuhr sich mit der Hand übers Gesicht und rieb sich das Kinn.

»Wenn dieses Feuer irgendwoher gekommen ist, Dr. Towne, dann ist es nicht der Himmel gewesen.«

Sie saßen zusammen in einer Ecke des beinahe leeren Zuges, der sie zurück zur Penn Station schaukelte. Sam sah auf die Uhr.

»Kann ich mir noch mal dein Telefon ausleihen?« bat er.

Sie gab ihm ihr Handy und er wählte eine Nummer. Bereits zum dritten Mal, seit sie den Campus verlassen hatten, versuchte er, Ward Riley zu erreichen. Wieder meldete sich niemand, kein Auftragsdienst, kein Anrufbeantworter.

»Ich versuche es noch mal, wenn wir angekommen sind«, meinte er und gab ihr den Apparat zurück. »Wenn dann immer noch keiner abhebt, fahren wir direkt hin und sehen nach, was los ist.«

Lieutenant Daniels gegenüber hatten sie nichts von Adam Wyatt und dem Experiment erwähnt, an dem Roger teilgenommen hatte. Sie wußten, daß es im Lauf der Zeit herauskommen würde und daß man sie dann fragen würde, warum sie das verschwiegen hatten. Doch darum konnten sie sich später noch kümmern. In schleppende polizeiliche Ermittlungen verwickelt zu werden, war das Letzte, was sie gerade gebrauchen konnten. Was genau sie nun aber tun sollten – außer Ward Bescheid zu sagen –, war ihnen selbst nicht klar.

Spontane menschliche Verbrennung, hatte ihr Sam erklärt, als sie das Gebäude verlassen hatten, wurde von vielen Leuten, einschließlich Sam, als eine Art Poltergeist-Phänomen betrachtet: Es gab zahlreiche belegte Fälle von Personen, Erwachsenen wie auch Kindern, die plötzlich in Feuer ausbrachen und in diesem Feuer von unglaublicher Intensität zu Tode kamen oder verletzt wurden.

»Die Fakten liegen auf dem Tisch, die Leute müssen nur hinsehen«, sagte er. »Und in diesem Fall werden sie nicht darum herumkommen.«

Joanna überlief unwillkürlich ein Schauder, während sie aus dem Fenster sah und das gräßliche Bild zu verscheuchen suchte, das sich ihr immer wieder mit all seinen unbarmherzigen Einzelheiten aufdrängte. Sam wußte, was in ihr vorging, und nahm ihre Hand.

»Ich glaube, ich werde nie wieder schlafen können«, meinte sie.

»Doch«, erwiderte er. »Das verspreche ich dir.«

Sie legte ihren Kopf an seine Schulter, wagte aber nicht, die Augen zu schließen.

Als sie an der Penn Station aus dem Zug stiegen, nahm Sam wieder das Handy und wählte Wards Nummer. Diesmal meldete sich sofort jemand: der chinesische Diener. Er schien in heller Aufregung zu sein.

»Am besten Sie kommen her, Dr. Towne«, sagte er. »Mr. Riley hat Nachricht für Sie hinterlassen – und für Miss Cross. Bitte beeilen!«

45 Als sie aus dem Aufzug traten, erwartete sie der Chinese bereits an der Wohnungstür. Der dicke Teppichboden auf dem Gang dämpfte ihre Schritte, und sie sprachen kein Wort, bis sie Wards Wohnung mit dem glänzenden Parkettboden betreten hatten und die Tür hinter ihnen geschlossen war.

Doch dann kam Sam sofort zur Sache: »Was ist los?«

Mit vor der Brust gefalteten Händen und leicht nach vorne gebeugtem Oberkörper antwortete der Diener mit seiner hellen Stimme:

»Ich Mr. Riley gestern abend zurückkommen sehen – war kurz vor acht. Er sagte, er sofort zu Bett gehen, will nicht gestört werden. Ich heute morgen Freunde besuchen und einkaufen und kommen zurück – immer noch kein Mr. Riley. Ich Angst haben, daß Mr. Riley krank. Mr. Riley nie so spät aufstehen. Ich also klopfen an Tür von Mr. Riley, aber keine Antwort. Ich öffnen Tür und finden Bett unbenutzt. Diese Nachricht liegen auf Bett.«

Er streckte ihnen eine Karte entgegen, auf der in Wards ordentlicher Handschrift nur wenige Zeilen geschrieben standen: »*Gestatte Sam Towne und Joanna Cross Zutritt zum Raum der Stille. Niemandem sonst! W.R.*«

Sam blickte von der Karte auf. »Raum der Stille?«

»Ich zeige Ihnen.«

Sogleich führte er Joanna und Sam den Flur entlang und durch eine Flügeltür in ein geräumiges Schlafzimmer, das wie die anderen Zimmer fernöstliche Einflüsse aufwies. Irgend etwas kam Joanna auf Anhieb seltsam vor, doch es dauerte einen Augenblick, bis sie wußte, was es war: Der

Raum hatte keine Fenster. Hinter einer halb offenstehenden Tür sah sie ein gefliestes Badezimmer mit Spiegeln, doch der Diener führte sie weiter zu einer Tür am anderen Ende des Raumes, die fast unsichtbar in eine dunkel getäfelte Wand mit Schubladen und Schränken eingelassen war.

»Noch nie hier jemand hinein dürfen«, erklärte der Diener. »Mr. Riley Zimmer sogar selbst sauber machen. Ich jetzt gehen.«

Mit einer steifen kleinen Verbeugung zog er sich zurück und ging wohl wieder ins Wohnzimmer. Sam drehte den Türknopf, und sie standen in einer kleinen Kammer, kaum größer als ein Schrank, mit nichts als kahlen Wänden – und einer weiteren Tür auf der gegenüberliegenden Seite. Nachdem Joanna und Sam einen Blick gewechselt hatten, öffnete Sam die zweite Tür.

Eisige Kälte schlug ihnen entgegen. Das Zimmer war mittelgroß, eine raumhohe Glasfront mit Blick über den Park nahm die ganze gegenüberliegende Seite ein. Drei gläserne Schiebetüren waren bis zum Anschlag geöffnet. Außer ein paar Bücherregalen, mehreren Bildern und Statuen mit offenbar religiöser Bedeutung gab es keine Einrichtungsgegenstände.

In der Mitte des Zimmers lag eine Matte. Und darauf saß in der klassischen Meditationshaltung mit gekreuzten Beinen Ward Riley. Er war barfuß und trug nur einen einfachen dünnen Baumwollkimono. Seine Augen waren geschlossen, seine Haut wächsern und bleich.

»Ist er tot?« flüsterte Joanna heiser, kniete sich hin und berührte ihn. Er war eiskalt.

Da ließ ein dumpfer Schlag Joanna zusammenzucken. Sie drehte sich um und sah, wie Sam die Glastüren schloß, dann kam er zu ihr und kniete sich ebenfalls neben Ward.

»Ich kann seinen Pulsschlag sehen«, sagte er. »Da am Hals, ganz langsam.«

»Danke, daß ihr gekommen seid, Sam ...«

Joanna und Sam sprangen auf, als Wards Stimme aus dem Nichts ertönte.

»... und Joanna. Es ist gut, daß ihr da seid, daß wir nun zusammen sind.«

Über Wards Kopf hinweg warfen sich die beiden einen verstörten Blick zu. Wards Stimme klang vertraut, aber jetzt merkwürdig körperlos.

»Wenn ihr diese meine Worte hört, befinde ich mich bereits an einem Ort, von dem ich weder zurückkehren will noch kann.«

»Die Worte kommen aus seiner Kehle«, beobachtete Joanna. »Er bewegt zwar nicht die Lippen, aber er spricht selbst.«

»Ich möchte euch helfen«, fuhr die Stimme fort. »Für euch ist es zu spät, den Weg einzuschlagen, den ich genommen habe – dazu bedarf es langer Vorbereitung. Aber fürchtet euch nicht vor der Leere, die vor euch liegt. Vertraut euch ihr an wie dem Licht ...«

»Schau mal«, sagte Sam unvermittelt. Sie folgte mit dem Blick seinem Zeigefinger und entdeckte auf einem Regal zu Wards Rechten eine kleine Stereoanlage. Im Kassettenrekorder lief ein Band. »Das muß sich eingeschaltet haben, als wir hereingekommen sind«, meinte Sam.

Und da entdeckte Joanna auch einen kleinen elektronischen Bewegungsmelder, der reagierte, sobald jemand den Raum betrat.

»Unsere Welt hat sich gewandelt«, fuhr die Stimme fort, »und es gibt keinen Weg zurück ...«

Die Stimme erstarb, als Sam entnervt den Stecker aus der Steckdose zog. »Geh und hol diesen Diener, Joanna. Und such ein paar Decken. Der Chinese soll sofort Sams Arzt anrufen, oder noch besser den Notarzt.«

Sie zögerte. Warum, das konnte sie nicht sagen, aber es ging ihr durch den Sinn, daß Ward das nicht gewollt hätte. Er hatte seine Entscheidung getroffen, und es war nicht ihre Sache, sich einzumischen. Doch sie schob diesen Gedanken sofort wieder zur Seite. In ihren Augen gab es kein unveräußerliches Recht des Menschen, sich selbst zu zerstören. Und was Ward da getan hatte, sah ganz nach einem Selbstmordversuch aus.

Sie rannte durch die Wohnung und rief nach dem Diener, dessen Namen sie nicht kannte. »Hallo? Wo sind Sie?« Doch er war nirgends zu finden, weder in dem großen Salon, wo sie gestern noch mit Ward gesessen hatten, noch im Korridor. Sie öffnete versuchsweise eine Tür, die zu Gästezimmern mit Bädern führte, und rief noch einmal. Keine Antwort.

In der Wand auf der anderen Seite des Salons gab es mehrere Türen. Joanna nahm an, daß sie in die Küche und zu den Zimmern der Angestellten führten, in den Dienstbotenflügel sozusagen. Als sie sich für eine davon entschied, fand sie sich in einem Gewirr von Gängen wieder, die zu Wäschekammern und Vorratsräumen führten. Schließlich stieß sie eine Schwingtür auf und stand in einer riesigen chromglänzenden High-Tech-Küche mit strahlend weißen Wänden. Doch auch hier erhielt sie keine Antwort auf ihr Rufen.

Eine weitere Tür führte sie in ein Eßzimmer mit einem langen Tisch und Stühlen für etwa zwanzig Personen. Auch dieses Zimmer war leer und unberührt, es sah aus, als wäre es kaum jemals benutzt worden. Dahinter lag wieder der große Salon, in dem auch jetzt niemand zu sehen war. Eine andere Tür zur Rechten brachte sie in einen Korridor, den sie vorher übersehen hatte, obwohl er zur Eingangshalle führte, die jetzt links von ihr lag. Sie suchte nach weiteren verborgenen Zimmern und Rückzugsmöglichkeiten, als sie plötzlich in einem Wandspiegel eine Bewegung wahrnahm.

Joanna drehte sich nach links und sah gerade noch, wie jemand offenbar in großer Eile die Wohnung verließ – in einem Regenmantel, der die gleiche Farbe hatte wie der von Sam.

»Sam!« schrie sie ihm nach, doch er erwiderte nichts. Sie rannte zur Wohnungstür, die noch offenstand.

Als sie in den Hausflur hinaustrat, sah sie die Gestalt am anderen Ende um eine Ecke verschwinden – der Mann rannte so schnell, daß sein heller Regenmantel hinter ihm herwehte.

Joanna lief ihm nach, ohne darüber nachzudenken oder auch nur die Tür hinter sich zu schließen. Sie wollte einfach wissen, was geschehen war. Wo lief Sam hin? Oder wovor rannte er weg?

Als sie die Ecke erreichte, wo sie den Mann zuletzt gesehen hatte, war er schon wieder verschwunden. Das einzige, was sie wahrnahm, war eine Tür, die zuschlug. Sie rannte hin und riß sie wieder auf. »Notausgang« stand auf einem Schild.

Nun war sie in einem grau gestrichenen Treppenschacht mit einer Wendeltreppe aus Eisen, über die man in Notfällen nach unten gelangte. Zwar konnte sie Sam nicht sehen, aber sie hörte seine Schritte widerhallen.

Zweimal noch rief sie ihn. Doch weil sie keine Antwort bekam, vermutete sie, daß ihre Stimme vom Echo seiner Schritte übertönt wurde. Also rannte sie ihm hinterher.

Beim Hinunterlaufen sah sie immer wieder seine Hand, die auf jedem Treppenabsatz kurz ans Geländer faßte, bevor er mit Schwung die nächste Kurve nahm. All ihr Rufen erwies sich als nutzlos. Ja, es schien ihr immer unsinniger, ihm überhaupt weiter hinterherzurennen: Sie hatte nicht die geringste Chance, ihn einzuholen. Doch sie wollte unbedingt wissen, warum er so plötzlich die Flucht ergriffen hatte, ohne ihr etwas zu sagen, ja offenbar ohne einen Gedanken an sie zu verschwenden.

Joannas Schritt verlangsamte sich, und sie kam sich jetzt ziemlich albern vor, weil sie überhaupt versucht hatte, ihm zu folgen. Sicherlich hatte sein Verhalten einen Grund, und den würde sie am ehesten oben in der Wohnung finden und nicht hier in diesem tristen Treppenschacht. Höchstwahrscheinlich war inzwischen der chinesische Diener in Wards Zimmer aufgetaucht. Das allein erklärte zwar noch nicht Sams überstürzten Abgang, doch es bestand sicher keine Gefahr für sie. Sonst hätte er sie bestimmt gewarnt und sie mitgenommen. Diese Verfolgung war nicht gerade ein Vertrauensbeweis ihrerseits. Sie hätte zurück in Wards Meditationsraum gehen sollen, wie sie es vereinbart hatten. Dort hätte sie wahrscheinlich erfahren, daß Sam schnell zur Apotheke oder zu einem Arzt laufen wollte und es so eilig hatte, daß er nicht einmal auf den Fahrstuhl warten konnte. Natürlich, das war die Lösung. Sie hatte völlig überreagiert. Am besten ging sie wieder nach oben und schaute nach, ob sie irgendwie helfen konnte.

Doch jetzt war sie schon so weit hinuntergelaufen, daß sie schneller im Erdgeschoß als oben in Wards Etage – der fünften? Oder der sechsten? – ankommen würde. Am vernünftigsten war es wohl, weiter hinunterzugehen und mit dem Lift wieder nach oben zu fahren. Genau das würde sie tun.

Da sie nun niemanden mehr einholen wollte, brauchte sie sich auch nicht mehr so zu beeilen. Und ihr fiel ein, daß sie gar nicht bis ganz nach unten gehen mußte, es reichte, wenn sie beim nächsten Treppenabsatz – ihrer Schätzung nach im zweiten oder dritten Stock – durch die Notausgangstür zurückging und dort den Fahrstuhl nahm.

Gedankenverloren und ohne genau aufzupassen, ging sie von der Treppe auf die Tür zu, die sich etwas zurückgesetzt in einer dicken Mauer befand. Sie griff nach der Klinke, vielmehr nach der Stelle, wo sie im Halbdunkel die Klinke vermutete ... und spürte etwas Weiches.

Es entfuhr ihr ein spitzer Schrei – es war mehr Überraschung als Schreck, denn sie hatte die Farbe des Mantels schon erkannt. Es war Sams Mantel.

Doch als ihr Blick nach oben wanderte, zu dem Gesicht, das sie zu sehen erwartete, gefror ihr das Blut in den Adern. Der Mann, der ihr im Schatten aufgelauert hatte, war Ralph Cazaubon.

»Laß es nicht auf diese Weise enden«, bat er sie mit sanfter, leicht gebrochener Stimme. »Ich weiß nicht, was mit uns geschieht, Jo. Aber laß es nicht so mit uns enden.«

46

Sam stand mitten in dem großen Salon. »Joanna?« rief er schon zum dritten Mal, ohne eine Antwort zu erhalten.

Verwundert und zunehmend besorgt, kehrte er in die Diele zurück. Noch immer stand die Wohnungstür offen, wie vorhin, als er draußen nach Joanna gesucht hatte. Gerade wollte er wieder hinausgehen, als er im Augenwinkel eine Bewegung wahrnahm. Er blieb stehen und schaute genauer hin, doch es war nur sein Spiegelbild, sein heller Regenmantel, den er in einem Spiegel am anderen Ende des Flurs gesehen hatte.

»Mr. Towne, Sir ...?«

Hinter ihm tauchte der chinesische Diener auf.

»Kann ich Ihnen helfen, Sir?«

»Haben Sie Miss Cross gesehen? Sie hat nach Ihnen gesucht.«

Der Diener runzelte die Stirn. »Miss Cross? Nein, Sir, ich Miss Cross nicht gesehen haben.«

»Ich kam gerade aus dem Schlafzimmer, als ich die offene Wohnungstür sah. Ist sie vielleicht ...?«

Er trat vor die Wohnungstür und blickte in beide Richtungen, doch es war nichts von ihr zu sehen. Schließlich kam er wieder herein.

»Warum um alles in der Welt ist sie denn einfach verschwunden?«

Der Chinese wackelte mit dem Kopf zum Zeichen, daß er das auch nicht wußte. »Bestimmt sie kommen gleich zurück, Sir.«

»Hoffen wir's. Inzwischen rufen Sie einen Arzt und bringen Sie mir noch ein paar Decken – bevor Ihr Arbeitgeber an Unterkühlung stirbt.«

Sie versuchte zu schreien, doch schiere Angst schnürte ihr die Kehle zu.

Ralph Cazaubon rührte sich nicht. In seiner Haltung und seinem Ausdruck lag nichts offen Bedrohliches. Im Gegenteil, seine Miene wirkte traurig, beinahe zärtlich.

Trotzdem machte sie kehrt und rannte um ihr Leben. Einmal drehte sie sich nach ihm um und sah, wie er ohne Hast, beinahe gemächlich, hinter ihr die Treppe hinunterging.

Im Erdgeschoß riß sie eine Tür auf und fand sich in einem Gang mit grün gestrichenen Backsteinwänden wieder, aus dem es außer einer Flügeltür am anderen Ende keinen Ausweg gab. Während sie darauf zulief, warf sie abermals einen Blick zurück. Ralph folgte ihr noch immer ruhig und gelassen, scheinbar sicher, daß sie ihm nicht entkommen könnte.

Sie betete, daß die Tür nicht verschlossen war, und stemmte sich mit beiden Händen dagegen. Die Tür sprang nach außen auf, und Joanna stolperte in eine Art Innenhof. Sie sah sich um und entdeckte zwischen den Gebäuden einen Durchgang, der anscheinend zur Straße führte. Aber dort waren auch Tore – das war gut für sie, denn es bedeutete, daß das Gebäude gesichert war und daß Wachmänner da sein würden.

Während sie weiterrannte, schaute sie sich nur einmal kurz um und stellte zu ihrer Überraschung fest, daß Ralph noch nicht herausgekommen war. Glaubte er etwa, sie würde wieder hineingehen, wo er auf sie wartete?

Oder war er gar nicht wirklich dagewesen? Bildete sie sich das alles vielleicht nur ein? War er nur ein Trugbild, eine Projektion ihres Geistes wie sein Vorfahre Adam Wyatt?

Aber warum trug er Sams Regenmantel, oder zumindest einen sehr ähnlichen? Hatte irgend etwas ihren Verstand verwirrt, so daß sie Ralph mit Sam verwechselte? Wie konnte das sein? Was ging hier vor? Sie hatte bei diesem absonderlichen Abenteuer schon zuviel erlebt, um noch daran zu zweifeln, daß die Ereignisse einer bestimmten Logik folgten, daß sie einen – wenn auch noch so unergründlichen – Sinn und Zweck hatten.

Der bewaffnete Wachmann am Tor kaufte ihr die Geschichte ab, daß sie sich im Gebäude verlaufen hatte. Zumindest ließ sein Mißtrauen nach, als sie erwähnte, daß sie Ward Riley besucht habe. Er schloß das Tor auf und empfahl ihr, am besten rechts, noch mal rechts und dann durch den Haupteingang zum Lift zu gehen, der sie wieder zu Mr. Rileys Wohnung bringen würde.

Sie lief schnell die Straße entlang, dabei hielt sie sich immer dicht an der Hauswand. Inmitten des Lärms und des gewohnten Lebens auf den Straßen fühlte sie sich zunehmend wohler. Wie ihr der Wachmann geraten hatte, wandte sie sich an der Ecke nach rechts ... und erstarrte.

Zwischen ihr und dem Eingang stand Ralph Cazaubon, die Hände lässig in den Taschen seines Regenmantels, und sah sie an.

»Wo bleiben denn die Decken?«

Sam stand in der Tür von Wards Schlafzimmer und sah sich ungeduldig nach dem Diener um.

»Hier, Sir. Hier Decken haben.« Er eilte den dunklen Flur entlang, wo Sam vorhin sein Spiegelbild gesehen hatte. »Und Sanitäter schon unterwegs.«

»Gut. Sein Puls hat sich etwas stabilisiert – wir sind wohl gerade noch rechtzeitig gekommen.«

Mit ein paar Decken auf den Armen lief Sam durchs Schlafzimmer in den Meditationsraum zurück, wo er Ward liegengelassen hatte. Unmittelbar hinter ihm folgte der Diener, doch plötzlich blieben sie beide stehen.

Das Zimmer war leer, eines der Fenster geöffnet.

»O nein ... o mein Gott ...!«

Sam ließ die Decken fallen und stürmte zum Fenster. Noch ehe er hinaussehen konnte, bestätigte sich sein fürchterlicher Verdacht, als er Reifen quietschen und Fahrzeuge zusammenstoßen hörte. Menschen schrien auf. Er beugte sich über die Steinbrüstung vor dem Fenster hinaus.

Unten auf der Central Park West Avenue lag Ward Rileys ausgestreckter Körper.

Joanna hatte schnell an wild hupenden Autos vorbei die Straße überquert und eilte jetzt auf die Columbus Avenue zu. An der Ecke blieb sie stehen und drehte sich um. Von Ralph war nichts zu sehen. Sie überlegte, ob sie ins Dakota-Building zurückkehren sollte, doch eine innere Stimme warnte sie davor. Und wie zur Bestätigung entdeckte sie plötzlich den hellen Regenmantel auf der anderen Straßenseite. So lässig und gemächlich wie vorhin, schlenderte Ralph den Gehsteig entlang, allerdings sah er zu ihr herüber und schien sie zu beobachten. Sie wandte sich nach links in südliche Richtung und hastete im Laufschritt davon.

Bestimmt macht sich Sam Sorgen und fragt sich, wo ich abgeblieben bin, dachte sie. Sie mußte mit ihm reden, jetzt gleich, ihm sagen, daß sie auf eine Täuschung hereingefallen war, und ihn fragen, was sie nun tun sollte. Es war verrückt, daß sie auf diese Weise voneinander getrennt worden waren. War das der Zweck dieses ganzen Unternehmens gewesen?

Aber warum? Und lief sie eigentlich vor etwas davon oder wurde sie zu etwas hingezogen?

Sie blieb stehen und griff in ihre Manteltasche. Gott sei Dank war ihr Handy noch da. Zwar hatte sie Wards Nummer nicht im Kopf, doch wenn sie die Wahlwiederholungstaste drückte, würde die zuletzt gewählte Nummer – und das war die von Ward – automatisch noch einmal angerufen werden. Sie stellte sich vor den Eingang eines Gebäudes und versuchte es.

Nichts geschah. Sie versuchte es erneut und hielt den Hörer ans Ohr. Außer einem leichten Knacken war nichts zu hören. Als sie auf das kleine Anzeigefeld schaute, stand da: »UNZULÄSSIGER CODE«.

Was zum Teufel bedeutete das? Wieder versuchte sie es, mit demselben Ergebnis: »UNZULÄSSIGER CODE«.

Sie spürte eine ohnmächtige Wut in sich aufsteigen, wie immer, wenn irgendeine blöde Maschine nicht tat, was sie tun sollte. Am liebsten hätte sie das Gerät durchgeschüttelt oder gegen die Wand geknallt, aber sie beherrschte sich und unternahm einen weiteren Versuch.

»UNZULÄSSIGER CODE.«

Wenn das verdammte Ding nicht funktionierte, mußte sie eben eine Telefonzelle benutzen. Erst in diesem Moment wurde ihr klar, daß ihre Brieftasche mit ihrem Geld und sämtlichen Kreditkarten in Wards Wohnung lag. Sie hatte keinen Cent in der Tasche. Also blieb ihr nichts anderes übrig, als zurückzugehen.

Vielleicht gab es aber noch eine andere Möglichkeit. Sie hatte erkannt, daß das Gebäude, vor dem sie stand, eine Bank war – dieselbe Bank, wenn auch nicht dieselbe Filiale, bei der sie Kundin war. Hier würde man ihren Namen und ihre Kontonummer überprüfen können und ihr Geld geben.

Eine Minute später saß sie einer freundlichen jungen Angestellten gegenüber, die meinte, sie wolle sehen, was sie tun könne, allerdings sei es bedauerlich, daß Joanna überhaupt keine Ausweispapiere bei sich habe. Als Joanna jedoch die Namen zweier Angestellter nannte, mit denen sie in ihrer Bank regelmäßig zu tun hatte und die ihre Identität sicherlich telefonisch bestätigen könnten, rief die junge Frau bei der Zweigstelle an.

Eine der beiden genannten Personen hatte sich anscheinend krank gemeldet. Der andere Angestellte wurde an den Apparat gerufen, und Joanna faßte sich in Geduld, während die junge Frau das Problem schilderte. Joanna bemerkte, daß sich ihre Miene verdüsterte.

»Es tut mir leid«, meinte die junge Bankangestellte und schirmte mit der Hand den Hörer ab, »er sagt, er kann sich an Ihren Namen nicht erinnern.«

»Das ist ausgeschlossen. Kann ich ihn bitte selbst sprechen?«

Die Frau gab ihr den Hörer. »Hallo? Ist dort Ray? Ray, hier spricht Joanna Cross.«

»Joanna ... Cross?« erwiderte er zögernd.

»Spreche ich mit Ray Myerson?«

»Ja, am Apparat.«

» Ray, ich bin's! Ich brauche dringend etwas Bargeld.«

»Wie lautet bitte Ihre Kontonummer, Miss Cross?«

Sie vermutete, daß er aus irgendwelchen Sicherheitsgründen so förmlich sein mußte. Glücklicherweise wußte sie ihre Kontonummer auswendig und konnte sie ihm auf Anhieb sagen. Am anderen Ende der Leitung herrschte Stille.

»Ich bedauere, Miss Cross«, meinte er dann, »aber ich finde diese Nummer nicht in meinem Computer. Sind Sie sicher, daß Sie bei unserer Bank sind?«

»Selbstverständlich. Hören Sie, Ray, ich weiß nicht, was das alles soll, aber ich bin auf Ihre Hilfe angewiesen.«

Er bat sie, ihm wieder die Kollegin zu geben, die ihn angerufen hatte. Joanna reichte ihr den Hörer und fühlte sich immer unbehaglicher, während die junge Frau einige Augenblicke lang zuhörte, dann nickte und »Ja« und »Mmm« sagte, wobei sie den Blickkontakt mit Joanna bewußt mied.

Allmählich bekam sie ein schlechtes Gewissen, als hätte man sie dabei ertappt, wie sie irgend etwas Unrechtmäßiges tun wollte. Gleichzeitig ärgerte sie sich über Ray Myerson und die Beschränktheit dieser Banker, die wegen ein paar Dollar solche Schwierigkeiten machten.

Schließlich legte die junge Frau auf und betrachtete Joanna halb mitfühlend, halb argwöhnisch. »Es tut mir leid, Miss Cross, offenbar liegt hier irgendein Irrtum vor. Unter diesem Namen wird bei dieser Bank kein Konto geführt, ja, es gibt nicht einmal ein Konto mit dieser Nummer.«

»Das kann doch nicht sein.«

Die junge Frau zuckte nervös mit den Achseln, fast als befürchtete sie, Joanna könnte sich trotz ihres gepflegten Äußeren und ihrer scheinbaren Normalität als irgendeine gefährliche Irre entpuppen.

Was auch immer die Gründe für diese Farce sein mochten, überlegte Joanna, sie war machtlos dagegen. »Na gut«, meinte sie, »vergessen Sie das Ganze. Aber danke, daß Sie es versucht haben, Sie waren sehr hilfsbereit. Darf ich Sie noch um einen Gefallen bitten? Ich muß jemanden anrufen. Ich habe meine Brieftasche samt Inhalt in der Wohnung eines Freundes gelassen, dort würde ich gerne anrufen.«

»Bitte, selbstverständlich.«

»Zuerst brauche ich die Auskunft, weil ich die Nummer nicht auswendig weiß.« Also rief sie dort an und hoffte, daß Ward im Telefonverzeichnis eingetragen war. Das war er. Gleich darauf hörte sie das Klingelzeichen bei Ward, doch es hob niemand ab. Sie legte auf. »Anscheinend sind sie schon weg. Trotzdem, danke für Ihre Hilfe.«

Sie stand auf und ging. Halb fürchtete sie, daß man sie jeden Moment als vermeintliche Betrügerin festhalten würde. Bei jedem Schritt spürte sie den Blick der jungen Frau in ihrem Rücken, doch sie erreichte unbehelligt den Ausgang.

Auf der Straße sah sie sich in beide Richtungen um, konnte Ralph aber nirgendwo entdecken. Sie fragte sich, ob sie ins Dakota-Building zurückkehren sollte, entschied sich aber sofort dagegen. Wenn Sam und der chinesische Diener Ward ins Krankenhaus begleitet hatten, was ziemlich wahrscheinlich war, konnte sie ohnehin nicht in die Wohnung. Doch vor allem wollte sie nicht das Risiko eingehen, Ralph Cazaubon wieder in die Arme zu laufen.

Gerade hatte sie beschlossen, zum Büro von *Around Town* zu gehen, was einen etwa halbstündigen Fußmarsch bedeutet hätte. Da ertastete sie etwas ganz unten in der Manteltasche. Es waren ein paar U-Bahn-Marken.

Zum ersten Mal seit einer ganzen Weile hatte sie das Gefühl, daß das Glück sie nicht völlig im Stich gelassen hatte.

47

Sie stieg aus dem Lift und ging nach rechts durch die gläsernen Doppeltüren mit dem Schriftzug *Around Town*, wie auf dem Titelblatt der Zeitschrift. Als sie den Empfangsraum durchquerte, grüßte sie Bobbie und Jane an der Rezeption mit einem geistesabwesenden Nicken. Schon wollte sie durch die helle Holztür gehen, die nach hinten zu ihrem Bürotrakt führte, als eine Frauenstimme sie aufhielt.

»Entschuldigung, kann ich Ihnen behilflich sein?«

Die Floskel klang ungnädig und leicht beleidigt, als hätte Joanna jemanden vorsätzlich ignoriert. Joanna drehte sich um und sah, wie Bobbie, eine schlanke, energische Frau um die vierzig, die sie seit vielen Jahren kannte, sie anfunkelte.

»Ich gehe in mein Büro.«

Das stimmte Bobbie nicht milder. Sie stand auf.

»Wo gehen Sie hin ...?« Sie kniff die Augen zusammen und neigte den Kopf fragend zur Seite. Es war unverkennbar, daß sie auf diese Frage eine plausible Antwort erwartete.

»Bobbie, was ist denn los? Warum starrst du mich so an?«

»Ich weiß zwar nicht, woher Sie meinen Namen kennen, Ihren kenne ich jedenfalls nicht. Und bei uns ist es nun mal üblich, daß sich Besucher zuerst an der Rezeption anmelden und nicht einfach in ein Büro hereinplatzen. Wen wollten Sie bitte sprechen?«

Einen Augenblick blieb Joanna ratlos mit der Hand auf der Türklinke stehen. Dann drehte sie sich um, ging ein paar Schritte auf den Empfangsschalter zu und nahm die beiden Frauen dahinter abwechselnd ins Visier.

»Bobbie ... Jane ...« Wieder sah sie von einer zur anderen. »Was soll das?«

Die beiden Frauen wechselten einen Blick. Jane wirkte beunruhigt, und in Bobbies Augen spiegelten sich Verwirrung und Mißtrauen, als sie sich wieder an Joanna wandte. »Tut mir leid, aber sollten wir Sie kennen?«

Mit offenem Mund stand Joanna da. Sie schien im Begriff etwas zu sagen, doch sie brachte keinen Ton heraus. Schließlich schüttelte sie nur langsam den Kopf, als könnte sie den schlechten Scherz nicht länger lustig finden.

»Tut mir das bitte nicht an. Gerade im Moment vertrage ich das einfach nicht, in Ordnung?«

Doch nichts war in Ordnung. Joanna konnte den beiden Frauen vom Gesicht ablesen, daß es sich nicht um einen Scherz handelte.

»O mein Gott«, flüsterte sie. »O mein Gott ... mein Gott ... das kann doch nicht wahr sein!«

Sie drehte sich um und riß die Tür auf, vor der sie eben aufgehalten worden war. Ohne auf die erbosten Rufe hinter sich zu achten, rannte sie den Korridor entlang. Die Menschen, an denen sie vorbeikam, musterten sie neugierig, doch Joanna schenkte ihnen keine Beachtung und lief unbeirrt durch die Flure an Konferenzzimmern und Büros vorbei, bis sie ihr eigenes Büro erreichte.

An ihrem Schreibtisch saß ein Mann, den sie noch nie gesehen hatte. Er blickte von seinem Computerbildschirm auf, hob seine Augenbrauen und wollte ihr offenbar eine Frage stellen. Doch sie kam ihm zuvor.

»Wer sind Sie?«

»Das wollte ich Sie gerade fragen.«

»Sie sitzen in meinem Büro. Würden Sie mir also bitte erklären, was Sie in meinem Büro zu suchen haben?«

»Moment mal ...« Er lehnte sich zurück und sah sie noch prüfender an. »Ich weiß zwar nicht, um was es geht, aber dieses Büro, in das Sie hier so einfach reinstürmen, ist meins. Kann ich irgend etwas für Sie tun?«

Er redete nicht weiter. Joanna hatte die Hände zu Fäusten

geballt und preßte sie an ihre Schläfen, als befürchtete sie, daß ihr der Schädel platzte.

»Das ist doch verrückt ... das darf doch nicht wahr sein ... ich drehe durch ...!«

Der Mann erhob sich, er war jetzt ernsthaft besorgt. »Setzen Sie sich lieber. Soll ich vielleicht jemanden für Sie anrufen ...?«

Sein Ton war freundlich, doch als er sie zu dem Besucherstuhl vor seinem Schreibtisch führen wollte, schrie sie ihn an: »Fassen Sie mich nicht an! Hände weg!«

Sie wirbelte herum und rannte blindlings drauflos. Menschen sprangen ihr aus dem Weg und drückten sich gegen die Wand, um einem Zusammenstoß oder auch nur einer Berührung mit ihr auszuweichen. Erschrockene Gesichter spähten aus den Büros, um zu sehen, was los war. Da sah Joanna plötzlich Taylor Freestone auf dem Weg zu seinem Büro. Er las etwas und nahm sie erst wahr, als sie ihn beinahe eingeholt hatte.

»Taylor ...!« Atemlos und mit wild durcheinandergebrachten Haaren, stellte sie sich ihm breitbeinig und starr in den Weg. »Um Himmels willen, Taylor, sagen Sie mir wenigstens, daß Sie mich kennen. Sagen Sie den anderen, wer ich bin!«

Taylor Freestone wurde kreidebleich, sein Blick huschte verschreckt über die Leute, die jetzt näherkamen, um nichts zu verpassen.

»Was soll das?« fragte er ungehalten. »Was ist hier los?«

»Ich bin Joanna Cross! Ich arbeite hier!« Sie schrie diese Worte heraus, als könnte sie allein durch die Lautstärke die Welt dazu bewegen ihr zu glauben.

»Was tun Sie ...?« entgegnete er ungläubig.

Joanna versuchte die aufsteigende Panik in sich zu unterdrücken. »Joanna ... Joanna Cross ... Wieso erinnern Sie sich denn nicht an mich? Taylor, warum benehmen Sie sich so?«

Ohne zu wissen, was sie tat, hatte sie einen Schritt auf ihn zu gemacht und ihn am Revers gepackt. Seine Augen weiteten sich vor Schreck, er riß sich los und geriet dabei ein bißchen ins Stolpern.

»Den Sicherheitsdienst ...!« rief er.

»Ist schon unterwegs«, erwiderte eine Männerstimme.

»Sehen Sie doch, Miss«, stotterte Taylor Freestone, »wer auch immer Sie sind und was auch immer Sie wollen ...«

»Ich bin nicht Wer-auch-immer ... ich bin Joanna Cross ... ich arbeite für Sie, ich schreibe für diese Zeitschrift ...«

»Aber ich habe Sie noch nie in meinem ...«

»Camp Starburst. Meine Enthüllungen über Camp Starburst haben die Verkaufszahlen um zwei Prozent ... «

»Camp wie ...?«

»Sie haben gesagt, die Story über Adam Wyatt, an der ich gerade arbeite, ist reif für den Pulitzer-Preis ...«

Noch immer waren Taylors Augen vor Angst und Unglauben geweitet. »Ich habe keine Ahnung, wovon ...«

»Sam Towne! Sie haben seiner Abteilung an der Manhattan University eine Spende zukommen lassen, für ebendiese Story über das Adam-Wyatt-Experiment!«

Da bemerkte sie eine Bewegung hinter sich. Zwei uniformierte Sicherheitsleute, die normalerweise unten in der Haupteingangshalle Dienst taten, standen plötzlich links und rechts neben ihr.

»Bitte kommen Sie jetzt mit und bewahren Sie Ruhe, Miss«, forderte der eine sie auf.

Sie spürte, wie ihre Arme gepackt wurden, und versuchte die fremden Hände abzuschütteln. Aber deren Griff wurde nur noch fester.

»Eine Minute noch, lassen Sie uns doch zumindest den Grund für diesen Auftritt herausfinden.«

Das sagte der Mann, der Joannas Büro in Beschlag genommen hatte. Er trat jetzt vor, bereit, für sie einzutreten.

»Überlassen Sie das bitte uns, Sir«, erwiderte einer der beiden Sicherheitsleute.

»Gern, sobald ich davon überzeugt bin, daß jeder hier weiß, was er tut.« Er sah Joanna gerade in die Augen. »Nun, wer sind Sie? Was wollen Sie?«

Inzwischen war ihr klar, daß sie ganz ruhig bleiben mußte oder zumindest so tun mußte als ob. Sie mußte ihnen zeigen, daß sie dazu in der Lage war, daß sie keine hysterische Verrückte, sondern eine vernünftige Frau war, die Respekt verdiente. »Das versuche ich ja gerade zu erklären ...«, meinte sie. »Ich bin Joanna Cross ... eine Journalistin ...«

»Sind Sie deshalb hierhergekommen?« fragte er in merkwürdig sanftmütigem Ton. Trotz seiner scheinbaren Freundlichkeit nahm er sie nicht ernst, er tat nur das, was ihm einer in Schwierigkeiten geratenen Frau gegenüber angebracht erschien. Aber es ging ihm nicht darum, in ihren Worten nach Wahrheit zu suchen.

»Ich bin hierhergekommen«, fuhr sie mit zitternder Stimme fort, »weil ich hier arbeite ... und weil ich Geld brauche ...«

»Die Zeitschrift schuldet Ihnen Geld?«

»Nein ... aber ich stand plötzlich ohne einen Penny auf der Straße ... ich brauche ...«

Der Mann griff in seine Hosentasche und zog ein Portemonnaie heraus.

Doch da mischte sich Taylor Freestone ein. »Geben Sie ihr nichts. Wir haben mit ihr nichts zu schaffen, also ermutigen Sie die Frau nicht noch.«

»Wenn ich ihr ein paar Dollar gebe, tut das wohl niemandem weh«, entgegnete der andere Mann.

Und er streckte ihr ein paar Geldscheine hin. Sie wußte nicht, wieviel es war, weil sie nur flüchtig hinsah. Einen Moment lang fürchtete sie, in Ohnmacht zu fallen. Das alles war mehr, als sie verkraften konnte. Und bewußtlos zu werden mit der Aussicht, vielleicht in einer Welt wieder aufzuwachen, in der alles in Ordnung war, schien eine verlockende Möglichkeit.

Doch eine leise Stimme in ihrem Kopf riet ihr durchzuhalten. Sie durfte sich nicht fallenlassen, zumindest noch nicht jetzt. Denn es war kein Traum und es war nicht unmöglich, es geschah tatsächlich. Und es half nichts, wegzurennen oder sich zu verstecken. Nein, sie mußte der Situation die Stirn bieten.

»Nehmen Sie es«, ermunterte sie der Mann und hielt ihr immer noch das Geldbündel vor die Nase. »Es tut mir leid, daß wir Ihnen nicht weiterhelfen können, aber wenn Sie Geld brauchen ...«

»Nein!« widersprach Taylor Freestone scharf.

»Es ist mein Geld, verdammt noch mal!« fauchte der Mann zurück. »Bitte nehmen Sie es«, wandte er sich dann in sanfterem Ton wieder an Joanna. »Nehmen Sie es einfach und gehen Sie, ja?«

Sehr langsam kam ihr zu Bewußtsein, daß sie nichts tun konnte. Und egal, was auch geschehen mochte, was sie als nächstes tun oder wohin sie auch gehen mochte, sie würde Geld brauchen. Also streckte sie die Hand aus und nahm es.

»Danke«, flüsterte sie mit kaum hörbarer Stimme. Und sie spürte, daß sie, indem sie das Geschenk dieses Fremden annahm, die Situation entschärfte.

»Schafft sie endlich fort«, verlangte Taylor Freestone von den Sicherheitsleuten. »Und sorgt dafür, daß sie nicht mehr hier reinkommt.«

Diesmal versuchte sie gar nicht erst, die fremden Hände abzuschütteln. Sie ließ sich durch die vertrauten Korridore führen, durch den Empfangsraum, wo ihr Bobbies und Janes stumme Blicke folgten, und hinaus durch die Glastüren. Dann stand sie im Fahrstuhl und schließlich wieder draußen auf der Straße.

Dort erst ließen die Sicherheitsleute sie los und sahen ihr nach, bis sie endgültig aus ihrem Blickfeld verschwunden war.

48 Erst als sie einen Zeitungsverkäufer fragte, ob er ihr wechseln könne, stellte sie fest, daß der Mann in ihrem Büro ihr fünfzig Dollar gegeben hatte – eine überraschend großzügige Geste. Und sie bedauerte jetzt, daß sie sich nicht entsprechend dafür bedankt hatte. Lieber wäre es ihr allerdings gewesen, wenn sie sich gar nicht erst für irgend etwas hätte bedanken müssen.

Als sie schließlich eine Telefonzelle fand, wählte sie noch einmal Wards Nummer. Wieder ging niemand dran. Dann rief sie im Labor an. Peggy meldete sich.

»Peggy, ich bin's, Joanna.«

»Joanna?«

»Ich wollte nachfragen, ob Sie in der letzten halben Stunde oder so etwas von Sam gehört haben.«

»Sam ist im Moment nicht im Haus. Und ich weiß auch nicht genau, wo er ist. Soll ich ihm etwas ausrichten?«

»Nein, ich ... sagen Sie ihm, ich melde mich wieder.«

»Gut, Joanna. Ich lege ihm eine Nachricht hin.«

Die Art und Weise, wie sie »Joanna« sagte, klang merkwürdig, nicht so, wie man mit einer Freundin oder zumindest mit einer Bekannten redete. Daß sie die Anruferin mit dem Vornamen ansprach, war reine Höflichkeit, nicht Ausdruck einer persönlichen Verbundenheit. »Joanna« war für sie nur irgendeine Frau am Telefon, die sich auch mit jedem anderen Namen hätte melden können.

Joanna schluckte und zwang sich, der Wahrheit ins Gesicht zu sehen. »Sie wissen nicht, wer ich bin, Peggy, oder?«

»Entschuldigen Sie, ich kann Sie momentan nicht so

ganz einordnen. Aber vielleicht wollen Sie mir auf die Sprünge helfen?«

»Es ist nicht so wichtig«, brachte Joanna heraus und legte auf.

Die Telefonzelle war eine von vielen, die sich in der U-Bahn-Station am Columbus Circle aneinanderreihten. Niemand achtete auf die Frau, die dort stand, die Hände vors Gesicht geschlagen und an die Innenseite der Kabine gelehnt, als würde sie jeden Moment zusammenbrechen. Ein oder zwei Passanten schauten flüchtig zu ihr herüber und dachten sich vielleicht, sie habe gerade eine furchtbare Nachricht erhalten, vom Tod eines nahestehenden Menschen oder die Diagnose einer unerwartet schweren Krankheit. Aber niemand blieb stehen oder bot ihr Hilfe an. Mit so etwas wollte niemand zu tun haben.

Joanna fischte noch ein paar Münzen aus der Tasche und wählte die Nummer, die anzurufen sie sich am meisten scheute. Nach dreimaligem Klingeln meldete sich ihre Mutter mit ihrem üblichen fragenden »Hallo?«

»Mama?«

Es entstand eine Pause, dann kam zögerlich: »Joanna? Bist du das?«

Unwillkürlich hatte Joanna den Atem angehalten, und nun brach ein bebendes Schluchzen aus ihr heraus. »Mama ... hilf mir, Mama, ich weiß nicht, was los ist ... du bist die einzige, die weiß, wer ich bin ... ich muß dich sehen ... ich komme jetzt gleich zu euch raus ...«

»Wer spricht da?«

Die Worte bohrten sich wie ein Messer in ihr Herz. »Mama, du hast doch gerade gesagt ... ich habe ›Mama‹ gesagt, und du hast ›Joanna‹ geantwortet ...«

»Ich habe gesagt: ›Joanna, bist du das?‹ Aber Sie sind nicht Joanna. Wer auch immer Sie sind, ich finde diesen Witz nicht besonders komisch. Rufen Sie nie wieder an.«

Sie legte auf.

49 Die polizeiliche Befragung dauerte fast drei Stunden. Angesichts der Umstände konnte Sam den Polizisten keinen Vorwurf daraus machen, daß sie äußerst mißtrauisch waren und ihn einem regelrechten Kreuzverhör unterzogen. Doch schließlich gaben sie sich zufrieden und schienen überzeugt, daß Wards Tod entweder Selbstmord oder ein Unfall gewesen sein mußte, aber keinesfalls Mord.

Sam hatte es für klüger gehalten, ihnen nicht allzuviel von Adam Wyatt oder dem Experiment zu erzählen. So hatte er lediglich zu Protokoll gegeben, daß Ward sich für seine Arbeit interessiert habe und deshalb bei einer Reihe von Experimenten hauptsächlich statistischer Natur mitgewirkt habe. Nachdem das Wort ›statistisch‹ gefallen war, hatte das Interesse der Ermittlungsbeamten schlagartig nachgelassen, so daß das Thema ›paranormale Phänomene‹ unerwähnt blieb. Natürlich hatte Sam Angaben zu seiner Person gemacht und sich gern bereit erklärt, ihnen für weitere Befragungen zur Verfügung zu stehen.

Bevor er ging, machte er mit dem Einverständnis des bestürzten Dieners vom Empfangssalon der Wohnung aus noch einige Anrufe. Zuerst wählte er Joannas Handy an. Er versuchte es dreimal, erhielt jedoch jedesmal die automatische Ansage, daß die von ihm gewünschte Rufnummer augenblicklich keinem Teilnehmer zugewiesen sei. Sam wußte, daß das nicht stimmte, gab aber schließlich auf.

Statt dessen probierte er es unter ihrer Nummer am Beekman Place und wartete, bis abgehoben wurde – von einem Mann, der seinem Akzent nach aus der Bronx stammte.

»Fiedler's Deli.«

Sam nannte die von ihm gewählte Nummer, und der Delikatessenhändler bestätigte ihm, daß er richtig gewählt hatte. Aber er sei weder am Beekman Place, noch gebe es bei ihm eine Joanna Cross, er könne allerdings eine Auswahl von Sandwiches und Salaten ohne Aufpreis in die nähere Umgebung liefern. Sam entschuldigte sich für die Störung und legte auf.

Dann rief er bei *Around Town* an und bat, mit Joanna Cross verbunden zu werden. Diese Bitte löste hektische Betriebsamkeit aus, er konnte hören, wie neben dem Telefon gedämpfte Wortwechsel stattfanden, dann wurden andere Leute angerufen und um Rat gefragt. Schließlich bekam er Taylor Freestone an die Strippe.

»Wer ist da?«

»Mein Name ist Sam Towne.«

»Sam Towne? Den Namen höre ich heute schon zum zweiten Mal. Diese Frau, nach der Sie gefragt haben, war vorhin hier und hat Sie erwähnt.«

»Können Sie mir sagen, wo ich sie finde?«

»Hier jedenfalls nicht. Ich weiß zwar nicht, wer sie ist, aber die Sicherheitsleute haben Anweisung, sie nicht ins Gebäude zu lassen, falls sie es noch mal versuchen sollte. Wer war das eigentlich?«

Sam zögerte. »Ich fürchte, das kann ich Ihnen nicht sagen, Mr. Freestone. Entschuldigen Sie die Störung. Auf Wiederhören.«

Nachdem er aufgelegt hatte, atmete er erst einmal tief durch, bevor er erneut wählte. Denn inzwischen beschlich ihn eine bange Ahnung, was er als nächstes zu hören bekommen würde. Doch es nutzte nichts, er mußte es durchstehen. Schon allein als Wissenschaftler war er verpflichtet, seine Theorien zu überprüfen. Peggy hob ab.

»Irgendwelche Nachrichten für mich, Peggy?«

»Carl Janowitz von diesem Stiftungsvorstand, mit dem du neulich gesprochen hast. Dann Bob Gulliver aus dem Dekanat. Und dann eine Joanna Cross. Sie war der Meinung, wir müßten uns kennen. Hat sie mal mit uns gearbeitet?«

»Ja, das hat sie, Peggy.«

»Ich weiß nicht recht, wo sie hingehört. Na ja, sie wollte es jedenfalls noch mal probieren.«

Sam dankte ihr und legte auf. Ob er Joannas Eltern anrufen sollte? Zwar wußte er deren Telefonnummer nicht, aber die ließ sich bestimmt leicht herausfinden.

Doch was sollte er sagen? Was konnte er ihnen sagen?

Außerdem gab es andere Dinge, die zuerst erledigt werden mußten – und die andere Menschen nicht unnötig in Aufregung versetzten. Vor allem mußte er sich selbst zusammennehmen, er durfte nicht den Kopf verlieren. Als Wissenschaftler mußte er mit größtmöglicher geistiger Klarheit und emotionaler Gelassenheit an die Situation herangehen, was hieß, die richtigen Fragen zu stellen und den Antworten nicht auszuweichen, wie auch immer sie lauten und wo immer sie auch hinführen mochten.

Bevor er die Wohnung endgültig verließ, ging er zum Fenster, stand einige Augenblicke reglos da und starrte hinaus. Er erinnerte sich, wie der Erzähler in Jack Finneys Zeitreise – erst gestern hatte er sich mit Joanna darüber unterhalten! – ebenfalls an einem Fenster in diesem Gebäude gestanden und auf ein längst vergangenes New York geblickt hatte.

Sam wußte, daß er mit etwas sehr viel Fremdartigerem konfrontiert war als der bloßen Vergangenheit.

50

Während der Zugfahrt hatte es angefangen zu regnen. Als sie am Bahnhof ausstieg, war die Novemberdämmerung schon hereingebrochen und es goß in Strömen.

Da weit und breit kein Taxi in Sicht war, stellte sie sich unter dem Dach des Bahnhofsvorplatzes an den Taxistand und wartete. Sie empfand kaum etwas außer einer merkwürdigen Benommenheit, einem Losgelöstsein von der Realität. Es erinnerte sie daran, wie sich ihr Mund nach einer örtlichen Betäubung beim Zahnarzt anfühlte – zwar noch vorhanden, aber irgendwie fremd.

Das ist ein Schutzmechanismus, sagte sie sich. Und etwas verwundert stellte sie fest, daß die Erkenntnis einer Tatsache nichts an deren Wirkung änderte. Aber dieses seltsame Gefühl, da zu sein und gleichzeitig nicht da zu sein, bewahrte sie davor, dem Wahnsinn zu verfallen, der untergründig in ihr schlummerte. Sie wußte, daß sie verloren war, wenn er die Oberhand gewann.

Ein Taxi sauste heran und hielt an, um ein Paar abzusetzen, das sofort zum Fahrkartenschalter eilte. Dann wendete der Fahrer und ließ Joanna einsteigen. Nachdem sie die Adresse ihrer Eltern genannt hatte, lehnte sie sich zurück und hoffte, daß der Fahrer nicht allzu redselig war. Doch er schwieg die ganze Fahrt über.

Sie versuchte, sich über ihre Gefühle klarzuwerden, in sich hineinzuhorchen und festzustellen, was ihr durch den Kopf ging. Aber es gelang ihr nicht. In ihrer Gedankenwelt schien alles Mögliche und Unmögliche zugleich zu geschehen, so daß sie nicht wußte, was sie wirklich dachte. Auch das, vermutete sie, gehörte zu diesem Schutzmechanismus, der es ihr erlaubte, ›normal‹ zu funktionieren, zumindest so lange, bis sie an ihrem Ziel angekommen war. Was dann passieren würde, lag im Dunkeln. Und sie sah sich außerstande, auch nur einen Augenblick lang darüber nachzudenken.

Das Einfahrtstor vor dem Haus ihrer Eltern war geschlossen. Also bezahlte sie den Fahrer und ging zu Fuß zum Haus. Wind kam auf, und die Regentropfen peitschten ihr ins Gesicht. Sie senkte den Kopf, schlug den Mantelkragen hoch und beschleunigte ihren Schritt.

Vor der Tür wartete sie einen Moment im Schutz des kleinen Vordachs und schüttelte sich das Wasser aus den Haaren. Zum ersten Mal kam ihr jetzt in den Sinn, daß ihre Eltern vielleicht gar nicht zu Hause waren. Drinnen brannte zwar Licht, aber das ließen sie immer an. Da erkannte sie, was hinter diesem Gedanken steckte – ein Abwehrmechanismus, um die Konfrontation hinauszuschieben, die zweifellos schmerzlicher und traumatischer als alle anderen werden würde. Sie drückte auf den Klingelknopf.

Ein entferntes Klingeln war zu hören, dann begann Skip zu bellen und rannte zur Tür. Wahrscheinlich hatte er vor dem Kaminfeuer oder in seinem Korb in der Küche gedöst. Joanna rief ihn beim Namen, aber das Bellen hinter der Tür hörte nicht auf und ging nicht in das aufgeregte Jaulen über, in das er immer verfiel, wenn er die Stimme eines Menschen erkannte. Als sie ihm noch einmal zurief, bellte er wieder, diesmal sogar noch heftiger.

Über ihr ging ein Licht an, dann hörte sie die Stimme ihrer Mutter aus dem Lautsprecher neben der Tür.

»Wer ist da?«

»Mama, ich bin's.«

Es herrschte langes Schweigen, während Skip unablässig bellte und nun auch an der Tür kratzte, als wollte er hinaus, um sie anzugreifen. Sie hörte, wie ihre Mutter ihn rief, vielleicht sogar kam und ihn gewaltsam wegzerrte, denn das Gebell war jetzt weiter entfernt, wenngleich es noch genauso aufgeregt klang.

Mehrere Male klopfte sie an die Tür und rief: »Mama? Mama, bist du da?«

Da hörte sie wieder die Stimme ihrer Mutter aus der Sprechanlage, aber diesmal klang sie anders, ungehaltener, angespannter.

»Sind Sie diejenige, die heute angerufen hat?«

»Mama, um Himmels willen, ich bin's. Laß mich rein, bitte.«

Aus dem Lautsprecher drang Skips Gebell, aber entfernter und irgendwie dumpf, als hätte man ihn eingesperrt.

»Warum tun Sie das?« fragte ihre Mutter. »Wenn Sie nicht sofort verschwinden, rufe ich die Polizei – haben Sie verstanden?«

»Mutter, ich flehe dich an, mach auf, sieh mich an, sag mir, daß ich Joanna bin – *bitte.*«

»Ich sehe Sie bereits an. Und ich weiß nicht, wer Sie sind.«

Abrupt drehte sich Joanna um. Sie hatte vergessen, daß ihre Eltern sich vor ungefähr einem Jahr eine Überwachungskamera hatten einbauen lassen, nachdem es in der Nachbarschaft mehrere Einbrüche gegeben hatte. Sie starrte in die ausdruckslose Linse hinauf.

»Mama, in Gottes Namen, *ich* bin's. Sag doch nicht, daß du mich nicht kennst! Ich bitte dich, mach einfach nur die Tür auf und schau mich an – mehr verlange ich nicht. Mach auf und schau mich an!«

Die Sprechanlage blieb stumm. Joanna wartete auf Schritte im Flur, darauf, daß der Schlüssel im Schloß umgedreht und der Riegel zurückgeschoben wurde.

Aber sie wartete vergeblich. Sie versuchte sich in Geduld zu fassen, sie unterdrückte das Schluchzen, das in ihrer Kehle aufstieg, und wischte ärgerlich die Tränen fort, die ihren Blick verschleierten. Schließlich hielt sie es nicht mehr aus und klingelte noch einmal.

Als sie keine Antwort bekam, hämmerte sie mit den Fäusten gegen die Tür und rief nach ihrer Mutter. Und als weiterhin niemand reagierte, schlug sie noch fester zu. Die körperliche Anstrengung raubte ihr den letzten Rest ihrer Selbstherrschung, und die Panik, die sie bis jetzt mühsam hatte niederhalten können, brach sich Bahn. Sie grub die Fingernägel in die Tür, trat und schlug immer und immer wieder dagegen wie eine Verrückte, die aus ihrer verschlossenen Zelle ausbrechen will, oder wie jemand, der lebendig begraben wurde und sich verzweifelt zu befreien versucht.

Doch es kam keine Reaktion. Erschöpft und mit heiser gebrüllter Kehle hörte sie auf. In diesem Moment erinnerte sie sich an den Traum, den ihre Mutter ihr vor einigen Monaten erzählt hatte: daß sie, Joanna, draußen stand, gegen die Tür hämmerte und hereingelassen werden wollte, während ihre Mutter sich drinnen ängstlich verkroch. Es hatte sogar geregnet, in Strömen geregnet wie jetzt. Der Traum war Wirklichkeit geworden.

»Mama«, schrie sie, das Gesicht gegen das Holz gepreßt, und schlug mit den Fäusten in unerbittlichem Rhythmus darauf ein, als wollte sie ihren Worten Nachdruck verleihen. »Mama, weißt du nicht mehr? Das ist genau dein Traum. Erinnerst du dich an deinen Traum? Den Alptraum? Du hast gesagt, ich hätte draußen im Regen gestanden und du hättest aus Angst nicht aufgemacht. Du brauchst dich vor mir nicht zu fürchten, Mama. Ich bin's. Mach die Tür auf, Mama. Bitte, bitte mach auf ...«

Da wurde sie von einem Lichtkegel gestreift. Sie drehte sich um und schirmte die Augen ab, als sie einen Wagen mit hoher Geschwindigkeit die Auffahrt hinaufjagen sah. Der Kies knirschte laut, als das Auto anhielt. Türen schlugen. Die Töne eines Sprechfunkgeräts waren zu hören, und jetzt erkannte sie, daß die beiden Gestalten, die auf sie zukamen, uniformiert waren. Ihre Mutter hatte ihre Drohung wahr gemacht und die Polizei gerufen.

Der eine Polizist richtete den Strahl einer Taschenlampe auf sie. Blinzelnd hielt sie sich eine Hand vor die Augen.

»Treten Sie von der Tür zurück.«

Sie gehorchte automatisch.

»Umdrehen und das Gesicht zur Wand links von Ihnen.«

Die zweite Stimme war die einer Frau. Nun näherte sich ihr die Polizistin von hinten.

»Hände an die Wand, Beine auseinander.«

Joanna wollte einwenden, daß sie nicht bewaffnet war, doch die Polizistin fuhr sie an, sie solle den Mund halten, während sie sie schnell und routiniert abtastete.

»Okay, Sie können sich umdrehen.«

Joanna betrachtete die zwei Polizeibeamten. Über ihre Gesichter liefen Wassertropfen, und sie trugen schwere Regenkleidung, in der sie ungelenk und aufgebläht wirkten. Wieder leuchtete ihr der Mann mit seiner hellen Taschenlampe ins Gesicht, so daß sie die Augen zusammenkneifen mußte.

»Können Sie sich ausweisen?«

»Nein, ich ...« Sie wollte zu einer Erklärung ansetzen und sagen, daß alle ihre Sachen in der Wohnung eines Freundes in New York waren. Doch im selben Moment wurde ihr klar, wie sinnlos das wäre. »Nein, ich habe keine Papiere bei mir.«

»Wer sind Sie und was haben Sie auf diesem Grundstück zu suchen?«

»Ich bin Joanna Cross, und das ist das Haus meiner Eltern.«

Sie sah, wie die beiden einen Blick wechselten und der Mann den Kopf schüttelte, als wollte er seiner Kollegin zu verstehen geben, daß Joanna log.

»Steigen Sie hinten in den Wagen«, befahl er ihr, indem er mit der Lampe auf den Streifenwagen wies und ihr bedeutete vorauszugehen. Als sie auf dem Rücksitz Platz genommen hatte, ließ er die Tür offen und blieb davor stehen.

Sie spähte an ihm vorbei und sah, wie die Polizistin mit ihrer Mutter an der Haustür sprach. Ihre Mutter warf einen kurzen, nervösen Blick auf die blasse, junge Frau im Wagen, dann schüttelte sie den Kopf.

»Nein«, hörte Joanna sie sagen, »ich kenne sie nicht. Ich habe sie noch nie in meinem Leben gesehen.«

»Sind Sie ganz sicher, Madam?« wollte der Polizist wissen und trat ein paar Schritte vom Auto zurück. »Ich habe Mrs. Cazaubon kennengelernt, als sie mit ihrem Mann hier war, also weiß ich, daß sie es nicht ist. Aber haben Sie gar keine Idee, wer diese ...?«

Er verstummte, als auf der Auffahrt zwei weitere Autoscheinwerfer sichtbar wurden, die durch den Regen leuchteten, der in langen, silbernen Fäden durch die Nacht fiel. Zunächst nahm Joanna die Ankunft ihres Vaters nicht wahr. Sie war völlig überwältigt von dem, was sie gerade gehört hatte, und versuchte noch immer, dessen Bedeutung zu erfassen: Mrs. Cazaubon!

Eine Wagentür wurde zugeschlagen, dann hörte sie die Stimme ihres Vaters. »Was ist los, Schatz? Ist alles in Ordnung?«

Joanna sah, wie ihr Vater auf ihre offensichtlich aufgeregte Mutter zustürmte. Was sie sagte, konnte Joanna nicht verstehen, aber danach blickte Bob Cross in Joannas Richtung, und die Verwirrung stand ihm ins Gesicht geschrieben. Über die Distanz hinweg starrten sie einander an. Nichts wies darauf hin, daß er sie erkannte – was sie inzwischen auch nicht mehr zu hoffen gewagt hatte.

Aus dem Haus drang ein krachendes Geräusch, und Skips Bellen, das bis dahin nur gedämpft zu vernehmen gewesen war, wurde plötzlich lauter, als er aufgeregt durch die Tür ins Freie sprang. Joannas Vater versuchte ihn zu fangen, doch der Hund entwischte ihm und rannte angesichts der ungewohnten Aufregung wie verrückt im Kreis herum. Wütend riefen Joannas Eltern ihn bei Fuß, doch er gehorchte nicht.

Da sah Joanna ihre Chance. Sie hatte gehofft, hier eine Zuflucht vor dem Wahnsinn zu finden, der über ihr Leben hereingebrochen war. Aber jetzt erkannte sie ihren Irrtum. Ihr einziger Gedanke war Flucht. Noch wollte sie nicht kampflos aufgeben, auch wenn sie nicht mehr genau wußte, wofür oder wogegen sie eigentlich kämpfte. Während ihre Eltern wie auch die Polizisten von dem herumtobenden, kläffenden Hund abgelenkt wurden, rutschte sie auf der Rückbank zur anderen Seite und faßte nach dem Türgriff. Vorsichtig zog sie daran, die Tür war nicht abgeschlossen. Ehe es jemand bemerkte, war sie schon draußen und lief, so schnell sie konnte.

»He, halt! Stehenbleiben!«

Sie hörte, wie ihr die beiden Polizisten nachrannten, doch sie schaute nicht zurück und lief auch nicht langsamer. Sollten sie sie doch erschießen! Wahrscheinlich würden sie das nicht tun, dachte sie, aber es wäre immer noch besser, als einfach aufzugeben. Sie jagte zwischen Büschen und Bäumen hindurch, folgte schlüpfrigen, regennassen Pfaden und verborgenen Wegen, die sie seit ihrer Kindheit kannte und auf denen ihr in der Dunkelheit niemand folgen konnte.

Nach ein paar Minuten glaubte sie sie abgehängt zu haben. Um Atem ringend blieb sie stehen und hörte ringsum nichts außer dem prasselnden Regen. Dann vernahm sie in der Ferne Skips Bellen. Er war hinter ihr her.

Gerade war sie wieder losgelaufen, da schnappte er schon knurrend nach ihren Fersen. Sie drehte sich um und versuchte ihn zu beruhigen. »Ruhig, Skip! Los, zurück. Marsch, geh schon!« Aber da er sie nicht erkannte, bellte er nur um so heftiger. Sie wußte, wenn sie ihn nicht abschütteln konnte, hatte er in wenigen Sekunden die Polizisten auf sie aufmerksam gemacht. In einiger Entfernung sah sie schon die Lichtkegel ihrer Taschenlampen, die auf der Suche nach dem bellenden Hund in alle Richtungen leuchteten. Joanna versuchte ein paar Schritte zu laufen und drehte sich wieder um, um Skip fortzuscheuchen. Doch er machte nur noch mehr Lärm und ging mit gesträubten Nackenhaaren in Angriffsstellung.

Schließlich kam sie zu einem dichten Gebüsch aus großen, alten Lorbeersträuchern. Hier gab es einen geheimen Durchgang, der auf die andere Seite des Waldes führte, als Kind hatte sie ihn entdeckt. Wenn sie den wiederfand, konnte sie Skip vielleicht abhängen. Wie viele kleine Hunde war er nur so lange mutig, wie er sich auf seinem eigenen Territorium befand; wenn sie Glück hatte, würde er ihr nicht durch die Büsche folgen.

Sie zwängte sich durch das Dickicht, ihre Kleider und ihre Haare verfingen sich in den Zweigen, doch sie riß sich immer wieder los und kämpfte sich weiter, bis sie plötzlich eine kleine Lichtung erreicht hatte.

Auf einem weichen Teppich aus Moos und Laub rannte sie immer weiter, und das Gebell und die wütenden Stimmen der Polizisten verloren sich in der Ferne.

51

Sam kam ins Labor und warf durch die offenstehenden Türen einen Blick in die beleuchteten Räume. Er hatte Angst vor dem, was er vorfinden würde, aber er war auf alles gefaßt. Alles, was er wußte, war, daß er auf unbekanntes Terrain geraten war, und seine Aufgabe als Wissenschaftler war es, dieses Terrain zu erforschen. Das sagte er sich nun schon mindestens zum hundertsten Mal an diesem Nachmittag. Er mußte es sich immer wieder vor Augen halten, wenn er nicht den Verstand verlieren wollte.

Peggy sah vom Computerbildschirm auf und lächelte ihm zur Begrüßung kurz zu, schenkte ihm aber weiter keine Beachtung, als er quer durch den Raum zur Kellertür ging. Er drückte die Klinke herunter. Die Tür war verschlossen, doch der Schlüssel steckte im Schloß und ließ sich leicht drehen. Sam öffnete die Tür, tastete nach dem Lichtschalter und ging die Treppen zu Adams Zimmer hinunter.

Obwohl er es beinahe erwartet hatte, traf ihn der Schock über das, was er unten vorfand, ausgesprochen hart. Der Keller war wieder dieselbe alte Müllhalde für ausrangierte Möbel und veraltetes Equipment wie vor Monaten, bevor sie mit dem Adam-Experiment angefangen hatten. Als wäre die dazwischenliegende Zeit und alles, was damit zu tun hatte, einfach ausgelöscht worden.

Doch er, Sam Towne, hatte überlebt. Und seine Erinnerung an das, was geschehen war. Wie konnte das sein? Und warum? Gab es einen Grund dafür, steckte ein Sinn dahinter? Oder war er inzwischen nur mehr Teil eines Prozesses, der noch nicht ganz abgeschlossen war, der sich aber in Kürze vollenden würde ... und was mit ihm machte?

Daß es auf diese Fragen keine Antworten gab, war kein Grund, sie nicht zu stellen. Er erinnerte sich dunkel an ein Zitat, wonach der Mensch immer von der Annahme ausgehen müsse, auch das Unverständliche würde letztendlich begreifbar werden, sonst würde er alle Anstrengungen fahren lassen, das Universum und seinen Platz darin zu ergründen. Goethe vielleicht. War auch egal. Jedenfalls steckte darin eine schlichte Wahrheit, die für jeden Wissenschaftler galt und die sich in den letzten Stunden und Tagen brutaler als je zuvor in sein Bewußtsein gedrängt hatte.

»Suchst du etwas?«

Er machte einen Satz, als Peggys Stimme hinter ihm auf der Treppe ertönte.

»Nein, eigentlich nicht«, erwiderte er und drehte sich zu ihr um. »Ich denke nur nach.«

Dabei sah er sie weiter fest an und fragte dann: »Der Name dieser Frau, die heute angerufen hat – Joanna Cross – sagt dir der immer noch nichts?«

Peggy schien in ihrer Erinnerung zu kramen, schüttelte aber nach ein paar Sekunden den Kopf. »Nein, tut mir leid, ich kann sie einfach nirgendwo unterbringen. Ist sie eine unserer Versuchspersonen oder so?«

Es war offensichtlich, daß Peggy sich keinen Scherz mit ihm erlaubte.

»Ja ... ja«, antwortete er vage. »Sie hat bei einem unserer Experimente mitgemacht.«

Er ging auf die Treppe zu. »Komm mit rauf, Peggy. Ich möchte mit euch allen reden. Es wird nur ein paar Minuten dauern.«

Tania Phillips, Brad Bucklehurst und Jeff Dorrell waren im Haus, nur Bryan Meade war, wie Peggy erklärte, irgendwo unterwegs, um sich ein neues Gerät anzuschauen, von dem er gehört hatte. Alle Anwesenden versammelten sich in der Empfangshalle des Labors. In Gedanken hatte Sam bereits durchgespielt, wie er nun weiter vorgehen würde. Er hatte auf dem Weg hierher beschlossen, daß dies das zweite sein sollte, was er tun würde, gleich nachdem er Adams Zimmer begutachtet hatte.

»Ich möchte euch ein paar Fragen stellen«, fing er an. »Doch ich werde euch nicht erklären, warum ich diese Fragen stelle oder was der Hintergrund dafür ist. Und ich möchte auch nicht, daß ihr mich danach fragt.«

»Sagst du es uns später mal?« erkundigte sich Brad Bucklehurst freundlich und ohne Sams Bedingungen in Frage zu stellen.

»Vielleicht«, erwiderte Sam. »Das hängt davon ab, wie die Sache ausgeht. Als erstes möchte ich gern wissen, ob der Name Joanna Cross einem von euch etwas sagt.«

Dabei bedeutete er Peggy zu schweigen und zuerst die anderen antworten zu lassen. Doch alle zuckten nur die Achseln, schüttelten den Kopf und murmelten, daß ihnen nichts dazu einfalle.

»Okay«, nickte Sam. »Und dir, Peggy, sagt der Name auch nicht mehr, als daß eine Frau heute nachmittag hier angerufen und sich mit diesem Namen vorgestellt hat?«

»Genau.«

»Nun zum nächsten. Wie steht es mit Ward Riley? Kann sich jemand an ihn erinnern?«

Die Team-Mitarbeiter tauschten Blicke und verneinten kopfschüttelnd. Bis auf Peggy. »Doch, ja. Er hat unsere Forschungsvorhaben mit ein paar sehr großzügigen Spenden unterstützt und uns sogar etwas vererbt.«

Sam sah sie an. »Wann ist er gestorben?«

Erstaunt gab sie den Blick zurück. »Das weißt du ganz genau.«

»Wann, Peggy?« beharrte er.

»Im Frühjahr, Anfang April.«

»Und wie ist er gestorben?«

»Sam, was soll das ...?«

»Bitte, Peggy, halt dich an das, was ich gesagt habe.«

»Er ist aus dem Fenster gesprungen, aus seiner Wohnung im Dakota-Building. Niemand weiß warum. Du warst völlig fassungslos und konntest es einfach nicht verstehen. Wir haben lange darüber gesprochen.«

»Danke, Peggy«, sagte Sam leise. »Und nun der nächste Name, Roger Fullerton. Weiß jemand, wer er ist?«

Darauf meldeten sich gleich mehrere zu Wort. Denn alle kannten Roger Fullerton. Wie denn auch nicht, er war schließlich weltberühmt. Sie wußten auch, daß Sam in Princeton bei ihm studiert hatte.

»Ist er nicht auch dieses Jahr gestorben?« überlegte Jeff Dorrell.

»Du weißt es nicht sicher?« fragte Sam nach.

Jeff zuckte nur mit den Schultern. »Na ja, ziemlich sicher. Trotzdem ist es komisch. Man sollte doch meinen, daß man es mitkriegt, wenn jemand wie Roger Fullerton stirbt. Und ich weiß auch bestimmt, daß er tot ist – ich kann mich nur nicht erinnern, wie ich davon erfahren habe.«

Sam ließ es erst einmal dabei bewenden und ging zur nächsten Frage über. »Kennt jemand auch Drew und Barry Hearst?«

Wieder bejahten alle. Denn Drew und Barry hatten bei einer ganzen Reihe von Experimenten als freiwillige Versuchspersonen mitgewirkt, vor allem bei den telepathischen Studien von Brad und Tania.

»Aber sie sind auch nicht mehr am Leben«, bemerkte Tania und musterte Sam jetzt mit einem gewissen Maß an Mißtrauen. »Sie starben bei einem Autounfall vor ungefähr drei Monaten.«

»Wie steht's mit Maggie McBride?« fragte Sam.

Auch ihr Name weckte Erinnerungen. Maggie war ebenfalls bei den telepathischen Studien und bei verschiedenen Untersuchungen zur Psychokinese dabeigewesen. »Allerdings habe ich sie schon lange nicht mehr gesehen«, meinte Tania.

»Ich fürchte, du wirst sie auch nicht mehr sehen können«, ergänzte Peggy, den Blick nun fest auf Sam geheftet. »Maggies Tochter hat mir kürzlich geschrieben, daß sie gestorben ist – Herzinfarkt. Das habe ich dir doch gesagt, Sam.«

Aber Sam gab keinen Kommentar dazu ab und fuhr einfach fort. »Was sagt euch der Name Pete Daniels?«

Nun antworteten sie gleich durcheinander. Denn alle hatten Pete persönlich gekannt.

»Was soll denn das, Sam?« wollte Brad Bucklehurst jetzt wissen. »Wird das eine Gedenkveranstaltung oder was? Warum fragst du uns nach all diesen Leuten, die gestorben sind?«

Aber Sam hob abwehrend die Hand. »Keine Aufregung bitte ... ich habe euch doch gesagt, daß ich euch keine Fragen beantworten werde. Erzählt mir einfach von Pete, wer er war und wann und wie er gestorben ist.«

»Er ist vor etwa zwei Jahren zu uns gekommen«, begann Brad. »Und hat sechs, sieben Monate lang als dein persönlicher Assistent gearbeitet. Doch dann wurde er auf der Straße ausgeraubt und erstochen. Genaueres hat man nie herausgefunden. Ich war hier, als die Polizei kam, und du bist ins Leichenschauhaus gefahren, um ihn zu identifizieren. Das kannst du wirklich nicht vergessen haben.«

Wieder ging Sam nicht näher darauf ein, sondern stellte seine letzte Frage: »Adam Wyatt.« Er sah sie nacheinander an. »Sagt euch der Name Adam Wyatt irgend etwas?«

Ratlose Gesichter, der eine oder andere kaute auf der Unterlippe oder schüttelte den Kopf. Keiner hatte diesen Namen je gehört.

Nach einem kurzen Schweigen erhob sich Sam von der Sessellehne, auf der er gehockt hatte. »Gut, das wär's. Danke, daß ihr mitgemacht habt.«

Wie vorher vereinbart, wurden keine Rückfragen gestellt oder Erklärungen verlangt. Alle machten sich wieder an ihre Arbeit, wenn auch voll unbefriedigter Neugierde und voller unbestimmter Vermutungen.

Sam begab sich ebenfalls in sein Büro. Doch als er die Tür schließen wollte, fing er Peggys besorgten, fragenden Blick auf. Das aufmunternde Lächeln, das er ihr schenken wollte, mißlang kläglich. Peggy spürte, daß irgend etwas nicht stimmte und daß es sich um keine Bagatelle handelte. Trotzdem schloß er die Tür hinter sich und ließ sich in seinen Schreibtischstuhl fallen.

Die Situation war von einer zwangsläufigen, wenn auch verrückten Logik: Die Welt, in der Adam Wyatt existierte, war nicht mehr dieselbe wie jene Welt, in der die Gruppe ihn erschaffen hatte. Indem sie ihn durch die Kraft ihrer Gedanken ins Leben gerufen hatten, hatten sie sich zugleich dieser Welt entrückt – zumindest als die Personen, die früher darin existiert hatten.

Wie Joanna und Roger gesagt hatten, war es eine Frage der Kompatibilität. Verschiedene mathematische Theoreme und naturwissenschaftliche Grundsätze untermauerten diese Tatsache. Sicherlich waren Paulis Ausschließungsprinzip oder das Bellsche Theorem hier von gewisser Relevanz. Oder Gödel. Gab es da nicht etwas über geschlossene Systeme und deren Selbstbezüglichkeit ...?

Sam riß sich am Riemen. Denn er tat genau das, was orthodoxe Wissenschaftler ihm und seinen Kollegen vorwarfen und was er stets hatte vermeiden wollen: Er verwandelte die mühsam gewonnenen Ergebnisse wissenschaftlicher Theorien und Experimente wieder zurück in jenes Zauberwerk, an das die Menschheit geglaubt hatte, bevor die Dämmerung der Vernunft den lähmenden Aberglauben der frühen Menschheitsgeschichte verjagt hatte.

Oder war die Wissenschaft selbst die Sackgasse? Er dachte daran, was Joanna ihm von ihrem letzten Gespräch mit Roger berichtet hatte. War es tatsächlich möglich, daß ein Mann wie Roger so gedacht hatte? Daß letztlich alles in einen immerwährenden Tanz mündete, wie es die fernöstliche Mystik lehrte, und die westliche Philosophie ebenso wie der wissenschaftliche Rationalismus nicht mehr waren als eine der Spielarten, die dieser Tanz hin und wieder annahm? Und daß diese Spielart der endgültigen Wahrheit nicht näher kam als der Glaube des Höhlenmenschen, daß die Sonne nur aufgehe, weil er das Leben eines

Tieres oder eines anderen Menschen auf dem Altar seines Stammesgottes geopfert hatte?

Seine Hand ertastete in der Jackentasche ein Stück Papier. Es war der Zettel mit der Adresse und der Telefonnummer von Ralph Cazaubon, den er gestern abend von Joannas Notizblock neben dem Telefon gerissen hatte.

Sam starrte den Zettel eine Weile an und überlegte. Schon gestern hatte er die Nummer vergeblich zu erreichen versucht. Hatte es überhaupt Sinn, es noch mal zu probieren? Kurz entschlossen schnappte er sich das Telefon und wählte.

Nach dreimaligem Klingeln antwortete eine Männerstimme: »Hallo?«

Plötzlich begann Sams Herz wie wild zu klopfen.

»Spreche ich mit Ralph Cazaubon?« fragte er.

»Jawohl. Sie wünschen?«

»Ich versuche jemanden zu finden, eine Frau – sie heißt Joanna Cross.«

»Joanna Cross«, wiederholte die Stimme am anderen Ende der Leitung etwas verwundert, »ist der Mädchenname meiner Frau.«

52

Als sie die Straße erreichte und in Richtung Bahnhof lief, hatte der Regen nachgelassen. Jedesmal, wenn sie ein Auto kommen hörte, sprang sie hinter die Bäume und versteckte sich sicherheitshalber, es hätte ja ein Streifenwagen sein können. Aber sie wußte, daß sie früher oder später das Risiko eingehen und versuchen mußte, von jemandem mitgenommen zu werden. Schließlich hörte sie hinter sich einen Lastwagen herankommen. Sie drehte sich um und hielt, geblendet von den grellen Scheinwerfern, den Daumen in die Luft. Mit zischenden Druckluftbremsen hielt der Wagen an.

Sie ignorierte alle Versuche des Fahrers, ein Gespräch anzuknüpfen, und sagte lediglich, sie habe eine Autopanne gehabt und müsse deshalb einen Zug nehmen. Als er ihr anbot, über sein Handy eine Werkstatt anzurufen, entgegnete sie, das habe sie bereits getan. Mit einem zweifelnden Blick musterte er sie, erschöpft, durchnäßt und zerzaust wie sie war. Aber sie hatte etwas an sich, was ihn davon abhielt, weitere Fragen zu stellen.

Als sie auf den Bahnhof zufuhren, bat sie ihn, etwa hundert Meter davon entfernt anzuhalten. Das tat er, und als sie aus dem Führerhaus stieg, erwiderte er ihren Dank nur mit einem knappen Nicken. Dann zog er die Tür zu. Er war froh, sie los zu sein. Zwar war sie eine attraktive Frau, und als er sie auf der Straße gesehen hatte, hatte er im ersten Moment gedacht, das könnte sein Glückstag sein. Aber irgend etwas an ihr hatte ihm angst gemacht. Als würde sie Unglück bringen – dabei war er, sagte er zu sich selbst, keineswegs abergläubisch.

Vorsichtig näherte sie sich dem Bahnhof. Immer dicht am Zaun auf der gegenüberliegenden Straßenseite entlang, bog sie in ein schmales, ruhiges Sträßchen ein, das auf einen kleinen Hügel führte. Von hier aus konnte sie den Bahnhofsvorplatz überblicken, ohne selbst gesehen zu werden.

Ihre Umsicht zahlte sich aus, denn direkt vor dem Haupteingang stand ein Streifenwagen. Die Polizisten sahen nicht besonders clever und abgebrüht aus, das machte die Sache leichter für sie. Ihre einzige Sorge war, daß sie womöglich endlos dort warten würden und sie niemals einen Zug nehmen könnte. Doch nach ein paar Minuten kamen sie heraus, kontrollierten mit einem flüchtigen Blick den Bahnhofsvorplatz und fuhren weg.

Als Joanna schon halb die Straße überquert hatte, blieb sie stehen, weil ihr plötzlich etwas einfiel. Die Polizisten hatten den Fahrkartenverkäufern wahrscheinlich ihre Personenbeschreibung gegeben und sie gebeten, die Augen nach ihr offenzuhalten. Zum Glück hatte sie die Rückfahrkarte in der Tasche und brauchte sich nicht am Schalter zu zeigen. Außerdem kannte sie einen Weg zum Bahnsteig, von dem nur die hiesigen Pendler wußten – ein Tor am anderen Ende, das eigentlich für Frachtgut gedacht war. Ein Geschenk des Himmels für so manchen, der zu spät kam und noch auf den anfahrenden Zug aufspringen wollte. Also ging sie dorthin und wartete im Dunkeln, bis ihr Zug einfuhr.

Einige Minuten später saß sie auf einem Fensterplatz, blickte in die Nacht hinaus und fragte sich, ob dieses gespenstische Gesicht, das ihr entgegenstarrte, tatsächlich ihr Spiegelbild war.

53 Etwas Unmögliches war geschehen.

»Schatz«, sagte Ralph Cazaubon, als seine Frau eintrat, »das ist Dr. Sam Towne von der Manhattan University. Er erzählt mir gerade eine höchst sonderbare Geschichte ...«

Doch da unterbrach er sich, weil Sam hörbar nach Luft schnappte. Sowohl er als auch die Frau, die gerade hereingekommen war, starrten auf den Mann, der mit offenem Mund dastand und die Frau aus blaßblauen Augen entgeistert ansah. Er war kreidebleich und schien einer Ohnmacht nahe.

Damit hatte Sam Towne absolut nicht gerechnet. Denn die Joanna Cross, die ihm hier gegenüberstand, war zwar im selben Alter und hatte die gleiche Statur wie die, die er gekannt hatte, war aber eindeutig eine ganz andere Person. Ihr Haar war blonder und kürzer geschnitten, auch ihre Augen waren heller – und blau anstelle des vertrauten Grüns. Ihre Gesichtszüge waren ähnlich und doch verändert. Sie hätten Schwestern sein können, das ja, aber nicht ein und dieselbe Frau.

»Stimmt etwas nicht, Dr. Towne?«

Ralph Cazaubon hatte diese Frage gestellt. Sam schluckte und bemühte sich, seine Gedanken zu ordnen.

»Um ehrlich zu sein, ich bin mir nicht mehr ganz sicher. Ihre Frau ... nun ja, sie ist nicht die Frau, mit der ich gerechnet hatte.«

Neugierig sah Mrs. Cazaubon ihn jetzt an, mit einem vagen, höflichen Lächeln wartete sie darauf, zu erfahren, was dieser Fremde in ihrem Haus wollte und was er ihrem Ehemann erzählt hatte.

»Was für eine ›sonderbare Geschichte‹ hat Dr. Towne dir denn erzählt?« wandte sie sich an Ralph Cazaubon.

»Das sagt er dir am besten selbst«, erwiderte er, und beide sahen Sam nun erwartungsvoll an.

»Es gibt da eine Frau, die bei einem meiner Projekte mitgearbeitet hat«, fing er etwas unsicher an. »Unter Ihrem Namen, das heißt unter Ihrem Mädchennamen. Joanna Cross.«

Sie runzelte die Stirn. »Unter meinem Namen? Oder heißt sie nur zufällig genauso? Der Name ist ja nun nicht gerade eine Seltenheit. Bestimmt gibt es mehr als eine Joanna Cross auf der Welt.«

»Ja, schon ... wahrscheinlich haben Sie recht ... das wird der Grund sein«, sagte Sam matt und wußte nicht weiter.

»Und das war dann alles?« Nun legte sich auch Ralphs Stirn in Falten. »Als Sie hier ankamen, schienen Sie überzeugt, daß es sich um etwas sehr viel Unheimlicheres handelt.«

Sam fuhr sich mit der Hand über die trockenen Lippen. »Tut mir leid, ich wollte Sie nicht erschrecken. Aber es schien mir eben mehr als ein harmloser Zufall zu sein.«

»Sie sagten, diese Frau hat bei einem Ihrer Projekte mitgearbeitet, Dr. Towne? Was für Projekte sind das?« wollte Joanna Cazaubon wissen.

»Dr. Towne untersucht paranormale Phänomene«, beantwortete Ralph ihre Frage mit einem etwas geringschätzigen Lächeln. »Und ich habe das Gefühl, er hat hier eine Doppelgängergeschichte vermutet.« Er sah, wie Sams Augen aufblitzten. »Du lieber Himmel, das war es, was Sie in Wirklichkeit dachten, nicht wahr?«

Noch bevor Sam eine Antwort finden konnte, sprach die Frau: »Dr. Towne sieht aus, als ginge ihm eine Menge durch den Kopf. Wir sollten ihn zumindest fragen, ob er sich nicht setzen und etwas trinken will.«

»Danke, das hat Ihr Mann bereits getan. Aber wenn Sie nichts dagegen haben, werde ich mich jetzt wirklich setzen. Ich möchte Ihnen nämlich, wenn es Ihnen recht ist, ein paar Fragen stellen. Es wird nicht lange dauern.«

»Bitte, tun Sie das.«

Sam nahm wieder auf dem Sofa Platz, wo er vor Mrs. Cazaubons Ankunft gesessen hatte. »Darf ich zuerst einmal fragen, ob einem von Ihnen der Name Adam Wyatt etwas sagt?«

»Ja, natürlich.« Offenbar war sie etwas überrascht über diese Frage, zugleich aber auch erfreut. Sie ging zu einem Bücherregal und nahm aus einer Reihe identischer, weiß gebundener Paperbacks eines heraus. »Hier, ein Leseexemplar meines Buchs. Es soll im Frühjahr erscheinen.«

Sam nahm das Buch in die Hand. Auf dem Umschlag stand in einfacher Schreibmaschinenschrift:

ADAM WYATT
Ein amerikanischer Rebell im Paris der Revolution
von
Joanna Cross

In der Hoffnung, man würde ihm seine Überraschung nicht anmerken, blätterte er die etwa dreihundert Seiten durch. An manchen Stellen wurde der Text durch farbige Illustrationen und Porträts aufgelockert.

»Woher wissen Sie von Adam?« erkundigte sie sich nun interessiert und offenbar glücklich über diese Wendung des Gesprächs. »Ich dachte, er wäre mein Geheimnis – zumindest bis zum Erscheinen des Buchs. Dann hoffe ich natürlich, daß ihn möglichst jeder kennt.«

»Oh, ich ... ich weiß nicht sehr viel über ihn«, log Sam in seiner Verlegenheit. »Ich bin nur ein paarmal über seinen Namen gestolpert in der letzten Zeit ...«

»Siehst du, genau wie ich immer sage«, wandte sie sich triumphierend an ihren Mann. »Wenn der richtige Zeitpunkt gekommen ist, liegt ein Thema eben einfach in der Luft und es ist nur noch die Frage, wer zuerst zugreift.«

»Um ehrlich zu sein«, warf Sam ein, »war ich nicht ganz sicher, ob Adam Wyatt eine Romanfigur oder eine historische Gestalt war.«

»Oh, er war seinerzeit quicklebendig«, lachte sie auf, völlig überzeugt von ihren Worten. »Als ich mit den Recherchen anfing, bin ich auf eine Fülle von Material gestoßen. Ein ganz schöner Draufgänger! Als er fast noch ein Junge war, schaffte er es während des Unabhängigkeitskriegs, sich die Freundschaft von Lafayette zu erschleichen – er hat den Erfolg der Schlacht bei Yorktown aufs Spiel gesetzt mit einer angeblichen Heldentat, bei der er ein entlaufenes Pferd eingefangen hat, das er selbst losgebunden hatte. Jahre später hat er mit ziemlicher Wahrscheinlichkeit den einzigen noch lebenden Augenzeugen ermordet. Zuvor hatte er jedoch Lafayette überreden können, ihn mit nach Frankreich zu nehmen, wo er eine Adlige heiratete, die eng mit Marie-Antoinette befreundet war. Gleichzeitig hat er sich mit allen möglichen Schurkereien die Zeit vertrieben. Trotzdem starb er als reicher und offenbar sehr glücklicher Mann erst im hohen Alter. Was wieder einmal beweist«, jetzt lachte sie noch einmal herzlich auf, »daß es – wie wir ja alle wissen – keine Gerechtigkeit auf Erden gibt.«

Während sie erzählte, hatte Sam sie genau beobachtet. Sie sprudelte förmlich über in ihrer unschuldigen Begeisterung, eine ganz offensichtlich verwöhnte und privilegierte junge Frau, deren Charme aber niemand widerstehen konnte. Etwas an ihrer Art verriet ihm, daß sie ein herrliches Leben führte und gegen Schmerz, Elend und Gemeinheit stets gefeit sein würde. Diese hinreißende Frau würde alles überstehen, denn das Glück schien ihr einfach in die Wiege gelegt worden zu sein.

»Wissen Sie noch, wann Sie zuerst auf Adam Wyatt gestoßen sind?« fragte er sie nun.

Mit leichtem Stirnrunzeln überlegte sie. »Nein, daran kann ich mich jetzt nicht mehr genau erinnern. Wahrscheinlich ist er irgendwo in einer Dorfgeschichte meiner Heimatregion einmal erwähnt worden, ich bin im Hudson Valley geboren.« Dann strahlte sie wieder übers ganze Gesicht. »Das Erstaunliche daran ist, er ist einer von Ralphs

Vorfahren mütterlicherseits. Es war buchstäblich Adam, der uns zusammengeführt hat.«

Dabei faßte sie nach Ralphs Hand, und Sam fiel auf, wie unbefangen und spontan diese Geste war. Die beiden sahen aus wie ein sehr verliebtes Paar.

»Meine Eltern leben noch immer dort, und ich bin oft und gern bei ihnen zu Besuch. Ralph hatte in der Nähe ein Häuschen gemietet, aber wir haben uns erst bei einem morgendlichen Ausritt kennengelernt, und zwar buchstäblich an Adams Grab auf einem kleinen Friedhof. Ich wollte es mir aus Recherchegründen ansehen. Ralph hingegen war neugierig, wo denn sein berühmter Ahnherr begraben lag ...«

»Entschuldigung«, unterbrach Sam sie. »Dort haben Sie sich also kennengelernt? Würden Sie mir sagen, wann das war?«

Ralph lächelte und betrachtete seine Frau mit unverhohlener Bewunderung. »Genau vor zwölf Monaten und drei Tagen«, antwortete er. »Aber warum wollen Sie das wissen?«

Inzwischen hatte sich sein anfängliches Mißtrauen Sam gegenüber verflüchtigt, und er wirkte entspannt. Doch auch wenn ihn Sams Fragen nicht mehr beunruhigten, weckten sie doch seine Neugier.

»Ich ... na ja, das kam mir nur so in den Sinn«, meinte Sam stockend. »Das war dann also ...« Schnell überschlug er im Kopf die einzelnen Daten und vergewisserte sich, daß sie im gleichen Zeitrahmen rechneten. Ja, für sie war heute das gleiche Datum wie für ihn. Also hatte *diese* Joanna Cross Ralph Cazaubon genau ein Jahr früher kennengelernt, als *seine* Joanna Ralph auf dem Friedhof begegnet war.

»Jedenfalls war dieser Zufall, daß wir beide zum gleichen Zeitpunkt auf diesem winzigen Friedhof nach dem gleichen Grab suchten, so außergewöhnlich ...« Ihre Geste zeigte, daß sich alles übrige wohl von selbst verstand. »Na, irgendwie schien es das Schicksal so gewollt zu haben.«

»Und dann haben Sie dieses Buch geschrieben«, soufflierte Sam.

»Ich schrieb dieses Buch, während der Urururururenkel meines Helden die Tippfehler korrigierte und dafür sorgte, daß ich nicht schlechter als unbedingt notwendig über seine Familie schrieb.« Liebevoll drückte sie Ralph die Hand.

»Haben Sie schon einmal etwas veröffentlicht?« fragte Sam.

»Um Himmels willen, nein. Ich habe bisher in einer Maklerfirma gearbeitet, ein todlangweiliger Job. Aber ich hatte immer davon geträumt Schriftstellerin zu werden, mir hat nur bisher das Selbstvertrauen gefehlt, es einfach zu versuchen. Doch jetzt hoffe ich, daß ich mich als Schriftstellerin etablieren kann. Ich habe schon einige Ideen für andere Biographien, und auch ein Roman schwebt mir irgendwann einmal vor.«

»Aber jetzt, Dr. Towne«, meldete sich Ralph zu Wort, »müssen Sie endlich damit herausrücken, was hinter all Ihren Fragen steckt. Forschen Sie vielleicht selbst über Adam? Oder sind Sie bei ihren parapsychologischen Untersuchungen auf seinen Namen gestoßen? Das würde mich nicht wundern, er war ein recht zwielichtiger Charakter und soll angeblich auch mit Schwarzer Magie zu tun gehabt haben.«

»Na ja, so in etwa haben Sie recht. In gewisser Weise bin ich tatsächlich über meine Arbeit mit Adam in Kontakt gekommen.«

»Wie aufregend! Erzählen Sie uns alles«, rief Joanna wie ein kleines Mädchen, das von einer Freundin den neuesten Klatsch hören will.

Doch Sam wich vorsichtig aus. »Ich fürchte, es ist im Augenblick zu kompliziert, ins Detail zu gehen. Doch sobald ich kann, werde ich Ihnen gern alles erzählen.«

Joanna schien darüber etwas enttäuscht zu sein, sagte aber nichts.

»Dürfte ich mir vielleicht ein Exemplar Ihres Buchs ausleihen?« fragte Sam zögernd. »Ich würde es mir ja gern kaufen, aber wenn es noch nicht auf dem Markt ist ...«

»Ich schenke Ihnen eins«, bot sie ihm sofort an und zeigte auf das Regal hinter sich. »Sie sehen ja, ich habe genug davon.«

»Das ist sehr nett von Ihnen, danke.« Sam stand auf. »Und jetzt darf ich Sie wirklich nicht länger belästigen.«

»Nur noch eins«, meinte Ralph Cazaubon in einem Tonfall, als müßte er ein peinliches Thema anschneiden. »Als Sie gekommen sind, haben Sie zwei Männer erwähnt, die gestorben sind. Worum ging es da genau?«

Die Frage überraschte Sam. Er hatte diese Sache völlig verdrängt.

»Tut mir leid«, antwortete er so überzeugend wie möglich. »Das war etwas irreführend von mir. Da Ihre Frau definitiv nicht die Joanna Cross ist, mit der ich gerechnet hatte, hat das alles nichts mit Ihnen zu tun. Ich weiß, das klingt jetzt sehr geheimnisvoll, aber mehr kann ich Ihnen im Augenblick noch nicht sagen. Mehr weiß ich momentan selbst noch nicht.«

»Sie sprechen tatsächlich in Rätseln«, meinte Ralph, nahm es jedoch gelassen hin. »Aber wir müssen wohl einfach darauf vertrauen, daß Sie uns wirklich bald alles erklären werden. Sie haben nicht zufällig Ihre Karte bei sich? Damit wir uns gegebenenfalls mit Ihnen in Verbindung setzen können?«

»Doch, die müßte ich eigentlich ...«

Sam kramte sein Portemonnaie heraus und fand darin eine der Visitenkarten, die Peggy vor Jahren für ihn hatte drucken lassen und für die er nur selten Verwendung fand. Seine Privatnummer schrieb er auf die Rückseite. Ralph nahm die Karte dankend entgegen und stellte sie auf den Kaminsims.

»Sie müssen mir unbedingt sagen, was Sie von meinem Buch halten, Dr. Towne«, verlangte Mrs. Cazaubon. »Ich bin gespannt auf Ihr wissenschaftliches Urteil.«

»Ich werde Sie anrufen«, versprach Sam.

»Und teilen Sie mir mit, wenn Ihnen etwas zu Adam einfällt, was ich ausgelassen habe. Es ist noch nicht zu spät, um ein paar Fußnoten einzuschieben.«

»Gern«, murmelte er und sah die beiden nacheinander an. »Sie sind wohl beide nicht abergläubisch, oder?«

»Abergläubisch? Wie meinen Sie das?« fragte sie.

»Ach, Sie wissen schon: daß die Vergangenheit sich wiederholt. Ich meine, wo Adam doch ein Vorfahre Ihres Mannes ist ...?«

»Ach was ...«, lachte sie, als hätte er einen Witz gemacht, und fuhr spielerisch durch Ralphs Haar. »Nein, in dem Sinne bin ich gewiß nicht abergläubisch, das sind wir beide nicht.«

Sie brachten Sam zur Tür und sahen ihm nach, wie er in der Nacht verschwand.

»Seltsamer Mensch«, meinte Ralph beim Hereingehen.

»Oh, ich fand ihn ziemlich nett.«

»Ja, das schon, eben nett und seltsam. Ich hoffe, wir werden eines Tages erfahren, was das alles sollte.«

»Vielleicht hat Adam ja angefangen zu spuken und verfolgt jemanden mit Kettenrasseln und lautem Gestöhne. Das würde ich ihm schon zutrauen – nach allem, was er sonst so angestellt hat.«

Da klingelte das Telefon und Ralph ging in das Zimmer, in dem sie vorher gesessen hatten, um abzunehmen.

»Hallo? Ach, Bob ...« Er machte Joanna ein Zeichen, daß ihr Vater dran war. »Wie geht es dir? Willst du Joanna sprechen, sie steht gerade neben mir ...?«

Doch dann wurde er still, und seine Miene verdüsterte sich. Joanna merkte, daß etwas nicht stimmte.

»Was ist los?« wollte sie wissen.

Er bedeutete ihr abzuwarten, während er den Hörer ans Ohr preßte.

»Das ist doch nicht dein Ernst! Wann war denn das?«

Wieder hörte er eine Weile zu, dann meinte er: »Das ist wirklich höchst sonderbar. Gerade eben war jemand hier und hat nach ihr gesucht. Das muß die gleiche Frau sein.«

Nun war Joannas Geduld erschöpft. Sie streckte die Hand nach dem Hörer aus, doch statt ihn ihr zu geben, sagte Ralph: »Nein, nein, ich verstehe. Ich werde es ihr sagen. Gut, bis bald, Bob.«

Und er legte auf. »Das ist ziemlich merkwürdig.«

»Was denn? Was?«

»Irgendeine fremde Frau hat bei deinen Eltern gegen die Haustür gehämmert und behauptet, du zu sein. Das muß dieselbe Frau gewesen sein, die Sam Towne gesucht hat.«

»Ist sie noch dort?«

»Nein, sie ist abgehauen. Deine Mutter war anscheinend allein und hat sich so gefürchtet, daß sie die Polizei gerufen hat. Wer könnte ihr einen Vorwurf machen? Dein Vater hat die Frau gerade noch kurz gesehen, bevor sie ihnen entwischt ist.«

»Wie sah sie aus? Hat er etwas darüber gesagt?«

»Nein, nicht viel. Nur, daß sie etwa in deinem Alter war und dunkle Haare hatte. Und daß deine Mutter immer noch ziemlich mit den Nerven runter ist. Aber sie wird dich morgen anrufen. Er wollte uns nur warnen, falls diese Frau auch hier aufkreuzt. Anscheinend ist sie verrückt und sucht irgendwelche angeblichen Spuren ihrer Vergangenheit.«

»Himmel!« Unwillkürlich fuhr Joanna zusammen. »Wie schauerlich.«

Ralph strich ihr sanft eine Haarsträhne aus der Stirn. »Keine Angst, die Polizei hält sie für harmlos. Sie haben gesagt, es gibt einen Namen dafür, wenn Menschen sich einbilden, jemand anderer zu sein, irgendein Soundso-Syndrom. Vielleicht ist es jemand, mit dem du zusammen auf der Schule oder im College gewesen bist. Von solchen Dingen hört man ja von Zeit zu Zeit.«

»Es gefällt mir trotzdem nicht.«

Da nahm er sie in den Arm und sah ihr in die Augen. »Mach dir keine Sorgen, dir wird nichts passieren. Darauf passe ich schon auf.«

54 An der Grand Central Station nahm sie die U-Bahn zur 68. Straße. Minuten später befand sie sich wieder in derselben Straße, die sie am Tag zuvor mit Sam entlanggegangen war. Das Haus, das sie gesehen hatten, war heruntergekommen, verlassen und unansehnlich gewesen. Doch jetzt fiel Licht aus den Fenstern, die Eingangstür war in einem sehr dunklen Grün gestrichen und darauf stand in schlichten Messingziffern die Hausnummer 139.

Trotz ihrer beklemmenden Vorahnung stieg sie die Stufen zur Tür hinauf und klingelte. Sie hörte, wie aufgeschlossen wurde, dann ging die Tür auf. Ralph Cazaubon sah sie an und sein Gesicht verriet, daß er sich nicht an sie erinnerte.

»Ralph?« sprach sie ihn unsicher und mit belegter Stimme an.

Da veränderte sich etwas in seinem Ausdruck. Nicht, daß er sie wiedererkannte, aber er schien zu irgendeiner Einsicht gelangt zu sein.

»Sie kennen mich?« fragte er sie.

»Ja. Kennen Sie mich nicht?«

Er schüttelte kaum merklich den Kopf, doch plötzlich stutzte er. »Ja, ich glaube, ich weiß, wer Sie sind.«

Anscheinend sah er ihr an, daß sie erleichtert oder dankbar war über den winzigen Trost, den sie aus seinen Worten schöpfte, denn auch sein Gesicht nahm einen sanfteren Ausdruck an. In seinem Blick lag Mitgefühl und eine Freundlichkeit, die ihr in kürzester Zeit vollkommen fremd geworden war.

»Tatsächlich? Kennen Sie mich wirklich?«

Das inständige Flehen in ihrem Blick und in ihrer Stimme rührte ihn an. Daß dieses arme, verwirrte Geschöpf jemandem etwas Böses tun könnte, schien ihm unvorstellbar.

»Ich denke, Sie kommen besser herein«, meinte er.

Als sie ins Licht trat, sah er, daß ihr Haar noch feucht vom Regen war und strähnig herunterhing. Über ihre Wange lief ein roter Kratzer, offenbar hatte sie ihr Gesicht an irgend etwas aufgeschrammt. Ihre Kleider waren zerknittert und schmutzig, Schlamm klebte an ihren Schuhen und war bis zu ihren Knien heraufgespritzt.

Sie schaute sich um, dann richtete sie den Blick auf Ralph, während er die Tür hinter ihr schloß. Und mit einem Mal sprudelten die Worte aus ihr heraus.

»Keiner kennt mich mehr. Nur Sie. Und heute vormittag hatte ich solche Angst vor Ihnen, daß ich weggelaufen bin. Ich bin zu meinen Eltern gefahren, aber sie ließen mich nicht ins Haus, weil sie mich auch nicht erkannten. Und dann hörte ich jemanden sagen, die Tochter meiner Eltern hieße Cazaubon, Joanna Cazaubon ...«

»Kommen Sie bitte, hier entlang ...«

Er nahm sie am Arm und geleitete sie ins Wohnzimmer, wo er zwei Stunden zuvor mit Sam gesessen hatte.

»Nehmen Sie doch Platz. Haben Sie keine Angst, beruhigen Sie sich. Ich werde tun, was ich kann, um Ihnen zu helfen.«

»Aber wissen Sie denn, was geschehen ist? Verstehen Sie, warum ich gekommen bin?«

»Ich glaube schon.«

Plötzlich wurde sie unruhig. »Ich muß mit jemandem reden, mit einem gewissen Sam Towne. Ich muß Sam finden, wir müssen ihn anrufen ...«

»Sam Towne war vorhin hier.«

Diese Mitteilung verblüffte sie, gleichzeitig schien sie erleichtert.

»Er war hier ...?«

»Vor zwei Stunden. Er hat Sie gesucht.«

»Wir müssen ihn gleich anrufen ... bitte, ich muß ihn unbedingt treffen ... bestimmt weiß er weiter ... wir müssen ihn hierher holen ...«

»Ja, sicher. Ich rufe ihn an.«

In diesem Augenblick hörte Ralph, wie seine Frau nach ihm rief. Sie kam gerade die Treppe herunter.

Abrupt sprang die Frau neben ihm auf. »Wer ist das ...?« fragte sie sofort, als handele es sich um einen Eindringling, der hier nichts zu suchen hatte und dessen Anwesenheit sie gleichermaßen als Beleidigung wie als Bedrohung empfand.

Ralph antwortete ihr nicht, sondern sagte nur: »Bitte warten Sie hier einen Moment.«

»Aber ich muß sie sehen ...«

»Das werden Sie auch. Aber jetzt setzen Sie sich bitte wieder.«

Gehorsam ließ sie sich auf dem Rand des Sofas nieder, in dem Sam kurz zuvor gesessen hatte. Ralph ging hinaus, schaute sich an der Tür jedoch noch einmal nach ihr um. Sie saß an ihrem Platz, angespannt und bereit, ihm auf die kleinste Aufforderung hin zu folgen.

»Nur eine Sekunde«, beschwichtigte er sie. »Ich bin gleich zurück.«

Dann schloß er die Tür hinter sich und rannte die Treppe hinauf, um Joanna abzufangen. Auf dem ersten Treppenabsatz stießen sie beinahe zusammen.

»Ich habe es läuten gehört«, sagte sie. »Wer war es denn?«

»Es ist diese Frau«, erwiderte er flüsternd, »die vorhin bei deinen Eltern war.«

»Wo ist sie ...?«

»Im Wohnzimmer.«

Sie versuchte an ihm vorbeizugehen, doch er hielt sie auf.

»Nein, tu das lieber nicht.«

»Aber ich möchte sie sehen. Ich will wissen, wer das ist.«

»Darling, überlaß das mir – bitte.«

»Vielleicht kenne ich sie ja. Du hast doch gesagt, es könnte jemand sein, mit dem ich zur Schule gegangen bin ...«

»Sie ist offensichtlich völlig verwirrt, wir sollten es besser nicht riskieren, eine Krise heraufzubeschwören.«

»Die Krise ist schon da, wenn sie herumläuft und behauptet, sie wäre ich. Ich will sie sehen.«

Ralph widersprach nicht mehr, sondern ließ sie einfach vorbei und folgte ihr die restlichen Stufen hinunter in die Eingangshalle. Als sie die Tür zum Wohnzimmer aufriß, hielt er sich dicht hinter ihr.

Beide blieben stehen und sahen sich um. Im Zimmer war niemand.

Sie drehte sich zu ihm um. »Anscheinend ist sie nicht mehr da.«

Verwundert ließ er den Blick durch das Zimmer schweifen. »Gerade eben war sie noch hier, da auf dem Sofa.«

»Tja, dann ist sie wohl gegangen.«

Ralph durchsuchte jeden Winkel des Wohnzimmers. Hier konnte sich niemand versteckt haben.

»Sie kann nicht gegangen sein«, meinte er. »Wir hätten die Tür gehört.«

»Wenn sie ganz leise war, vielleicht nicht.«

»Herrgott noch mal«, sagte er mißgestimmt, »das ist doch albern. Wer ist diese Frau nur?«

55 Es war fast drei Uhr morgens, als Sam endlich Joannas Buch zuklappte und auf den Tisch neben seinem Sessel legte. Zuerst blieb er eine Weile reglos sitzen, dann fuhr er sich mit den Händen übers Gesicht und durch die Haare, stand auf und goß sich einen großen Whisky ein.

Sie hatte recht, es war eine außergewöhnliche Geschichte – um so mehr, als er sie bis auf ein paar Details sehr gut kannte. Was die Gruppe über Adam erfunden hatte, stand jetzt schwarz auf weiß gedruckt und war als historische Tatsache mit einem beeindruckenden Quellenindex belegt. Selbst die verschiedenen Bilder von Adam, die zeitgenössischen Künstlern zugeschrieben wurden, zeigten ohne jeden Zweifel denselben Mann, den Drew Hearst zu Beginn des Experiments gezeichnet hatte.

Dennoch war dieser Adam ein grundlegend anderer als der, den sie erschaffen wollten. Denn dieser Mann war ein Lügner und Betrüger, der zuerst seinen Mäzen Lafayette, dann seine Frau und schließlich beinahe jeden, mit dem er es zu tun hatte, hinterging. Im vorrevolutionären Paris trieb er sich mit Dieben, Huren und Schuften aller Couleur herum. Und als ihn der großmütige Lafayette in seiner Verzweiflung einmal fragte, warum er sich denn so furchtbar aufführe, antwortete er nur überheblich: »*Joie de vivre!*« Die einzige Erklärung, die er je für sein Handeln gab.

Der Magier Cagliostro wurde sein Verbündeter, und gemeinsam brachten die beiden Verschwörer den leichtgläubigen Kardinal Rohan in der Halsbandaffäre um ein Vermögen. Als Cagliostro deshalb ins Gefängnis geworfen wurde, verschwieg er Adams Komplizenschaft, damit ihm dieser durch seine Verbindungen bei Hof – die er seiner unglücklichen, schlecht behandelten Frau verdankte – wieder zur Freiheit verhalf.

Adam lohnte Cagliostro sein Schweigen, indem er tatsächlich für seine Freilassung sorgte, doch er verlangte im Gegenzug dafür den Talisman, der Cagliostro bis dahin vor allen Feinden beschützt hatte. Das würde er auch noch ein letztes Mal tun, meinte Adam, als Cagliostro ihn ihm als Preis für sein Leben und seine Freiheit aushändigte und danach ins Exil ging.

Der Talisman war in dem Buch abgebildet, doch Sam kannte ihn schon. Dasselbe Muster hatte er in dem Wachsabdruck gesehen, den sie in jener furchteinflößenden Nacht in Adams Zimmer gefunden hatten, und später auch in dem Buch, das Joanna von Barry Hearst bekommen hatte.

Der Legende nach hatte Adam diesen Talisman sein ganzes Leben lang bei sich getragen und sich sogar mit ihm zusammen begraben lassen. Was ihn ebenfalls sein Leben lang begleitete, war die eigenartige Vorliebe für den französischen Ausdruck »*Joie de vivre*«. Dieser Ausspruch zierte nicht nur seinen Grabstein, er ließ damit auch das Wyattsche Familienwappen schmücken – ein Snobismus, den er sich in England zulegte, ebenso wie seine zweite Frau, eine vermögende Aristokratin.

Nach deren mysteriösem Tod kehrte er nach Amerika zurück, wo sozusagen sein dritter Lebensabschnitt begann. Mit der Eitelkeit und dem Hochmut eines europäischen Adligen und den entsprechenden Geldmitteln ausgestattet, wurde er dort ein ungeheuer reicher und erfolgreicher Bankier und schließlich sogar ein bekannter Philanthrop. Doch wann immer ein Gerücht von dem schrecklichen Ruf, den sich Adam in Europa erworben hatte, in Umlauf kam und sein hohes Ansehen gefährdete, verschwand derjenige, der es verbreitet hatte, auf Nimmerwiedersehen – sofern er nicht alles zurücknahm und fürderhin ein angenehmes Leben als williger und gehorsamer Diener des allmächtigen Adam Wyatt führte.

Sam starrte in die Nacht hinaus, durch das gleiche Fenster, auf dem erst vor wenigen Tagen auf unerklärliche Weise die Worte »*Joie de vivre*« erschienen waren, jene Redewendung, die Adam derart pervertiert und für sich vereinnahmt hatte.

»Du lieber Gott«, murmelte er und fragte sich im selben Augenblick, ob das wohl ein unbewußtes Stoßgebet gewesen war.

Vielleicht.

56

Der Krach riß sie beide aus dem Schlaf. Ralph knipste das Licht an und schwang sich im selben Moment aus dem Bett. Während er nach seinem Morgenmantel griff, sah er Joanna an, die sich schreckensbleich aufgesetzt hatte.

»Bleib hier«, sagte er und eilte zur Tür.

»Ralph, sei vorsichtig. Es könnte jemand im Haus sein.«

»Das glaube ich nicht – nicht mehr nach diesem Lärm.«

Während er die Treppe hinunterlief, schaltete er alle Lampen an. Nichts rührte sich, alles blieb nun still. Im Stockwerk unter ihrem Schlafzimmer riß er eine Tür nach der anderen auf, auch die zum Musikzimmer, in dem er arbeitete. Dort holte er aus einer Ecke seinen alten Baseballschläger, bevor er die letzten Treppen zur Diele nahm. Dort blieb er wie angewurzelt stehen.

Der antike Kleiderständer, der normalerweise am Fuß der Treppe stand, lag etwa sieben Meter entfernt auf dem Boden direkt neben der Haustür. Und im Lack der Tür klaffte ein Riß, als hätte jemand den schweren Ständer mit voller Wucht dagegen geschleudert.

Vorsichtig schlich er weiter, den Baseballschläger in den Händen, falls der Eindringling, der eine so außerordentliche Kraft bewiesen hatte, sich noch irgendwo versteckt hielt. Doch es rührte sich nichts, es gab kein Geräusch, keine Bewegung.

Mit dem Rücken zur Wand, um sich vor einem Angriff von hinten zu schützen, sah er sich um, dann bückte er sich und hob den Eisenständer etwas an, als wollte er sich vergewissern, daß er wirklich so schwer war, wie er glaubte.

Wer auch immer die Kraft besessen hatte, ihn so weit zu werfen, mußte zweifellos ein furchteinflößender Gegner sein, aber noch beunruhigender war die Frage, warum dieser Jemand das getan hatte. Es ergab keinen Sinn.

Er stieg über den Ständer hinweg, ohne auch nur zu versuchen, ihn aufzurichten. Im Wohnzimmer war es dunkel, die Tür war halb geöffnet. In leicht geduckter Haltung schlich er näher, bereit, von seinem Schläger Gebrauch zu machen, sobald sich irgend etwas rührte. Mit der Schulter stieß er die Tür auf, so daß sie gegen die Wand knallte, und schaltete gleichzeitig das Licht ein.

Es war niemand im Zimmer, und nichts schien verändert zu sein. Er ging herum, den Schläger noch immer entschlossen in den Händen, und sah hinter den Möbeln nach, ob sich dort jemand versteckt hatte. Doch da war niemand, und es gab hier auch gar keine Möglichkeit, sich zu verstecken.

Als er sich aufrichtete und sich mit der Hand verwundert die Nasenspitze rieb, nahm er hinter sich an der Tür eine Bewegung wahr. Er wirbelte herum – und nur Joannas entsetzter Aufschrei verhinderte, daß der harte Holzschläger auf sie niedersauste. Ralph ließ den Schläger fallen und packte sie hart an den Armen, seine Finger gruben sich in das weiche Fleisch unter dem flauschigen, weißen Morgenmantel.

»Mein Gott, Jo, ich hätte dich umbringen können! Ich hab' dir doch gesagt, du sollst dich nicht vom Fleck rühren.«

»Ich hatte Angst.«

Er spürte, wie sie zitterte.

»Alles in Ordnung, Jo ... es ist niemand hier ...«

»Wie ist denn der Kleiderständer dahin gekommen?«

»Ich weiß es nicht.«

»Ralph, es *muß* jemand dagewesen sein.«

Er schwieg, denn er wußte nicht, was er sagen sollte. Doch da spürte er ihre plötzliche Anspannung, er schien ihren Schrei bereits zu hören, noch ehe sie ihn ausgestoßen hatte. Sie starrte an ihrem Mann vorbei in den Raum.

Ralph fuhr herum und sah, wie der große venezianische Spiegel über dem Kamin durch die Luft flog, wie eine von einer Riesenhand abgeworfene Spielkarte. Mit einer Ecke streifte der Spiegel eine Lehne des Sofas und riß ein Loch in den Stoff, dann schlitterte er über den antiken Schreibtisch und knallte an die gegenüberliegende Wand.

In der darauffolgenden unnatürlichen Stille hörten sie nichts außer ihrem Atem und ihrem Herzschlag. Sie klammerten sich fassunglos aneinander. Was sie soben gesehen hatten, war ein Ding der Unmöglichkeit.

»Ich habe jemanden gesehen«, flüsterte sie mit bebender Stimme.

»Wo?«

»Im Spiegel, gerade als er von der Wand gerissen wurde. Ich habe eine Frau gesehen, die dort drüben gestanden und uns beobachtet hat.«

Beide blickten in die Richtung, in die sie zeigte. Aber dort war niemand.

»Kannst du sie beschreiben?« fragte er.

»Na ja, ich hab' sie nicht mal eine Sekunde gesehen. Sie hatte dunkles Haar, trug einen hellen Mantel und war etwa in meinem Alter. Und sie sah irgendwie verstört aus, als wäre sie nicht ganz bei Verstand oder so.«

»Das ist die Frau, die vorhin hier war.«

Erschrocken sah sie ihn an. »Ralph, das kann doch nicht sein. Ich habe Angst.«

»Wir verschwinden von hier – jetzt gleich.«

»Es ist zwei Uhr morgens. Wohin sollen wir denn gehen?«

»Ganz egal, irgendwohin. Ruf doch dieses Hotel an, wo deine Eltern immer übernachten – dort kennt man dich.«

»Okay.«

»Wir telefonieren von oben ...«

Er nahm ihren Arm und bei jedem Schritt sah er sich in alle Richtungen um, ob sich noch etwas bewegte oder ob noch Gefahr drohte. Im Schlafzimmer zogen sie sich an und packten das Notwendigste zusammen. Während der ganzen Zeit sprachen sie kaum ein Wort, außer, als Joanna im Hotel anrief, ein Zimmer reservierte und meinte, sie würden in fünfzehn Minuten da sein.

Von irgendwoher aus dem unteren Stockwerk kam ein lautes Krachen. Sie erstarrten und tauschten einen Blick. Joanna merkte, daß er überlegte, ob er hingehen sollte, um nachzusehen.

»Geh nicht!« sagte sie.

Aber er war schon auf dem Weg zur Tür. »Das muß im Musikzimmer gewesen sein.«

»Ralph, laß es sein!«

Er erwiderte ihren Blick. »Bleib hier und pack unsere Sachen. Ich bin gleich wieder da.«

Sie sah ihm nach, wie er die Treppe hinunterging, und wollte ihn zurückrufen, doch sie sagte nichts. Statt dessen nahm sie die bereits halb gefüllte Reisetasche und ging ins Badezimmer. Als sie gerade eine Zahnbürste, einen Kamm und ein paar Kosmetikartikel verstauen wollte, hörte sie, wie die Tür leise ins Schloß fiel.

Im ersten Moment dachte sie, das brauche sie nicht zu beunruhigen. Eine Tür, die von selbst zufiel, war nichts Außergewöhnliches: ein Luftzug, oder vielleicht hatte sie die Tür beim Hereinkommen gestreift, so daß sie langsam zugefallen war. Darüber mußte man sich nicht den Kopf zerbrechen, auch nicht nach dem, was gerade geschehen war. Sie würde einfach hingehen und sie wieder öffnen.

Aber die Tür gab keinen Millimeter nach. Zwar ließ sich der Griff drehen, aber als Joanna daran zog, rührte sich nichts. Die Tür war nicht abgeschlossen, sondern sie wurde zugehalten von einer Gewalt, einer Macht, die sie nicht herauslassen wollte.

Mit flachen Händen schlug Joanna gegen die glatte Oberfläche und rief nach Ralph. Doch sie hörte ihn nicht antworten oder zu Hilfe eilen. Nach kurzem Warten schlug sie wieder gegen die Tür, diesmal mit der Faust, erst mit einer, dann mit beiden. Sie rief lauter, hämmerte gegen das Holz und schrie, bis sie heiser war und ihr die Hände weh taten.

Langsam aber sicher, wie ein verzögerter Schock, kroch die Angst in ihr hoch. Und ihr wurde klar, daß sie vergeblich dagegen ankämpfte. Sie wußte, daß die Angst, so wie der Schmerz, am Ende immer stärker sein würde. Man mußte es zulassen, aber sich zugleich an etwas festhalten, bis es vorbei war – und wenn es nur die Vorstellung war, daß es irgendwann vorbei sein würde.

Aber was, wenn nicht? Wenn die Angst nicht vorüberging, sondern zu einem ewigen, qualvollen Dauerzustand wurde, aus dem es kein Entrinnen gab ...?

Nein! Das war Panik, und die hielt nicht ewig an. Nur die erste Welle ... ja, eine Welle, und eine Welle mußte zwangsläufig wieder abebben ...

Aus der Wand kam ein Knall, als wäre ein kleiner Feuerwerkskörper darin explodiert. Erschrocken wirbelte sie herum und versuchte herauszufinden, woher das Geräusch kam. Doch da krachte es schon wieder – an einer anderen Stelle, aber immer noch irgendwo hinter den gefliesten und verspiegelten Wänden, im Mauerwerk selbst. So etwas hatte sie noch nie gehört, es klang heimtückisch, gefährlich und doch irgendwie verlockend. Es lag etwas Hypnotisches darin; nicht nur fiel es ihr mit jedem Mal schwerer, das Geräusch zu lokalisieren, sie war sich auch immer weniger sicher, ob sie sich das alles nicht nur einbildete.

Doch dann geschah etwas, von dem sie sicher wußte, daß es keine Sinnestäuschung war. Es begann mit einem anderen Geräusch, als würden Nägel über eine Schiefertafel oder über Glas kratzen, ein schrilles Quietschen, das einem die Haare sträubte und die Nerven bloßlegte.

Diesmal wußte Joanna, woher das Geräusch kam, es ließ sich jetzt eindeutiger bestimmen. Sie fühlte sich beinahe magnetisch hingezogen zu dem Spiegel, der über den beiden Waschbecken in die Wand eingelassen war. Deutlich sah sie darin ihr Spiegelbild und das Badezimmer mit der verschlossenen Tür hinter ihr.

Doch ihr Blick konzentrierte sich nicht auf das Spiegelbild, sondern auf das Glas selbst. Sie spürte, daß hier irgend etwas vor sich ging. Und in diesem Moment begannen Buchstaben zu erscheinen – krakelige, etwas schiefe Linien, die in die silbrige Fläche unter dem Glas geritzt wurden, als schriebe eine unsichtbare Hand durch die Mauer.

Als erstes erschien der Buchstabe ›H‹. Noch ehe er vollendet war, erschienen gleichzeitig andere, so als liefe die Schrift über eine unsichtbare Fläche zwischen Joanna und ihrem Spiegelbild.

Gleichermaßen fasziniert und entsetzt, beobachtete sie, wie die Botschaft sichtbar wurde. Zuerst verstand sie sie nicht. Einen Sekundenbruchteil lang glaubte sie, es handele sich um eine fremde Sprache. Doch dann erkannte sie, daß es ein Wort in Spiegelschrift war, als hätte es jemand auf der anderen Seite des Spiegels eingeritzt.

Das Wort lautete: HILFE!

Ihr wurde schwindlig, alles verschwamm und sie hatte das Gefühl, in ihrem Kopf würde etwas explodieren. Sie hielt sich an etwas fest, schüttelte sich ... alles in Ordnung, nicht loslassen, es geht vorbei.

Eine dicke Fußmatte auf dem gefliesten Boden bremste ihren Sturz. Sie spürte den Aufprall am Knie, dann am Ellbogen und am Arm. Benommen rappelte sie sich auf. Sie war unverletzt, doch nun wußte sie, daß sie dem, was hier geschah, nicht entkommen konnte, nicht einmal, wenn sie ohnmächtig wurde.

HILFE!

»Ralph! Ralph, hilf mir!«

Jetzt war sie wieder auf den Beinen, hämmerte gegen die Tür, rüttelte am Griff und zog daran. Und ganz unverhofft ging die Tür auf, beinahe wie von selbst, als wäre dazu überhaupt keine Gewalt nötig gewesen. Es war kein Klicken eines Schlosses oder Aufschnappen eines Riegels zu hören, die Tür gab einfach nach und ließ sie frei.

Ralph betrat gerade den Raum vom Flur her, als sie blaß und erschrocken aus dem Badezimmer taumelte. Sofort stürzte er auf sie zu.

»Jo, was ist los?«

»Hast du mich nicht rufen gehört?«

»Ich habe gar nichts gehört. Ist alles in Ordnung?«

»Laß uns bloß von hier verschwinden – jetzt gleich, bitte.«

57

Es war kurz vor halb acht, als Sams Telefon am nächsten Morgen läutete. Er war schon bei seiner zweiten Tasse Kaffee, und als Ralph sich wegen des frühen Anrufs entschuldigen wollte, fiel er ihm gleich ins Wort.

»Was ist passiert?« Ihm war die Anspannung in der Stimme des anderen nicht entgangen.

»Diese Frau, die Sie gestern abend gesucht haben! Sie war hier, kurz nachdem Sie gegangen sind. Und sie hat anscheinend auch Joannas Eltern aufgesucht.«

»Aha ...«

Ralph zögerte. »Vielleicht wäre es am besten, wenn wir uns persönlich unterhalten würden. Ich bin mit meiner Frau zwar noch in einem Hotel, aber ich könnte in zwanzig Minuten bei unserem Haus sein. Sollen wir uns dort treffen?«

Als Sam aus dem Taxi stieg, wartete Ralph Cazaubon auf der Treppe des Hauses mit der Nummer 139. Er wirkte müde und abgespannt, im krassen Gegensatz zu gestern, als Sam ein unbeschwerter, selbstbewußter Mann die Tür geöffnet hatte.

»Danke für Ihr Kommen, Dr. Towne.« Er zog einen Schlüsselbund aus der Tasche und lachte ein bißchen entschuldigend, als er die Tür aufschloß. »Ich habe mir einreden wollen, daß ich lieber draußen warte, damit Sie alles so vorfinden, wie wir es gestern nacht zurückgelassen haben. Aber in Wahrheit hatte ich einfach zuviel Angst, um allein hineinzugehen.«

»Das ginge jedem vernünftigen Menschen so.« Sam versuchte seine Ungeduld zu verbergen.

Offenbar blockierte irgend etwas die Tür, Ralph konnte sie nicht ganz aufmachen. Als Sam sich hinter ihm hineingequetscht hatte, sah er, daß der Kleiderständer umgeworfen dalag.

»Das war das erste, was passiert ist. Von dem Lärm sind wir aufgewacht.«

Obwohl ihn solche Einzelheiten nur am Rande interessierten, nickte Sam. »Erzählen Sie mir von der Frau«, forderte er Ralph dann auf. »Beschreiben Sie sie mir.«

Mit ernster Miene hörte er Ralphs Ausführungen an. Als dieser alles erzählt hatte, nickte er wieder. »Das ist sie. Hat Ihre Frau sie auch gesehen?«

Ralph schüttelte den Kopf. »Da noch nicht. Als sie ins Zimmer kam, war diese Frau nämlich verschwunden. Wir dachten, vielleicht hat sie sich aus dem Haus geschlichen. Doch als dann der Spuk losging ...«

Dabei warf er Sam einen verlegenen Blick von der Seite zu, er konnte ihm nicht in die Augen sehen.

»Das war doch ein Geist, oder?«

»Wenn ich es mit Bestimmtheit wüßte, würde ich es Ihnen sagen. Aber ich weiß es nicht.«

Diesmal sah Ralph ihn direkt an, er schien Sam vom Gesicht ablesen zu wollen, ob er die Wahrheit sagte. Doch zu welchem Schluß er kam, behielt er für sich. »Kommen Sie mit«, meinte er statt dessen abrupt und ging in Richtung Salon. »Das müssen Sie selbst gesehen haben.«

Aber an der Tür blieb er wie angewurzelt stehen, murmelte einen Fluch und starrte entsetzt in den Raum.

Sam schaute ihm über die Schulter. Ihnen bot sich ein Bild der Verwüstung. Umgeworfene Sessel und andere Möbelstücke lagen kreuz und quer, Lampen waren herausgerissen und baumelten lose an ihren Kabeln, jedes Bild und sämtliche Gegenstände lagen kaputt oder in Scherben auf dem Boden. Selbst der Teppich war herausgerissen und zerstört, die Bodenplanken lagen bloß.

»So sah das nicht aus, als wir weggegangen sind«, sagte Ralph. »Da ging nur der große Spiegel über dem Kamin in Stücke. Wir haben beide gesehen, wie er sich von der Wand löste und quer durchs Zimmer flog.« Er zeigte auf eine Stelle. »Hier sieht man, wo er heruntergekracht ist. Aber der Rest ...« Ungläubig und hilflos breitete er die Arme aus.

»Sie haben ›da noch nicht‹ gesagt, als ich Sie gefragt habe, ob Ihre Frau diese andere gesehen hat«, merkte Sam an. »Heißt das, sie hat sie später gesehen?«

»Na ja, sie hat jedenfalls etwas gesehen – eben in diesem Spiegel da. Als sie ins Zimmer gekommen ist, entdeckte sie schräg hinter mir das Spiegelbild einer Frau. Doch bis ich mich umgedreht hatte, war es schon zu spät, da flog der Spiegel schon durchs Zimmer.«

»Konnte sie die Frau beschreiben?«

Ralph nickte. »Es war dieselbe Frau.«

Dann wartete er auf eine Erklärung von Sam, doch der schien in Gedanken versunken.

»Oben sollten Sie sich auch noch etwas ansehen«, meinte Ralph schließlich.

Als sie die Treppe hinaufgingen, fuhr er fort: »Wir sind dann wieder ins Schlafzimmer gegangen, um ein paar Sachen zusammenzusuchen, bevor wir ins Hotel gingen. Da krachte es plötzlich im Musikzimmer. Ich bin runter und habe nachgesehen. Mein Schreibtisch war umgeworfen, meine Papiere und der ganze Kram lagen im Zimmer verstreut. Trotzdem bin ich höchstens zwei Minuten weggeblieben, aber als ich wieder nach oben kam, stolperte Joanna völlig entsetzt aus dem Badezimmer. Sie hat gesagt, sie sei eingesperrt worden und da hätte es dann in den Wänden gekratzt und geklopft. Ja, und dann ist da diese Schrift erschienen, mal sehen, ob sie noch da ist ...«

Sam fiel auf, daß überall noch Licht brannte, das Paar mußte in heller Panik geflohen sein. Er folgte Ralph durchs Schlafzimmer zum Bad und blieb vor dem Gekritzel auf dem Spiegel stehen.

Instinktiv wollte er das Spiegelglas berühren.

»Es steht auf der Rückseite«, sagte Ralph. »Es ist einfach ein Ding der Unmöglichkeit.«

Mit den Fingerspitzen suchte Sam die Kanten des Spiegels ab.

»Er läßt sich nicht rausnehmen«, erklärte Ralph. »Da ist kein Zwischenraum. Der Spiegel ist fest an die Wand geklebt.«

Sam drehte sich um. »Aber Ihrer Frau ist nichts passiert, als sie hier drin war, oder?«

Dafür erntete er ein bitteres Lachen.

»Nein, wenn man außer acht läßt, daß sie vor Angst halb wahnsinnig geworden ist. Aber meine Frau ist schwanger, Dr. Towne. Welche Folgen dieses Erlebnis hätte haben können, möchte ich mir gar nicht ausmalen. Ich kann Ihnen nur eins versprechen – sie wird nie wieder einen Fuß in dieses Haus setzen.«

Danach überprüfte Sam jeden Winkel des Badezimmers, als suche er nach einem bisher übersehenen Anhaltspunkt.

Ralph sah ihm eine Weile zu und fragte dann mit leicht gereiztem Unterton: »Würden Sie mir jetzt gefälligst erklären, Dr. Towne, was hier eigentlich vorgeht? Wer war die Frau?«

Doch Sam blickte ihn an, als hätte er seine Anwesenheit völlig vergessen, und ging dann an ihm vorbei zurück ins Schlafzimmer.

»Was bedeutet das, verdammt noch mal!« rief Ralph und ging ihm hinterher. »Warum steht da: ›Hilfe!‹«

Die beiden Männer standen sich ein paar Schritte voneinander entfernt gegenüber, Sam mit hochgezogenen Schultern, die Hände tief in den Manteltaschen vergraben, und Ralph mit ausgebreiteten Armen, auf eine Antwort wartend.

»Sie ist ein Geist, stimmt's? Wir sind«, er schluckte, ehe er das Wort herausbrachte, »verhext!«

Sam schwieg noch immer.

»Jetzt sagen Sie endlich was, verdammt noch mal.«

»Ich nehme an«, meinte Sam nach einer ganzen Weile, »man kann es auch ›Geist‹ nennen.«

»Was gibt es denn für eine Verbindung zwischen diesem Geist und Joanna? Warum trägt er – oder sie? – den Namen meiner Frau?«

Wieder schwieg Sam ein paar Sekunden, bevor er ratlos mit den Schultern zuckte.

»Das kann ich nicht erklären.«

»Sie sollten es aber lieber versuchen«, verlangte Ralph und trat einen Schritt vor. Wie seine Haltung und auch sein Tonfall zum Ausdruck brachten, war seine anfängliche Angst in Wut umgeschlagen. Er stellte sich – vielleicht unbewußt – in Kampfpose auf. »Denn Sie schulden mir eine Erklärung. Schließlich fing das Ganze nach Ihrem gestrigen Besuch hier an ...«

»O nein, das war nicht der Anfang ...«, schüttelte Sam den Kopf.

»Wann zum Teufel fing es dann an?«

»Wenn ich könnte, würde ich es Ihnen sagen. Aber ich kann es nicht.«

»Oder wollen Sie nicht?« Jetzt funkelte Ralph sein Gegenüber unverhohlen feindselig an. »Mir kommt es ganz so vor, als ob Sie etwas verschweigen, und das habe ich langsam satt.«

Darauf zog Sam eine Hand aus der Tasche und machte eine beschwichtigende Geste. Ihm war klar, daß Ralph kurz vor einem Wutausbruch stand.

»Ich kann Ihnen nur versichern, daß ich ebenso gern wie Sie verstehen würde, was hier vorgeht.«

Ralphs Augen verengten sich ein bißchen, als würde er ihm gerne glauben, könnte es aber nicht.

»Hat das alles etwa irgendwie mit Adam Wyatt zu tun?« wollte er wissen. »Haben Sie deshalb gestern abend nach ihm gefragt?«

Sam nickte. »Ja, es hat mit Adam Wyatt zu tun.«

»Inwiefern?«

»Sehen Sie ... alles, was ich Ihnen erzählen werde, wird

sich völlig verrückt anhören. Würden Sie sich das bitte von Anfang an klarmachen? Es hat überhaupt keinen Sinn, wenn ich Ihnen sage, was ich weiß, und Sie nur kontern, daß ich ein verrückter Lügner bin.«

»Akzeptiert.«

An der Wand stand ein Ledersessel, dessen Rücken in einem sanften Schwung der Armlehnen auslief. Sam ließ sich darin nieder und holte tief Luft. Dann stützte er die Unterarme auf die Knie und sah zu Ralph hoch.

»Ich werde Ihnen mit dem, was ich erzähle, keine Erklärung liefern. Nicht, weil es keine gäbe – es gibt viel zu viele und keine davon ist befriedigend. Ab einem gewissen Punkt sind Erklärungen nichts als Versuche, dieselbe Frage neu zu stellen – sie erklären nicht das geringste.«

»Okay«, nickte Ralph und verschränkte die Arme. »Das war das Vorwort, jetzt die Rede.«

Sam starrte auf den Teppich und überlegte, wo er anfangen sollte. Dann lehnte er sich zurück und legte die Arme locker auf die Lehnen.

»Vor ungefähr einem Jahr hat eine Gruppe – unter anderem die Joanna, die gestern nacht hier war – einen Geist namens Adam Wyatt erschaffen. Im Rahmen eines psychokinetischen Experiments, das die Frage beantworten sollte, ob sich geistige Energie auf Materie auswirken kann. Wir haben Adam frei erfunden, samt seiner ganzen Lebensgeschichte. Um sicherzugehen daß er nicht wirklich gelebt hat, haben wir ganze Archive durchkämmt und sämtliche verfügbaren Quellen durchstöbert. Doch es gab wirklich keine Spur von einem solchen Mann. Mit dem Experiment wollten wir nun herausfinden, ob wir ein Wesen erzeugen könnten, das mit uns auf die eine oder andere Weise kommuniziert.«

Sam machte eine Pause, ohne den Blick von Ralph zu wenden, der seinerseits reglos dasaß.

»Nun ja, wir erzielten einen Erfolg, den wir nicht einmal in unseren kühnsten Träumen erwartet hätten. Adam Wyatt existierte zwar nicht, aber er kommunizierte mit uns. Und jetzt sieht es sogar so aus, als existierte er oder als hätte er zumindest in der Vergangenheit existiert. Was bereits verschiedene bemerkenswerte Folgen gezeitigt hat. Sie zum Beispiel. Es gäbe Sie sonst einfach nicht. Denn Sie sind ein direkter Nachkomme von Adam Wyatt.«

Ralph starrte Sam ungläubig an. Und begann wie in Zeitlupe seine Arme aus ihrer Verschränkung zu lösen, so verblüfft war er.

»Was zum Teufel wollen Sie mir denn da auftischen ...?«

Doch Sam hob abwehrend die Hand. »Ich habe Sie ja gewarnt, daß das alles für Sie völlig absurd klingen wird.«

»Wollen Sie etwa behaupten, Sie hätten mich erfunden ...«

Sams Geste war teils entschuldigend, teils hilflos.

»Und meine Eltern«, fuhr Ralph fort, und seine Stimme klang immer ungläubiger, »und deren Eltern und so weiter bis hin zu ...?«

»Ich weiß. Ich weiß, wie sich das anhören muß.«

»Das ist die wahnwitzigste Idee seit der Behauptung, daß Gott die Welt erst gestern erschaffen hat und die Fossilien darin versteckt hat, um uns glauben zu machen, es gäbe uns schon seit fünfzehn Milliarden Jahren!«

»Eine weitere Folge von Adams Existenz ist, daß wir, die wir ihn erschaffen haben ... aufhören zu existieren.«

Da schnellte Ralph mit dem Kopf zurück, als träfen ihn diese Worte wie eine Ohrfeige.

»Was zum Teufel soll das denn heißen ... aufhören zu existieren?«

»Alle Mitglieder der Gruppe, die Adam erzeugt haben, sind inzwischen tot. Bis auf mich und Joanna – die Joanna von gestern nacht. Und nur der Himmel weiß, was ihr zugestoßen ist.«

Unwillkürlich drehte Ralph sich um und sah ins Badezimmer, wo er den in Spiegelschrift gekritzelten Hilferuf sehen konnte.

»Ich bin nicht verrückt, Ralph«, sagte Sam. »Das weiß ich sicher. Genau wie Sie wissen, daß Sie kein Produkt meiner Phantasie sind. Tatsache ist, daß wir beide mit einer einzigartigen Situation konfrontiert sind ... oder, besser gesagt, in ihr drinstecken.«

Ralph sah ihn an und schüttelte dann immer wieder und immer heftiger mit dem Kopf.

»Nein ... nein, nein, nein, nein, nein ... das ist doch Schwachsinn ... das ist einfach unmöglich ...!«

In diesem Moment empfand Sam tiefes Mitleid mit ihm. Er konnte verstehen, wie sich Ralphs Bewußtsein mit aller Kraft gegen das sträuben mußte, was er da zu hören bekam.

»Am erschreckendsten ist«, meinte Sam leise und beugte sich dabei vor, »daß nichts unmöglich ist. Wenn ich ein Tintenfaß umstoße, ist es nicht unmöglich, daß alle Moleküle sich wieder vom Tischtuch lösen und zurück in die Flasche wandern. Es ist nur höchst unwahrscheinlich. Wahrscheinlich hingegen ist, daß ein Geldstück, das hundert Mal in die Luft geworfen wird, fünfzig Mal auf Kopf und fünfzig Mal auf Zahl landet. Möglich allerdings wäre durchaus, daß es hundert Mal auf derselben Seite landet. Der Lauf der Dinge wird weniger von Gesetzen bestimmt als vom Spiel der Wahrscheinlichkeit.«

Das weckte Ralphs Widerspruchsgeist, und er beugte sich streitlustig vor. »Auch wenn ich kein Wissenschaftler bin, kenne ich doch Einsteins Ausspruch: ›Gott würfelt nicht‹. Irrt er da?«

»Das war ein Glaubenssatz, keine wissenschaftliche Aussage. Bisher hat sich noch bei jedem Experiment die Würfeltheorie als richtig herausgestellt. Demzufolge können wir nicht behaupten, daß etwas nicht passieren kann, weil es unmöglich ist. Denn nichts ist *unmöglich*!«

Sams Worte klangen nach, während Ralph sich die Handgelenke massierte und dann die Arme auseinanderriß, als wollte er sich von unsichtbaren Ketten befreien.

»Nein! Das kaufe ich Ihnen nicht ab! Nein, das glaube ich nicht. Da muß es doch Beweise geben – oder zumindest Leute, die auch von diesem sogenannten Experiment wissen, mit denen ich darüber reden könnte.«

Gelassen erwiderte Sam: »Es gibt keinen Beweis. Alle Menschen, die von diesem Experiment wußten – zum Beispiel meine Kollegen, die nicht teilgenommen, aber damals mit mir darüber diskutiert haben – erinnern sich an nichts. Jede Spur ist getilgt. Es hat niemals stattgefunden.«

»Also habe ich nur Ihr Wort, daß diese unglaubliche Geschichte ...?«

»Mein Wort und die Tatsache, daß gestern nacht jemand in diesem Haus verschwunden ist. Jemand, den Sie gesehen, mit dem Sie gesprochen haben, der Sie beim Hereinkommen vielleicht sogar flüchtig berührt hat. Sie werden ja jetzt nicht so tun wollen, als wäre das nie passiert?«

Ralph öffnete den Mund, um etwas zu sagen, verlor dann aber offenbar den Mut und ließ sich nur langsam auf der Bettkante nieder. Er schlug die Hände vors Gesicht.

»Wissen Sie, was wirklich unheimlich ist? Es klingt verrückt, aber der Gedanke läßt mich nicht mehr los ...«

Mit geröteten Augen sah er zu Sam auf.

»Als ich gestern abend die Tür aufgemacht habe, habe ich ganz kurz geglaubt, ich kenne diese Frau. Es war wie bei einem Déjà-vu, so ein Gefühl, irgendwie unerklärlich. Etwas in mir war sicher, diese Frau von irgendwoher zu kennen. Dann habe ich mir natürlich gesagt, daß ich mir das nur einbilde – schließlich hatten Sie mir ja erst kurz vorher von ihr erzählt, und dann kam ja auch noch der Anruf von Joannas Vater.«

Mit hochgezogenen Augenbrauen dachte er nach. »Das kann nicht sein, daß ich sie schon einmal gesehen habe, oder? Wäre das denn möglich?«

Sam überlegte, ob er aussprechen sollte, was ihm durch den Kopf ging. Nun, warum nicht, er hatte ihm schon so viel erzählt.

»Joanna – also meine Joanna – hat behauptet, Sie kennengelernt zu haben. Es war ganz ähnlich wie bei Ihrer ersten Begegnung mit Ihrer Frau: ein Ausritt, der Kirchhof, Adams Grab. Nur war es in ihrem Fall erst drei, nein inzwischen vier Tage her, nicht ein Jahr.« Nach einem kurzen

Zögern fügte er hinzu: »Und es sah nicht so aus, als ob sie mal heiraten würden.«

Sam lehnte sich wieder zurück.

»Das war's, Ralph. Mehr kann ich wirklich nicht sagen. Was Sie daraus machen, bleibt Ihnen überlassen.«

Reglos und in sich zusammengesunken saß Ralph auf der äußersten Kante des ungemachten Ehebetts und preßte sich die Fäuste vors Gesicht. Doch schließlich erhob er sich langsam und schwerfällig.

»Was tun wir jetzt?« fragte er mit brüchiger Stimme.

»Sie sollten zurück zu Ihrer Frau gehen. Und an ihrer Seite bleiben.«

»Sie hat mich gebeten, Sie mitzubringen. Ich habe es ihr versprochen. Sie möchte wissen, was Sie von alledem halten.«

»Gut, ich komme mit.« Sam stand auf.

»Wagen Sie sich ja nicht in ihre Nähe!« Ralph funkelte ihn an.

»Wie Sie wollen«, erwiderte Sam achselzuckend. »Aber sie wird sich fragen, warum ich nicht mit ihr reden will. Oder warum Sie mich nicht mit ihr reden lassen. Und wenn ihr Ihre Geschichte nicht gefällt, wird sie mich bestimmt anrufen. Was soll ich ihr dann sagen?«

Ralph dachte darüber nach. Es stimmte, seine Frau war nicht der Typ, der sich mit billigen Ausflüchten abspeisen ließ.

»Hören Sie mal, Towne ...«

»Sagen Sie Sam, das ist einfacher.«

»Gut, Sam. Wenn Sie ihr jemals etwas von alldem sagen, was Sie mir gerade erzählt haben, breche ich Ihnen sämtliche Knochen. Verstanden?«

Sam sah ihn von oben bis unten an. Ralph war durchtrainiert, gut gebaut und wahrscheinlich kräftig genug, um seine Drohung in die Tat umzusetzen. Zumindest war er so durcheinander, daß er es versuchen würde.

»Keine Angst. Ich werde Ihre Frau nicht beunruhigen. Dazu habe ich keine Veranlassung. Deshalb schlage ich vor, daß wir beide eine Abmachung treffen.«

»Eine Abmachung?« Ralph musterte ihn mit einem spöttischen Blick.

»Ich gehe mit Ihnen zu Ihrer Frau und erzähle ihr irgendwas, was einen Sinn ergibt. Nicht die Wahrheit«, ergänzte er mit einem trockenen Lachen, »denn die ergibt keinen Sinn. Ich werde mir einfach etwas einfallen lassen und ihr sagen, daß Sie mir erlaubt haben, eine Weile hier im Haus zu bleiben, um das Phänomen genauer unter die Lupe zu nehmen. Was halten Sie davon?«

Ungläubig sah Ralph ihn an. »Sie wollen hierbleiben? Allein?«

»Ja, genau.«

Es dauerte ein paar Sekunden, doch dann schien Ralph zu begreifen.

»Ja, natürlich. Sie und ... diese Frau ... das hätte ich mir gleich denken können, so wie Sie von ihr gesprochen haben.«

»Darf ich bleiben?«

Ralph nickte. »Einverstanden.«

58 Sam inspizierte noch kurz die anderen Räume des Hauses, während Ralph noch ein paar Koffer für sich und seine Frau zusammenpackte. Joannas Eltern hatten darauf bestanden, vorbeizukommen, nachdem Joanna sie vor dem Frühstück angerufen und ihnen von den Vorfällen erzählt hatte. Die nächsten Tage würde sie bei ihren Eltern wohnen, und Ralph würde vorerst eine Wohnung in Manhattan mieten und am Wochenende zu ihr herausfahren.

Das meiste hatte er schon gesehen. In der Küche im Souterrain lag der Inhalt der offenstehenden Schubladen überall verstreut. Verschiedene Küchengegenstände, allerdings nicht alle, waren von den Regalen gefegt worden, mehrere Töpfe und Pfannen hingen nicht mehr am vorgesehenen Platz. Im Vergleich zum Wohnzimmer war der Schaden gering, aber trotzdem sah es aus, als hätte ein Wirbelsturm gewütet.

Sam hörte, wie Ralph die Treppe herunterkam – mit übertriebener Hast, dachte er. Ralph hatte gemeint, es mache ihm nichts aus, beim Packen ein paar Minuten allein zu sein. »Am hellichten Tag wird ja wohl nichts passieren, oder?« hatte er gefragt. »Solche Sachen geschehen doch nur nachts, nicht wahr?«

Sam hatte ihn nicht eines Besseren belehrt. Aber derartige ›Phänomene‹ – um diesen nüchternen, sterilen Begriff zu verwenden, den Sam immer unzulänglicher fand – folgten keinen Regeln. Sie konnten zu jeder Tages- und Nachtzeit und an jedem Ort auftreten, im Dunkeln oder bei hellem Tageslicht, plötzlich und unerwartet.

»Okay, gehen wir«, meinte Ralph, als Sam zu ihm in die Diele kam.

»Geben Sie mir den.«

Nachdem Sam ihm einen der schweren Koffer abgenommen hatte, verließen sie das Haus und winkten ein Taxi heran. Zwanzig Minuten später betraten sie das Foyer des kleinen Hotels, in dem Sam damals Joannas Eltern getroffen hatte. Der Mann an der Rezeption teilte Ralph mit, sie seien bereits eingetroffen und oben bei Joanna.

Während sie im Lift nach oben fuhren, hatte Sam wieder dasselbe flaue Gefühl im Magen wie damals, als er vor dem Haus stand und wartete, daß Ralph Cazaubon die Tür öffnete. Obwohl Bob und Elizabeth Cross ihn bestimmt nicht erkennen würden, sah er dem Treffen ungeduldig entgegen. Man konnte sich nie sicher sein, sagte er sich ein ums andere Mal. Logisch betrachtet gehörten Joannas Eltern ebenso wie die Joanna, die er gleich wiedersehen würde, zu jener subtil veränderten Welt, in der Adam Wyatt kein Kind der Phantasie war, sondern das Kind seiner Eltern und der Vorfahre der Familie Cazaubon.

Allerdings wußte Sam, daß die Gesetze der Logik nicht das Universum beherrschten. Oder wenn, dann auf eine Art und Weise, die dem menschlichen Verstand unergründlich blieb. Mit diesem Gedanken versuchte er sich zu beruhigen und sich mit der Gelassenheit des Zen für die Begegnung zu wappnen.

Kaum daß Ralph geklingelt hatte, öffnete Bob Cross die Tür der Hotelsuite. Nichts in seinem Blick verriet, daß er Sam wiedererkannte, als sie ins Wohnzimmer eintraten und Ralph sie einander vorstellte. Aus dem angrenzenden Raum, vermutlich dem Schlafzimmer, kam Elizabeth Cross und schloß die Tür hinter sich.

»Joanna ist gerade mit Duschen fertig«, sagte sie zu Ralph. »Wenn du die Kleider für sie dabeihast, bring sie ihr doch bitte gleich rein.«

Er ging in das andere Zimmer und überließ es Bob Cross, Sam seiner Frau vorzustellen – und auch ihre Reaktion ließ nicht erahnen, daß sich ihre Wege schon einmal gekreuzt hatten.

»Joanna sagt, Sie befassen sich beruflich mit diesen Dingen«, meinte Elizabeth Cross.

»Ich leite an der Manhattan University eine Abteilung«, erklärte Sam, »die sich mit ungewöhnlichen Phänomenen aller Art beschäftigt.«

»Nun, ungewöhnlich ist diese Sache bestimmt«, bemerkte Bob Cross. »Ich habe zwar mal eine fliegende Untertasse gesehen, aber das hier ist ja ein ganz anderes Kaliber.«

»Bob, hör doch bitte auf mit dieser UFO-Geschichte, das kann man wirklich nicht vergleichen.« Es war herauszuhören, daß Elizabeth Cross ihn an diesem Vormittag schon mehrmals deswegen zurechtgewiesen hatte. »Deine fliegende Untertasse hat außer dir niemand gesehen, aber wir haben *beide* diese Frau gesehen. Und Ralph und Dr. Towne ebenfalls – auch Joanna hat sie im Spiegel gesehen.«

Sie wandte sich an Sam. »Was geht Ihrer Meinung nach hier vor, Dr. Towne? Können Sie uns irgend etwas darüber sagen?«

Ihr Blick und ihr Ton drückten jenes rührende Vertrauen aus, das Laien einem sogenannten ›Fachmann‹ entgegenbringen, von dem sie die Lösung eines brennenden Problems erwarten.

»Wissen Sie, was man unter einem Poltergeist-Phänomen versteht, Mrs. Cross?« fragte Sam. Während der Hinfahrt hatten er und Ralph sich auf diesen Erklärungsversuch geeinigt.

»Na sicher, ich habe darüber gelesen und Filme gesehen. Und um so etwas handelt es sich hier?«

»Ich nehme es an.«

Das war eine vorsätzliche Lüge und er schämte sich dafür, doch unter diesen Umständen blieb ihm keine andere Wahl. Erstens würde er Joanna und ihre Eltern mit der ganzen Geschichte nur unnötig belasten, und zweitens würde er das Haus nur dann wieder betreten dürfen, wenn er das Versprechen hielt, das er Ralph gegeben hatte.

»Ich dachte, Poltergeist-Phänomene gäbe es nur bei pubertären Jugendlichen«, warf Bob Cross skeptisch ein. »Unterdrückte Sexualität, emotionale Verwirrungen und so. Ist das nicht so?«

»Doch«, bestätigte Sam. »Aber nicht immer.«

Es lag ihm auf der Zunge, daß es keine Gesetzmäßigkeiten gab, daß die Wahrheit keinen Sinn ergab und nur noch Lügen plausibel erschienen. Aber es war schon schlimm genug, daß ihn diese Gedanken plagten, er durfte sie in seiner Verzweiflung nicht auch noch anderen aufbürden.

Schlagartig wurde ihm klar, daß ›Verzweiflung‹ seinen Gefühlszustand am besten umschrieb. Bis zu diesem Augenblick hatte er das verdrängt, er hatte nach außen den Schein der Normalität aufrechterhalten und sich innerlich an dem immer fragwürdigeren Gedanken festgeklammert, daß er durch rationales Herangehen selbst in einer verrückten Welt dem Wahnsinn die Stirn bieten konnte. Aber das stimmte nicht. Je klarer er die Dinge sah, desto schneller bewegte er sich sogar auf den Wahnsinn zu. Und auf einmal durchdrang ihn wie ein Donnerschlag die Erkenntnis, daß es schon jetzt kein Zurück mehr für ihn gab. Trotzdem redete er ruhig weiter, im gewohnten sachkundigen Ton eines Fachmanns.

»Das Poltergeist-Phänomen – also Dinge, die durchs Zimmer fliegen – ist eine von vielen psychokinetischen Erscheinungen. Der Geist siegt über die Materie, er wirkt in oder durch Materie.«

»Aber diese geistige Kraft geht doch immer von jemandem aus, oder?« entgegnete Bob Cross. »Jemand sendet doch diese Gedankenwellen oder was auch immer aus, jemand ist der Verursacher, oder nicht?«

»Das ist richtig«, räumte Sam ein. »Definitionsgemäß muß es jemanden geben, dessen geistige Kraft auf die Materie wirkt.«

»Aber wer ist das? Jemand von uns? Diese Frau, die wir gestern abend gesehen haben?«

»Nach dem, was ich gehört habe, würde ich sie eher

als Teil der Wirkung denn als Teil der Ursache bezeichnen.«

»Das begreife ich nicht«, wandte Bob Cross ein. »Ich dachte, Poltergeist-Phänomene wären Sachen, die durchs Zimmer fliegen, und nicht Personen, die an deine Tür hämmern, mit dir reden und dann verschwinden.«

»Diese Frau war ein Geist, ein Gespenst, nicht wahr, Dr. Towne?« Elizabeth Cross schien damit einen Gedanken auszusprechen, der sie schon lange gequält hatte.

»Nach einer weitverbreiteten Auffassung«, antwortete Sam, »sind Geister oder Gespenster in Wirklichkeit psychokinetische Erscheinungen – Projektionen unseres Bewußtseins.«

Die Erinnerung an das Gespräch, das er und Joanna bei ihrem ersten gemeinsamen Mittagessen vor vielen Monaten geführt hatten, drohte ihn beinahe zu überwältigen. Doch er verbarg seine Gefühle hinter einem weiteren Wortschwall, hinter Standarderklärungen und zuversichtlich klingenden Halbwahrheiten.

»Weil wir unser Bewußtsein als etwas so Selbstverständliches betrachten, vergessen wir oft, daß das, was wir sehen, nicht objektiv existiert. Die Farben um uns herum existieren nicht an sich. Sie sind Reaktionen von Auge und Gehirn auf bestimmte Lichtwellen.«

»Aber das Licht ist doch da«, erwiderte Bob Cross, der mit solchen Gedankenspielen nicht allzuviel anzufangen wußte.

»Nun, ja ...«

»Na, das ist ja schon mal was.«

Elizabeth Cross spielte nervös mit den Händen. Keinem von ihnen war es in den Sinn gekommen, sich zu setzen, obwohl genügend Sitzgelegenheiten vorhanden waren. Irgendwie erschien es ihnen angebrachter, dieses Gespräch im Stehen zu führen.

»Ich fürchte, dieses ganze Gerede über die Frage, ob die Dinge aus uns selbst oder von irgendwo anders herkommen, ist mir ein bißchen zu hoch«, bekannte sie. »Ich weiß nur, daß sie geschehen.«

»Und das ist das Wichtigste, was wir darüber sagen können«, ergänzte Sam. »Wahrscheinlich sogar das einzige.«

Elizabeth Cross ging unruhig hin und her und schien im Begriff, etwas sagen zu wollen. Sam sah, wie Bob Cross sie mit sorgenvoller Miene beobachtete. Offenbar wußte er, was nun kommen würde, und war nicht glücklich darüber.

»Seit diese arme junge Frau gestern abend an unsere Tür gehämmert hat, geht mir etwas durch den Kopf, was mich nicht mehr losläßt. Ich weiß nicht, warum ich die Polizei gerufen habe, ich hätte es nicht tun sollen. Ich hatte einfach panische Angst und ...«

Von ihren Gefühlen überwältigt, konnte sie nicht weiterreden. Ihr Mann trat auf sie zu und legte seine Hand auf ihren Arm.

»Nicht, Elizabeth ... sonst regst du dich nur wieder auf ...«

»Doch, ich will es sagen. Wenn wir Dr. Towne bitten, diese ... diese Angelegenheit oder was auch immer ... zu untersuchen, dürfen wir ihm meiner Meinung nach nichts verheimlichen.« Sie blickte Sam an. »Mein Mann weiß, was ich sagen möchte, aber er findet es dumm ...«

»Bitte, fahren Sie fort«, sagte Sam ermutigend.

Nachdem sie ihrem Mann einen nervösen Blick zugeworfen hatte, sprach sie weiter. »Bob und ich hatten schon vor Joanna ein Kind, aber das Mädchen starb bei der Geburt. Es hätte auch Joanna heißen sollen. Ich brauche Ihnen wohl nicht zu sagen, daß wir Entsetzliches durchgemacht haben. Als ich aber ein Jahr später feststellte, daß ich wieder schwanger war, und wieder mit einem Mädchen, beschlossen wir, das Kind ebenfalls Joanna zu nennen. In gewisser Weise war sie für uns dasselbe kleine Mädchen, das jetzt lebendig zu uns zurückkam. Wir hatten das Gefühl, als würden wir der armen kleinen Joanna, die gestorben war, ein neues Leben schenken. Für Außenstehende mag es absurd klingen, aber das war der Grund, warum wir ihr denselben Namen gaben.«

Ihr Blick war fest auf Sam geheftet, und er starrte sie ebenso durchdringend an.

Gegenüber von ihnen stand Bob Cross, doch von dem, was zwischen den beiden geschah, blieb er ausgeschlossen. Er war ein redlicher, bodenständiger Mensch, der für derartige Spekulationen nichts übrig hatte. Sie bereiteten ihm Unbehagen, auch wenn er nicht genau wußte, warum.

»Könnte diese Frau vielleicht der Geist unseres kleinen Mädchens gewesen sein?« Elizabeth Cross' flehender Blick bat um eine Antwort, oder zumindest um Verständnis für die Qual, die sich hinter dieser Frage verbarg.

59

Es vergingen noch ein paar Minuten, bis Joanna zu ihnen kam – lange genug für Elizabeth Cross, um sich zu beruhigen und die Tränen abzuwischen, die ihr bei der Frage, die sie Sam gestellt hatte, gekommen waren. Ein wenig verlegen setzten sie und ihr Mann sich auf das dunkelrote Sofa, und er tröstete sie, während sie sich die Augen mit einem Taschentuch betupfte.

Um diese Intimität nicht zu stören, wandte sich Sam zum Fenster und sah auf die belebte Straße hinunter. Er dachte über seine Antwort nach, die nichtssagend und ganz im Rahmen seiner Abmachung mit Ralph geblieben war. Trotzdem war sie so ehrlich gewesen, wie sie nur sein konnte. Er kannte keine andere Antwort.

»Ist schon wieder gut«, sagte Elizabeth Cross, räusperte sich und putzte sich die Nase. »Es tut mir leid, jetzt geht es wieder.«

Als Sam sich wieder zu ihr umdrehte, lächelte sie ihn entschuldigend an.

»Übrigens haben wir nie mit Joanna darüber gesprochen. Natürlich weiß sie von dem anderen Baby – daß sie beinahe eine Schwester gehabt hätte. Aber wir haben es nie in diesem ...« – sie machte eine unbestimmte Geste – »... in diesem Zusammenhang erwähnt. Wir hielten es für besser so.«

»Das war bestimmt richtig«, versicherte ihr Sam in möglichst entschiedenem Ton. »Es wäre wohl niemandem damit geholfen, wenn Sie anders gehandelt hätten.«

Da öffnete sich die Tür, und Joanna kam herein. Sie trug Jeans und einen Rollkragenpullover, das Haar hatte sie hinten zusammengebunden. Sie wirkte bedrückt und seltsam verletzlich.

»Danke, daß Sie gekommen sind, Dr. Towne. Sagen Sie mir bitte, was los ist.«

Doch noch bevor Sam etwas erwidern konnte, merkte sie, wie ihre Mutter das Taschentuch, mit dem sie ihre Tränen abgewischt hatte, unauffällig verschwinden lassen wollte.

»Mama, bitte wein doch nicht!«

»Schon gut ... es ist nur, weil alles so ... na ja, so merkwürdig und deprimierend ist.«

Joanna ging zu ihr und nahm sie in den Arm.

»Mach dir keine Sorgen ... ich bin sicher, daß sich jetzt, wo Dr. Towne hier ist, alles aufklären wird.«

Auch Ralph kam jetzt wieder und blieb neben der Schlafzimmertür stehen. Joanna wandte sich an Sam.

»Ralph sagt, Sie wollen ein paar Tage in unserem Haus bleiben?«

»Ja, das würde ich gerne.«

Sie sah ihn an. In ihrer alltäglichen Kleidung, mit den großen fragenden Augen und ohne Make-up wirkte sie fast mehr wie ein stiller, ernsthafter Teenager als wie eine erwachsene Frau.

»Wer ist sie?«

Sam war sich bewußt, daß Ralph ihn beobachtete, aber er ließ den Blick nicht von Joanna. »Das kann ich nicht sagen.«

»Können oder wollen Sie es nicht sagen? Oder wissen Sie es nicht?«

»Ich ... weiß es nicht.«

Joanna sah ihn durchdringend an, sie wollte ergründen, ob er sie anlog oder die Wahrheit sagte.

»Warum hat sie ›Hilfe!‹ geschrieben?«

»Das weiß ich nicht ... noch nicht. Aber vielleicht finde ich es heraus.«

»Wir müssen versuchen, ihr zu helfen, egal wer sie ist.«

»Das werden wir.«

Alle anderen im Raum schwiegen und bewegten sich nicht. Jeder spürte, daß das eine Angelegenheit allein zwischen den beiden war.

»Halten Sie mich für sehr feige, weil ich nicht zurückwill?« fragte sie mit der Ernsthaftigkeit eines Kindes und wartete auf seine Antwort.

»Nein. Ich halte es für besser, wenn Sie nicht zurückgehen. Das wäre, glaube ich, ein Fehler.«

»Warum?«

Seine Kopfbewegung schien zu sagen, daß die Antwort doch auf der Hand lag.

»Ralph hat mir gesagt, daß Sie schwanger sind. Da sollten Sie wirklich vorsichtig sein.«

»Meinen Sie denn, daß Gefahr besteht?«

»Das weiß ich nicht. Aber manchmal ist es vernünftiger, es nicht darauf ankommen zu lassen.«

Noch immer wandte sie den Blick nicht von ihm ab. Sie legte den Kopf ein bißchen schief, als wollte sie seine Gedanken lesen.

»Gibt es da etwas, was Sie mir verschweigen, Dr. Towne?«

Doch Sam schüttelte nur den Kopf und lächelte sie sanft an. »Nein, das verspreche ich Ihnen.«

Das war eine glatte Lüge, doch sie ging ihm leicht über die Lippen. Sie hatte eine Art, die ihn bezauberte, eine unschuldige Natürlichkeit, wie man sie viel zu selten antraf.

»Sie haben eine sehr lebhafte Phantasie. Ein weiterer guter Grund, sich von solchen Phänomenen fernzuhalten.«

Dann sah er zu Ralph.

»Lassen Sie sie nicht zurückgehen, Ralph. Noch nicht.«

»Keine Angst, ganz bestimmt nicht.«

»Na, aber ich werde mir diese Sache auf jeden Fall aus der Nähe anschauen«, schnaubte Bob Cross jetzt ungeduldig.

Das mußte er unbedingt verhindern, schoß es Sam sofort durch den Kopf. Obwohl er keine Ahnung hatte, warum. Und schon gar nicht, wie.

»Entschuldigung, daß ich mich da einmische, Mr. Cross«, versuchte er es so respektvoll wie möglich. »Aber das halte ich für keine gute Idee.«

»Warum nicht?« Der Blick, mit dem Bob Cross ihn bedachte, ließ erkennen, daß er stichhaltige Gründe für einen solchen Einwand erwartete.

»Ich sage das mehr aus einem Gefühl heraus.« Sam hoffte, man würde ihn nicht zwingen, näher ins Detail zu gehen. »Weil das, was hier geschieht, irgendwie eine Familienangelegenheit ist – und zwar eine, die *Ihre* Familie betrifft. Deshalb finde ich, daß sie lieber zusammenbleiben und sich gegenseitig trösten und stützen sollten, anstatt sich unnötig irgendwelchen Einflüssen auszusetzen, die wir noch nicht verstehen können.«

Das schien Bob Cross nicht zu überzeugen. »Ich will den verdammten Spiegel mit eigenen Augen sehen – den mit dem Gekritzel auf der Rückseite.«

»Sie werden ihn sehen. Aber bitte geben Sie mir ein, zwei Tage Zeit, ja?«

»Okay, Sie sind der Experte. Wir sollten wohl besser auf Sie hören«, gab der alte Mann schließlich widerwillig nach.

Sam war ungeheuer erleichtert. »Übrigens«, wechselte er das Thema, »habe ich Ihr Buch gelesen, Mrs. Cazaubon. Es ist äußerst bemerkenswert.«

Sie begann zu strahlen. »Finden Sie wirklich?«

»Das Buch hat es verdient, ein großer Erfolg zu werden.«

»Ich bin Ihnen sehr dankbar, daß Sie das sagen. Vielleicht könnten wir irgendwann einmal ausführlicher darüber sprechen?«

»Ja, gern.«

Nun fand das Gespräch ein schnelles Ende. Da Joannas Vater nicht selbst den Tatort besichtigen durfte, drängte er die beiden Frauen, schnell zu packen, während er in die Garage hinuntertelefonierte, damit man seinen Wagen vorfuhr. Sam verabschiedete sich förmlich von den dreien, und Ralph begleitete seine Frau und seine Schwiegereltern nach unten. Als er zurückkam, wartete Sam auf ihn.

»Das haben Sie gut gemacht«, lobte ihn Ralph. »Danke.«

»Sie sind reizende Menschen. Ich hoffe, diese Sache nimmt sie nicht noch mehr mit, als es bis jetzt schon der Fall ist.«

Inzwischen hatte Ralph einen Schlüsselbund aus der Tasche gezogen, zögerte jedoch, ihn aus der Hand zu geben.

»Ich weiß wirklich nicht, ob ich Ihnen die Schlüssel zu meinem Haus geben soll, oder ob ich lieber eine psychiatrische Klinik anrufen und Sie einliefern lassen soll«, meinte er. »Doch nach der letzten Nacht denke ich mir: ›Im Zweifel für den Angeklagten‹.«

»Danke«, sagte Sam und nahm die Schlüssel. »Wenn Sie aus dem Hotel ausziehen, sagen Sie mir Bescheid, wo ich Sie erreichen kann.«

60 Er brauchte mehrere Stunden, um die ganze Geschichte – ausnahmsweise nicht in Steno – aufzuschreiben, während er am Schreibtisch des Musikzimmers saß, wo Ralph seine Opern komponierte. Die meisten seiner Werke waren noch nie aufgeführt worden, allerdings entdeckte Sam in einem Regal an der Wand verschiedene CDs mit Aufnahmen seiner Orchesterstücke. Als er ein paar davon abspielte, fand er sie zwar interessant, aber der Einfluß anderer Komponisten war unüberhörbar. Ihm kam der – vielleicht etwas kleinliche – Gedanke, daß der Mann reich genug war, um seiner Leidenschaft zu frönen, aber nicht talentiert genug, um seinen Lebensunterhalt damit zu verdienen.

Doch in seiner Niederschrift ließ er die Musik unerwähnt. Warum sollte er ausgerechnet den Menschen verletzen, der höchstwahrscheinlich dieses Dokument finden und lesen würde?

Erst als ihm dieser Gedanke durch den Kopf ging, fragte sich Sam, ob er diese Schrift in Erwartung seines Todes verfaßte, als eine Art Abschiedsbrief. Und er erkannte, daß es so war. Zwar ging er nicht davon aus, daß er sterben würde (inzwischen ging er von gar nichts mehr aus), aber er sah auch nicht, wie er in seinem gegenwärtigen Zustand weiterexistieren konnte. Sechs aus der Gruppe waren bereits tot, und Joanna – seine Joanna – war in irgendeine seltsame Randzone einer veränderten Welt geraten, in der er sich nun auch selbst wiederfand.

Ohne weitere Mutmaßungen über sein persönliches Schicksal anzustellen, schrieb er in allen Einzelheiten, an die er sich erinnern konnte, die Geschichte auf. Als erstes berichtete er, wie er in *Around Town* Joannas Enthüllungen über Camp Starburst und die zynischen Machenschaften von Ellie und Murray Ray gelesen hatte. Dann erzählte er von seiner ersten Begegnung mit Joanna in einem Fernsehstudio und wie sie sich danach auf der Straße wiederbegegnet waren, nach Joannas schrecklichem Erlebnis mit Ellie. Er schilderte, wie die Idee zu dem Experiment entstanden war und wie sich gleichzeitig seine Beziehung zu Joanna entwickelt hatte. In schlichten, nüchternen Worten hielt er alles fest, was geschehen war – von jenem Zeitpunkt an bis jetzt, fast zwölf Monate später, in einem anderen Universum.

»Was meine ich, wenn ich von einem ›anderen Universum‹ spreche? Spreche ich von parallelen Welten? Und wenn, was soll das wiederum heißen? Es ist nur eine Vorstellung, eine Möglichkeit von vielen, die Seltsamkeit der Natur zu beschreiben, die sich zeigt, wenn wir sie genauer betrachten. Wir wissen, daß es in Wirklichkeit nur eine einzige Welt gibt: die, in der wir leben. Wir wissen auch, daß Begriffe wie Raum und Zeit nur Konstrukte unseres Bewußtseins sind, daß sie nicht unabhängig von uns und außerhalb von uns existieren.

Man sagt, die Physiker hätten einen hohen Preis für die Erkenntnis der Natur bezahlt: sie hätten ihren Halt in der Realität verloren. Natürlich ist dabei ›Realität‹ im landläufigen Sinn gemeint – als eine wechselseitige Beziehung zwischen der Welt, dem ›dort draußen‹, und uns, dem ›hier drinnen‹. Nun gilt diese Unterscheidung nicht mehr, und der gesunde Menschenverstand, der sie für selbstverständlich gehalten hat, hat sich als unzuverlässig erwiesen. Jetzt können wir nicht mehr den Halt in der Realität verlieren. Denn das Haltende und das Gehaltene sind ein und dasselbe. Der Beobachter und das Objekt seiner Beobachtung sind nur Teile eines Spektrums, die nicht unabhängig voneinander existieren können.

In der Physik mußten wir eine Sprache erlernen, die sowohl die Genauigkeit unserer Erkenntnisse als auch deren Vieldeutigkeit zum Ausdruck bringt. Beispielsweise ist ein Elektron nicht entweder ein Partikel oder eine Welle, sondern beides. Es existiert in einer ›Überlagerung von Zuständen‹. Erst wenn wir es zum Zweck einer Messung als das eine oder das andere definieren, dann gehorcht es uns.

Das Universum, in dem wir leben, wird von uns ebenso ›erdacht‹ wie wir von ihm. Offensichtliche, einfache Gesetze wie Ursache und Wirkung haben ihre Gültigkeit verloren. Niels Bohr definierte Kausalität lediglich als eine Methode, mit der wir unsere Sinneswahrnehmung einer bestimmten Ordnung unterwerfen.

Auf der mikroskopischen Ebene ist diese Seltsamkeit längst eine unbestrittene Tatsache. Die einzige Frage war nur, ob sie auch auf die makroskopische Welt unseres täglichen Lebens übergreifen kann. Und es gibt immer mehr, inzwischen sogar erdrückend viele Beweise, daß dies möglich ist.

Ich selbst, der ich hier sitze, bin der lebende Beweis.«

Sam legte den Füller zur Seite, lehnte sich zurück und blickte zur Decke, die im spärlichen Licht der Schreibtischlampe kaum zu erkennen war. Während er geschrieben hatte, war es Nacht geworden. Er versuchte ein Resümee zu formulieren, einen Schlußsatz zu finden, die Quintessenz all dessen, was er zum Ausdruck bringen wollte.

Natürlich war das ein hoffnungsloses Unterfangen. So etwas wie das berühmte letzte Wort gab es nicht.

»Der lebende Beweis«, las er und griff nach dem Füller, ohne jedoch weiterzuschreiben.

Denn in diesem Moment hörte er ihre Stimme. Ganz deutlich, wenn auch nicht laut. Und er war sich auch nicht sicher, woher sie kam.

Leise stand er auf, als könnte das geringste Geräusch sie so sehr erschrecken, daß sie wieder verschwand, womöglich sogar für immer.

»Joanna?« rief er verhalten.

Es kam keine Antwort. Erst jetzt wurde ihm klar, daß er

zwar ihre Stimme gehört hatte, aber überhaupt nicht wußte, was sie gesagt hatte. War ihre Stimme wirklich dagewesen? Oder spielten ihm seine Sinne einen Streich?

Er trat in den Flur und lauschte in die Dunkelheit. Im Haus war alles still, nur der gedämpfte Straßenlärm von draußen war zu hören. Er rief noch einmal.

»Joanna ...?«

Wieder keine Antwort. Dann kam von oben ein schwaches, kurzes Geräusch, als würde jemand über ein loses Bodenbrett huschen.

Mit jedem Schritt wurde es dunkler, als er die Treppe hinaufging und sich das Licht aus dem Musikzimmer langsam hinter ihm verlor. Er blieb stehen und rief beinahe flüsternd ihren Namen.

»Joanna, bist du da ...?«

Wieder hörte er ihre Stimme, diesmal näher. Auch sie sprach flüsternd, wie er. Daß es ihre Stimme war, stand außer Zweifel, aber er verstand noch immer nicht, was sie sagte.

»Joanna ...? Wo bist du ...?«

Er tastete in der Dunkelheit nach einem Lichtschalter und schrie erschrocken auf, als seine Hand warmes, festes Fleisch spürte. Joannas unsichtbare Finger schlossen sich um seine Hand und hielten sie fest.

»Ich bin da«, sagte sie. Jetzt war ihre Stimme ganz deutlich und so nahe, daß er ihren Atem spürte. Ihr warmer, weicher Körper preßte sich an ihn. Er hielt sie nackt in den Armen, und in der Dunkelheit begegneten sich ihre Lippen.

Da spürte er ihre Hand an seiner Brust und merkte, daß sie ihm das Hemd aufknöpfte. Er schob ihre Hand beiseite und riß sich selbst ungestüm die Kleider vom Leib. Dabei sprach er kein Wort, er wußte, daß er nichts herausbringen würde. Das Herz hämmerte gegen seine Rippen, als er sich von ihr blind durch die Finsternis führen ließ, bis er mit den Beinen gegen das Bett stieß.

Sie stürzten sich auf das Bett und fielen mit schier unerschöpflicher Gier und unendlicher Wollust übereinander her. Die einzigen Geräusche waren die der Begierde und der Ekstase, bis sie endlich ihren Hunger gestillt hatten und in zärtlicher Umarmung dalagen.

»Ich bin so glücklich«, hauchte sie. »Ich wußte, daß du kommen würdest. Jetzt brauchen wir uns vor nichts mehr zu fürchten.«

Er zog sie an sich, spürte die Rundungen ihrer Brüste, ihren Bauch, ihre Schenkel, den Schweißfilm auf ihrer Haut. Er konnte sie spüren, aber er konnte sie nicht sehen. Er wußte, daß es die verschwimmenden Linien und Konturen, die er von Zeit zu Zeit zu sehen geglaubt hatte, nur in seiner Vorstellung gab, die seine sinnliche Wahrnehmung in geistige Bilder verwandelte.

»Ich möchte dich sehen«, sagte er. »Ich muß.«

»Ja, ich weiß.« Ihre Stimme klang sanft, voller Zärtlichkeit, während ihre Hand über sein Gesicht glitt. »Es ist schon in Ordnung. Du kannst das Licht einschalten.«

Er griff dorthin, wo seiner Erinnerung nach die Nachttischlampe sein mußte, und tastete nach dem Schalter. Schließlich fand er ihn – doch aus irgendeinem Grund, der ihm selbst nicht ganz klar war, zögerte er.

»Hab keine Angst«, sagte sie.

Da drückte er.

Das grelle Licht war wie eine Explosion. Aber noch schlimmer als der stechende Schmerz in seinen Augen war das durchdringende, röchelnde Geräusch – ein infernalisches Brüllen rings um ihn, das alles verzehrte und sich in sein Gehirn hineinbrannte.

Er wußte nicht, wie lange es anhielt, doch als das blendende Weiß schwächer wurde und allmählich wieder Ruhe einkehrte, überkam ihn eine seltsame Leere, er fühlte und spürte absolut nichts.

Irgendwo erschallte ein schmerzvolles und angstgepeinigtes Heulen. Er wußte, daß es seine Stimme war, aber sie schien nicht zu ihm zu gehören.

Jetzt hörte er wieder ihre Stimme, ruhig, zuversichtlich,

beherrscht. Als hätte sie gewußt, daß all dies mit ihm geschehen würde, und als wollte sie ihm dabei zur Seite stehen.

»Es ist alles gut, mein Schatz ... hab keine Angst ... jetzt bist du in Sicherheit ...«

Erschrocken und empört schrie er auf: »Ich kann nichts mehr sehen ... wo bin ich ...?«

Mit einem Mal war die Gefühllosigkeit vorbei, wie nach einem Unfall, wenn der Schock nachläßt. Aber jetzt empfand er keinen Schmerz, er fühlte nur, daß er auf den Beinen stand und wie ein Blinder mit ausgestreckten Armen vorwärts taumelte.

Wieder vernahm er ihre Stimme – diesmal so nah, als würde sie in seinem Kopf ertönen.

»Komm ... komm mit mir ...«

Er spürte, wie sich ihre Hand ganz leicht, beinahe unmerklich, auf die seine legte. Vorsichtig machte er ein paar Schritte, und plötzlich schien der Boden unter seinen Füßen wegzubrechen.

Doch er stürzte nicht. Es war, als würde sich das Haus, die Stadt, die ganze Welt in unendlichen Weiten auflösen. Er spürte, wie er flog, getragen von einer unergründlichen, grenzenlosen, allumfassenden Macht. Und er wußte, daß Joanna bei ihm war, aber er wußte nicht, woher dieses Wissen rührte.

Da wurde er von dem Gedanken durchdrungen, daß sie nicht bei ihm, sondern irgendwie in ihm, ein Teil von ihm war. Und dieser Gedanke war so einleuchtend und so offensichtlich wahr, daß er nicht den geringsten Zweifel daran hegte und sich auch nicht fragte, wie das sein konnte oder wohin sie flogen.

Er entspannte sich und ließ die Dinge ihren Lauf nehmen, ihren ewigen, endlosen Lauf ...

61 Ralph Cazaubon hatte den ganzen Nachmittag vergeblich versucht, in seinem Haus anzurufen. Am ersten Tag seiner ungewöhnlichen Wacht hatte er Sam nicht stören wollen, jetzt, am zweiten Tag, war er aber so gespannt, was dort vor sich ging, daß er sich kaum auf etwas anderes konzentrieren konnte.

Trotzdem hatte er bis nach dem Mittagessen abgewartet. Den Vormittag war er damit beschäftigt gewesen, eine Mietwohnung zu suchen, doch er hatte bisher nichts Passendes für sich und Joanna gefunden. Allerdings bestand kein Grund zur Eile: Sie war gern bei ihren Eltern, und er hatte versprochen, heute abend hinauszufahren und bei ihr zu übernachten. Vielleicht sollten sie erst einmal Urlaub machen, hatte er vorgeschlagen, und irgendwo in der Sonne diesen Alptraum vergessen. Der Vorschlag hatte ihr gefallen, sie wollten beim Abendessen ausführlicher darüber reden.

Und so blieb ihm nur dieser Nachmittag, um herauszufinden, was mit Sam Towne los war, und das möglichst noch vor Einbruch der Dunkelheit. Denn auch wenn er es sich selbst nur ungern eingestand, machte ihm dieses Haus – sein Haus – jetzt im Dunkeln angst. Er hatte sich bereits entschieden, es zu verkaufen. Selbst wenn sich die Vorfälle von vorgestern nacht niemals wiederholen sollten, würde er doch nicht wieder dort leben können. Und vor allem konnte er Joanna das Risiko nicht zumuten. Hoffentlich gelang es Sam, diesem Spuk dort ein Ende zu machen. Ein Haus, in dem es Geister geben soll, war nicht leicht zu verkaufen, auch nicht in dieser Lage und auch nicht zu einem Vorzugspreis.

Ralph klingelte mehrere Minuten, bevor er die Zweitschlüssel herauszog und die beiden Schlösser aufschloß. Dann holte er noch einmal tief Luft und trat ein.

Der Kleiderständer lag noch immer an derselben Stelle wie vor zwei Tagen, deshalb konnte er die Tür nicht ganz aufmachen. Doch kaum hatte er sich durch den Spalt gezwängt, sah er Sam Towne.

Er lag nackt am Fuß der Treppe, das Gesicht nach unten, die Arme ausgebreitet, als hätte er den Fall abbremsen wollen. Sein Kopf war so seltsam verdreht, daß an seinem Tod kein Zweifel bestand. Die offenen Augen schienen entsetzt auf die Blutlache zu starren, die auf dem Boden unter ihm zu einem dunkelroten matten Fleck getrocknet war, der im Dämmerlicht dieses Spätnachmittags beinahe schwarz aussah.

Epilog

»Wenn ich nicht noch mal hingehe«, sagte sie, »wird mich diese Sache den Rest meines Lebens verfolgen, und damit will ich mich nicht abfinden. Ich muß nur einmal durch das Haus gehen, dann ist es vorbei. Dann ist der Geist vertrieben.«

Ralph versuchte ihr das auszureden, doch sie blieb unnachgiebig. Inzwischen waren zehn Tage seit Sam Townes Tod vergangen. Ralph hatte einen seiner Brüder kennengelernt, der von Boston gekommen war, um den Leichnam nach Cape Cod zu überführen, wo er im Kreis der Familie beigesetzt werden sollte. Als offizielle Todesursache stand »durch Eigenverschulden herbeigeführter Unfall« in den Papieren. Die Tatsache, daß der Verstorbene die Treppe hinuntergefallen war, als er einen vermeintlichen Spuk in diesem Haus untersuchte, interessierte die Behörden nicht sonderlich. Selbst wenn er hinuntergestoßen worden wäre, gab es kein Gesetz, das die strafrechtliche Verfolgung von Geistern oder anderen körperlosen Wesen vorsah.

Das einzige Problem, das Ralph wirklich Kopfzerbrechen bereitete, war, was er mit diesem Manuskript anfangen sollte. Erst nachdem die Leiche entfernt worden war, hatte er es auf seinem Schreibtisch im Musikzimmer gefunden. Er nahm es mit ins Hotel und las es durch, nachdem er Joanna angerufen und ihr von dem tragischen Vorfall erzählt hatte. Als er es ein zweites und dann sogar ein drittes Mal gelesen hatte, wurde ihm klar, daß er eine Entscheidung treffen mußte. Aber auch dann schob er sie noch hinaus und steckte die handbeschriebenen Blätter in einen Umschlag, den er im Hotelsafe deponierte.

Dort lag das Manuskript mehrere Tage lang, bis der ganze Behördenkram erledigt war. Selbst als eine von Sams Kolleginnen von der Universität, Peggy O'Donovan, vorbeikam, um zu sehen, wo Sam gestorben war, erwähnte es Ralph mit keinem Wort. Die Tage vergingen, es gab keine weiteren Anzeichen mehr für unnatürliche Vorgänge in dem Haus, und Ralph kam mehr und mehr von dem Gedanken ab, das Manuskript irgend jemandem zu zeigen.

Er ließ Handwerker kommen, die das Haus wieder in Ordnung brachten und auch den Spiegel im Badezimmer austauschten, doch keiner berichtete von irgendwelchen außergewöhnlichen Wahrnehmungen oder Vorkommnissen. Selbst Ralph fühlte sich hier allmählich wieder genauso wohl wie früher. Allerdings hatte er seit dem Auszug keine Nacht mehr im Haus verbracht, und nach einer Woche beauftragte er einen Immobilienmakler, es zu verkaufen.

Je mehr er über Sams Manuskript nachdachte, desto mehr gelangte er zu der Überzeugung, daß niemand es zu Gesicht bekommen sollte. Rechtlich und moralisch betrachtet, gehörte es wohl Sam Townes Familie. Vielleicht auch seinen Kollegen von der Universität. Da Sam jedoch keinen schriftlichen Vermerk hinzugefügt hatte, für wen dieses Dokument eigentlich gedacht war, blieb es ihm, Ralph, weitgehend selbst überlassen, was er damit anfangen würde.

In der Nacht, bevor er das Hotel verließ und in seine neue, komfortable Wohnung an der Ecke Madison Avenue/64. Straße einzog, holte er das Manuskript aus dem Hotelsafe und verbrannte es Blatt für Blatt in dem metallenen Abfalleimer in seiner Suite. Und dabei schien es ihm, als würde er jetzt die Geschichte abschließen und einen endgültigen Schlußstrich unter die Sache ziehen. Was Sam Towne geschrieben hatte, würde kein normaler Mensch als buchstabengetreue Wahrheit akzeptieren. Es war bestenfalls eine Phantasiegeschichte, die Ausgeburt eines neurotischen Geistes. Gestalten wie Ellie und Murray Ray kamen vielleicht in Groschenromanen vor, aber nicht im wirklichen Leben. Und diese Joanna Cross, der angeblich all diese haarsträubenden Dinge zugestoßen waren, hatte nie existiert. Am besten ignorierte man das Ganze und vergaß es möglichst schnell. Warum sollte er – oder am Ende gar Joanna – sich darüber unnötig den Kopf zerbrechen? Sam Townes Geschichte war abergläubischer Quatsch, weder beweisbar noch widerlegbar, Unsinn, wie man ihn massenhaft in den diversen Boulevardzeitungen finden konnte, die an der Supermarktkasse auslagen. Es könnte ihr ganzes weiteres Leben ruinieren, wenn derartige Gerüchte über sie in Umlauf kämen. Ohne eine Spur von Reue brachte er die schwarze Asche ins Badezimmer und spülte sie die Toilette hinunter.

Danach hatte er gedacht, alle Sorgen seien überstanden, bis Joanna sich in den Kopf gesetzt hatte, unbedingt noch einmal ins Haus zu müssen. Nur ein einziges Mal, meinte sie. Als eine Art Exorzismus. Sie wolle den Geist nicht nur aus dem Haus, sondern auch aus sich selbst austreiben, sie wolle sich von der Angst befreien, daß etwas Fremdartiges und Unnatürliches über sie hereingebrochen sei. Und dazu müsse sie dem Haus einen letzten, rituellen Besuch abstatten.

Dieser Gedanke erfüllte Ralph mit düsteren Vorahnungen, die er sich selbst nicht erklären konnte.

»Na gut«, sagte er. »Wenn ich dich nicht davon abbringen kann, dann laß mich wenigstens mitgehen. Das ist dir doch hoffentlich recht?«

»Aber natürlich kannst du mitgehen.« Sie schob ihren Arm unter seinen und gab ihm einen Kuß. »Wir gehen zusammen hin, und dann lassen wir das alles hinter uns.«

Der nächste Tag war klar und frostig. Im kalten Licht der Sonne traten die Konturen der Stadt gestochen scharf hervor. Kurz nach zehn Uhr betraten sie das Haus, gingen zuerst zur Küche hinunter, dann wieder hinauf ins Wohnzimmer, wo alles angefangen hatte. Die beschädigten Möbel waren entfernt worden, die Teppiche gereinigt, die Lampen repariert. Und über dem Kamin hing ein neuer Spiegel.

Sie gingen in den ersten Stock, wo sie sich im Musikzimmer, in den Gästezimmern und in dem kleinen, nach hinten gelegenen Raum umsahen, in dem Ralph sich eine Bibliothek eingerichtet hatte. Dann stiegen sie noch eine Treppe höher zum Schlafzimmer und dem angrenzenden Badezimmer. In dem von strahlendem Sonnenlicht durchfluteten Raum blieben sie eine Weile schweigend stehen.

»Weißt du«, meinte sie, »jetzt bedauere ich es fast, daß wir uns entschlossen haben, das Haus zu verkaufen.«

»Ich weiß«, erwiderte er. »Mir geht es genauso. Aber trotzdem halte ich es für das beste, du nicht?«

Sie nickte versonnen. »Doch, das glaube ich auch. So wie früher kann es einfach nicht mehr werden, stimmt's?«

Als sie wieder hinuntergingen, hörten sie auf halbem Weg, wie die Haustür geöffnet und wieder geschlossen wurde. Sie erstarrten und sahen einander an. Einen Moment lang war ihnen beiden unbehaglich zumute, doch dann verzog sich Ralphs Gesicht zu einem beschwichtigenden Grinsen.

»Das habe ich ganz vergessen«, sagte er. »Madge Rheinhart vom Maklerbüro hat angerufen. Sie meinte, sie würde ein Ehepaar mitbringen, das das Haus besichtigen will. Anscheinend sind sie wirklich ernsthaft interessiert. Es ist genau das, was sie gesucht haben, und sie haben auch das Geld. Gehen wir runter und begrüßen wir sie.«

In der Diele angekommen, stutzte Joanna. Sie wußte nicht warum, aber irgendwie kamen ihr diese zwei kleinen, ältlichen Leute neben der großen, eleganten Miss Rheinhart merkwürdig bekannt vor. Die Frau trug einen teuren Pelzmantel, der Mann einen Kamelhaarmantel und eine schwarze Pelzkappe. Doch als sie und Ralph näherkamen und sich das Ehepaar umdrehte, stellte sie fest, daß sie die beiden noch nie zuvor gesehen hatte.

»Oh, Mr. und Mrs. Cazaubon«, flötete Madge Rheinhart mit aufgesetztem Charme. »Ich wußte nicht, daß Sie noch da sind. Ich glaube, wir haben soeben Ihr Haus verkauft. Darf ich Ihnen Mr. und Mrs. Ray vorstellen?«

»Murray«, sagte der alte Mann und nahm respektvoll seine Pelzkappe ab. »Und das ist meine Frau Ellie.«